维系婚姻的秘密

一个美国记者在印度的十年追访

Elizabeth Flock

[美] 伊丽莎白·弗洛克 _ 著

何金娥 _ 译

中信出版集团 | 北京

图书在版编目（CIP）数据

维系婚姻的秘密：一个美国记者在印度的十年追访 /（美）伊丽莎白·弗洛克著；何金娥译 . -- 北京：中信出版社，2020.4
书名原文：The Heart is a Shifting Sea
ISBN 978-7-5217-1433-3

Ⅰ.①维… Ⅱ.①伊…②何… Ⅲ.①纪实文学—美国—现代 Ⅳ.①I712.55

中国版本图书馆 CIP 数据核字（2020）第 029671 号

The Heart Is A Shifting Sea by Elizabeth Flock
Copyright © Elizabeth Flock 2018
Simplified Chinese translation copyright © 2020 by CITIC Press Corporation
ALL RIGHTS RESERVED

本书仅限中国大陆地区发行销售

维系婚姻的秘密——一个美国记者在印度的十年追访

著　　者：[美] 伊丽莎白·弗洛克
译　　者：何金娥
出版发行：中信出版集团股份有限公司
　　　　　（北京市朝阳区惠新东街甲 4 号富盛大厦 2 座　邮编　100029）
承　印　者：北京盛通印刷股份有限公司

开　　本：880mm×1230mm　1/32　　印　　张：14.25　　字　　数：282 千字
版　　次：2020 年 4 月第 1 版　　　　印　　次：2020 年 4 月第 1 次印刷
京权图字：01-2019-7340　　　　　　　广告经营许可证：京朝工商广字第 8087 号
书　　号：ISBN 978-7-5217-1433-3
定　　价：58.00 元

版权所有·侵权必究
如有印刷、装订问题，本公司负责调换。
服务热线：400-600-8099
投稿邮箱：author@citicpub.com

献给我的父亲和继父

赫米娅

  哦，见鬼！

  选择爱人竟要依赖他人的眼光。

拉山德

  或者，即便两情相悦，

  但战争、死亡或疾病重重围困，

  致使它如声音稍纵即逝，

  如影子一闪即过，如梦境不可长久…

  黑暗张开嘴将它吞噬。

  光明的事物很快归于混沌。

—— 威廉·莎士比亚，《仲夏夜之梦》

目录

III 作者自序

IX 人物介绍

XII 序言　孟买，2014 年

1　　忠贞不渝　　马娅和维尔
　　　　　　　　1999 年—2009 年

53　　百般求子　　沙赫扎德和萨比娜
　　　　　　　　1983 年—1998 年

105　　命理相合　　阿肖克和帕尔瓦蒂
　　　　　　　　2009 年—2013 年

161　　皆为幻觉　　马娅和维尔
　　　　　　　　2010 年—2014 年

211　　心中有火　　沙赫扎德和萨比娜
　　　　　　　　1999 年—2013 年

257	仰望天空	阿肖克和帕尔瓦蒂 2013年—2014年
303	为时未晚	马娅和维尔 2014年—2015年
343	喜迁新居	沙赫扎德和萨比娜 2014年—2015年
379	延续血脉	阿肖克和帕尔瓦蒂 2014年—2015年
403	后记	孟买，2015年
417	致谢	
421	参考文献	

作者自序

九年前，我二十二岁的时候，为了寻求新奇体验，也为了找份工作，我从芝加哥来到孟买。我在孟买生活了将近两年，在那段时间里，我举目无亲。由于生性好热闹，再加上思念家乡，我先后跟城里六对夫妻的家庭住在一起，也因此认识了更多夫妻。我对印度爱情故事的兴趣正是在这个过程中萌发的。

在孟买，人们似乎崇尚浓烈绚烂、富于想象力的爱情，憧憬爱得轰轰烈烈。爱人之间往往忠贞不渝甚至近乎痴迷，若不能长相厮守，感情就更加炽热。这种爱情在银幕上被展现得淋漓尽致，印度的神话传说、印度教经文以及虔诚派和苏非派的祈祷诗中也多有呈现。我那时还年轻，被这种戏剧般的故事深深吸引。

这样的爱情也是我所仰慕的，因为它比我以往见识过的爱情更真诚、更感性。我父母在我很小的时候就离婚了，父亲后来的两段婚姻也相继破裂，我想，他们所缺少的大概就是这份忠贞吧。父亲第三次离婚后，我再次来到孟买，这座城市似乎给了我一些答案。

我在孟买认识的所有人当中,有三对夫妻与众不同。我喜欢他们,因为他们既富有浪漫情调又敢于打破规则。他们梦想生生世世永不分离,却并不墨守社会习俗。他们无法忍受旧的中产阶级道德规范,当既定的爱情规则羁绊了他们的生活时,他们就创造新的规则。

我开始向他们提问一些婚姻的问题。一开始,我没有明确的目标。不过,最终,被他们的爱情故事吸引,我辞掉了在一家印度商业杂志社的工作,专心撰写关于他们的文章。我想写一写他们,进而了解他们的婚姻是如何维系的。

记录了二十世纪中叶亚洲人生活的美国记者哈罗德·艾萨克斯曾经抱怨说,美国人对印度人的印象无外乎这几点:异国风情(耍蛇人和土邦主)、神秘主义(苦行僧和看手相的人)、异教信仰(牛崇拜和偶像崇拜)和可怜境遇(麻风病乞丐和贫民窟居民)。

艾萨克斯写下这些文字是在五十年前,但这么多年以来并没有太大的变化,西方人依然动辄发表那些陈腐刻板的观点。对于印度这样一个庞大的国家,人们难免产生过于简单化的看法。而对"梦想之城"孟买,人们又容易有过于浪漫的想象。

实际上,印度幅员辽阔、成分复杂,绝不可一概而论。它容纳了地球上六分之一的人口,语言、宗教、种姓和种族五花八门。孟买则是一座难以预料的城市,我在遭遇变故的五年后回到孟买时,发现一切都和我记忆中的不一样,因而对此深有体会。

在华盛顿的家中,我曾深刻反省自己是否适合撰写关于印度婚姻的书。我不是印度人,也不是已婚人士。但随着时间慢慢过去,我逐渐认识到,我想读的,以及我想让美国人读的,关于印度的书根本不存在。最终,我决定探索这个课题,并且采取了我作为一名记者的唯一探索方式:带着十几个笔记本、一部手提电脑和一支录音笔重返孟买。

2014年我抵达孟买时,这座城市看起来基本一如既往,唯一不同的是天际线,那里的购物中心和摩天大楼更多了。我认识的人则今非昔比,他们的婚姻也发生了很大变化。有人在联络旧情人,有人在考虑婚外情和离婚,有人在千方百计地设法挽救婚姻,至少有一对夫妻为此而生孩子,这些都是我在自己的家庭中看到过的情景。

几乎每对夫妻都是如此,一方开始梦想不同于以往的生活,而另一方依然怀揣着旧观念。他们的爱情故事曾经让我赞叹不已,现在给我的印象则是前途叵测。我绞尽脑汁想弄明白到底发生了什么变化,孟买的一位编辑叹了口气对我说:"城市不会变,变的是人。"

变的不仅仅是人。印度历史学家拉马钱德拉·古哈（Ramachandra Guha）说，印度正在经历的不是一场革命，而是多场革命：政治的、经济的、城市的、社会的和文化的革命。在欧洲和美国，这些革命是交错进行的。在印度，城市和人的所有这些变化正同时发生。它们正在颠覆印度人的婚姻。

发生这些转变最为迅速的莫过于孟买——印度最喧闹的城市。对这些变化感到痛苦最深的群体是印度中产阶级，他们不像极度富有之人和特别贫穷之人那样，在道德上无拘无束。比如，就我所关注的三对夫妻来说，家人、朋友和邻居们的意见对他们非常重要。当我问他们为什么不做他们想做的事情时，我经常听到的一句话就是"大家会议论的"。

另外还有一句："梦想不会都成真。"然而我们的谈话常常以梦想收尾，他们谈到希望拥有更大的房子、更好的工作，希望去克什米尔旅行，希望怀孕，希望再次坠入爱河或者搬到很远的地方居住。他们还谈到，他们的梦想暂时被搁置，但肯定终有一天会由子女实现。

这是一部非虚构作品。我在2008年刚认识这些人的时候开始创作，但大部分记述是在2014年和2015年重返印度再

次与他们见面时完成的。在那几个月里,我和他们同吃同住,一起工作出行。我们主要用英语交谈,但有时也用简单的印地语。他们彼此间既讲这两种语言,也讲其他语言。

书中描述的许多场景都是我亲眼所见,但发生在太久以前的事情大多是根据访谈、照片、电邮、短信、日记以及医疗和法律文书整理出来的。我对这几对夫妻的采访有单独的有集体的,有正式的有非正式的,采访时间总共长达数百个小时。

我不在印度期间,我们也经常交谈,以至于他们在孟买的私密生活常常比我在华盛顿或纽约的生活更让我觉得真实。尽管在地理上和文化上相距甚远,但我感觉我们仍像同居一个屋檐下。我几乎每天都会收到他们当中某一个人或几个人传来的消息,而且是一大堆信息:最近的体检报告,家里吵架的来龙去脉,孩子们睡前嬉闹的照片。

为保护隐私,我给书中提到的所有人都改换了姓名。我使用的名字要么是他们本人挑选的,要么在某种程度上与他们的真名相似。与世界上其他许多地方一样,在印度,名字都是有含义的。

对于这些人自己所使用的印地语、乌尔都语、阿拉伯语和其他外语拼写,我都予以保留。我还使用了他们家里摆放的《古兰经》《摩诃婆罗多》(*Mahabharata*)[1] 和其他宗教书籍的英译本。

---

1 古印度两大著名梵文史诗之一。(以下注释除特别标注,均为译者注。)

若没有这三对夫妻的倾力相助,本书是不可能写成的。在孟买,人们不主张说谢谢,但我非常感谢他们向我敞开了家门和他们的生活,即便这有损他们的形象或者让他们感到不自在。但愿本书不辜负他们对我的信任。

这本书里的故事只是千千万万爱情故事中的代表,我不能妄称它们能体现整个印度、整个孟买甚至哪怕是这座城市的当代中产阶级。但是,正如杜什扬特·库马尔(Dushyant Kumar)[1]的一首名诗所言,当痛苦"大如山",则墙壁会摇晃、地基会变软、心情会改变。我敢肯定,这几对夫妻并不孤单,无论是他们的痛苦,还是他们的梦想。

1　1933—1975,现代印地语诗人。

人物介绍

      马娅和维尔,马尔瓦里印度教徒

马娅	小学校长,又名马尤
维尔	商人,昵称"甘差"
雅努	他们的孩子
帕拉薇	女用
马娅的父亲	商人
马娅的母亲	主妇
阿什妮	马娅的朋友、副校长,后来成为店主
拉杰和阿妮卡	维尔的朋友
"另一个马娅"	维尔的前女友
苏巴尔	商人、马娅的朋友

沙赫扎德和萨比娜，逊尼派穆斯林

沙赫扎德	卖鸡肉为业，后来成为房地产中介
萨比娜	主妇
沙赫扎德的父亲	拜古拉市场的业主
沙赫扎德的母亲	主妇
萨比娜的父亲	医生
萨比娜的母亲	主妇
阿提夫	空手道教练、沙赫扎德的挚友
戴安娜	拜古拉市场的名人，在广告业工作
法尔汉	教师，后来成为移动电话技术人员
他的妻子娜丁	主妇，两个人与沙赫扎德同属一个大家庭
玛哈拉和塔希姆	法尔汉和娜丁的孩子
马穆	神职人员
佐拉	发廊老板

阿肖克和帕尔瓦蒂，泰米尔婆罗门、印度教徒

阿肖克　　　　　　　记者，有志于成为小说家
帕尔瓦蒂　　　　　　学生兼工程师

帕尔瓦蒂的父亲　　　工程师
帕尔瓦蒂的母亲　　　主妇
阿肖克的父亲　　　　亲英的万事通
阿肖克的母亲　　　　主妇

娜达　　　　　　　　在一家英国公司工作
马莉卡　　　　　　　电影导演
约瑟夫　　　　　　　学生兼工程师
"美国男孩"　　　　　在一家技术企业工作

序言

孟买，2014年

浦那：印度热带气象学研究所（IITM）今年首次试行季风实时降雨预报，称全国的雨季到来都会推迟。科学家们说，因此，首轮降水量不足且比平常要稀少。他们表示，阿拉伯海上空没有形成低压系统……

《印度时报》（*The Times of India*），
2014年5月21日

马娅和维尔

在孟买,有人说雨季能让所有人坠入爱河。但今年的降雨来得晚,六月的夜晚酷热难耐,人的脾气也变得火爆,马娅和维尔一大早就在卧室里吵架。他们的公寓在十一层,这片混凝土公寓位于城市最北边的郊区。

有一天早上,他们吵架的声音太大,惊动了四岁的雅努,他正在过道另一头自己的卧室里玩玩具。雅努推开父母房间的门,看到父亲身着西裤,没穿衬衫,正指着马娅吼叫;马娅坐在矮床上。"别对我妈妈那么大嗓门儿,"雅努用小大人的语气说,"我不喜欢。快说对不起。"

"真是我的超级英雄!"马娅心想。在她看来,雅努虽然瘦小,却完全当得起超级英雄的称号。他的下巴有个酒窝,头发抹了发胶梳向一边,只留一绺搭在额头上。马娅曾经认为维尔看上去也像个超级英雄——头发油亮,一脸坦诚,带着让人难以抗拒的微笑。她甚至不介意维尔的六个脚趾和下垂的眼角,他说那是与众不同和福星高照的标志。

"对不起。"维尔说。他把雅努抱到怀里,始终没看马娅。

接下来几天,维尔和马娅都刻意控制自己的脾气。在天气凉爽的时候,这还比较容易做到。不久之后的一个星期天早晨,几片若有若无的云彩飘过来遮住了毒辣辣的太阳,维尔说他那天不去上班了,马娅大感意外。

通常,维尔的星期天跟平常没什么两样,仍旧会在家族铝箔纸厂工作很长时间。他去上班以后,马娅和雅努常常搭乘市郊列车去"填字游戏"连锁书店,马娅喜欢那儿的小说和咖啡,雅努喜欢那儿的玩具。店员们任由雅努在地板上玩上好几个小时,马娅则埋头看书,往往是鲁米(Rumi)或者村上春树(Haruki Murakami)的书。马娅的大眼睛画了眼线,她身材娇小但曲线优美,店员们都非常乐于为这位迷人的母亲效劳。他们彼此窃窃私语说:"这位夫人长得简直像个电影明星!"雅努玩腻了,马娅就把他抱到自己的腿上,给他讲奇幻故事。

"马尤,我们去'填字游戏'书店吧,"维尔说,用的是他对马娅的昵称,这在最近颇为少见。"这次我也一起去。"

马娅心想,如果你是个蠢女人,那就会说"好吧,宝贝,至少他能在身边"。但她知道,维尔是为了雅努才愿意同去的。

"好的。"她答道,然后拿起手提袋和雅努的背包,并检查确认两部手机都带上了。屏幕上弹出苏巴尔的一条短信,她看了看,很快把手机收起来。

一看到苏巴尔的名字,她的脑海里就会立刻浮现他们第一次在阿格萨(Aksa)见面的情景。坐嘟嘟车到阿格萨海滩只要三十分钟,但那里让人感觉远离了这座城市的污染和喧嚣,完全不像她居住的喧闹郊区——曾经是一个宁静祥和的小村庄,现在是这座城市里拥堵最严重的地区之一。孟买的大部分郊区都是如此,它们是这座城市的一部分,而且跟市中心一样嘈杂拥挤。与此形成对比的是,往阿格萨行驶不过几分钟,道路就变得平缓曲折。沿途随处可见静静的小河,当地人在河边钓鱼,小男孩在河里嬉戏。路的尽头是一片树林,穿过去就是一家梦幻般的海滨酒店。酒店外墙刷得雪白,房屋错落有致,四周绿树环绕,它的名字就叫:"度假酒店"。

度假酒店对他们来说有着特殊意义。正是在这里,苏巴尔曾试图趁着十二月的撩人微风偷吻马娅。吃完自助早餐,他们坐在泳池边闲聊了一个多小时。清澈的池水泛着蓝光,棕榈树的叶子垂到水面。马娅发现自己在他的手心里画道道。两个人都怀有一些想法,但都未付诸行动。后来她和苏巴尔在五月又去了一次。他们称五月为"大爆炸"时间——那一天,他们之间的能量和张力导致了某种爆炸,终于捅破了那层窗户纸。

"快点儿,马尤。"维尔说。马娅的注意力重新回到丈夫身上,他正打开前门等候。他的旁边是一块彩色字母牌子,上面写着"Sukhtara",意思是"快乐的星星"。他们刚搬进来时,马娅给新家取了这个名字。

出乎她意料的是，一家人的星期天过得其乐融融，就像塔塔（Tata）手机宣传片里的场景一模一样。他们开车兜风，然后在近郊中心一家有空调的时髦餐厅吃午饭。下午来到"填字游戏"书店，雅努自己玩，马娅和维尔喝着冰咖啡聊天。维尔给马娅念中学时代的老朋友发来的孩子气的短信，马娅讲了学校里一个老师带着她丈夫留下的吻痕来上班的趣事。维尔听了以后含糊地笑了。

在书店，两个人都把手机放到一边。马娅买了《神圣游戏》(*Sacred Games*)，这本警匪小说简直就是一封写给孟买的情书。书很厚，带着沁人心脾的松香。他们给雅努买了一个足球，他爱不释手。开车回家的路上，维尔播放了一张宝莱坞老情歌光碟，他和马娅跟着一起唱。

但这时候雅努看见了一家肯德基店。

"鸡腿（Drumstick），"雅努指着肯德基店的红白双色标志说，"我要鸡腿。"

从"填字游戏"书店出来以后，马娅常常会奖励雅努吃炸鸡腿或别的什么肉食，因为家里的饭菜是全素的。维尔不吃肉，连大蒜和洋葱也不吃，这是他笃信印度教的家族传承下来的坚定信念。

"什么鼓槌[1]？"维尔问。

"不知道。"马娅回答。她对雅努"嘘"了一声让他安静，

1　英文"drumstick"的意思是"鼓槌"，也指煮熟的下段鸡腿肉。在这里维尔把雅努说的"drumstick"误认为鼓槌。

重新开始跟着乐曲唱歌。维尔也加入进来，不过声音变低了。

夜幕降临，雅努在父母的床脚进入梦乡，鸡腿早已被忘到了九霄云外。他用胳膊搂住父亲的腿，而父亲已经打起了呼噜。维尔明天将工作更长的时间，以弥补星期天没上班的损失。

马娅凝视着一大一小熟睡中的父子俩。白天太热了，屋里现在开着空调，雅努冷得直哆嗦，马娅给他挪了挪位置，让他枕到枕头上，拿了条毯子一直盖到他的下巴。她给父子俩都盖上了。

她心想，夜夜如此，何时是头？

马娅走进厨房清理晚餐的残局，旧吊扇转呀转，她在这个狭小的房间里汗流浃背。水槽里摞了一大堆脏盘子，但她现在太累了，实在洗不动了。她瞥了一眼手机，里面有一条来自苏巴尔的未读短信。

她的思绪又飘到阿格萨海滩，飘到"大爆炸"那天。事后，苏巴尔从酒店泳池的另一边望着她，当马娅回头看他的时候，她感到了一种陌生的安宁。这是她和维尔在一起已经很长时间没有过的感觉。她知道，她和苏巴尔很快会再到阿格萨相会。

马娅放下手机，插上插头充电，关了厨房和客厅的灯。家里一丝风都没有，现在时机不对，城市上空正热浪滚滚。更何况，这里离海太远，在海边，风向一转就会带来雨水。季风还要再过几天才到。她走进卧室，在床上空着的地方躺下，小心翼翼地生怕吵醒睡梦中人。

沙赫扎德和萨比娜

斋月开始了,沙赫扎德在蒙蒙细雨中迈开大步走向清真寺。像这样突如其来的阵雨时不时让这座城市措手不及,但季风尚未发挥其全部威力。沙赫扎德的左腿走路有点吃力,他尽量让左腿迈得更快一些。在位于孟买最南端闹市区的这座清真寺名气很大,即便是在公司里上班的人,也会一听到召唤就准时前来做礼拜。

在入口处,沙赫扎德脱掉 chappal(凉拖),急匆匆冲进去加入了低头祈祷的男人行列。他们以额触地,轻声祈祷。有那么几分钟的时间,沙赫扎德恭恭敬敬地和他们一起念念有词,额头、鼻子、双手、膝盖和双脚齐齐触地,摆出一副虔诚的样子。但他的思绪不一会儿就开始天马行空。

沙赫扎德想起他曾经在街上见过的一个漂亮女人,然后又想到了另一个。他记忆中的所有漂亮女人一一浮现:一个丰满的法国女人,跟他有生意来往;一个半果阿血统、半尼日利亚血统的女人,有着诱人的红嘴唇,是他过去的旧相识;还有一个白金色头发的女人,他只在网上的图片里见过。他没有想到妻子萨比娜。

他知道先知的教导："若遇到富有魅力的女人，并且一见倾心，他应该去找自己的妻子求欢，这样就可以远离邪念。"先知并没有说明，一个男人如果与妻子的性生活出现障碍的话该怎么办。

由于斋月，沙赫扎德停服了大药丸。医生说这些药丸会让他更像个男人，然而他服药之后只感到了体内燥热。也许那不过是城市的闷热吧。即使这会儿跪在因下雨而湿漉漉的清真寺内凉爽的地砖上，药丸也似乎对他发挥着一些效力。他情不自禁地想到别的女人。

有一天早晨，天气很热，沙赫扎德抱住了那个法国女人，女人也抱住他，这让沙赫扎德兴奋起来。事后，他向本地的一位神职人员忏悔，神职人员对他说："只要这件事没传出去……斋戒会有帮助，没关系。"但沙赫扎德还是有负罪感。他环顾四周，看到其他人都在专心致志地祈祷。他强迫自己集中精力。

沙赫扎德跪地磕头，和往常一样请求真主赐给他一个儿子。他想起保守的 mullah（毛拉）有时会说"多财多子……不受罚"。他们从没说过，假如一个男人到了要用海娜粉染发来掩盖灰白头发的年纪却还没有孩子，那他该怎么办。

下午已经过去，沙赫扎德明白，他该回家了。萨比娜很快会开始做饭,预备在日落后开斋。沙赫扎德一度考虑在闹市区的市场停下来给家里买点bhajia(素食餐包):又辣又脆的油炸面团,用报纸包着,热乎乎、油腻腻,在冷飕飕的雨天吃起来味道好极了。毛毛雨停了,天空却阴沉沉的,好像大雨将至。但他担心萨比娜会骂他乱花钱,于是什么也没买。

沙赫扎德走进家门时能闻到房间里有一股怪味。他的母亲躺在卧室的床上,床单皱巴巴的。她身材瘦削,薄嘴唇,头发染成胡萝卜色,耳朵里塞着棉球。沙赫扎德四处寻找长着龅牙大眼睛的侄女和侄子,他们通常会在门口迎接他。然而家里十二个房间全都安安静静。

过了一会儿,萨比娜回来了,穿着她外出时会套上的黑色burqa(罩袍),怀里抱着一大堆杂货。"您好,maji(妈妈)。"她用低沉沙哑的嗓音问候沙赫扎德的母亲,圆圆的脸颊因为刚走过路而红扑扑的。她漫不经心地对沙赫扎德点了点头,脱下burqa(罩袍),换上厚厚的salwar kameez(传统宽松连衣裙),在厨房里忙碌起来,切蔬菜,烧开水,把红辣椒、孜然和香菜扔进锅里。她的围巾从头发上垂落,沙赫扎德目不转睛地盯着她。他们两个人已经很久没有做爱了。

很快,香辣的气味弥漫每个房间。孩子们都去哪儿了?沙赫扎德又在疑惑。就好像听到了他的问话似的,侄子两眼发光地从卧室里冲了出来。"啊啊啊——"他挥舞着双臂高喊。

沙赫扎德的母亲惊叫着抓住床单，沙赫扎德的侄子一下子找到了目标，转身跳上她的床。他在床上蹦蹦跳跳，还去摁床头墙上的铃。"Masti matkaro（别闹了），"她呵斥道，"快停下。"她那毫无血色的脸气得都变形了。小男孩从床上跳到地上，夸张地举手投降。沙赫扎德笑了，强忍着没鼓掌。侄女早已跑进来看热闹，此刻和弟弟一起大笑，编紧的辫子也跟着乱颤。

萨比娜从憋闷的厨房看着这一幕，锅里已经开始沸腾。天气实在热得要命，雨季一定快来了。她心想，婚姻就像甜腻的laddoo（球形甜点），你吃了它会哭，不吃也会哭。不管你有没有孩子，情况都是这样。

在沙赫扎德偶尔偷偷访问的色情网站上，偏胖印度女人的视频就使用这个标签：laddoo（球形甜点）。和这个国家里的许多丈夫一样，他把这些视频都隐藏起来不让萨比娜看见。他也没对神职人员提起过。

萨比娜从厨房看着他的时候，沙赫扎德又想起了他正在服用的药丸。他考虑将剂量加倍。钟表上的指针指向晚上七点二十四分，开斋和祷告的时间到了。沙赫扎德抬头看了看妻子，但马上又难为情地望向别处。

阿肖克和帕尔瓦蒂

早晨天刚亮,帕尔瓦蒂做了薄薄的 idli(蒸米浆糕)当早餐,因为米浆糕粘在了锅上而暗自气恼。她真希望自己的厨艺能更好一些。墙上的一张便利贴掉了,那上面潦草地记录着她母亲的一份食谱。家里既湿热又不透气。他们的公寓位于孟买的中北部,那里的许多建筑高耸入云,但她和阿肖克并不住在其中某幢楼里。大雨来临之前家里总是会特别闷热。

Idli(蒸米浆糕)做好了,帕尔瓦蒂把它们一个一个从锅里取出来。这时,倾盆大雨骤然而至,伴随着哗啦啦的雨声。从厨房的窗户向外望,她已经无法透过雨幕看见那些高耸入云的建筑。好多天了,天气预报一直说要下雨,印度教寺庙也都念 mantra(符咒)祈雨。但一天天过去,人们始终没见到雨的影子。

帕尔瓦蒂不喜欢雨季。对她来说,雨季意味着道路堵塞、鞋子弄脏、她浓密的头发凌乱不堪。在她位于南部的家乡特里凡得琅(Drivandrum)[1],一年当中还有两个较短的多雨时节。

---

[1] 印度西南部喀拉拉邦的首府。——编者注

孟买只有一个雨季,而且声势浩大。不管是在哪个城市,每当雨季到来,海面就变得波涛汹涌。

客厅里,阿肖克坐在沙发上看报纸。帕尔瓦蒂把早餐送到他面前,他说了声"你好啊,奇布",并抬头从眼镜的上方看着她,他的眼镜已经滑到了鼻尖上。"星期六我们去体验新地铁吧,从这一头坐到那一头再回来。"

帕尔瓦蒂心想,他一定是当真的。她晃了晃脑袋表示赞同,转身又进了厨房。

星期六,他们没去坐地铁,而是开车去了肯达拉(Khandala),从孟买市往东南方向行驶两个小时。肯达拉位于西高止山脉(Western Ghats),帕尔瓦蒂听说它在雨天会很美。怀着小小的激动,她意识到父亲一定会极力反对这件事。他会说:"你对那个地方不了解,不要冒险,为什么要开车跑那么远?"但他再也不能对女儿的行为指手画脚了。

曾几何时,帕尔瓦蒂非常喜欢雨季,那时她还很小,放学后就和妹妹在外面的泥水里玩耍。她们会在外面一直玩到父亲下班或从寺庙回家,他会呵斥姐妹俩进屋。她上大学的时候也还喜欢雨季,雨水拍打外面的建筑时,她和另一个学生约瑟夫会在实验室里接吻。大雨过后,他们总是推着自行车穿过清凉而洁净的校园。约瑟夫的吻不合礼俗,让人感到刺激。

"车子很灵敏,跟我很配合。"阿肖克说,此时他们开上了通往肯达拉的高速公路。帕尔瓦蒂白了他一眼。此刻，离开孟买的地界，她已经感觉好多了。阿肖克摇下车窗，叹了口气说："空气真闷啊！"

通往肯达拉的路在山间迂回曲折，山上草木繁茂，郁郁葱葱。路上不断有急转弯和观景点。"快看。"帕尔瓦蒂一边说一边用手指了指。大雾正扑面而来。

在肯达拉，他们把车停到帕贾石窟（Bhaja Caves）的外面，那是早期佛教徒建造的古老的石头房子。他们沿着小路往上走，看到有瀑布沿陡峭的山坡倾泻而下。横冲直撞的学童顺着石头攀爬到瀑布边，把脑袋伸进水里，禁不住兴奋地尖叫。到了山顶，阿肖克和帕尔瓦蒂躲到一座以土堆覆盖的Stupa（窣堵波，舍利塔）下面，它建于很久以前，供冥想之用。免去了淋雨之忧，帕尔瓦蒂觉得雨季还是颇能给人以浪漫感觉的。但这个念头犹如昙花一现。她把胳膊肘支在阿肖克的肩膀上，现在她一点儿也不想约瑟夫。

回车里的路上，他们拍了张合影，两个人站在小路的尽头笑容满面。在帕尔瓦蒂的笑容里，之前六个月经历的苦涩只留下蛛丝马迹。在那几个月里，阿肖克对新婚妻子提心吊胆，她会在夜里喊叫和哭泣，并且总是把这归咎于自己的"过去"。在那几个月里，她用文字记录了自己的心神不宁与心乱如麻，没让任何人看过这本日记。现在，阿肖克认为她已经不写了。

那天晚上，他们开车回家。刚刚体验了肯达拉的宁静之后,孟买的交通和混乱让人感到心烦。帕尔瓦蒂开着车行驶在潮湿的城市街道上,前面的道路突然分成了五条。她减速,随后加速通过指示灯。一名警察示意他们的车停下。

"驾照,保险。"警察冲着阿肖克吼道,尽管开车的是帕尔瓦蒂。帕尔瓦蒂从一堆文件里翻出驾照和保单,从车窗递出去。这个警察穿着卡其色紧身制服,看上去凶巴巴的。他晃了晃脑袋,绕到这边来接过驾照和保单。阿肖克一声不吭。

"Baahar aao(下车)。"警察的语气变得带有警告意味,阿肖克下了车。经过一番简短交涉,阿肖克塞给警察一点钱,警察迅速麻利地还回执照。

"干吗给他钱?"阿肖克一回到副驾驶座位上,帕尔瓦蒂就问他,"你可以跟他们说你是记者。"

"没用的。"他说。他感觉到妻子咄咄逼人的目光,又补充道:"反正这也无所谓。"

帕尔瓦蒂什么也没说,她握紧方向盘。沉默良久,阿肖克一拳砸在仪表板上,两个人出游的好心情顿时烟消云散。仪表板上的象头神雕像跳动起来,雕像脖子上的珍珠串丁零当啷作响。

"你不应该为这事烦恼,"帕尔瓦蒂一本正经地说,并没有扭头看阿肖克。当她重新发动汽车时,天又开始下雨了。"你不应该因为这事就说那些话贬低自己。"

约瑟夫是决不会那样贬低自己的。

忠贞不渝

———— * ————

马娅和维尔

1999 年—2009 年

幸福的秘诀不是做自己喜欢的事，
而是喜欢自己做的事。

> "春天,她的身姿曼妙如报春花,罗达游走林间,四处寻觅奎师那;爱情让她心旌摇曳,迷乱不能自拔……"
>
> ——贾亚德瓦(Jayadeva)[1],《牧羊女之歌》(*The Gita Govinda*)

马娅第一次见到他是在一个婚礼上。她的朋友在南部城市海得拉巴(Hyderabad)与他的哥哥成婚,地点就在穆西河畔,旧城和新城被这条河分隔开来。那年印度和巴基斯坦在北部的格尔吉尔(Kargil)发动战争,两个国家自分治以来一直处于交战状态,但那次战争仍令人难忘。时间是一月份,天气微凉。再过一天就是共和国日,它纪念的是印度通过宪法,这个国家从那天起真正获得自由。婚礼在一个旁边有花园的酒店里举行,但大部分情形马娅都完全不记得了。关于婚礼,她只记得一件事:维尔在场。

她还记得,新郎新娘伴着符咒声进行 saat phere(七圈),也就是绕圣火走七圈的仪式时,她和维尔都坐在台上,焚香的味道沁人心脾。满脸幸福的新人牵着手走了一圈又一圈,前三圈是新娘走在前面,后四圈由新郎带路。之所以要走七圈,是因为一圈三百六十度不能被七除尽,据说这样一来婚姻就会牢不可破。马娅那时十六七岁,干瘦干瘦的,从头至尾忍不住盯

---

[1] 十二世纪的印度梵语诗人。

着维尔看。这时祭司在用梵语念咒，新娘和新郎重复他们的誓言：我将是娑摩，你将是梨俱……我为天，你为地。[1]

维尔的年龄大一点，婚礼前曾跟马娅说过几句话，问她哪儿有美容院。他说是帮自己的表妹打听，但马娅希望这是他的搭讪借口。

仪式结束后，马娅跟几个朋友一起站在维尔对面，她注意到维尔很英俊，但不是传统意义上的那种英俊。他的头发梳到一边，宽脸，厚嘴唇。马娅最喜欢的是他那双眼睛——大而有神，其中一只的眼角有点下垂。他看起来热情开朗，富有诗意，相貌堂堂。他跟马娅认识的其他任何男人都不一样。他在人群当中如鱼得水应付自如，这给马娅留下了深刻的印象。

他身上某些东西让马娅想到印度教神祇奎师那，据说他既有同情心又有魅力。奎师那还特别有女人缘，据传他一生娶了一万六千个妻子。维尔一开口讲话，婚礼女宾都急切地围到他身边。好几次，他把婚礼上的所有人都逗笑了。马娅很想过去和他聊一聊。

但她不善言谈，毕竟才十几岁，她还不会应酬。虽然人人都夸她漂亮，眼睛明亮，长发披肩，但她确信自己很丑。大家还说，她眼神热烈，英姿飒爽。而且，她比学校里几乎所有男

---

[1] 梵语里的"娑摩"（Sama）就是"天"，"梨俱"（Rig）就是"地"。

生都要聪明,这让她在男生面前感到不自在。仪式完成后,她没敢跟维尔多说几句话。

婚礼结束,客人们散了,有几个男孩子向女孩们索要电子邮箱。马娅给的都是假地址,维尔除外。就在维尔准备上火车的时候,她把写着邮箱地址的小纸条递给了他。"别告诉其他人。"她压低了声音说道。

"谢谢。"维尔说,对她笑了笑。

虽然明知这样有点傻,但马娅当时就决定非维尔不嫁。

几个月后,马娅的邮箱收到一张贺卡,正面图片是一只熊坐在书桌前,配文写着:"一句谢谢难表心意。"同时还附上一封信。

"和你在一起很愉快。非常感谢你宽容我们,尤其是我。但愿我没有让你厌烦,"维尔写道,"期待下次再与'你(YOU)'相见。"

几个大写字母让马娅怦然心动。在下一段,他写道:"幸福的秘诀不是做自己喜欢的事,而是喜欢自己做的事。"结尾是:"爱慕你,祝福你,维尔(甘差)。"

爱慕。

甘差。这是昵称。

马娅竭力按捺内心的激动。她住在海得拉巴,维尔住在孟买,两地之间坐火车要一整天,乘飞机则要花很多钱。她还听说维尔在孟买有约会对象。但她保持着通信，希望借此建立的友谊有朝一日推动感情向前发展。

三年后，偶尔的邮件往来终于演变成两个人在孟买第二次见面并接了吻。在马娅看来，孟买高楼林立、令人兴奋，一点儿都不像她的家乡。海得拉巴是一座渐渐衰落的古老城市，到处是昔日王朝的纪念场所；而在孟买（马娅到这里走亲戚），每一天都让人感到激昂和新鲜。她和维尔约在这座城市人群嘈杂的郊区喝咖啡，然后一起去看电影，最后在邻居家外面停下脚步。马娅站在窗前，维尔吻了她，就像印地语电影里的男主角那样。马娅永远不会忘记，是维尔主动的。

之后在散步时，维尔告诉她："我不想谈恋爱。"

"没关系，"马娅说，她并不灰心，"但我觉得你就是我的真命天子。"

马娅回到海得拉巴后，她和维尔经常聊天，然而寒来暑往，谁也没再提见面。维尔的生日将至，马娅决定是时候大胆行动了。在这几年时间里，她渐渐长得丰满，并开始用 kajal（植物眼线膏）画眼线。正值二十岁芳华，她现在每时每刻都吸引着男人的关注，在聚会上游刃有余。因此，她毫不犹豫地给维尔寄去一张机票，让他到海得拉巴来过生日。从孟买到海得拉巴的航班只要一个小时，票价却高达一万七千卢比，在当时相当于好几百美元。马娅还是个学生，她卖掉了一摞珍藏图书和黄金手镯才凑齐这笔钱。

订好机票后,她还在酒店预订了一间房。她在大学里跟男生有过一些交往,但从未涉及性行为。她认识的女孩几乎全都是处女,或者说自称是处女;kanyadaan(牵新娘),也就是送出贞洁的新娘,依然是印度教婚礼上最重要的仪式之一。但是,她始终确信维尔早晚会成为她的丈夫,因此那没什么不可以的,尽管她有点担心父母会发现她溜出了门。她知道,父母要是发现了的话会大为震惊。别的同龄女孩都没这么大胆。

维尔的生日当晚,一如马娅所希望的,他们在酒店房间里有了云雨之情。然而,马娅虽然明显迷住了维尔,却也看出他并不爱自己。当她表示想嫁给他的时候,维尔温和却坚定地拒绝了。"不管你怎么说都没用的,"他对马娅说,"我忘不了过去。"

维尔的过去是另一个女人,很巧合的是也叫马娅,那是他给马娅发送感谢卡时正在约会的女人。大家都说维尔对另一个马娅 deewana(疯狂),爱得如痴如醉,尽管他只跟对方见过两三次面。

另一个马娅是维尔的远房表亲,因此被认为和他属于同一个 gotra(宗族),也就是说有血缘关系。在婚姻中,gotra(宗族)有时被用来确定两个人能不能相爱。家里的长辈会认为他和另一个马娅结婚万万不可,简直是乱伦。

当另一个马娅提出分手时，维尔想当然地认为她的家人出于这个原因向她施加了压力。或者是因为他家的生意欠债太多，正好在那段时间破产了，所以他们辛辛苦苦挣的钱肯定很快会蒸发掉。这两个现实都使他成为一个不那么有吸引力的准新郎。他确信另一个马娅绝不会自愿离开他。因为这段恋情完美无瑕，他心想。

但是，即便世界上其他所有人都认清了另一个马娅不可能嫁给他，维尔仍坚持想象那是可以实现的。他的手机壁纸一直没换：另一个马娅在照片里笑盈盈地看着他。他在生日的夜晚跟马娅做爱时，她依然在手机壁纸里面笑靥如花。

～～～

维尔向马娅倾诉他对另一个马娅的感情时，她一开始心如刀绞。但后来她想起了印度教古老神话里的神祇奎师那和他的情人罗达，渐渐地感觉好受多了。那是她小时候读过的一个爱情故事。在奎师那遇到过的所有女人中，他最爱的是 gopi（牧羊女）罗达。但罗达不得不因为两个人的爱情而饱受折磨。她受苦实在太深，以至于被推崇为 bhakti（奉爱）的化身，所谓 bhakti 就是痴迷虔诚、有牺牲色彩的爱。不过，她得到奎师那的迷恋，那也是其他女人望尘莫及的。虽然他们始终未结婚，但奎师那和罗达的爱情被认为是永恒的。马娅觉得她应该学习罗达和她所做的牺牲。她心想，如果维尔不爱我，那他就应该和他所爱的人在一起。

另一个马娅在和维尔分手后更换了手机号码，马娅四处打听，替维尔找到了她新的联系方式。"去和她谈谈吧。"马娅说，她鼓励维尔去赢回芳心。

但尽管维尔做出了努力，另一个马娅却不想复合。她说，她不会为了和他在一起而伤害家人。维尔很伤心，但能理解。俗话说："家庭是生命起始而爱永无休止的地方。"一句常被人提起的电影台词是：家庭的价值远胜梦想。

维尔打电话给马娅，感谢她的帮助，同时表示不想再努力了。他说，他完全尊重另一个马娅对家庭的忠诚，并将放弃他们曾经有过的一切以示敬意。我们的相识是完美的，分手也是完美的。维尔这样告诉自己，以便减轻心中的痛楚。所以它仍然是一段完美的恋情。

维尔继续经常给马娅打电话、发短信，不过他强调两个人只是一般朋友。不久，他们开始每天联络。他曾表示"我觉得我们不应该联络"，可是两个人一聊就是两个小时、四个小时甚至六个小时，直到晨曦微露。印度的电话公司能发彩信后，他们开始每天相互发照片。每发一张照片，他们都能看出照片里的人跟前一天相比难以察觉的细微变化。没过多久，维尔开始称她"马尤",马娅则使用他家人对他的昵称"甘差"。

再后来,马娅又随母亲去过几次孟买,每次她都偷偷溜出去到酒店房间和维尔会合,每次他们都会有鱼水之欢。不在一起的时候,他们开始电话性爱,维尔明白她不再是一般朋友了。他发现自己情不自禁地给她发短信说"我想你""我需要你"。

不久,马娅放任自己相信,他已经彻底忘了另一个马娅。她想,维尔说不定还会转而为她 deewana(疯狂)呢。几个月以后,维尔说出了马娅一直渴望听到的那句话。"我们结婚吧,"他在电话里说,"看看会怎么样,会有什么结果。"

马娅竭力不去琢磨这些话听起来充满了不确定性。

~~~

她不想让父亲发现这个婚约。不能这么快,也不能以这样的方式。但还没等她找到机会开口,弟弟泄露了她的秘密。姐弟俩曾经在卧室里画一条线分出各自的地盘,假装那是印度和巴基斯坦的边界。

"你疯了吗?"父亲吼道,声音在开阔的大房子里回荡。他们家靠近机场,能听到飞机入港的轰鸣。马娅的父亲戴着一副学者派头的眼镜,显得温文尔雅,但他阻止这场婚事的态度出乎意料地强硬。他让马娅彻底忘了维尔。"嫁给他,你会懊悔一辈子的！"他说。

马娅的父亲认识维尔的父亲，因为两个人一起做过生意。他们还来自同一个种族群体：马尔瓦里人，经商，四海为家但最初来自拉贾斯坦邦，以看重金钱高于一切闻名。他认为维尔的父亲对金钱的看重登峰造极。他听说过有关另一个马娅的坊间传闻，听说过维尔对她念念不忘。在他们这个社群里，消息传得很快。马娅的父亲根本不信任维尔和他的父母。他听说，嫁到维尔家族的女人都会受到婆家亲戚的骚扰。他发誓要想尽一切办法阻止这桩婚姻。

好几个星期过去了，马娅开始惶恐。她认定自己和维尔结婚无望了。父亲坚持反对，维尔也没着手筹办婚礼。她想维尔一定是后悔向她求婚了，她断定维尔根本就没当真。自由恋爱的婚姻在这座城市还极为罕见，浪漫的爱情基本只属于神祇和电影。她傻乎乎地以为维尔与别的男人不同，她竟然认定了他与众不同，这让情况变得更糟。

冲动之下，马娅在家里找到一瓶安眠药，一粒接一粒连服了三十粒。父亲回家时，她正在过道里摇摇晃晃。

在医院，医护人员把一根粗管子插进马娅的喉咙给她洗胃。管子引起撕心裂肺的疼痛，但救了她的命。

马娅服安眠药是为了传达一个信息：没有维尔我就活不下去。她想让父亲明白，让维尔明白。而且这是真的：如果不能拥有维尔，那她宁愿去死。她开始觉得生活是一场持续不断的抗争：与父亲抗争，与男孩抗争，与印度女孩被容许的生活方式抗争。她不能学习自己想学的东西，取得分析化学硕士学位纯粹是因为父亲觉得这是一个非常体面的专业。如果让她选择，她会学心理学或新闻学。现在父亲又要替她择偶了。她希望吞下那些药片能向父亲证明他大错特错。

在康复后，马娅震惊地发现父亲的立场丝毫没有动摇。如果说有什么变化，那就是变得越发坚定了。她应该记得这一点的。一旦他就某件事拿定了主意，那就好比完成了一笔马尔瓦里人的生意。价钱谈妥，银货两讫。到此为止，无论是哀求还是暴力都没用。

而且维尔仍未着手筹办婚礼。他一如既往地和马娅联络，但回避结婚话题。因此，又过了一个季节，当父亲建议马娅至少跟另一个男人见见面时，她闷闷不乐地答应了。事实上，成群结队的男人想娶她：一个婀娜多姿的印度教女孩，想必是处女，在照片里抿嘴微笑。娴静端庄向来是女人的好品质。

父母替她相中了阿尼尔，他是宝莱坞的一个小导演，热衷于写诗，娘娘腔，偏分头。他们向马娅鼓吹说，阿尼尔住在孟买市奢华的阿尔塔蒙大道（Altamount Road），家里非常有钱。同样重要的是，他来自同一个婆罗门亚种姓。

很快，有人提议阿尼尔、马娅和双方父母一起去旅行，以便大家相互了解。马娅答应了，认为这或许正好是她俘获维尔所需要的筹码。但是当马娅把这件事告诉维尔时，他只是说："去吧，看看会怎么样。"马娅觉得他有点伤感，但并不能肯定。

阿尼尔和马娅跟随父母前往迈索尔（Mysore），这座印度南方城市位于郁郁葱葱的查蒙迪山（Chamundi Hills）山麓，城里到处是宫殿。尽管这里风景如画，马娅觉得它根本谈不上浪漫。她对阿尼尔毫无兴趣，他长着一张龟脸，况且还是富家子弟。阿尼尔觉得马娅很漂亮，但也不想受人强迫。

旅行结束后，按照事先定好的日子，阿尼尔和马娅没有父母陪伴在"咖啡日"咖啡店（Café Coffee Day）见面讨论下一步何去何从，这家西式咖啡连锁店是年轻男女经常光顾的地方。他们一坐下来，阿尼尔就说："我认为这一切都是扯淡。"

"我也这么认为。"马娅说。

"我不信任相亲的婚姻。"

"我也不信。"

孟买的许多年轻人都不信，所以安排相亲需要特别的技巧。双方父母都试图让马娅和阿尼尔相信：对方已经同意了，问他们什么时候也答应。夏天即将过去，马娅的父母天天催促，马娅打电话给维尔让他知道他就快要失去她了。

"他们一定会逼我跟这个人订婚，"她略带夸张地对维尔说，"人人都知道的。你得做个决断了。"

第二天，维尔请求马娅嫁给他。这一次，她能看出维尔的求婚有所不同，他的声音和举止都发生了变化。维尔后来表示："直到八月八号，我对结婚还不是很感兴趣；但在八月九号，我心想：结吧。"

事情出现转机是因为当维尔认识到他可能会失去马娅时，他想起了马娅的种种美德。他想起马娅总是体贴备至，从不隐瞒自己的感受。他心想，我也向她毫无保留地展示了我的人生。而且她欣然接受了，从不在意他家生意的成败。这似乎正是男人理想的妻子的品格：支持你、理解你，总是对你坦诚相见。维尔改变主意也是因为，他向父亲提出要娶马娅为妻而父亲表示了赞同。

但是，他在向马娅求婚时也告诉她，另一个马娅将始终留在他的生活中。他说，另一个马娅的照片也许会永远留在他的手机壁纸上。

马娅心想，我应当扭头就走。但她没走，因为她认定了维尔是她的真命天子。

而且，马娅决定在结婚之前去一趟手镯市场。它在海得拉巴一个熙熙攘攘的市场里，女人在那儿可以买到各种颜色和款式的手镯。那里有大商店，玻璃柜里摆着精美的手镯；也有苦布搭成的室外小商铺，售卖式样比较简单的手镯。店主们总是吆喝着"Choora, choora（新娘手镯）"招徕客人，它可以在任何场合佩戴，但主要用于婚礼。

有些新娘手镯是用象牙或犀牛角制成的，借助香油润滑套到手腕上。还有些是24k黄金，镶嵌着闪闪发光的红色宝石，在接口处咔嗒一声扣上。大多数是红白两色的，以示好运和纯洁。

手镯象征着婚誓——不可更改、永结同心。如果马娅跟她的母亲一样，也跟大多数印度教妇女一样，那她就要佩戴红色结婚手镯直到去世。

~~~~~

一直等到父母外出短途旅行，马娅终于逮着了机会。她和维尔计划在新德里的机场会合，然后到粉红宫殿之城斋浦尔（Jaipur）结婚。但是在马娅等候维尔搭乘的飞机时，她如坐针毡，唯恐他不在飞机上。她打电话给好朋友，这个好朋友将为她证婚。她的声音里充满了紧张和恐惧，问道："要是他不来怎么办？"

"那就回家，"朋友说，"没人会知道的。"

但维尔来了，而且看起来对婚礼感到兴奋，甚至欣喜若狂。他们见到了马娅的朋友及其男友和另外一对恋人，那是维尔的朋友。这四个人将在婚礼上代替双方父母做证婚人。

这两对恋人一开始都曾阻止这场婚姻，认为这行不通。且不说维尔曾经为了另一个马娅多么 deewana（疯狂）、马娅又曾经 fanaa（为爱所毁）到什么程度，也不说维尔的父母多么强势、马娅的父亲对这桩婚事多么不满。还有一个突出的问题，那就是马娅和维尔星相不合。老话说：婚姻乃天定。大多数印度教徒会在结婚前查看生辰图，连不信教的人也是如此。从马娅和维尔的星相来看，两个人的结合只会带来麻烦。

但是，看到马娅绝不屈服，维尔如今深情地称她为"马尤"，这两对恋人改变了主意。况且，他们得知连维尔的父亲都赞成这桩婚事，最终，两对恋人帮忙张罗了这件事。他们筹划了在有宏伟堡垒和富丽宫殿的城市斋浦尔举行婚礼，因为维尔是在那里出生的，对当地比较熟悉。鉴于马娅和维尔的祖先都来自拉贾斯坦，他们的父母恐怕也会把婚礼地点定在这里。

正值八月，城里酷热难耐，他们在一座寺院举行仪式，又跑到另一座寺院做 pooja（供奉）[1]，时刻提心吊胆怕被人发现。马娅身穿艳粉色纱丽[2]，戴着维尔的朋友送给她的廉价红色塑料手镯。她没去手镯市场买手镯，因为没来得及。维尔穿着庄重的白金红三色 sherwani（高领长外套）[3]，高高的头巾包得不太严谨。两个人

---

[1] 指印度教徒礼敬、祭祀神祇的仪式。
[2] 印度妇女的传统服饰，把一块面料以披裹方式缠绕在身上。
[3] 印度男性传统服饰里的礼服。

都戴了粉色和白色康乃馨花环。他们按照雅利安社（Arya Samaj）[1]的方式成婚，相当于法庭婚礼，适用于跨种姓、跨宗教或者未经父母同意就结婚的新人。雅利安社的仪式比较简单，花费也少，但仍包含所有必不可少的吠陀婚礼程序和祷告。

仪式过程中出现的小小意外让几个朋友感到不安。婚典本应在日落前进行，但维尔和马娅成婚时太阳已经落山了。外面还下起了大雨，像是在预示厄运似的。马娅和维尔本该绕圣火走七圈，却不小心走了八圈。Pandit（巫师）表示，没关系，最后一圈"不过是收个尾"。维尔的朋友心想，这算怎么回事？大家都绕七圈而不是八圈。

但在那天拍的照片中，马娅和维尔的脸上看不出任何担忧。穿着艳粉色纱丽的马娅面露微笑，手和脚都用海娜粉染成深红色，幸福地依偎在维尔身边。维尔仍戴着高高的头巾，胳膊搂着新娘站立。

他们离开寺院时，维尔接到哥哥打来的电话。马娅的父亲给维尔家打了电话，说是自己在寻找这对恋人的下落。

"我们先斩后奏了，"维尔平静地告诉哥哥，紧接着他表示，"我们这会儿先别多说，过两天吧，两天以后你可以打电话给我，如果你心平气和，那最好。假如你现在要发表意见，

---

[1] 亦称"圣社"，印度教社团之一。

那一定会大发雷霆，事后又后悔。"尽管维尔的家人最初曾同意了这桩婚事，但他知道马娅父亲的愤怒可能会掀起波澜。

维尔挂断电话，关掉手机，马娅也关机。他们在斋浦尔又待了几天，每晚换旅馆。马娅担心父亲随时冒出来，尽管她不知道父亲如果来了会怎样。最起码，他会把女儿带回海得拉巴，并且再也不让她跟维尔见面。为保险起见，有一天晚上他们借住在斋浦尔一个黑手党头目的家里，这个人的儿子是维尔上中学时的老朋友。维尔心想，谁也不会到这儿来抓我们的。

对马娅来说，东躲西藏的这一个星期是她有生以来最惊惶也最浪漫的一个星期。她发现自己比过去更坚贞不渝了。维尔则平平静静，认为自己做出了正确的决定。他心想，我娶的是一个好朋友。到头来，他希望这场婚姻能让两个受人尊敬的中产阶级马尔瓦里家庭联起手来。婚姻从来就是一种交易。但是，只有马娅的父亲原谅她，两家人才会和睦相处。

马娅和维尔乘飞机回到孟买，维尔的父亲和继母在机场迎候。他们为这对新人感到由衷地高兴，儿子已经三十岁，早该成家了，况且女方想必保有贞洁之身，年方二十三岁，跟他有着同样背景。

不久，他们在一个宴会厅举办盛大的婚宴，邀请了大约五百人，包括马娅的父母。宴请费用通常不该由男方承担，但马娅家不肯操办。马娅的母亲带着她的弟弟、叔叔和其他家庭成员出席了婚宴，但她父亲没有露面。"这些人不会让你有好日子过的。"他在电话里警告女儿。他的观点始终没变。

维尔的父亲在婚宴后带着马娅到海得拉巴试图握手言和，但情况仍无转机。在客厅里，马娅发现父亲在流泪，祖父坐在他旁边。

马娅的祖父无论身高还是气度都让人望而生畏。他在政府机构任职，曾在铁路部门工作。他的身板挺得笔直。他这个人还特别讲原则，这对孙辈来说可以是好事也可以是坏事，取决于他站在哪一边。这次他支持马娅。他认为，既然她找到了相爱的好男人，那就该允许这两个年轻人结婚。他难过的是，事情的经过可能会导致马娅与父亲决裂。

"你应该告诉我的，"祖父伤心地说，"我会替你做主。"

马娅也跟着父亲一起哭了。"但这件事木已成舟，"她说，看看父亲又看看祖父，"现在我可以为自己的人生负责了，您得相信我。"

父亲说，他做不到，因为他知道将来会发生什么。

维尔的父亲坐在一旁冷冷地看着这一幕，等大家都哭完，他带着马娅回到孟买。

按照新婚习俗，现在维尔父母的家就是马娅的家，它位于城市北郊一个拥挤的住宅区。

马娅一直想象孟买是爱情之都。孟买（Mumbai）直到不久前还被称为Bombay，在那之前叫Bom Bahia、Boa-Vida、Mambe、Mumbadevi、Heptansia以及彰显这座城市独有魅力的很多名字。[1]孟买在印度实现独立之前曾由葡萄牙人统治，后作为一项婚约的一部分转赠给英国。孟买被更名为Mumbai，因为某政党想摆脱这座城市受英国殖民统治的历史阴影，不过许多当地人仍然使用听起来更性感的Bombay。孟买连昵称都充满诱惑力：七岛之城、梦想之城、黄金之城。它是宝莱坞所在地，是几乎所有银幕爱情故事的发生地。它是通往整个印度的门户。如果说有什么地方适合恋爱，那一定是孟买。

维尔长大成年以后一直生活在孟买，他的看法有所不同。对他来说，孟买首先是一个商贸城市、交易中心。它是一个拥有一千八百万人口的大城市，是印度的金融中心，是这个国家大部分财富的来源。宝莱坞代表的不是浪漫满屋，而是财源滚

---

1 Bombay的意思是"良港"，Bom Bahia的意思是"美丽海湾"，Boa-Vida的意思是"美好生活"，Mambe是古柯叶碎末制成的药用混合物，Mumbadevi指印度教主神之一湿婆神的妻子雪山女神、也是渔民的保护神Mumba Devi，Heptansia的意思是"七座岛"。Mumba Devi也叫Mumba Bai，孟买现在的英文拼写即由此而来。

滚。孟买是每个出色的马尔瓦里商人都向往的地方。它被称为"通往印度的门户"就是因为大量贸易流经这座城市的港口。孟买如今只是一座大岛了,市中心在岛的末端。

城市的最南端还有一座名为"印度门"的纪念碑,玄武岩拱门结构,屹立于泰姬陵酒店和阿拉伯海海岸之间。印度门是为纪念英国乔治五世国王和玛丽王后访印而建造的,这两个人本不应结为夫妻,但彼此相爱,于是就结了婚。雨季到来前夕,鸢总会在印度门周围盘旋,在海水与拱门之间的天空中展翅飞翔。它们常常落在泥水与陆地汇合的拱门基座附近,有时栖息在成堆的垃圾上或者有人拿大海当厕所留下的粪渣上。

整个孟买闹市区的一切都是这样的:从这边看令人眼花缭乱,从那边看又让人毛骨悚然。在闹市区,孟买的地势顺着波动的大海蜿蜒向下。白天,简直能把人热化了的高温蒸腾出一片雾气,呈现梦幻般的景象。

夜晚,在沿着海岸线而建的滨海大道两旁,亮起的路灯看上去宛如一串珍珠。在离海边更远的内陆,维多利亚式和印度萨拉森式建筑勉强保持着尊严和美丽。这些建筑的旁边就是开放式绿色板球场地,还有伊朗咖啡馆、游客摊位、街角小店和啤酒酒吧鳞次栉比的街区。沿街叫卖的小贩兜售着这座城市里最受欢迎的小吃:油炸的 vada pav(夹土豆泥的汉堡)、黄油的 pav bhaji(餐包酱汁蔬菜)、香辣的 pani puri(浇汁脆球饼），还有杧果 lassi（拉西饮料）和 masala coke（香料可乐）佐餐。

尽管城市迅速衰败的迹象显而易见、出租车鸣笛声不绝于耳、人类废弃物臭气熏天，孟买依然令人眼花缭乱，污浊空气的刺鼻味道和昔日暴力活动的记忆对它丝毫无损。这里没有隐私，也没有富余空间。但是，正因为空间稀缺，大家在这座城市里关系紧密：占人口多数的印度教徒和占人口少数的穆斯林，腰缠万贯的大亨和食不果腹的穷人，本地人和外来客，朝气蓬勃的青年和弯腰驼背的老妪，所有人摩肩接踵。触碰在有一百多种语言通行的情况下是一种交流方式，也可以是伤害妇女儿童或邻居的手段。这座城市里没有绝对的好坏之分，美丽和残忍交织在一起。但它现在是马娅和维尔共同生活的城市了。

维尔的父母居住的郊区拥挤而嘈杂，要从市中心沿西部铁路线向北行驶将近二十站。它和情侣们牵手漫步的孟买滨海大道相隔甚远，与拥有宽敞街道的闹市区迥异。它跟这座城市的大部分地方一样，路上塞满了汽车、摩托车和人力车，它们在黄昏时分像蟑螂一样飞快地横冲直撞穿过街道。

在郊区更远的地方，经过论尺寸卖布、在桶上打孔沽酒和编花环卖花的商店，大部分房子都是新建的。这些建筑物比较低矮，涂成千篇一律的棕色、黄褐色和灰色。它们的墙上往往布满 paan（包叶槟榔），它是蒌叶和烟草的组合，嚼完吐出来的东西就像血。郊外住宅区最高的楼房都是光彩夺目的新建成的购物中心，外墙贴满花哨的广告和标语，宣传的都是几乎没人买得起的物品。最矮的房子是 chawl，也就是分租宿舍。还有更小的是棚屋，用竹子、帆布和瓦楞铁建造，排列在郊区的许多小路两旁。孟买市区人口过剩，郊区则更是不堪负荷。

但马娅没看到这些，一开始没有。她只看到自己终于来到了梦想之城孟买，而且是和爱人一起。

~~~

维尔家是大家庭制。虽然马娅完成了大学学业并获得了硕士学位，但家里人想当然地认为，她除了帮忙给全家七口人做饭以外没有别的事情要做。她每天从日出时分，便开始和其他女人一起准备食物，揉面做 roti（印度煎饼），给当天的早餐添加调味品。

她还必须穿纱丽，换下她上学时穿的西式连衣裙。她不知道怎么系纱丽，女孩子第一次甚至到了第十次系纱丽还是会有困难。她的衣服不多，不管是传统的还是西式的，但她一贯注重仪表。在和维尔一起去看望他的祖母时，她挑了一件朴素但看起来很漂亮的纱丽，感觉拜访进行得很顺利。可马娅至今都还记得，那天晚上，维尔的父母下班回家时怒气冲冲。他们不肯和她说话,过了一会儿,家里其他人都开始对她冷眼相待。

马娅心想,这是怎么啦?在她的原生家庭,大家遇到问题会开诚布公地讨论解决。在这里,问题似乎不受遏制地渐渐恶化。

第二天,马娅无意中听到维尔的父母说,维尔的祖母向他们痛斥马娅穿的纱丽。几个长辈一致认为马娅出门"穿得不像个新娘子"。他们说,维尔的新婚妻子穿着朴素,"坏了我们的名声"。马娅惊慌失措,躲进卧室给正在上班的维尔打电话。

"我还不了解他们的规矩。如果有问题,请让他们指点我,"她说,"我愿意听从。"

"马尤,一家人之间难免会有这些事情。"他说。马娅觉得这番话根本没什么用。

"跟他们说说吧,求你了。"

但是,维尔回家后什么也没说。

维尔不喜欢违抗父亲,他的父亲相貌威严,挺着将军肚,胡子浓密,跟儿子一样眼角下垂;有人说他活脱脱一副传统的宝莱坞恶棍形象。维尔和父亲的关系很亲密,在他的母亲十五年前死于癌症之后尤甚。他的继母是一个身材高大、性情残暴的女人,表情僵硬,口齿伶俐。维尔和他的兄弟们似乎只能容忍她。有人说她把维尔的父亲变得更苛刻了。不过,维尔对父亲向来言听计从。

在那之后,马娅买了高档一些的纱丽,并且更加努力地下厨。维尔上班的时候,她尽量不去打扰,即便维尔的父母对她恶声恶气——这种情形越来越多了。让她欣慰的是,维尔不在她身边的时候会发来温情脉脉的短信。

他会写道:

Hi jaana(嗨,亲爱的)。

我估计是已经在想你了,所以有点魂不守舍。

马尤……我想你,yaar(朋友,伙计)……你连条彩信也不给我发。

等维尔终于下班回家,马娅尽量不向他抱怨。她看得出维尔有多疲惫,她注意到他的裤子上磨起了毛、衬衣上汗渍斑斑、腰带常常漏穿一个裤袢。每当他高高兴兴地爬上床在她身边躺下,马娅就觉得他们这个大家庭其实并不像看上去那么糟。

但她有时会在下午变得焦躁不安,那时维尔和他的父兄都在上班,家里的其他女人则按照每天的惯例在睡午觉。在这几个小时里,马娅会趴在卧室的地板上打开维尔送给她的笔记本电脑。她很希望能上网,但这台笔记本电脑很原始,启动或加载页面极慢,所以看视频基本上是不可能的。在终于能进入电子邮箱时,她有时会给上学时的朋友发发邮件,或者盼望父亲的来信。父亲在她结婚后就再也没有和她说过话。

但父亲没发邮件也没打电话。她意外地收到了一个大学男友发来的消息,他写道:"我往你朋友的地址寄了一块金表送给你。我仍在等你。"一时间,她不禁遐想那段恋情如果没结束的话会有什么结果。她心想,不,他跟维尔没法比。

就在马娅开始使用笔记本电脑后不久,公公把她叫进自己的卧室。他铁青着脸站在那儿,身边是维尔和他哥哥。

"把你的笔记本电脑和手机放到床上!"他说,马娅照办了。"怎么了?"她问。

"在我们家,"维尔的父亲说,"儿媳妇们不许使用电子产品,不许懂得先进技术。"

维尔的父亲听到传闻说马娅在这个大家庭里过得很惨。他听说,马娅想离开,而且要带着维尔一起走。所以,现在他觉得必须切断马娅与外界沟通的渠道。

"您把我叫来就是为了这个吗?"马娅说,这是她第一次对婆家人发火。马娅的确对见证了其婚礼的一个朋友说过,她对自己的生活状况不太满意。但是她从来没说过要离开这个家,也没说过要拆散这个家。

"瞧瞧,你老婆就是这样说话的吗?"维尔的父亲转过身对维尔说。维尔不知如何是好。

"他们作践我,你却站在那儿不吭声。"马娅责怪丈夫。

维尔看了看她,一言不发。他一向认为,在有冲突时最好别发表意见。他心想，视而不见才是上策。他没做错什么，也没说任何人的坏话，才是最重要的。

他还知道，每个人都会带有自己的偏见。他会在事后说："要是五年后再提起这件事，每个人都会往上面撒点自己的masala（香料粉）。大家都怎么啦？我不想知道，我不想牵扯进去。"但维尔无法置身事外。马娅交出手机和笔记本电脑后，大家庭里的生活越发难熬了。一月，许多孟买人都去度假，马娅对维尔说她需要放松一下。她表示，如若不然的话她会疯掉。

维尔的父亲试图阻止他们外出。他说，马娅身体不好，不能旅行。这一次，维尔终于跟父亲顶嘴了。他争辩说，新婚夫妻都应该度蜜月，这次旅行就当是给他和马娅补上。

那个月，他们乘飞机来到位于喜马拉雅山脚下的马苏里（Mussoorie），那里曾经是英国人的度假胜地。在马苏里，天气凉爽怡人，山上云雾缭绕。马娅和维尔参观了寺庙和神殿，每天快乐地四处闲逛。离开之前，他们在一个瀑布下面照了张相。水流白花花的，曝光特别明亮，看上去就像身后是一片雪地。两个人都容光焕发，面带微笑。

但回到孟买后，马娅发现一切依然如故。她意识到，维尔会继续每天长时间上班，公公婆婆会在他离家这段时间里对她恶语相加。跟这个国家里的许多女性一样，她发现自己永远不会获准出去工作。她曾打算回娘家看望父亲并补救父女关系，但维尔的父母不准许。想到无法忍受的未来，马娅拿起她治疗哮喘的气雾剂，一口吞下了里面的所有药物。

这一次，马娅不只是为了传递某种信息。她在医院里躺了三天，在此期间维尔几乎寸步不离。

第三天，马娅在医院的病房里醒来，发现母亲和父亲站在床边。"是谁在照顾你？"父亲问道。

"是维尔。"她说。维尔对她很体贴。

等到马娅精神好转，父亲带她回到维尔的父母家。他扶女儿躺到床上，然后到外面去和维尔的父亲说话。维尔的父亲表示，他认为马娅住院是故意要引人注目的花招。

"不是的。"马娅的父亲说，"马娅病得很重，她需要照顾，她都瘦了七公斤了。我会照顾她，然后再把她送回来。"

马娅从卧室里听到维尔的父亲开始咆哮。女孩子婚后就属于婆家了，不属于娘家。除非她怀了孕，否则她不能回海得拉巴的原生家庭。但是，维尔的父亲越说越激动，最后声称要马娅滚出他的家。"带走你闺女吧，"马娅记得他吼道，"你没给她任何教养，她不懂得尊重任何人。你爱带她去哪儿就去哪儿。"

看到亲家怒不可遏，马娅的父亲跪到地上开始亲吻他的脚。他乞求亲家允许他带女儿回家，而不是一怒之下赶走他的女儿。马娅在药物的作用下依然昏昏沉沉，她挣扎着从床上爬起来。她不敢相信眼前一副摇尾乞怜模样的人是她父亲。

"别吻他的脚替我求情,"她走进客厅里对父亲说,"快起来,您这样做不值得。"

她尽可能冷冰冰地对维尔的父亲说:"您怎么对我,我也会怎么对您。"

马娅的父亲离开了这个大家庭,或许他知道自己留下来有弊无利。第二天,他打电话给马娅说,他和马娅的母亲决定回海得拉巴,让她继续跟维尔的父母一起住。"我们不想拆散你们家,"他声音沙哑地说,"但走之前,我能见见你和维尔吗?"

维尔感到左右为难,一边是他的父母,另一边是马娅和她的父母。他心想,每个人都有自己的说法和情绪。他知道本性难移,尤其是印度的长辈,他们只会一味催逼。虽然他看出了父母在折磨他的妻子,却也认为刁难儿媳是印度人生活方式的一部分。即使是在印度女性变得更加自信的今天,许多电视肥皂剧仍然是强势婆婆欺侮儿媳的婆媳剧情。这种情形在古老的歌曲和民间故事中也有体现。大多数女孩都默默忍受了。他心想,但是马娅不行,她一遭受挤压就会爆发。每当受到刁难,她就变得傲慢和愤怒。维尔知道父母会一辈子秉持对他妻子的这些第一印象,现在马娅强行要把他牵扯进来,这是他不情愿的。

"你和我一起去吗？"马娅问。

"我去问问父亲就来。"维尔说。但他去了好几分钟都没露面。等他终于回来，他拉着马娅的手说："马尤，我们回家吧。"

"不行，"她语气坚定地说，"我要去见我父亲。"

"别这样，"他说，"会让人看笑话的。"

"我要见我的父亲。"她再次强调。

维尔的手机响了，他接听时，马娅能听到他父亲在电话里咆哮。"你连自己的女人都管不住吗？"他父亲带着威胁的口吻说道。与此同时，维尔的继母走出来命令他们回屋去。

"你凭什么阻拦我？"马娅说。

在马娅的记忆中，维尔的父亲紧接着出来了，他们四个人开始在街上推推搡搡。马娅挣脱了拉扯她的胳膊，抬手招呼一辆路过的人力车，那辆车嘎吱嘎吱响着在他们面前停了下来。她和维尔爬上车，维尔的父亲试图跟上去。马娅转向公公，指着路边一个穿制服的人，冷冷地说："那儿有个警察，您要是不下去，我就告您。"

"这就是你从小受到的教育。"维尔的父亲说着让人力车走了。

在人力车上，维尔质问马娅："你干了些什么？你把一切都搞砸了。"

马娅哭了："你什么意思？"

"我不知道我们还能不能在一起。"维尔说。

"为什么说这种话?"马娅不哭了,但还在抽噎。她心里明白,跟许多印度男人一样,在维尔眼中,家庭高于一切。

维尔的父亲进屋给远在海得拉巴的马娅的祖父打了电话。在电话里,他连珠炮般辱骂她的祖父,指责马娅没有家教。当马娅和维尔乘坐人力车穿过人群熙攘的街道去见她的父亲并发现父亲正在一家咖啡馆里落泪时,她祖父的血压飙升,他中风了,手里还紧握着听筒。

~~~

这件事发生后的那个星期,维尔在上班时给妻子发了一封电子邮件,抬头是"亲爱的马娅"。自从开始称呼她"马尤",他几乎就再没叫过她"马娅"。在邮件中,他写道,他的父母"心力交瘁",这种事情下不为例。他说,他们必须把眼光放长远一点。他在邮件的最后写了"永远爱你",但这个结尾似乎并不能令人信服。

家里的波折并未结束,因为每天早上马娅一醒来就会想着未来的漫长岁月,在那些岁月里,维尔的父母将斥责她、贬低她,而维尔却沉默不语。有一天,她走出了大家庭居住的公寓,乘公共汽车来到距离孟买三小时车程的浦那(Pune),维尔不得不赶来接她回家。每天半夜,她都会尖叫着醒来,不得不服用精神病治疗药物和抗抑郁药物。她感到喘不过气,于是去看医生,维尔的父亲跟进诊室想证明她是在编造谎言。医生是个和蔼的白发男人,长着大鼻子,他笑着对维尔的父亲说:"赶紧出去吧,你在这儿只会添乱。"

最后,马娅和维尔搬出了大家庭。一开始他们搬到一个临时住所,后来换到另一个地方,最后住进了他们称之为家的新公寓。这座城市里越来越多的夫妻选择与双方父母分开住,尽管保守派政界人士和老一辈表示反对,并将其归咎于西方影响。年轻夫妻通常不会搬得太远,马娅和维尔的新家与维尔的父母家只隔了一个住宅区。当他们终于搬走时,维尔的父亲和继母似乎很高兴看到马娅从眼前消失。

搬家后不久,马娅的母亲来看望她,并和女儿坐下来谈心。她的脸方方正正,头发稀疏,脂肪成堆。许多尽心尽力的印度母亲都会变成这副样子,马娅不想这样。

"你得看开点,别那么生气。"母亲对她说,"Thoda compromise karo.(稍稍妥协一下。)"

马娅以前就很多次听说过这句话,她知道印度妇女都习惯忍让。但她认为"稍稍妥协一下"这回事是不存在的。即便是小小的妥协也会损害一个人所珍视的东西,最终让她失去太多太多。

不过,搬到新公寓让马娅如愿以偿。维尔看出来他的父母和马娅无法在同一屋檐下生活,尽管他心里还萦绕着父亲多年前说过的话,那是在他母亲因癌症去世后不久。"我们男人必须拧成一股绳,"维尔的父亲告诉三个儿子,"要当心,会有人千方百计拆散我们。"不管怎样,在最初几个月安家筑巢的日子里,他们的新家让人感觉颇有祥瑞之气,就好像他们遵循了vastu shastra(印度教建筑科学)的设计似的。在一个空间奇缺的城市,这套两室两卫公寓既宽敞又通风。房间的空调已经用了一二十年,但让他们感觉一下子远离了这座城市的热浪。他们买了一台LG电视机和一个电视柜,还有戈德雷杰公司生产的五斗柜和两张矮床。他们从维尔家分到了皮沙发和木桌椅,还打算买一台洗衣机,过些时候再请个保姆,这样就能减轻马娅的家务负担。自来水只在早晨和晚上供应一个小时,但那是专属于他们的水。最棒的是,屋里有两个铁皮屋顶阳台,可以俯瞰城市和远处连绵起伏的山丘。这套公寓标志着他们步入孟买的中产阶层,这个阶层伴随着印度经济的发展在不断壮大。外国投资者纷至沓来。印度在熊熊燃烧,印度是下一个超级大国——所有报纸都在这么说。维尔觉得,马尔瓦里人真是赶上了好时候。

马娅精心装饰这套公寓,使之具备她和维尔的独有印记。在餐桌上方,她挂了一幅奎师那和罗达的画像,画里的这对恋人并排坐在秋千上。黑天神奎师那的皮肤是蓝色的,相貌英俊,画里的他包着头巾,穿着灯笼裤;牧羊女罗达梳着长长的辫子,发间插着鲜花。秋千缠绕着花环,这对恋人面对面,膝盖紧挨着,额头几乎相抵。奎师那深情凝视着罗达,罗达则望向远方。在马娅看来,它描绘的是陪伴与慰藉,她觉得那一定就是两个人长相厮守的感觉。他走到哪儿,你就跟到哪儿。

马娅给他们在马苏里度蜜月时拍的照片配了相框,摆到客厅的架子上。在前门的边上,她挂了一个牌子,上面写着Sukhtara,意思是"快乐的星星",那是她给新家取的名字。

渐渐地,马娅在房间的各个角落摆上了前男友们送的泰迪熊。这些纽扣做鼻子、眼睛似玻璃珠的泰迪熊会让人想起那些未能善终的恋情和不如维尔出色的男人。维尔没给马娅买过毛绒玩具,他说他觉得这些东西毫无生气。有一次,马娅给他买了一只毛茸茸的粉红色泰迪熊,那时她还不知道维尔不喜欢毛绒玩具。那只熊如今被收在公寓的次卧,他们希望这里有朝一日成为他们第一个孩子的卧室。

关于马娅什么时候怀孕,他们没有刻意规划过,但毕竟是想要孩子的。马娅想要个孩子的部分原因是维尔经常不在家。他为家族生意工作得比以往更卖力了,两个人商定,等孩子出生了马娅再找工作。维尔想要个孩子是因为这是顺理成章的事。他从小患有癫痫,成年后曾多次发作,这让他很担心,所以觉得最好趁早要孩子。他还认为，有了孩子，马娅就不会感到那么孤单了。

在次卧，他们摆了一个放衣服的五斗柜、一个能用来收纳儿童书籍或玩具的木柜。为了舒适起见，他们在矮单人床上铺了两个床垫。但他们没买或粉或蓝的玩具和毛毯，因为在孩子出生前准备这些东西不吉利。即使在有好医院的大城市里，许多婴儿也无法存活。

几个月后，过了排灯节，马娅没按时来月经，于是发现自己怀孕了。她现在二十四岁，对于怀头胎来说年龄已经很大了，这个国家里的妈妈怀头胎的平均年龄是十九岁。但城里的女性要孩子都会晚一些，马娅庆幸自己没有生活在农村。她打电话给正在上班的维尔报告了好消息，同时表示担心，因为她最近服用过抗生素。"要是对胎儿有伤害怎么办？"她说。

"放心吧，马娅，"他说，"我们去找医生看看。"

医生们都告诉马娅，她这次怀孕会有困难，不是因为她服用了抗生素，是因为她有卵巢囊肿和其他妇科疾病。他们责令马娅严格卧床休息直到孩子出生：不准出门，不准运动，不准劳累。马娅很害怕，但维尔一个劲儿地表示没什么好担心的，说她"绝对没问题"。

怀孕一个月左右，马娅开始出血。她和维尔刚刚参加完一个婚礼回到家，她惊慌失措地给医生打电话。"血是什么颜色的?"医生问,"鲜红还是暗红?""是鲜红的。"马娅说。"没什么好担心的,"医生告诉她,"有些人怀孕期间就是会出血。"

第二天,她又开始出血,这次一个社区医生给她打了一针,之后维尔带她回家休息。"我要去办公室了,"他说,脑子里想到工作中的一个难题,"有事就给我打电话。"

半小时后,马娅再次开始流血不止。马娅的医生让她去市区的一家医院,在城市的最南端,因为附近医院的床位都满了。从他们家开车到那儿需要一个半小时,在路上,维尔坚持要到父母家去接上继母,这样有女人陪着便于照应。马娅记得,她在车里流着血,维尔的继母却不紧不慢地走过来。

接下来的几天里,医生们一次又一次做超声波检查,试图找出症结所在。第三天晚上,他们对马娅说次日早上要做CT扫描,让她去安心睡觉。

但是马娅睡不着,夜里起来上厕所的时候,她感到有什么东西从体内掉了出来。马娅捡起来看了看,它小小的,肉乎乎的,呈绛紫色。她尽量不去想那是什么,把它留了下来。后来医生查房,迅速拿走了那团东西。

早上,她准备做CT扫描。维尔走了进来,握住她的手。"我要现在去做CT吗?"她抬头看着维尔问道。

"不,我们去做D&C,不是CT。"他说,声音非常平静。

D&C。马娅知道D&C是什么意思,它是指宫颈扩张和刮宫手术，就是让她的宫颈扩张并刮除她子宫里的组织。

"马尤，你流产了。"

"我不做 D&C，"马娅说着哭了起来，"不管还剩下什么，我都不会放弃。"

"你必须做，不然对身体不好。"

手术过程中，马娅不停地哭喊，医生们不得不按住她。事后，维尔对她说："没什么好担心的。你还年轻，我们可以再努力。"

维尔心烦意乱，但他提醒自己不要太情绪化。他心想，感情用事没什么好处。他回忆起以前读过的书里说，如果一个孩子没有能力在这个世界上生存，他就不会降生。这总比孩子生下来却应付不了要好。维尔这样想着聊以慰藉。

∽

在马娅和维尔的公寓社区的大门外，经过那个经常打瞌睡的保安，有一条长长的坑坑洼洼的小巷通往大路。巷子里人来人往，有的步行，有的骑自行车，有的坐人力车，还有的开汽车。路两边有十几间商店和 chawl（分租宿舍）。

马娅经常去那些商店买日用品。那儿有做女装的裁缝铺，有卖茶水的、卖牛奶的、卖鸡蛋的，还有鞋匠售卖亮闪闪的传统式样凉鞋。街角的商店里储备了甜腻腻的饼干、廉价的水瓶和塑料袋装的咸channa（鹰嘴豆），专门迎合附近的住分租宿舍的居民。

分租宿舍是好几层高的建筑，租金很低，邻里之间的墙体往往单薄又不牢固。楼里面的厨房有时兼作餐厅或卧室，或者兼具全部三个功能，这常常引起一些小插曲。楼前面，绳子上晾着衣服，孩子们光着屁股在脏兮兮的地上玩耍，男人们一大早就被廉价酒灌得不省人事。住在那里的妇女曾到马娅家来借钱，因为马娅心地善良，而她们的丈夫把钱都拿去换酒喝了。

巷子里有几十只狗游荡，维尔每次下班回家都得小心翼翼地绕着走。很多狗都被汽车或人力车撞到过。它们都挨过打，要么是在小的时候不懂得躲，要么是长大懂事了却来不及跑。有些狗只有三条腿，或者走路一瘸一拐，或者拖着一条残腿。

这些狗基本不缺吃的，分租宿舍的住户和店主们都把垃圾往巷子里扔。不觅食的时候，它们就整天在停着的汽车顶上嬉戏，在街上晒太阳，或者在尘土中打滚来保持凉爽。

从搬进来那天起，马娅就很害怕那些大狗，担心它们会扑上来。她小时候在海得拉巴见过野狗伤人。但是她喜欢小狗崽，这条邋遢的小巷里不分季节地有小狗出生。她有时会看到小狗摇摇晃晃地学着站起来，或者在嬉戏过程中急得直吠。

有一天，马娅出去坐人力车的时候看到巷子里有一条死去的小狗。孟买已经接连下了几个星期的雨，是又冷又大的雨，小狗的尸体已泡得发胀。马娅想把小狗埋起来，但她不敢上前碰它。她给好几个市政部门和许多动物保护非政府组织打了电话，但没人给她回电话。她一天又一天地经过那个胀鼓鼓的小小身躯，小巷里来来往往买东西的人似乎都视若无睹。

最后，她恳求小区管理员找人把它埋了。他答应了，让一个收垃圾的人将它运走。马娅再从巷子里走的时候，那只死去的小狗不见了，它躺过的地方已经什么也没有了。

～～～

失去肚子里的宝宝以后，马娅和维尔之间基本上相安无事。晚上，他们尽量一起吃晚饭、看场电影或者在阳台上聊会儿天再上床睡觉。但随着印度教的象头神节临近，两个人开始吵架。他们打算搬一个象头神像回家，雇一位当地祭司，并请来双方父母兄弟和亲戚。然而，在马娅为这场聚会筹划了好几个星期以后，维尔的父亲说要由他来安排。维尔劝马娅让步算了。自从搬出来单住，马娅和他父母之间已经形成了一种有点别扭但客客气气的融洽关系，他不想破坏这种关系。马娅不同意，一晚上都坐在沙发上说明自己的理由。早晨，她的眼睛下面有黑眼圈，就好像睡前没卸kajal（植物眼线膏）似的。

聚会那天早上，维尔查看短信，发现全是节日主题的问候——"祝你的幸福如象头神的胃口一样满，寿命如他的象鼻子一样长！"马娅则激动地从一个房间走到另一个房间。她不必操心膳食，那已经由公公预订好了，包括维尔最喜欢的chole bhature（鹰嘴豆咖喱配油炸发酵面包）。她心想，你们知道那会让人消化不良吗？但她赢得了对房间布置的主导权，希望这一天完美无缺。她买了象头神小玩偶作礼物送给客人，用海娜粉给油地毡绘上图案，在门的上方挂了新鲜万寿菊花环。长鼻子、大肚子的象头神像供奉在餐厅，配有金色宝座。

马娅喜欢关于象头神加内什的身世故事：他的母亲雪山女神帕尔瓦蒂在洗澡时让他守门，这时候帕尔瓦蒂的配偶——毁灭之神湿婆来了，他砍下加内什的头颅。为弥补过错，湿婆给加内什装上一个大象头颅。她和维尔还很喜欢加内什的象征意义：清除障碍之神，新的冒险和起点之神。在他们看来，加内什不是神，是启发后人编造出许多传说的大名鼎鼎的真人。维尔心想，那些美丽故事就是为了使人亲近宗教。毕竟，印度教其实并不是一种宗教，它是一种生活方式，所奉行的理念是dharma（法）。所谓dharma（法），就是对宇宙负有的责任，对自己、祖先和子女负有的责任，对他人和动物负有的责任，还有对社会负有的责任以及坚守道德和信仰的责任。履行

dharma（法）比拜神更为重要。尽管如此，马娅和维尔有时会向象头神求助，以防万一。

客人们陆续到达，马娅热情地迎接。她穿着镶宝石的纱丽、戴着黄金首饰、涂着厚厚的kajal（植物眼线膏）在房间里穿梭，确保每个人都轻松自如。她跟大家闲聊，附和着说节日应景的笑话。男宾们聚在客厅谈生意经，马娅给他们倒上茶。有几个男人溜到外面抽根烟，在那儿用下流的语言评论马娅的美貌。她把孩子们领到次卧，给他们分糖果吃。马娅唯独对女宾敬而远之，她们聚在马娅的卧室里说她的闲话，翻看她的东西，挑剔地寻找有什么地方没打扫干净。

傍晚，pooja（供奉）的时间到了，所有的客人都围过来，观看马娅和维尔在当地祭司面前背诵祷文。祭司身着dhoti（缠腰布），留着sikha（只有头顶一绺头发，其余头发都修剪得很短），说话的时候一根小手指晃来晃去。大家都窃窃私语，说这使他显得更加神圣了。祭司带领众人祈祷时，马娅和维尔给象头神献上laddoo（球形甜点）、香和椰子以表心意，马娅偷偷地看维尔。她一瞥见祭司的那根小指头就忍不住想笑。

晚上，最后一批客人拿着象头神小玩偶告辞后，马娅在卧室里坐下来长舒一口气，维尔则到阳台上去抽烟。

马娅换上T恤衫牛仔裤，开始摘下那些装饰品。她用卸甲油清理地毯上的海娜粉，但大部分都已经无法清除。她把剩下的 chole bhature（鹰嘴豆咖喱配油炸发酵面包）倒进垃圾桶。

但象头神要在他的宝座上再待十天。在那之后，马娅和维尔将和这座城市里的许多人一样，把神像送入江河漂走。

每年，数以千计的孟买人成群结队到阿拉伯海送象头神入水。围观最大象头神像的人群有时绵延数公里。运送神像的工具有平板车、卡车和带轮子的宝座。有些神像高达五十英尺[1]，比周围人群都要高。也有些神像只有小孩的巴掌那么大。无论高矮大小，象头神都看上去既威严又强壮，大腹便便显出生活富足，硕大的象头上戴着王冠。他长着六只手，其中五只手分别握着三叉戟、斧头、海螺壳、laddoo（球形甜点）和莲花，第六只手抬起以示仁慈。他的脖子上挂着花环，象鼻子上镶满珠宝。送象头神加内什（又叫甘帕蒂）的雕像入水时，人们会伴着有节奏的鼓声高唱"Ganpati bappa morya！（啊，我主象头神）"。到了海边，男人们脱掉上衣，头顶真人大小的神像踏进污秽浑浊的水中。女人们跟在后面，任凭她们的纱丽被浸湿。孩子们奔跑着，溅起朵朵水花。随着神像哗啦一声入海，人群发出喊叫。

一年一年过去，阿拉伯海里堆满了象头神像。节日过后的几天里，神像会在水面晃动，直到最后沉入淤泥。再过几个星

---

[1] 一英尺约等于零点三米。——编者注

期、几个月乃至几年,这些神像会在水中慢慢分解。

马娅和维尔在把神像放进海里之前都暗自向清除障碍之神加内什许了个愿,两个人祈求的是同一样东西。他们都求神再赐给自己一个孩子。

～～～

象头神节结束后的几个星期里,维尔一如既往地早起看报纸,马娅给他泡茶。如果她迟迟不起床,维尔会以慢条斯理的声调叫她,既有传统印度丈夫的做派又略带嘲讽口吻,直到他听见煤气炉点着的噼啪声。维尔总是先读《印度时报》,它会以耸人听闻的大标题报道当地强奸事件(这种新闻一年比一年多,尽管没见诸报道的也许更多)、与巴基斯坦的最新争议(围绕土地、水和板球)以及印度经济的迅猛增长。最后他会浏览第三版,那里全是宝莱坞名流新闻,这些人的生活与维尔和马娅这种中产阶级家庭及穷人的生活有着天壤之别。跟他们不同,宝莱坞名人想干什么就干什么:女演员可以穿紧身裙、搞婚外恋,某著名男星酒后驾车肇事逃逸却逍遥法外。维尔喜欢对政治新闻和娱乐新闻都有所了解,他觉得这有助于男人取得成功。

维尔觉得自己有点像个哲学家。他在铁皮屋顶阳台上抽烟时常常诗兴大发，马娅也会陪在身边。他把这个晚间习惯称为 dam，它是乌尔都语，意思是"维持生命的呼吸"或"重要时刻"。他抽的是从巴基斯坦进口的假冒万宝路，据说里面掺了牛粪。他开玩笑说，这使香烟变得更加神圣了[1]。

在阳台上抽着烟，俯瞰整座城市，维尔会给孟买想出各种新名字。在他看来，"梦想之城"这个绰号并不完全恰当。孟买更像一记耳光，或是打在肚子上的一记重拳。它让人不知所措，把人打倒在地——或者至少让人站立不稳。梦想在这座城市粉碎，重建，再次粉碎。孟买就像一位作家所写的，是"极大之城"（Maximum City），但维尔觉得这个名字过于夸张。"就叫'万物之城'吧。"他说。他心想，没错，这更好。马娅也赞同。它是一个庞大的无底洞，可以将你吞没，也可以助你成名。它是一个包罗万象的城市：有好的坏的，还有介乎两者之间的万事万物。他满意地将烟头扔到阳台外面，然后进了屋。烟灰随晚风飘散。

维尔还喜欢用比喻来描述他们之间的关系。当他和马娅回忆起当年两人一个在海得拉巴一个在孟买不停地互发短信致使话费超支的往事时，他说："那时候的事情简直就是 biryani（香饭）。"

---

1   牛在印度是神圣不可侵犯的。

香饭是一种混搭的米饭,加入多种香料,偶尔才吃一回。马娅点了点头,开玩笑回敬说:"现在呢,现在是白米饭了。"

"依然是香饭,"他反驳道,"只是偶尔吃。"

"谁愿意天天吃香饭呢?谁也不想。"她说。

随着维尔家的生意不断壮大,他开始更加频繁地出差,试着在其他国家夸夸其谈他富有哲理的思想。他向马娅吹嘘说,他曾在非洲拉着一个客户聊到早上六点,这个客户称维尔就像一位"伟大的先知"。

马娅觉得这些故事很有意思,觉得丈夫在他们公寓楼里的举止也很风趣。他在电梯间跟邻居打招呼的时候不说"namaste(有礼了)"而说"Allah Hafiz(真主保佑你)",让人以为他是穆斯林。

"你到底在说些什么呢?"马娅会在电梯门关上后问维尔,外面的邻居困惑不解。维尔会一笑置之。

有时候,维尔去上班了,马娅就乘火车进城散散心,以免待在家里太无聊。每次她都尽量早点到车站,这样就可以在男人止步的女性专用车厢找个座位。如果去晚了,她就只好选择普通车厢,那对女性来说不安全。据说,前不久一名残疾女孩在孟买的一列火车上被轮奸,车上的其他男人视若无睹。

那种侵害在这座城市或许并不多见,但马娅知道骚扰现象不少。有些男人会在拥挤的火车车厢里把手伸进女人的大腿间,让人根本搞不清楚是谁的手。有些男人乱摸女人的胸部,然后混进人群中消失。还有些男人——这种人很多——喜欢对着女人的屁股发出赞叹的"嘘嘘"声,女人一转过身,他们就摆出一副色眯眯的嘴脸。

所有这些被笼统地称为"夏娃的挑逗",这座城市里很多女性都不喜欢这个词。它的名字本身暗示着:女人是诱惑,受到骚扰是女人自己的错。右翼政治家说,如果女性不单独出门就不会有麻烦。但马娅知道,如果不出门,她会疯掉的。

∾

多年来,维尔一直跟父亲和兄弟们一起经营家族铝箔生意。他现在也和表兄合伙做生意,表兄是个既嗜酒又勤劳的大个子,常常冒出大胆的商业设想。他是那种新式孟买人,认定karma(业)[1]已亡,人要掌握自己的命运。

两个人决定一起到非洲做药品生意。非洲如今很需要受到良好监管的药物。两个人认为,他们完全可以向非洲买家销售抗疟药、补血剂和排酸药,家族企业可以帮忙包装。

自从开展新业务,维尔在家的时间越来越少。他一个星期

---

1 宗教用语,是印度文化中产生最早,也是最基本的一个哲学、道德和宗教概念。

工作六天，后来开始工作七天。如今马娅打电话给他的时候常常无人接听。他长时间待在家族办公室，那儿很狭窄，总共有两个房间，是他和父亲及两个兄弟在离家不远的一幢住宅楼里租赁的。办公室毫无奢华可言：两个满是灰尘的房间，几部台式电脑，擦到了天花板的文件。几年前生意不景气时，他们明白了节俭的重要性。办公室的角落挂着维尔母亲年轻时候拍的一张做旧色调照片，那是唯一的装饰。

维尔还经常出城去视察他分散在马哈拉施特拉邦各地农村的铝箔厂。他最常去的是孟买以北几个小时车程外的一家工厂，那里的味道闻起来就像劣质酒混杂着口香糖和湿焦油，厂里的大锅炉一烧起来就散发恶臭。外面成群结队能传播疟疾的蚊子有小孩的手掌那么大，但在厂里做工的部族成员已经习以为常，对它们见怪不怪。

工厂外面，疣猪在草地上跑来跑去。艳丽的粉色和蓝色蝴蝶自由飞舞，带荧光的昆虫在夜间闪闪发亮。维尔对这一切根本不在意。他一到工厂就马不停蹄地工作。有时候他连续待十天，睡在沾满泥土的地板上。他长时间不在身边的日子里，马娅变得焦虑和不安。

渐渐地，随着制药业务不断发展，维尔到表兄办公室的时间也更多了，那里的隐藏式灯带和送出清爽凉风的空调都散发着暴发户味道。他们在非洲的生意蒸蒸日上，这多亏了抗疟药，其目的是治疗而非预防（三服针剂加一粒药丸）。非洲国家的几乎所有人口都面临疟疾感染的风险，他们迫切需要抗疟药。很快，维尔和表兄开始一去非洲就是好几个星期。出差过程中，他们把当地商人约到酒店的酒吧里会面，谈成一笔又一笔交易，不知不觉就喝多了。这些旅行让维尔精神振奋，激励他更加努力地工作。

偶尔犯懒的时候，维尔会想起他的祖父。祖父在生命的最后七个月里病得很重，主要由维尔照顾。在医院漫长的午后时光，祖父唱印地语民谣给维尔听，他从来没给别人唱过。维尔也给祖父唱他知道的老歌。

在生命的最后几个星期里，祖父还向维尔强调了努力工作的重要性。在历史上，他们家族所属的亚种姓专门向国王放债，但他的祖父除此之外还从事制药生意，由此发家致富。这让他得以有钱操办了五个儿子及另外十几个人的婚礼。维尔感到惭愧的是，现在几乎没有人记得他的慷慨之举。他心想，很多时候就是这样，你做了好事没人会记得。

祖父去世后，维尔发誓要赚同样多的钱、做同样多的善事来纪念他。要做到这一点，他明白自己必须夜以继日地工作。

但是维尔经常向马娅承诺及时回家吃晚饭。她花好几个小时做好维尔爱吃的饭菜，然后孤零零地坐在餐桌旁，眼睁睁看着它们变凉。她会打十几次电话问他在哪儿，而维尔因为手头有事根本不接电话。等他终于筋疲力尽地回到家，他会吃下冷饭冷菜，然后没几分钟就睡着了，问都不问马娅这一天过得怎么样。

维尔告诉马娅，他已经对性不那么感兴趣了。马娅会略带苦涩地开玩笑说，在印度，不与配偶发生性关系是违法的；1955年颁布的印度教婚姻法多次提到配偶的"夫妻同居权"。她不明白，和她当年如胶似漆地尝试电话性爱的这个男人怎么变成了这样。

早晨，马娅默默地开始给维尔泡茶，并拿出他上班要穿的衣服。她把 tiffin（简单午餐）递给维尔时，维尔会冲她点点头，同时对着多部手机讲话，跟城里的许多商人一样。他讲的是印度英语，语调洪亮而夸张。然后，他手里拿着 tiffin（简单午餐）走出家门。

马娅一整天都独自在家，她会阅读买来的书，作者都是她喜欢的，包括 V.S. 奈保尔和希玛曼达·阿迪奇。她用笔记本电脑听抒情诗、印度古典音乐和古老的印地语电影歌曲。她看报纸，打扫房间。对所有这些事情都兴味索然之后，她精心准备晚饭，并以别的方式表达对维尔的爱，其中有些方式非常传统。女人节（Karwa Chauth）在满月后的第四天，已婚女子要全天禁食以求丈夫长寿，这一天，马娅从日出到月出粒米未进。她并不十分虔诚，也不迷信，但她敬仰牺牲理念。来月经期间，她遵循有关经期女人不洁净的老规矩，因为她知道维尔家族的女人都遵循。她甚至单独睡另一张床，不做饭，不进厨房，碰都不碰维尔一下。

但马娅的种种尝试对维尔丝毫不起作用。他几乎注意不到马娅所做的努力，也不曾发表评论。他没有时间兼顾妻子和工作，而他每次都选择投身于工作而不是关注马娅。

结婚将近三年后，马娅想起了父亲针对她要嫁给另一个马尔瓦里人提出的警告。马尔瓦里人都看重钱。马尔瓦里人除了工作不关心别的。有这样一个笑话：如果你在足球比赛中给马尔瓦里人一角会发生什么？哦，他会在那个角上开一家店。孟买的马尔瓦里人尤甚，那里有时会在一夜之间冒出一大批店铺。她和父亲已渐渐和好，现在经常通电话，但她不想承认父亲是对的。她不想告诉父亲维尔正如他所料是个不着家的丈夫，也不想告诉父亲她已经开始质疑自己的婚姻。

维尔的确最在乎的是钱和工作，但他总说这是为了一个更远大的目标。他坚称，赚钱是他们过上 adadi（自由）生活的最可靠途径。赚钱意味着他可以在不久后的某一天放松休息。按照他的设想，他将在五十五岁时退休，搬到某个海边小镇，住一间小木屋。他要在一楼卖啤酒、威士忌和椰子水，以便有点事情做，生活起居都在楼上。他将从非洲的药品销售中收取专利费贴补退休生活开支。

维尔的生意虽然显得红红火火，但尚未产生太大的利润。他向马娅保证，他的生意很快会财源滚滚，然后他就会有更多的时间待在家里。马娅不信他的话。

为了考验他，那年冬天的一个晚上，马娅走出了他们居住的房子，就像当年离开他父母的家，维尔不得不开着车在城里到处找她。在中部郊区班德拉（Bandra）接上她时，维尔装作什么都没发生。

马娅的母亲曾在他们搬家后不久对她说过："Thoda compromise karo.（稍稍妥协一下。）"要做点小小的妥协，要有耐心。母亲说，这在婚姻中是必需的。马娅也不信她的话。

就在马娅离家出走的不久之后，他们的阳台上筑起了一个蜂巢。维尔告诉马娅，这是好运的象征。他说，蜜蜂预示着有人来访或大发横财，二者必有其一。他坚持要求一只蜜蜂也别伤害。

由于不受任何干预，蜜蜂们筑造了一个巨大的不规则形状的蜂巢，透过窗户可以听到沉闷的嗡嗡声。一大群蜜蜂围着蜂巢盘旋，有些死了掉落在阳台上堆积起来，还有些紧贴在蜂巢上。维尔等着大发横财，马娅则急切地希望有人来访。她认为，来访的将是一个小宝宝，那会有助于改善他们夫妻之间的问题。小宝宝的到来将意味着她不再孤单。

百般求子

———— * ————

沙赫扎德和萨比娜

1983 年—1998 年

她在蜜月中感受到的自由似乎已经消失无踪。
连沙赫扎德也意识到她再次成为囚徒，
只不过换了座监狱。

> "问:'哪种女人最好?'
> 先知回答:'当你看着她的时候,内心感到幸福。'"
> ——《奈萨仪圣训集》(*Sunan an-Nasa'I, a collection of reports about the Prophet Muhammad*)

沙赫扎德和萨比娜是在十二月的一个严寒的日子里认识的,而且是在一间直灌冷风的房间里。那年对印度来说是个好年头,该国在这一年赢得板球世界杯比赛冠军。正是在这一年,人称土匪女皇的一个罗宾汉式人物结束犯罪生活投降,在降魔女神杜尔迦的肖像前放下了武器。那时印度电影的黄金时代刚刚结束,宝莱坞开始专心编新故事、赚取大钱和确保商业成功。这一年的火爆大片是《库利》(*Coolie*),由皮肤黝黑、满脸深沉的阿米塔布·巴沙坎(Amitabh Bachchan)主演。巴沙坎在拍摄打斗场面时被刺穿了肠子,举国上下都祈祷他早日康复。银幕上的戏剧性和浪漫色彩时不时渗透到日常生活中。

沙赫扎德和萨比娜见面的时候,巴沙坎已经康复。萨比娜穿着一件深紫色的裙子,颜色犹如盛开的鸢尾花;她的脸上蒙着一条云彩颜色的 dupatta(长围巾)。沙赫扎德看着她的时候,她没抬头,因为准新娘理应羞涩一点。几个女人摘下萨比娜的围巾,好让他看得更清楚。他看得出,正如家里人告诉他的,萨比娜很美,像个电影明星。两家人都站在旁边看着,等待他给出答复。尽管如此，他还是忐忑不安，不知道如何是好。他觉得自己还没做好结婚的准备，然而，他生活中的一切以及萨比娜生活中的一切让这个时刻来到眼前。

沙赫扎德是在《莫卧儿大帝》（*Mughal-e-Azam*）上映那年出生的，这部电影大受欢迎，在影院上映了七十五周，堪称人们所说的"钻石大庆"，然后又上映了七十五周。父亲给他取了影片主角的名字，主角人如其名是 shahzad，也就是皇子[1]，沙赫扎德长大以后根本不像他。正相反，他生来身体孱弱，小时候骨瘦如柴，总是神情紧张。他长着明亮的眼睛、大大的牙齿、高高的鼻梁，五官特征显得怪怪的。

在影片中，皇子违背父亲的意愿爱上了一个迷人的宫廷舞者，他的父亲是至高无上的穆斯林莫卧儿皇帝。这段不为世俗所容的爱情在父子之间引发了一场宏大的战斗。沙赫扎德长大后，人们会跟他开玩笑说："你的人生故事和电影里一样吗？"沙赫扎德总是一本正经地回答他们，说："是的，我和老爸意见不合，但不是电影里那种不合。"

他们不是因为女人而意见不合，况且也不是皇室成员。他们当然不是莫卧儿人，莫卧儿人是曾经统治印度的穆斯林帝

1　Shahzad 作为人名译为沙赫扎德，在波斯语里的意思是"son of the king"（王子，皇子）。

王,后来英国打败了他们以及信奉印度教的国王。如今,像他们这样的穆斯林是少数族裔,只占全国人口的百分之十二左右,几乎没什么权力。沙赫扎德和父亲的战争场面并不宏大,不涉及成千上万的士兵、马匹和骆驼。尽管如此,沙赫扎德觉得父亲从他出生之日起就对他展开了某种斗争,对此他颇为费解。

童年时代,沙赫扎德经常生病。每当母亲向父亲要钱看病,父亲就会吹胡子瞪眼地训斥,直到母亲不再哀求。无奈之下,沙赫扎德的母亲绞尽脑汁想办法照料年幼的儿子。沙赫拉德四岁的时候发了场高烧,母亲哭着把他带到街对面的清真寺,把他放在冰凉的白色大理石上,向埋在那里的圣徒请求:"救救他吧,拜托向真主祈祷他快快痊愈。"没过多久,沙赫扎德不哭了,烧也退了。

沙赫扎德对这些事情都没有什么印象。他只记得自己第一次意识到父亲对他毫不关心是在十六岁患腮腺炎的时候。他先是喉咙开始疼,然后喉结越来越大。接着,尚在发育状态的睾丸也肿了。病毒感染越来越严重,大家都非常担心,只有沙赫扎德的父亲例外。

最终是沙赫扎德的叔叔带他去看了医生。人们背后议论说沙赫扎德不知在什么地方染上了腮腺炎,但他染病的真正原因是没有得到适当的照顾。沙赫扎德的父亲神情严峻、头发蓬乱、眼神忧郁而淡漠，连邻居们都知道他对外人友好却对家人冷酷。他们还都知道，他对生来弱不禁风、与同名威武皇子正相反的沙赫扎德格外不留情面。

沙赫扎德从小到大居住且至今仍住着的公寓昏暗拥挤，但这幢楼房很牢固，是英国人建造的，巨大的拱门上点缀着花草图案。他们所在的居民区位于闹市区，住户大多都是穆斯林，这一点深得沙赫扎德的家人喜欢；不远处就是以早年一位英国女王的名字命名的火车站——维多利亚站，外观犹如教堂。最重要的是，他们家和克劳福德市场只相隔一个板球场的距离，沙赫扎德的母亲可以在那儿买到她每天做饭需要的一切东西。当然前提是她能拿到钱。沙赫扎德的父亲每次总要咆哮一番才会递给她几个卢比。

克劳福德市场是这座城市里最著名的集市之一，也是沙赫扎德最喜欢的地方，它是殖民时代遗留下来的。它所在的建筑是诺曼底和佛兰芒风格，有尖尖的屋顶、拱形的入口和巨大的钟楼。自从英国人离开，它的天窗渐渐积起厚厚的尘土，许多窗户从窗框里脱落。但在大楼里面，杂乱无章的果蔬批发市场盛况不减。沙赫扎德的母亲一走进市场就能听见小商小贩们高声叫卖蔬菜水果以及禽肉、羊肉、牛肉、糖果和糕点。尽管这是在二十世纪九十年代初印度政府放宽经济管制向外国进口商品和市场开放之前，但克劳福德市场上已经能买到青豌豆、菠菜、秋葵和最美味多汁的杧果品种——阿方索（Alphonsos）。

在市场后面的巷子里有违禁商品出售，包括从亚洲各地非法贩运来的异国鸣禽。据说，这些鸟被塞进水壶里长途运输，壶身上扎有小孔透气，它们美丽的羽毛都折断了。跋涉数百英里之后，小鸟被放出来关进铁丝笼子，翅膀得以展开。沙赫扎德是一个多愁善感的孩子，他不想听人讲这些小鸟是怎么来到克劳福德市场的。但是，他喜欢在放学回家的路上从鸟笼旁边经过，并且常常停下脚步听它们鸣叫。他还喜欢看那些运杧果的卡车上窜来窜去的猴子。

沙赫扎德的父亲并不是没钱给妻子去克劳福德市场采购。他家财万贯，只是不想跟人分享，至少不想跟家人分享。他在路上见到乞丐、流浪汉或疯子就会给他们几个卢比，然而自家人过得简直连贫民不如。沙赫扎德的母亲嫁给他就是因为他有钱，她本人是乡下穷孩子，靠美貌赢得了这个有钱男人的欢心。

但婚后不久，沙赫扎德的母亲就明白自己错了。她醒悟过来是因为丈夫开始流鼻血，然后摔跟头、发抖、昏迷。让他苏醒过来的办法是把皮革凑到他的脸旁，因为有一种古老的观点认为，"鞋味"能唤醒癫痫患者。此时沙赫扎德的母亲才渐渐意识到她丈夫的真实状况：大脑受损。

后来，沙赫扎德的父亲迷上外国车（他买了一辆四四方的希尔曼、一辆奥斯汀和一辆时髦的欧宝）并开始跟车说话，他穿着睡裤和冬天的厚外套去上班，他恶毒地嘲讽自己的小儿子沙赫扎德——每当这种时候，她就知道丈夫很不对劲。也许，他的刻薄并不是因为残忍，而是因为大脑中的突触未能按应有的方式触发。

沙赫扎德的父亲受命掌管拜古拉市场的部分地段之后，家里的日子得到了改善。他要管辖三千平方英尺的地盘，商贩熙熙攘攘，他的工作就是收取租金和打扫卫生。每天，他向每一个盘腿而坐的渔妇、血渍斑斑的屠夫、卖菜和鹰嘴豆的小贩收取一个卢比。接下来，他把整个地段都清扫干净，这是一项西西弗斯[1]式不断重复却必须完成的任务，因为市场里脏乱不堪，混杂着腐烂的食物、鱼骨头、小便和唾液。市场里有许多动物也充当着清洁工：肥滚滚的猫咪偷食无人看管的鱼，待宰的山羊自由自在地四处啃食，老鼠循着残渣的味道而来，母鸡呆头呆脑地在过道里乱窜。拜古拉市场没有克劳福德市场那么大，但打扫起来同样辛苦，有时也同样嘈杂。屠夫们抓鸡进来宰杀时市场里最为吵闹，他们一次能抓五只鸡，鸡头全部朝下。这些鸡在赴死的路上凄厉地尖叫，身体拼命扭动。鸡血淌进土里，乌鸦低飞盘旋伺机啄食，沙赫扎德的父亲会边扫边骂。

---

[1] 西西弗斯是希腊神话中的人物，因触犯了众神，被罚将一块巨石推上山顶。巨石太沉，每每未到山顶便又滚下山去，西西弗斯不得不从头再来，就这样不断重复。

沙赫扎德的父亲半夜回到家时，母亲会说："哎呀呀，好大的味道，还有一身的土。快把衣服脱了放外面。"

"除了我以外，没人帮忙干这活儿，"沙赫扎德的父亲会凄凉地告诉她，到了晚上他没有力气再吼了，"只有我一个人。"

大多数夜晚，他对妻儿一句话都不说。他去跟他的汽车说话。

沙赫扎德小时候不喜欢待在家里，兄弟姐妹们也不喜欢。他也不太喜欢上学，因为他是班上唯一的穆斯林，常常与他人格格不入。其他学生会揍他，淘气地编出歌谣来奚落他："你是穆斯林，你是巴基斯坦人。"假如当年他家在印巴分治后选择搬到巴基斯坦，那么沙赫扎德的确就会是巴基斯坦人。（1947年英国人屈服于自由呼声匆匆忙忙将印度划分成两个国家，巴基斯坦成为一个新的穆斯林单一民族国家。他们在统治了三百年之后仓皇从印度撤出，身后留下可怕的宗派暴力活动。直到现在，中小学校还告诉学生说，印巴分治是一场大灾变。几十万人死亡，无数妇女被强奸。另有数以百万计的人背井离乡逃脱暴乱：穆斯林前往巴基斯坦开启新的生活，印度教徒则前往另一个方向，那是历史上规模最大的大迁徙。）在那样的暴力局势下，穆斯林似乎绝不可能愿意留下来。但沙赫扎德一家人留了下来，因为他的祖父在孟买有生意和家产。于是，沙赫扎德一家人无须面对崭新国度巴基斯坦所面临的种种问题,却不得不作为穆斯林生活在以印度教徒为主要人口的印度。沙赫扎德向老师告状以后,他不再挨揍,但也没什么朋友。

由于朋友不多,他在成长过程中的时间都花在鸽子身上,那是他从克劳福德市场买的。他把鸽子养在阳台上,喜爱之情日盛,渐渐地把它们视若家人。他喂的鸟食太多,致使鸽子很快就肥壮起来,最终因为把阳台弄脏而惹上麻烦,家里不许他再养鸽子了。

沙赫扎德在那些日子里结交了一个朋友,那是一个阿拉伯女孩,家里有三个姐姐,她的长相是他见过的人当中最甜美的。放了学并且上完《古兰经》课以后,他们会一起玩carrom(克朗棋),用各自的"球杆"将棋子撞进洞内,不管谁赢了他们都会咯咯地笑。

但随着时间的推移,玩这种游戏的次数越来越少,阿拉伯女孩渐渐和他疏远了。沙赫扎德意识到这个女孩爱上了他更高更壮的堂兄。她从自家公寓隔着一个院子能直接看见他堂兄的房间,沙赫扎德确信他们两个人就是这么彼此产生爱慕之情的。他在电影里见过。他很希望自己有朝一日也用这种方式追求女人,但又担心女孩子们恐怕总是喜欢更高更壮的男人,不像他,以一个皇子的名字命名却长得弱不禁风。

在不远处的班迪市场，在四姐妹中排行老二、最活泼漂亮的萨比娜有个昵称。她的父亲给她取了个别名叫玛杜巴拉，那是在《莫卧儿大帝》中扮演宫廷舞者的女演员的名字，正是那个宫廷舞者的曼妙舞姿让父子展开争斗。和演员玛杜巴拉一样，萨比娜长着苹果脸、挺直的鼻子、如丘比特之弓般弧线优美的嘴唇。浓眉下顾盼生辉的眼睛也跟那位演员一样。她甚至有着同样的粗哑嗓音和奔放个性，这在她家是非常必要的。萨比娜的祖父是个暴君，母亲和其他姐妹整天毫无生气，哥哥动不动发火，父亲是她敬重的人但对她很严格。演员玛杜巴拉在生活中很少上街，从没参加过宝莱坞的大型聚会或颁奖典礼，因为她的父亲不允许。萨比娜的处境也是如此，父亲很少让她和姐妹们走出小小的公寓。

但萨比娜知道父亲爱她、想保护她。她知道很多穆斯林女孩都足不出户。父亲就是这样教导她的，他警告说，假如做父亲的给予女儿自由，她们可能就会误入歧途；如果她们不误入歧途，会有男孩为了她们而误入歧途。萨比娜基本不介意，她和父亲会在家里 masti（玩耍），讲一些家里其他人都听不懂的笑话。萨比娜和父亲一致认为家里其他人都是"半疯子"，或者像奶牛一样没头脑。

不过，有时候萨比娜也渴望走出家门。行动不便的祖父会毫无预兆地在床上大小便，然后大声叫喊"你们谁都不管我"。

跟母亲或姐妹们说话也索然无味。父亲经常有事外出，特别是在晚上。他不在家的时候，狭小的公寓就显得阴郁破败。

他们家位于班迪市场的中心，透过公寓的窗户，萨比娜可以看到外面人来人往。她能看到一排排商铺售卖黄金首饰、落满灰尘的古董、五颜六色的棉质 kurta（宽松无领衬衫）和花哨的 salwar kameez（宽松女式套装）。班迪市场占地超过十六英亩，人口大多是穆斯林。她能听到当地清真寺的祈祷召唤，听到小汽车、公共汽车和摩托车的喇叭声，还有 chai-wallah（卖茶水的小贩）不断吆喝。直到上了学，她才明白在班迪市场以外还有更为广阔的世界。在地理课上，她知道了遥远的国家，包括苏丹，她梦想着到那个国家去看看非洲穆斯林是如何生活的。等父亲开始每年带几个女儿去看一场电影时，萨比娜又向往起克什米尔。克什米尔自印巴分治以来暴力事件频发，但依然风景壮丽，有着连绵的山脉和宁静的湖泊。几乎每一部宝莱坞电影里都有克什米尔的镜头。当萨比娜向父亲问起关于克什米尔的事情时，父亲对她说："玛杜巴拉，不管你想去哪儿，嫁人以后都可以去。"

整个小学和中学期间，在她达到适婚年龄之前，萨比娜一放学就直接回家。她听话地完成家庭作业和《古兰经》课程，裹头巾，每天做五次 namaaz（祷告）。她很少跟家里以外的人说话。父亲是一名皮肤病医生，为了逗女儿开心经常向她传授医学知识，跟她讲人体、心脏和大脑。他是个非常聪明的人，眼睛明亮，戴着猫头鹰似的大眼镜，说起话来有板有眼像个教授。萨比娜那时不知道他还是性病医生，也不知道他回家晚是因为他在附近的红灯区工作，那个地方叫卡马提普拉（Kamathipura）。在卡马提普拉，他给嫖妓的男人打针或吃药来保护他们免于感染 guptrog（性病），那是"秘密疾病"——性传播疾病。萨比娜的父亲不能向一个小女孩讲这些事情。

关于性，他告诉女儿，生孩子会很痛。他提醒女儿，女人一旦结婚就可以从家庭中解脱出来，但有了孩子就会再次变得像个奴隶。"因为男人是通过你有了一个孩子。"他说。他在行医过程中见过夫妻之间发生这种事情。萨比娜知道父亲是想让她为结婚做好心理准备，但她不由自主地感到焦虑。她知道自己最终要嫁人，跟来自同一社群的某个人结为夫妻。她觉得附近地方的人简直都是 bakwaas（垃圾）：全是整天在店里干活儿的屠夫，下班时手上沾满血迹，晚上跟老婆吵闹打架。但她在内心认为，父亲会给她找个好一点的男人。

萨比娜的美貌名声传遍整个班迪市场以及周围的逊尼派穆斯林社区，向她求婚的人有几十个。她才十岁的时候就有人来提亲，那是一个家住浦那的男人；后来陆续有来自孟买各地的男人求婚，他们都想娶到这个长得像明星玛杜巴拉的女孩。童婚在大约四十年前就已经被这个国家取缔，但伊斯兰教义——其基础是《古兰经》、先知的决定和司法先例——有时允许在父母同意的情况下举行童婚。不过，萨比娜的父亲还是等到了她再长大一些。每当父亲告诉她有人求婚的事，萨比娜都会开怀大笑，笑得眼角都起了皱纹。嫁人还早着呢，这些求婚只会让她开心。

在她二十岁那年，父亲在家跟她一起坐下来看了沙赫扎德的照片，她明白这次不同于以往。虽然还没上过大学，但她的学校教育现在被认为已经完成。这个名叫沙赫扎德的小伙子和他们一样是逊尼派穆斯林，家住南边约一公里以外的另一个穆斯林集市区。他家的人也去清真寺，有同样的祈祷和斋戒习俗。他们认真对待从沙特阿拉伯发布的敕令，但也并不是强硬派。而且，跟萨比娜一家人一样，沙赫扎德一家人也信奉哈纳菲学派，别的且不说，这最起码意味着他们会阅读 hadith（圣训）来领悟如何过上好日子。虽然这座城市里的逊尼派和什叶派相处融洽，但他们在嫁娶时仍更倾向于相同的伊斯兰教派。

但有很大的一个不同点：沙赫扎德来自一个富裕家庭。萨比娜又看了看照片。她注意到沙赫扎德的大胡子，那是他煞费苦心蓄起来的；除此之外，萨比娜觉得他没什么特别之处。这其实并不重要，父亲教会了她顺从。看过照片以后，意识到这个男人可能会成为自己的丈夫，她哭了。她还不想离开父亲，离开从小到大的家。

随后，萨比娜的父亲到沙赫扎德的店里去考察了一番。沙赫扎德做的是冷藏鸡肉生意，还在上大学的时候就在拜古拉市场里开了这家店。父亲每小时要到店里来三四次，不放心地问："生意怎么样？"他本不想离父亲这么近，但是这个市场靠近一座教堂和一座清真寺，而天主教徒和穆斯林都吃鸡肉，沙赫扎德的生意很快就红火起来。

萨比娜的父亲问沙赫扎德在大学里学什么，（"英语学院，商学士。"）确认沙赫扎德不是屠夫也不沾染羊肉生意，（"不，不。"）嚼 paan（包叶槟榔）吗？爱闲逛吗？（"不干那些事。"）那么，沙赫扎德上中学时的成绩怎么样？（"很不错。"）萨比娜的父亲点了点头，所有答案都令人满意。最重要的是，他是拜古拉市场东家的儿子。

～～～

几个星期后，沙赫扎德站在萨比娜住的小巷里，他要去见母亲挑中的女孩，母亲和姐姐在他身边，父亲也很不情愿地来了。他的母亲最早在一个婚礼上注意到萨比娜宛如电影明星的相貌，打听到她是一名医生的女儿，于是安排了这次见面。

沙赫扎德看待班迪市场的角度与萨比娜不一样。在他看来，这里到处是廉价珠宝商、残破的古董和折扣女装店。他的鞋子被弄脏了。萨比娜住的那幢楼墙上沾满了paan（包叶槟榔）。楼里面，洗好的衣物随意乱挂。沙赫扎德心想，这些人并不穷，但钱也不多。在他看来，这似乎不是一个适合相亲的地方。

到了萨比娜家，沙赫扎德被请进一间小小的偏房，这样他就不会看见别的房间。有一扇窗户开着，沙赫扎德感到很冷。他们怎么会在十二月里敞着窗户？他这样想着，由衷地希望此刻待在自己家里。在一个多小时的时间里，萨比娜的父亲连珠炮般把他在店里问过的问题又向沙赫扎德问了一遍。"你现在做什么？""在哪儿上过学？""上的哪所大学？""冷藏行当怎么样？"沙赫扎德一边答话一边感到房间里越来越冷。他使劲忍住不打哆嗦。

接着，门开了，萨比娜走了进来，眼睛低垂，穿着深紫色的连衣裙，头上戴着一条云彩颜色的dupatta（长围巾）。她由家里的几名女性陪着。她没抬眼看沙赫扎德，但沙赫扎德看她看得一清二楚。他满心欢喜地看出她和玛杜巴拉长得很像：醒目的鼻子，诱人的嘴唇，圆圆的脸蛋。陪同萨比娜的几个妇女掀开她头上的围巾，但她仍然没抬眼。萨比娜心想，反正我别无选择，何必要看呢？但是沙赫扎德认为她露出了一丝微笑。他想，看来她很有活力。萨比娜竭力不动声色，在心里说，他是富家子弟，所以即使我不得不离开自己的家，未来还是有保障的。如果她一直这样想，也许就不会哭了。

沙赫扎德想表示同意。他想起那个抛弃他而选择了一个更强壮的男人的阿拉伯女孩，想起在学校取笑他、把他压得喘不过气的男生。他还想起父亲让他觉得自己一无是处，觉得自己永远娶不到老婆。现在，面前这个可爱的女孩愿意嫁给他。他知道自己应该给她一个答复。但他需要时间想一想。

回到家，沙赫扎德的母亲和姐姐都追问他。"你在想什么呢？"她们问，"说给我们听听。"

"别问了，"沙赫扎德说，"我会告诉你们的。"

但她们不依不饶。"别的女孩都没受过这么好的教育。""瞧瞧其他女孩的生活习惯多差劲啊！""别的女孩都喜欢嚼烟草。""她比那些女孩都长得好看。""她父亲是个有名望的医生。""她配你最合适了。"

过了两天，萨比娜的家人打电话来询问。

"可以，"他说，"没问题。"

"Pakaa（真的）？"萨比娜的父亲问他，"你确定？"

沙赫扎德对着电话点了点头。他二十三岁，萨比娜只比他小一点点，二十一岁。母亲把糖果塞进他的嘴里以示庆祝，他老老实实地吃了。

订婚仪式上也有糖果，还有给萨比娜的金手镯、连衣裙和纱丽以及给沙赫扎德的礼服长裤、衬衫和手表。送完礼物，两个人交换了戒指。整个仪式过程中，他们没有交谈，也没看对方。萨比娜面带羞涩，近乎悲伤。常言道，羞涩是女孩的装饰品。沙赫扎德的脖子上挂了一个花环，萨比娜的头发上撒着玫瑰花瓣。大家喝了用花瓣和水果制成的冷饮 sharbat（冰镇果汁甜饮）。沙赫扎德和萨比娜都不认识的人在婚册上签了字，祝他们健康幸福。对萨比娜来说，那一天就好像一场梦。

孟买正值凉爽时节。那年晚些时候，印度总理英迪拉·甘地被自己的保镖暗杀。

在她被暗杀后，北方发生暴乱和大规模杀戮。但那是几个月以后的事，而且骚乱主要发生在一个遥远的邦，针对的不是他们自己所属的社群。跟儿女婚事相比，这个国家里的政治阴谋无足轻重。或者说，这个国家里的很多父母是这样认为的。在订婚大厅里，一对般配的男女走到了一起，于是世界便一切安好。

仪式结束时，沙赫扎德心想，一切安好，我做出了正确的选择。他敢肯定，社区里的每个人都会对他说："哇，你妻子真漂亮！"他看着如今羞答答坐在一把华丽木椅上的萨比娜，感到心满意足。她穿着重工刺绣的粉白两色纱丽，脖子上戴着粉色玫瑰和白色康乃馨花环。一身的金饰让她不堪重负：额头上华丽的 jhumar（发饰）、沉甸甸的项链和耳环、鼻子上厚厚的鼻钉。她的双手用海娜粉染成深色。

在仪式上，萨比娜偷偷看了丈夫一眼，认定她也做出了正确的选择。在她看来，沙赫扎德长得很像阿米塔布·巴沙坎，就是主演《库利》的那个英俊、深沉的演员。他看上去像是一个内心情感丰富的男人，她觉得跟这种人在一起不会感到无聊。

仪式结束后，萨比娜的好朋友把她拽到一边，悄声对她说："我看到沙赫扎德的母亲在训人，她情绪亢奋，大喊大叫。你的婆婆好厉害，你惨了。"

"啊？"萨比娜悄声回应。她听说过厉害婆婆的故事，如果饭菜不可口就会摔盘子的那种。婆媳肥皂剧里都是这样的婆婆，全印度的女孩都怀着惊恐的心情看过。突然之间，她今后和沙赫扎德在一起的生活显得前途未卜了。朋友消失在人群中，但她的话仍在萨比娜的耳边回响：你惨了。

他们是在一月份结婚的，那天恰好是当地一位宗教领袖的钻石周年纪念日，所以通往婚礼大厅的整条路都被灯光照亮。"这是什么排场的婚礼？"客人们惊奇地问。

萨比娜又一次迷失在梦中。按照传统，她已经三年没有见到沙赫扎德了。家里人领她走进婚礼大厅。她的脸上蒙着精美的面纱，穿着厚厚的红色贝拿勒斯银丝绸纱丽，头发上撒满花瓣。摄影师让她坐在一个粉红色宝座上摆好姿势拍照。萨比娜参加过很多婚礼，却仍未料到会有如此盛大的场面。

在他们的社群里，新郎的父亲必须在仪式之前宣布允许儿子结婚，但是沙赫扎德的父亲不知去向。沙赫扎德知道父亲的确切下落：在家里，跟他的车子在一起，把婚礼的事情忘得一干二净。于是他骑着小型摩托车冲回家，一边在车水马龙中穿行一边暗自咒骂父亲。他快要赶不上自己的婚礼了。沙赫扎德好不容易回到家，发现父亲果然在车库里，这时他的手机已经在响个不停。"快点儿，沙赫扎德。典礼该开始了，就等你了。"

沙赫扎德勉强及时赶到，带着他的父亲，还有父亲的许可。大厅里宾客满座，都是本社群的，有大约三千人。萨比娜的父亲开始递送礼品：床、橱柜、冰箱、电视、金饰。每一件物品都在大厅里展示一遍让客人们看看。嫁妆不像印度教婚礼那么丰富，但仍足以给人留下深刻印象。沙赫扎德面带微笑，穿着哥哥从迪拜带来的华贵深蓝色西装，他的哥哥到迪拜去工作了。礼品一件件从他眼前经过时，沙赫扎德觉得自己终于配得上皇子之名了。

典礼开始，沙赫扎德的自信心再次膨胀，因为挚友阿提夫就坐在他旁边。和沙赫扎德一样，阿提夫身材瘦得像根芦苇，留着大胡子。但他个子更高,肌肉更强壮。在沙赫扎德的婚礼之前,阿提夫想尽办法让他的朋友变得强壮。他教沙赫扎德举重和空手道,并带沙赫扎德去健身房,在那里他让沙赫扎德每打一拳就用日语念:"Ichi. Ni. San. Shi!(一、二、三、四!)"他们做指撑俯卧撑,直到沙赫扎德担心他中指的皮肤要磨破了。现在,沙赫扎德坐在他那把宝座般的椅子上,身边有阿提夫相伴,内心觉得父亲忘了这个日子也没什么大不了的。

"你愿意娶萨比娜为妻吗?"祭司的问话打断了沙赫扎德的思绪。"我愿意,"沙赫扎德回答,并按要求说了三遍。随后,沙赫扎德家给了女方五千卢比的回礼,数额不小。她和沙赫扎德都依照礼俗在婚约上签了字,并背诵了指导穆斯林婚典的《古兰经》段落。

婚礼结束时播放了穆罕默德·拉斐(Mohammed Rafi)[1]的一首伤感歌曲,萨比娜的眼泪夺眶而出。她在那天第一次想起自己要离开家、离开父亲,想起了难伺候的婆婆和未知的将来。姐姐过来安慰她,萨比娜用长围巾的边角拭去眼泪,父亲给了她一个大大的拥抱。

萨比娜掉眼泪的时候,沙赫扎德也开始反思。钻石纪念日彩灯对婚礼来说未必是一个美妙的点缀。万一它们其实是不好

---

1 印度幕后代唱歌手。

的征兆呢？他担心这桩婚姻会受到nazar，也就是诅咒。沙赫扎德对世界的看法受迷信影响，他所属社群的许多宗教领袖也是这样。在婚礼之前，当地的一名神职人员向沙赫扎德的母亲建议萨比娜改名，以便婚姻美满，他声称，"沙赫扎德"和"萨比娜"的首字母都是"S"，组合起来不好。这名神职人员说，如果换个名字，两个人之间的联系会更紧密。但是萨比娜认为这没道理，她以少有的固执对沙赫扎德的母亲说："我的名字是父亲取的，就这样叫我好了。"沙赫扎德表示赞同，所以她没改名。

婚礼结束后，午夜时分，沙赫扎德紧张不安地寻找其他厄运迹象。萨比娜回到娘家和母亲道别，一切都很顺利。沙赫扎德把她接到自己的家，指给她看由英国人建造的精致墙体，带她上楼来到狭小但私密的婚房，这个过程也没有遇到任何麻烦。但难堪的是，他家里的人安排了一个婚礼游戏——把一枚戒指扔进一桶水里让新婚夫妇寻找，找到戒指的人是萨比娜。沙赫扎德把手伸进水里反复摸索，可什么也没抓到。

庆祝活动接近尾声，沙赫扎德的焦虑越发加深，因为有一件事阿提夫没教过他。他的这位挚友没教他性知识，因为阿提夫也还没结婚，而婚前性行为是haram（禁忌）。沙赫扎德知道自己得在头一个晚上行房事，但不知道该怎么做。

沙赫扎德把家族里一个关系要好的人拽到一边，悄悄问道，唯恐声音里透出绝望："从后面还是前面？"

"你是不是犯困了？快醒醒！"朋友笑着告诉他，并把苏打水泼到他脸上。"Pagal（疯啦），当然是前面。"

后来，沙赫扎德得知肛交在他所属的社群也是禁忌，另外还有口交、月经期间行房事和斋戒期间行房事。现在他唯一担心的是出现差错，担心萨比娜笑话他，担心有人偷听到他的手忙脚乱。在他所属的社群，女人们经常会在新婚夫妻的婚礼当晚把耳朵贴在门上偷听。快到深夜三点了，沙赫扎德祈祷女人们会累得没心思偷听。

但是，筋疲力尽的人是沙赫扎德，当他爬上床在萨比娜的身边躺下时，他一动都不想动了。两个人做晚祷时，他的眼皮都快睁不开了。萨比娜也累坏了，很高兴终于能够卸下厚厚的纱丽和沉重的首饰。

前面，前面，沙赫扎德在心里提醒自己。

没过几分钟，两个人都睡着了。

～～～

萨比娜知道沙赫扎德很快会尝试求欢，也知道她尽管害怕却必须服从。她将不得不年复一年地服从，无论何时，只要他有欲望。这是一个印度好妻子应当做的事，连印度刑法典都规定男人和妻子之间的性行为绝不能算是强奸。不过，也许沙赫扎德不会是性欲那么旺盛的丈夫吧。差不多一天过去了，两个人悠悠闲闲地待在公寓里，这套公寓跟城里大多数中产阶级的公寓一样，简单朴素、功能实用。尽管如此，它比萨比娜娘家的房子要好得多。他们从早到晚用录音机播放穆罕默德·拉斐的歌曲，房间里一切布置都是崭新的。他们的婚房面朝大街，两个人已经在大床上躺了好几个小时。外面，萨比娜可以听见火车轨道的隆隆声和窗沿上两只鸽子的咕咕声。附近有一座翠绿色的清真寺，纪念的是一位能飞天的圣人。不远处在新建一座朝圣之家，供朝圣者在前往麦加的途中歇脚。萨比娜希望她和沙赫扎德有朝一日也能去麦加朝圣，政府一直是给补贴的。朝圣之家和清真寺再往远处是克劳福德市场，她知道沙赫扎德喜欢去那儿。这里的一切在萨比娜看来都富有浪漫气息，不是做爱最糟糕的地方。不过沙赫扎德并没有采取任何行动。

　　婚礼后的第三天，沙赫扎德鼓起了勇气。前面，前面，他又在心里提醒自己。事情并不像他想象的那么复杂。萨比娜说沙赫扎德有点弄疼她了。但她也说感觉很好。之后他们得去洗洗，他们所属的社群对性爱后的沐浴要求非常严格。萨比娜下了床，惊慌地发现他们的婚房不带卫生间。她必须走到外面去洗澡，那样一来家里的每个人都会知道。但沙赫扎德家里的人很贴心，谁也没吱声。

在那之后，他们依然每天悠闲自在地聊天、听歌，因为沙赫扎德休了一个月的假。他们一遍又一遍地播放穆罕默德·拉斐的歌曲，歌里唱的是生生世世在一起。人们都说他的嗓音很奇特，没人能把情歌唱得像他那样。

听着穆罕默德·拉斐的音乐，沙赫扎德向萨比娜讲述了他的童年生活和父亲对他的冷淡。萨比娜说，他的父亲听起来像个小人，这种人只想让别人觉得自己渺小。她也向沙赫扎德讲述了她的父亲，讲述了他对自己管教严格但和蔼可亲，还讲述了祖父更加严格但不那么和蔼。

沙赫扎德理解萨比娜的父亲是一片好意，但他认为，把萨比娜关在家里就好比把他的女儿扔在一个与世隔绝的遥远山村，那里的人不外出获取知识，知识也传不进来。越来越多的人搬到了城市，但沙赫扎德知道这个国家的大部分人仍然生活在没有电视的农村地区。在孟买，沙赫扎德从小就有电视和电影看，他特别喜欢肖恩·康纳利（Sean Connery）和罗杰·摩尔（Roger Moore）主演的英语间谍片。妈妈会给他一个卢比进电影院，看完电影吃 mawa（全脂牛奶）蛋糕。他无法想象没有电影的生活。对他以及他所认识的大多数小孩子和成年人来说，电影就是一切。他认为，那些远离了电影和新闻、远离外部世界在围墙里面长大的人不懂得独立思考。他暗自下定决心要改变萨比娜身上的这一点，萨比娜则一心要帮助沙赫扎德摆脱他父亲的伤害。

印地语大片常常以克什米尔为背景，男女主角站在山顶，雪花落到他们的舌尖上。或者，坐在仅容两人的小船里划过宁静的湖泊。在电影中，克什米尔的战斗似乎从来不曾发生过。关于克什米尔，萨比娜记得父亲说过：玛杜巴拉，不管你想去哪儿，嫁人以后都可以去。那些话如今还在她的脑海里回响。萨比娜想象着沙赫扎德带她去旅行，一定如田园诗般美好。

但是在斋月结束、他们的蜜月临近时，沙赫扎德的母亲打破了这个美梦。她表示要跟儿子儿媳一起去旅行。萨比娜一想到这件事就哭。她怎么会认为自己应该与我们一起度蜜月？沙赫扎德让新婚妻子放宽心，他母亲搞不明白是因为她来自一个小山村，观念比较落后。"她提出来的时候别搭腔就是了。"他说。最终，沙赫扎德的母亲留在了家里。

两个人首先出发前往马泰兰（Matheran），这是西高止山脉（Western Ghats）的一个小小避暑胜地，名字寓意是"前方的森林"。火车行驶了大约四个小时，抵达时，沙赫扎德醒来发现萨比娜靠在他的肩膀上睡着了，头上包着一条蓝绿色围巾。扩音器里传出播报，他听到了狗叫声。两个人在马泰兰四处游览，在河边、凉亭下、山顶上互相拍照，不过那个时节山里并没有下雪。

在马泰兰之后他们又去了另外两个避暑胜地：在班杰加

尼（Panchgani），沙赫扎德像电影里的男主角一样骑上白马；在默哈伯莱什沃尔（Mahabaleshwar），他们像电影里的情侣一样划了船。他们在默哈伯莱什沃尔住的酒店叫"安纳尔卡利"（Anarkali），意思是"石榴花"，也是《莫卧儿大帝》里面那个宫廷舞者的名字。在酒店里做爱的时候，他们的生活感觉真的就像一部电影。

但是在回孟买的火车上，萨比娜问了沙赫扎德一个尴尬的问题。也许她开始注意到一些小细节表明沙赫扎德不是一个很严肃的人：说话或吃饭时嘴角有唾沫，笑起来傻乎乎的，衬衫敞着好几个扣子。也可能她只是好奇。"我父亲跟我说，如果一个女人坐到一个男人身边，男人应该会有触电的感觉，应该会变得兴奋，"她说，"你为什么并不这样？"

沙赫扎德想不通，他不可能一直保持兴奋。在那之后，一路上两个人都没怎么说话。列车驶入孟买中央火车站，沙赫扎德嘴里有一颗牙齿开始作痛。从火车站附近坐上公共汽车时，他牙疼得越来越厉害。等到了家，沙赫扎德已经疼得连说话都困难。

第二天，他去了医院，医生拔掉那颗牙，但沙赫扎德内心不祥的预感挥之不去。他感觉 nazar（诅咒）在他们度蜜月期间如影随形，在他和萨比娜临近家门时再度出现。

萨比娜把他们一周年庆祝活动的照片整整齐齐地放进结婚相册，从照片上看，这一天家里喜气洋洋。沙赫扎德为这次聚会挑选了一件休闲的红格子衬衫，纽扣一直扣到胸前，下身是一条美式蓝色牛仔裤。萨比娜穿了一件粉白相间的纱丽，戴着红色结婚手镯，发间插着白色鲜花。两个人都充满了青春活力。他们看上去很瘦，瘦得就好像一日三餐吃高脂肪甜品也不会发胖。有一张照片中，沙赫扎德的父亲居然让他们俩喂他吃了一块蛋糕。在另一张照片中，沙赫扎德和萨比娜不知在笑什么，萨比娜的面纱滑落，几缕头发搭到脸上。在相册的最后一张照片中，他们肩并肩合了张影，沙赫扎德搂着妻子。他们的身后有一面镜子，相机拍到了镜子，所以两个人之间的空隙因闪光而一片模糊。

结婚一年了，两个人都知道接下来的事情。对于几乎任何一对印度夫妻来说，一年意味着该生孩子了。沙赫扎德梦想着有四个、五个甚至六个孩子，想象着他每天晚上回家时孩子们都在门口等候。他们都会满脸欢笑，圆润，健康。他们大部分是男孩，紧紧抓住萨比娜的 salwar kameez（传统宽松连衣裙）。尽管父亲说过生孩子很辛苦，但萨比娜也想要孩子。

在想要孩子的同时，沙赫扎德尽可能地经常带萨比娜外出。他想在孩子把萨比娜捆住之前消除她的乡下人心态。他骑摩托车载着萨比娜，驶过古老的装饰艺术电影院来到奥拜罗，这家豪华酒店高耸入云,似乎是城市的制高点。他们眺望着防波堤的混凝土四脚锥体,坐在海边一聊就是好几个小时。当沙赫扎德载着萨比娜回家时,他为自己新买的摩托车以及摩托车带给他的自由感到自豪。但他的骑车技术不怎么样,萨比娜发誓再也不坐他的摩托车出去了。

从此以后,萨比娜再回娘家时,沙赫扎德总是搭出租车来接她。出租车停在外面等候,沙赫扎德对着她家窗户喊她哥哥的名字,因为大声呼叫女士是不妥的。沙赫扎德的声音在屠夫、珠宝商和街头小贩的嘈杂声中犹犹豫豫地响起,萨比娜的哥哥会大声应答,过一会儿萨比娜就会把头裹得严严实实下楼了。然后他们会坐出租车去某个地方,通常是去海边。

沙赫扎德还喜欢带萨比娜的姐妹们出去玩,她们大多年龄比萨比娜要小,很容易哄开心。每当得知沙赫扎德要来,虽然他要下午五点才到,但妹妹们会在四点之前就做好准备,一看见沙赫扎德就兴奋地喊:"Bhaijan(姐夫)来了! Bhaijan(姐夫)来了!"然后匆匆忙忙去梳头化妆。沙赫扎德用出租车接上她们之后会驶往阿波罗码头。她们会在那儿眺望印度门以及印度门后面的泰姬陵酒店。有时沙赫扎德带她们去焦伯蒂海滩,坐在那儿看海浪消磨几个小时,吃着 bhelpuri(爆米花)和 pavbhaji(餐包酱汁蔬菜),感受着徐徐吹来的海风。

沙赫扎德最早是听阿提夫讲起焦伯蒂的。年少时,他和阿提夫以及另外两个朋友每个周末都开车去焦伯蒂，其中一个朋友是开豪车的百万富翁之子。他们会停好车，尽情玩耍聊天直到太阳落山。如果赶上印度教的九夜节（Navratri），他们会从焦伯蒂开车到沃盖什沃尔（Walkeshwar），在那儿的开阔地带观看印度教女子跳 garba（加霸舞），穿着五颜六色的大摆裙旋转。不过他们是绝不可能跟印度教女子结婚的。

婚后，沙赫扎德就很少见到阿提夫了。他参加了阿提夫与一个穆斯林好女孩的订婚仪式，但在那之后，阿提夫神龙见首不见尾。他已经成为小有名气的空手道教练，没时间跟人见面，哪怕是他的老朋友。

但有一天，阿提夫再次露面，他来向沙赫扎德倾诉苦恼。他爱上自己的一个空手道学生，一个古吉拉特邦女孩。更麻烦的是：她是耆那教徒，那个宗教在沙赫扎德看来与伊斯兰教相去甚远，因为它特别强调禁欲克己。阿提夫还没结婚，他说，他要解除婚约转而娶这个耆那教女孩。"那怎么行？"沙赫扎德紧张地问，"她是耆那教徒。"阿提夫只是看了他一眼。阿提夫总是想干什么就干什么。

在那之后，沙赫扎德一直没有阿提夫的消息，直到几个月后在一家餐馆遇到他，他的眼睛周围涂了一圈女人用的 surma（眼线粉）。先知曾经说涂抹 surma（眼线）会吉星高照，但阿提夫涂上它更像是一种伪装。"嘿，"沙赫扎德大笑，"你大变样了。"阿提夫扯着沙赫扎德的衣服把他带到一个角落。"我和那个古吉拉特邦女孩私奔结婚了,"阿提夫说,"女孩的父亲正在到处找我。"他告诉沙赫扎德,女孩的父亲甚至塞给当地警官一万卢比,让他编个罪名把阿提夫抓起来,甚至也许可以跟他"偶遇发生冲突",指的是开枪打死一个人并伪装成意外事故。孟买的警察经常会利用冲突事件来除掉这座城市的黑社会成员,但沙赫扎德知道,若子女跨宗教结婚,家长有时是会孤注一掷的。他替朋友感到害怕。阿提夫说要在他姑姑家躲一阵子,没等沙赫扎德再开口就溜走了。此后,沙赫扎德很长时间没有阿提夫的音讯。

沙赫扎德原本可以求助阿提夫,因为从那天起,家里的生活发生很大的变化。他原本也可以求助哥哥,但他的哥哥远隔重洋。因此,当萨比娜和他的生活开始乱作一团时,沙赫扎德信任的人一个都不在身边。

先是沙赫扎德的母亲。在他们婚后一年,她开始每天找萨比娜的茬儿。不是埋怨她洗衣服洗得太晚了,就是指责她没尽心尽力照顾她的需求。大多数时候她是在挑剔儿媳的厨艺:菜煮得太咸了、太烂了,买的肉或蔬菜不新鲜。沙赫扎德的母亲会训斥道,"你根本不会做饭"或者"你什么都得从头学"。如果萨比娜不小心把器皿掉到地上,沙赫扎德的母亲会诘问:"你干吗把它扔了?"更为刺耳的侮辱是:"你爸妈没把你教育好。"

萨比娜在朋友和姐妹中向来是最直率的，她强迫自己不要顶嘴。第一年相安无事，但现在，好朋友的预警成真了。萨比娜劝慰自己说，大多数婆婆都是这样的，这简直就是一种民族传统。她是一个闯进他们家的外人，是一种威胁；渐渐地，沙赫扎德的母亲变得嫉妒起来。萨比娜心想，她怕自己的儿子会落入老婆的手中。若是那样的话，沙赫扎德就会只听萨比娜的话，不听他母亲的话。

萨比娜努力对婆婆的刁难表现得不在乎。幸好，她可以向沙赫扎德倒倒苦水。磕磕碰碰大多发生在他上班的时候，从店里回到家，他会耐心地听萨比娜讲述母亲那天的所作所为。这些事情让沙赫扎德听得很紧张，但他强迫自己心平气和地说："随它去吧。"萨比娜会照他说的做，她知道别无选择。

随着沙赫扎德的母亲越来越严厉，萨比娜的内心有了变化。她从未做好准备面对这种程度的批评。她在蜜月中感受到的自由似乎已经消失无踪。连沙赫扎德也意识到她再次成为囚徒，只不过换了座监狱。两个人都庆幸沙赫扎德的父亲没有同时对她恶语相加，父亲已经变得完全痴迷于他的汽车和市场，几乎不和家里的任何人说话。

随着时间流逝，萨比娜断定她需要接受一个事实，那就是：作为小女孩的她已死，婚姻需要适应。她必须适应丈夫和丈夫的父母，她必须适应现状，接受她也许永远不会幸福快乐的事实。沙赫扎德也必须适应她，在劳累了一天之后抽出时间听她抱怨。她觉得这类似于鼓掌，她心想，一个巴掌拍不响。两只手一起拍才能有掌声，否则就只有静默。

萨比娜还要操心的一件事是，她千方百计想生个孩子却未能如愿。一年多过去了，孩子始终不见踪影。沙赫扎德觉得自己很强壮，也没有勃起困难，他想不通自己为什么没有孩子。没多久，他所属社群里的人开始议论。沙赫扎德眼见着大家庭里的很多人先后怀孕，有的生了三个孩子，有的四五个。

萨比娜开始担心了。她听说过这样一个故事：一个男人去找先知，问他要不要娶一个出身好、气质佳、长相又美的女人，唯一的问题是这个女人不能生育。先知的回答是，不，别娶她。因为多生孩子是为了壮大伊斯兰民族，而伊斯兰民族的盛衰高于一切。这跟印度教的生育观没什么两样，两种宗教都强调延续家族香火的重要性。

沙赫扎德看过有关夫妻不能生孩子的电影。这事总是女方的错；即便不是，女方也会受到指责。但是沙赫扎德开始担心，如果问题没有出在萨比娜身上，那就一定是他有什么地方不对劲。在他所属的社群里，不能生育的男人被认为软弱无能、不是真男儿。沙赫扎德把他的担忧告诉了母亲，母亲说："不，不，向来是要先查女方。"

于是他和萨比娜去见医生。医生是个和蔼的男人,他把萨比娜带到了一个小房间里进行了各式各样的检查。作为骨盆检查的一部分,他把一个手指伸进了萨比娜的体内。萨比娜从小房间里走出来的时候看上去快哭了,她对沙赫扎德说:"他怎么能把手指伸到我身体里面?"这似乎明显违反了《古兰经》,它规定,除了丈夫以外,任何男人都不能碰女人。沙赫扎德安慰她:"没事没事,他是医生,没关系的。我们得看看你能不能怀孕。"

医生出来了,说:"她一点儿毛病没有。"他看着沙赫扎德说:"现在给你检查一下。"

沙赫扎德后来悄悄去诊所提取精液样本,暗暗希望没人看见。等待结果时,他忐忑不安。过了在他感觉十分漫长的一段时间后,化验员终于出来了。

"Kuchbhinahi(什么也没有)。"化验员说。

沙赫扎德欣喜若狂:我到底还是什么毛病都没有。萨比娜怀孕是早晚的事,没有问题,没什么好担心或羞愧的。不管是儿子还是女儿,最终会来的。

过了一会儿,医生对化验结果进行了解释。化验员的意思是没有"精子"。精液里什么也没有。Shunya(零)。医生告诉沙赫扎德,他患有无精子症,是男性精子数太少甚至为零的医学术语。

他询问记录了沙赫扎德的全部病史。疾病清单很长：童年时期无法解释的长期体弱，给他留下永久性平衡障碍的耳部感染，最近他脖子上因为佩戴铝制盒式吊坠（里面装着《古兰经》段落）留下的瘢痕瘤。还有，在十六岁的时候得过流行性腮腺炎。当沙赫扎德提到腮腺炎时，医生停顿了一下。

医生说，腮腺炎很麻烦，这种病毒性疾病可能会使精子的产生暂时停止，在极少数情况下永远停止。

"腮腺炎有可能感染了你的睾丸，"医生对沙赫扎德说，"但有这种情况的人很多。你能正常勃起，只是不能生育。"他告诉沙赫扎德，他几乎算是没有生育能力了。

沙赫扎德在脑子里一遍又一遍地回顾医生说的话。他感觉自己被诅咒了。他想起婚礼那天的情景，想起一路上的灯光。

最后，他鼓起勇气告诉了萨比娜。他低着头，声音有气无力。萨比娜静静地听着，双眼紧盯他的脸。沙赫扎德讲完以后，她温柔地说："O（这是她对沙赫扎德的爱称），这是主的旨意，没关系。"

"但我们应该传宗接代。"沙赫扎德说。

"主如果不想给我们孩子，那就不会有。"

萨比娜还记得父亲的话：生孩子会很疼，之后男人就控制了他们的妻子。但他也说过另外一番话："玛杜巴拉，有了孩子，你的生活就会总是充满欢乐。"没有孩子，她不知道今后的生活会是什么样子。

她还想到了堂姐妹们,她们每天有成堆的家务要做,还要抚育孩子。有婆婆盯着,活儿就好像永远干不完。而且,既要做好家务又要照顾好孩子似乎根本不可能。她告诉自己,现在这样的生活状态更好。

"这是主的旨意。"她对沙赫扎德又说了一遍,沙赫扎德说不清这句话是让他感到释然还是更加难过。

这时,他的脑海里浮现出一句谚语,大概意思是说,无论是人还是马,只要能生育、有力气就永远不老。他下决心绝不能就此感觉自己老了。他只有二十九岁,萨比娜还不到二十七岁。他想留住当年的神采——穿着从迪拜带回来的时尚服装,像个威严的皇子,站在爱妻的身边接受昂贵的礼物。

沙赫扎德认准了医生提到的一个词:"几乎"。他没有说"不育",而是说"几乎算是没有生育能力了"。那意味着还有挽回余地。药片,药粉,检查。医生甚至提到了手术。

沙赫扎德想都没想就对医生说,他要多管齐下进行治疗。

〰️

沙赫扎德去做手术纯属私事。这一年对他家和这整座城市来说都是平静的一年,除了针对萨尔曼·拉什迪的死刑令。虽然死刑令是在伊朗发布的，但拉什迪的小说《撒旦诗篇》对先知穆罕默德的描绘也激怒了孟买的穆斯林。沙赫扎德所属社群的人也义愤填膺，他们高呼着口号游行经过他家，在街上与警察扭打起来。正是这些人，如果知道了沙赫扎德做手术的真正原因，他们肯定会说三道四。所以沙赫扎德找了一家私人医院，那样就绝不会遇到熟人。他的哥哥趁假期从迪拜坐飞机赶回来陪他，萨比娜则留在家里，以免惹人怀疑。事后，邻居们得到的消息是，沙赫扎德因为腹股沟附近的肿块而就医。

去医院做手术之前，沙赫扎德和萨比娜一起坐下来，对她说："等我做完这个手术，一切都会好起来的。我们会有孩子的。"

"好的，O，"她说，"我们顺其自然吧。"

沙赫扎德很紧张，医生是市区一家医院的知名大夫，他淡定地讲述了症结所在和手术程序。他解释说，腮腺炎可能导致了精索静脉曲张，这个肿胀的静脉网络引起血液淤积，有可能影响了精子产生。他告诉沙赫扎德，手术将对静脉进行处理，使血液流动更畅通。但他不能保证有奇迹般的治疗效果。沙赫扎德点了点头，尽管后面那句话他根本没听进去。他坚信自己在手术后会痊愈。

手术只用了半个小时，但沙赫扎德在医院躺了好几天。他感到剧烈的疼痛，医生给他开了止痛药。医生告诉他，静脉已经正常了。

沙赫扎德的疼痛减轻以后,医生提醒他,修复精索静脉曲张可能会意味着精子的产量提高,也可能不起任何作用。沙赫扎德的家人心烦意乱,有传言说,医院没给他们要求拿到的病历。有人暗示,病历无故失踪是为了避免沙赫扎德得知手术没成功而感到尴尬。沙赫扎德一心只想赶紧回家。

出院时,医生给他开了一些药片来帮助增加精子产量。在接下来的几个月里,沙赫扎德按医嘱服药,尽管这让他感到昏昏欲睡,头晕目眩,而且有点恶心。他心想,哎呀,这本该让我强壮,却让我感到虚弱。但后来他和萨比娜云雨时发现自己可以坚持很长时间。

沙赫扎德去复查时,医生为他的勃起状况击掌欢呼。然而,虽然沙赫扎德的性能力越发强大,但他已经服药好几个月,萨比娜却始终没有怀孕。

"没关系的,O。"她再次表示,但沙赫扎德并不这样认为。

一天晚上,沙赫扎德信步走到他平时没去过的一个地段,惊讶地看见萨比娜的父亲坐在路边。那片是红灯区。他以前就知道萨比娜的父亲是一位治疗皮肤病的医生,现在明白了那是什么意思。沙赫扎德跟岳父打了个招呼,两个人彼此客套一番。他想请教岳父,心想,也许他可以帮我,眼下正是难得的机会。但他不希望这件事传到萨比娜的耳朵里,寒暄了几句就继续往前走了。

在这次邂逅之后,沙赫扎德决定去找一位与自家人没有任何联系的性病医生。他知道性病医生治疗各种各样的疑难杂症:性病、阳痿,甚至同性恋(它在那时还被认为是一种疾病)。但是沙赫扎德行房事毫无障碍,所以医生将他拒之门外,说:"如果你没有性功能障碍,那我就帮不了你。"沙赫扎德锲而不舍地追问:"但是,医生,为什么我的精子数量一直为零?""腮腺炎,"性病医生说,跟其他医生的说法一样,"你的睾丸严重受损。"沙赫扎德大为恼火,不禁想起了父亲,当年他没有及时带沙赫扎德去看医生。

在接下来的五年里,沙赫扎德花钱去看了每一位医生,尝试了每一种药片,打听了每一种上市的新技术。尤其刺激他这样做的是,有邻居故意问他为什么不生孩子来帮助传播伊斯兰教。他们会满脸虔诚地说:"一有人生孩子,主就会露出笑容。"他们有时会怂恿沙赫扎德再娶个妻子,因为他的第一个妻子八成是不能生育。沙赫扎德没法告诉他们问题不在萨比娜身上。有一次,沙赫扎德的母亲数落他"连同性恋都生出了孩子",因为他们家附近一个同性恋男人的妻子怀孕了。在沙赫扎德所属的社群,同性恋是禁忌;《古兰经》里说,男人喜欢男人是"越轨"。在法律上,它是一种可判处终身监禁的罪行。如果说连同性恋男人都能让妻子怀孕,那么,沙赫扎德觉得自己确实很不对劲。

沙赫扎德在报纸上读到一项最新医学进展，于是马上去找一位著名的生育专家咨询。专家用力拉扯沙赫扎德的命根子，他觉得自己简直要疼晕过去了。专家宣称，沙赫扎德需要再做一次手术。手术前要做进一步的检查，沙赫扎德为此又花费了多达两万卢比。

到了这个时候，萨比娜认为沙赫扎德的执念实在太过头了。他耗费了大量的时间和金钱，换来的却是越来越焦虑。她向沙赫扎德当面指出这一点，但他听不进去。她又带沙赫扎德去拜访他们的家庭医生——沙赫扎德找这个医生看病有很多年了——询问所有这些门诊预约、药片和手术到底是否有意义。医生显得体贴周到，当沙赫扎德提到要再做一次手术时，他从眼镜的上方严肃地看着他们。

他声音冷峻地说："那是浪费时间，别做。停止你现在的这些做法。"沙赫扎德低下头。"很抱歉，但你的这个情况真的无药可救。"

那一年，孟买缺水严重，在经历了一个少雨的季节后经常如此。沙赫扎德的大家庭尤为缺水，他、萨比娜、他的父母、叔叔婶婶和另外几个家庭成员共用一个水箱。没多久，萨比娜就开始和沙赫扎德的婶婶为用水发生争执，说婶婶要么把水都用光了，要么把水箱开关拧死了不让萨比娜接水做饭、洗衣服、洗澡。萨比娜告诉沙赫扎德，她几乎每天都没有足够的水用。僵持了几个星期以后，沙赫扎德决定找叔叔说说这件事。

沙赫扎德一向喜欢这个叔叔。整个童年时期，每当叔叔看到沙赫扎德的父亲虐待他，他就会质问哥哥："你干什么呢？干吗这样？"正是这个叔叔当年在沙赫扎德得了腮腺炎时带他去看了医生。他一贯为人友好，性格随和，沙赫扎德觉得他会知道怎么解决这两个女人之间的问题。但沙赫扎德也知道叔叔最近压力很大，每天要抽掉一包多香烟。他必须慎重行事。

"叔叔，"沙赫扎德说，不自觉地加强了语气，"您老婆为什么拧紧开关让出水变慢了？我们的水不够用。"

叔叔没有像沙赫扎德希望的那样回应。相反，他冲侄子骂了一句脏话，那是沙赫扎德在这个家里从来没听到过的词。沙赫扎德脱口而出回了一句脏话。叔叔勃然大怒，沙赫扎德从没见过他这副表情。他拿出一根打老鼠用的棍子吼道："我揍你！"

沙赫扎德吃惊地落荒而逃。正值斋月，是斋戒和反省的时间，那天晚上会有祈祷，现在不是打架的时候。他发誓明天要更冷静地和叔叔再谈一谈。

但第二天,一辆救护车呼啸而来带走了叔叔。他一去就再没回来。

家里人获悉他死于心脏病发作,可能是由于情绪激动。大家立即把矛头指向沙赫扎德。

"就是因为你他才死的。"沙赫扎德的母亲对他说,"因为你居然冲他大吼大叫。"大家庭里的其他成员也都这样认为,他们大多都不愿搭理沙赫扎德,或者在沙赫扎德从身边经过时讽刺挖苦。唯一没有批评沙赫扎德的长辈是他的父亲,他似乎根本没注意到弟弟走了。

沙赫扎德懊恼不已。就为了几滴水,他害死了自己最喜欢的叔叔、自己的保护人。

"这不是你的错,O,"萨比娜温柔地劝解他,"他们说得不对。"她很想替沙赫扎德站出来反抗家里人,在和他父母一起生活的岁月里她经常这样想。但她通过观察家里其他女人领悟到,那会让事情变得更糟。

沙赫扎德生平第一次参加了葬礼,亲眼看着他们把叔叔蒙上脸以后慢慢放进墓穴,叔叔的脸朝向 qibla,也就是麦加所在的方向。干土装在一个陶罐里,用于撒到棺木上。遗体旁摆放了鲜花。每个人都在念诵《古兰经》。轮到沙赫扎德捧起一抔土撒到墓里时,他浑身不自在。他心想,这都是因为我。

后来家里人得知,沙赫扎德的叔叔一直承受着其他压力。

他的资产出现危机有好几个星期了。在他去世的前一天，也就是沙赫扎德找他的那一天，叔叔的朋友兼生意伙伴以他的名义办理许可证，窃取了叔叔名下的土地。如果说叔叔的死有罪魁祸首，那就是这件事了。

尽管知道了这个消息，萨比娜也劝了他多少次，沙赫扎德还是记着母亲说过的话：就是因为你他才死的。

葬礼结束后的几天里，沙赫扎德总觉得他的指甲下面还嵌着泥土。不管洗多少次，怎么用力洗，他的手就是洗不干净。

萨比娜尽力安慰沙赫扎德，但她很快就有了自己的烦心事。几个星期以来，她的父亲表现得焦虑紧张，他说他为另外几个女儿的婚事操心。在他变得行为怪异之后不久，他去医院做疝气手术。

这种手术很复杂，但萨比娜父亲对家里人说很简单。他的心脏有毛病，所以手术是有风险的，但这一点他也没告诉家里人。他还找了一家收费低的医院做手术，是家里人从没听说过的一家医院。这样的医院很恐怖，器械不消毒，医疗事故屡见不鲜，而且据说黑市器官交易猖獗。

深夜，萨比娜正在睡觉，医院的一个女人找到他们家说，手术出了问题。"他的情况很不好，快来！"沙赫扎德和萨比娜在黑暗中匆匆忙忙穿好衣服。

他们到达医院时，萨比娜的父亲已经咽气。他的心脏在手术过程中衰竭了。

萨比娜瞬间意识到，她的人生将分为两部分：父亲去世之前的时光和父亲去世以后的时光。她已经二十七岁，或许早已成年，但她发觉自己直到现在才体验到真正的痛苦。

她想不通父亲为什么不对她讲明实情。她认为可能是因为缺钱。但是，当她哭着经过包叶槟榔和晾晒的衣物爬上楼梯回到娘家时，她打开父亲的橱柜，发现里面赫然放着七万五千卢比。这是一大笔钱。

萨比娜的父亲去世后不久，沙赫扎德去了迪拜。他说他需要和哥哥在一起，因为家里人为了叔叔的死始终对他耿耿于怀，对此萨比娜表示理解。然而，沙赫扎德一走，她发现自己没人说话了——母亲和姐妹们像小绵羊，哥哥的火气越来越大。她唯一愿意与之交谈的人是父亲。不过，假如父亲尚在，她知道父亲会说什么。他会告诉女儿专心向真主祈祷。

～～～

沙赫扎德从迪拜回来后，1992年骚乱爆发了，就好像死亡接连而来，且规模更大。

刚开始，沙赫扎德在拜古拉市场的店里收听广播，听到远处一座清真寺被烧毁的消息。右翼印度教团体组织了一次集会,这次集会演变成一场骚乱,最终捣毁了北方邦最大的清真寺之一——巴布里清真寺。这里是罗摩神的出生地,据说原本有一座印度教神庙,后来莫卧儿皇帝将其推倒,并在其原址上建造了一座清真寺,印度教团体一直在号召夺回它。这次集会在很大程度上是由全国志愿者组织(RSS)主办的,RSS 是一个印度教民族主义志愿者团体,其宗旨是推动建立一个印度教国家。该组织称,在被莫卧儿王朝的穆斯林帝王毁掉之前,印度曾经历了一个"黄金时代"。RSS 派去清真寺参加集会的人用镐和锤子砸烂了清真寺。巴布里清真寺成为一片废墟。

在听广播的时候,沙赫扎德觉得它听起来不像是一场集会不由自主地演变为骚乱。在他看来,破坏活动像是有预谋的。他想继续听听新闻,但市场里的穆斯林全都提前关门了。有传闻说孟买也会出现暴力事件,尽管那儿离巴布里清真寺很远。也许已经开始了。沙赫扎德关了店门去找父亲、叔叔和堂弟。他们都准备撤了。公交车和出租车已停运,所以他们步行往家赶。在街上,他们看到有轮胎在燃烧。

几个人接近他们以穆斯林为主的居民区时,沙赫扎德听说了他们都担心的事情——穆斯林出来残杀印度教徒以图报复。印度教徒紧接着也以牙还牙。这个国家的麻烦往往就是这样挑起的:平民百姓都安安静静的,有权有势的人划燃一根火柴,然后暴力事件就像集市里起火一样蔓延开来。当沙赫扎德和几个家人经过当地的裁缝店时，裁缝亲切地向他们喊道："进来坐会儿吧，等安全了再走。"这个裁缝是印度教徒，从沙赫扎德的祖父开始，后来是沙赫扎德的父亲，现在是沙赫扎德，全家人一直是请他在开斋节和斋月的时候给家里男人们做专门的 kurta pyjama（无领长袖服装）。虽然离家只差一个街区了，他们还是匆匆进了裁缝店，隔壁就是裁缝的家。

他们挤在裁缝家，听说愤怒的穆斯林现在正点燃更多的轮胎，不让任何公交车通行。警察已经出动，但据传他们只保护印度教徒。

终于，他们冲过最后一个街区跑回家，沙赫扎德立即用固网给萨比娜打了个电话，她回娘家去看望母亲和妹妹们了。沙赫扎德心想，至少她是在一个穆斯林区，也许是安全的。但是沙赫扎德也在穆斯林区，可现在外面有一个印度教男子正朝着他的窗户扔石块想砸破窗玻璃。

旁边大楼里住着一位印度教警官，沙赫扎德知道他喜欢穆斯林和穆斯林文化，他几乎每天都播放 qawwali（卡瓦里），也就是苏非派用于祈祷的音乐。于是沙赫扎德给这位警官打了个电话，他出面制止了扔石头的男子。在沙赫扎德的记忆中，这位警官端起枪说："你要是敢在我的地盘上撒野，我就开枪打死你。"

男子离开了，但暴力现象持续肆虐。对巴布里清真寺被毁感到义愤填膺的穆斯林放火烧公共汽车,印度教徒则破坏了这座城市里更多的清真寺。

四天后,暴力活动渐渐平息,萨比娜打电话给沙赫扎德,恳求他送些牛奶过去。她们一家人已经好几天没吃东西了。在家里待的时间越长,见不到萨比娜的时间越长,沙赫扎德就越焦虑,他巴不得有点事情做。

外面大街上出奇地寂静,显得格外空旷。他要去的地方是闹市区的雷加尔剧院(Regal Theater),位于三公里半以外,那里有一家商店可能会在营业。一路上,他看到了零星的火苗,但没人找他的麻烦。快到剧院的时候,一个留着胡子的男人喊道:"快走开,他们还在杀穆斯林呢。"沙赫扎德胡乱点了点头,继续往前走。"回去,快走,"那人锲而不舍地大声喊,"已经又开始了,他们在滥杀穆斯林,甚至在牛奶里下了毒再往外卖。"

沙赫扎德吓了一跳,不由地停下脚步。他盯着剧院旁边开门的商店,转身回家了。

整整八天,沙赫扎德没有见到萨比娜。全城实行宵禁,沙赫扎德一家人没什么可吃的,只有一些干巴巴的chapati(印度薄饼)。终于,军队从新德里赶来,宣布凡是继续闹事的人都将就地枪毙。最后的愤怒一点一点地消耗殆尽,这座城市恢复了安宁。

暴力停止了，但是沙赫扎德不知道他和孟买的其他人怎么能够忘记发生过的事情。不是所有邻居都像那个裁缝。邻里之间相残，店主用石头砸他往日的顾客，警察向他本应保护的人开枪，诸如此类的事情不胜枚举。

这件事最终导致了大约九百人死亡，其中大部分是穆斯林，但也有很多印度教徒，还有五十个人身份不明。另有数以千计的人受伤。给沙赫扎德治过病的一位医生眼睁睁看着一个人被剑刺死，然后就疯了。沙赫扎德的姐夫目睹了一起他不愿谈起的谋杀。一月份，沙赫扎德意识到天主教徒没有过圣诞节。

不过，在接下来的日子里，这座城市实现了某种平静。报纸上说，在公共场所，警方鼓励穆斯林和印度教徒坐在一起。但沙赫扎德和萨比娜无法轻易忘怀。他们一如既往地对熟识的印度教徒彬彬有礼，但骚乱让他们变得更加谨慎、更加虔诚。他们一直都是恪守教规的穆斯林，阅读《古兰经》，每天做祷告。现在，他们两个人都对自己的信仰有了更深的感情。

回首童年时代，沙赫扎德记得他从当地穿着毛呢制服的天主教小孩儿那里得知，他们每周只去教堂一次。才一周一次，他想想就觉得不可思议。现在，他觉得自己每天祷告五次都是不够的。

萨比娜每天晚上都读《古兰经》。周五，当沙赫扎德在清真寺里祈祷时，她拨弄颈间的 tazbih（赞珠）项链，并反复念诵"Subhan Allah，Subhan Allah（赞美真主）"三十三遍，数一颗珠子念一遍。萨比娜一边祈祷一边想起父亲曾对她说，任何一个穆斯林的目标都是每天二十四小时祈祷，但由于担负着其他职责，她只要尽可能多地祈祷就行了。袭击事件之后，她决定尽量向那个理想靠拢。

〰️

不久后，孟买连续发生十三起爆炸事件。爆炸事件结束，生活恢复正常，沙赫扎德又把全部心思集中到生孩子的问题上。他继续频繁地去找祭司和庸医，频繁地投入大量钱财，试图用体检、药粉和药丸来改变不可改变的结果。眼见着他花钱如流水，萨比娜回忆起家庭医生对他们说的一句话："你们会花掉几十万卢比却一无所获。"

然而沙赫扎德毫无就此作罢的迹象。事实上，萨比娜认为丈夫好像 bimar（生病）了，好像得了什么不治之症。病这个词是指肉体上的疾病，但萨比娜用它来描述沙赫扎德的精神不宁，这种精神不宁已经开始引起肉体上的异常。她的丈夫向来有点神经质，但他现在无时无刻不处于焦虑状态，就好像预见了一场她看不见的灾难似的。周围人在提起他时语气特别，无不包含着这样的潜台词：那个沙赫扎德嘛，疯疯癫癫的，傻乎乎的,裤子总是肥肥大大,捂着厚厚的衣服出一身汗。话里话外跟议论沙赫扎德的父亲一样。

萨比娜不在乎别人的闲言碎语,但是她对丈夫越来越担忧。曾几何时,沙赫扎德只要跟她在一起就很开心。现如今,她无论怎么做似乎都无法让丈夫平静下来。他还变得洗手成瘾,经常待在卫生间里不出来,别人要进去就得使劲敲门催他。

他已经另外找了个医生,是一个治疗手法比较极端的 hakim(郎中)。有一次,他让沙赫扎德到街角的商店买来甜甜的包叶槟榔,把槟榔叶缠在他的阴茎上,点燃叶子令其加热。做完这些事情之后,郎中许诺:"你很快就会有孩子了,大概两三个月吧。"尽管又勒又痛,沙赫扎德还是照办了。槟榔叶实验以后过了好几个月,萨比娜还是没怀孕。沙赫扎德不再去找那个郎中,转而求助一位 unani(尤那尼医学背景的治疗师)自制的药粉和神油。萨比娜忧心忡忡,不知道接下来还会有什么费用高昂却不切实际的办法。

紧接着它就来了:领养。

沙赫扎德是在找到儿时好友阿提夫以后产生这个想法的,阿提夫已经结束东躲西藏的生活回到空手道圈子,他的岳父无可奈何地接受了这桩婚姻。沙赫扎德向朋友倾诉了他的不育难题,阿提夫的回答很简练:"领养一个不就行了。"沙赫扎德认为父亲不会同意领养,但阿提夫说得头头是道,沙赫扎德终于相信了这个事情可行。

他问了其他朋友对领养的看法。他有一个基督徒朋友的妻子不能怀孕，于是选择了领养。这个朋友表示，他花了高达三十万卢比，不过孩子的父母没有再来打扰过他们——那是沙赫扎德颇为担心的事情。"真的没有人会来找麻烦？"沙赫扎德问。"真的。"朋友说。

沙赫扎德跟母亲提起领养的事，母亲似乎并不反对这个想法，至少一开始是这样。但是，很少和家里人说话、更不用说插手家里人生活的父亲这时突然冒出来表达了坚定的立场。

"不行，"他通过沙赫扎德的母亲给出答复，"在我的家里可不行，不许有外人。"沙赫扎德曾有一次带了一个朋友到家里吃午饭，父亲撵走了这个朋友，好几天都为这件事面带愠色。

但沙赫扎德以为孩子另当别论。至少在他的心目中，孩子无论如何都不能算是外人。当沙赫扎德向萨比娜提出领养时，他惊讶地发现妻子和他的父亲意见一致。"领养的孩子是外人。"她说。

"怎么会呢？"沙赫扎德问。

"你是穆斯林，可以领养孩子，但不能让孩子跟你姓。"萨比娜说。这一点她是从父亲那儿学到的，她确信无疑。这是根据《古兰经》引申出来的一条老规矩，内容是：领养的孩子不等同于亲生的孩子，不应使用养父的姓。"在主的眼里，那不是你的孩子。"萨比娜说。

在随后的十年里，他们所属社群里在取名和领养方面执行这条规矩的祭司越来越少，遵守这条规矩的人也越来越少。但在1998年，即便是在城市里，神职人员也仍然奉行对《古兰经》最保守的解释。

萨比娜拿出无可辩驳的证据，她把经文翻给沙赫扎德看，就在第三章的第四和第五节。"他也未把你们的义子置为亲生子。这（只）是你们的称呼（方式），"经文写道，"用他们父亲（的名字）称呼他们，这在安拉看来是更为恰当的。"

沙赫扎德想做个恪守教规的穆斯林，但他简直不敢相信自己读到的内容，不敢相信主竟然不许有需要的夫妻领养孩子。连先知穆罕默德都收养过一个儿子。而且，提出这个建议的是他最敬重的穆斯林阿提夫。在脑子里某个隐秘角落，沙赫扎德猜想萨比娜和《古兰经》会不会都搞错了。他知道，假如真的是这样，那他会不惜一切代价得到一个孩子。

命理相合

———— * ————

阿肖克和帕尔瓦蒂

2009 年—2013 年

爱情潜规则规定了谁应该被爱，

以及如何被爱。

"我能为你做些什么？我微笑。
微笑招之即来……
我想留下你的倩影……
没问题，帮我摆好姿势，告诉我
何时……"

——卡玛拉·达斯（Kamalas Das），《警报器测试》
(*The Testing of the Sirens*)

约瑟夫第一次跟她搭讪的时候，帕尔瓦蒂正搭乘过夜火车回家。她是个看上去比较腼腆的学生，戴着书呆子般的大眼镜，心形脸，浓密的头发经常乱糟糟的。而且她在大学里不常跟人交往，所以当约瑟夫过来跟她搭话时她很惊讶。

"你好。"他笑着说，就好像他们是老熟人似的。帕尔瓦蒂不记得在学校里见过他。她打量着约瑟夫——毛茸茸的胡子，深色的皮肤，眼镜比她的还要厚。她在心里判断这个人没什么吸引力。她那时不知道约瑟夫是基督徒，要是知道的话恐怕就更不会搭理他了。虽然南方有不少基督教小伙子，差不多比全国其他任何地方都要多，但他们毕竟是少数族裔，而且不适合像她这样的印度教婆罗门女孩。

她和约瑟夫谈论了一番假期安排，然后他就回自己的车厢去了。但第二天早上他又来了。"我们回学校的时候一起坐汽车吧。"他说，声音很诚挚，帕尔瓦蒂不由自主地点头同意了。

帕尔瓦蒂在假期里根本没想过约瑟夫,她住在特里凡得琅,这个国家最南端的一个城市,到处绿树成荫。她家有一个宽敞的大院,里面种着各种各样的树——波萝蜜树、车前草、柚木、杧果树和椰子树。她的母亲用椰子做咖喱菜。在家里,她跟姐姐、也是她亲密的朋友一起打羽毛球、滑旱冰。父亲是虔诚的印度教婆罗门,她有时跟着父亲前往寂静无声的、窗明几净的寺庙,那些寺庙周围的树更多。

他们就读的研究生院位于孟加拉湾沿岸城市金奈(Chennai),从特里凡得琅坐火车到这里大约需要五个小时。返校后,帕尔瓦蒂答应和约瑟夫见面喝杯咖啡。不知何故,他看起来比学校里的其他男生要正派一些。也可能是因为他抿着嘴微笑的神态,显得他好像知道一些她所不知道的事情。他们约好在大学食堂见面,那里的南印度滤纸手冲咖啡口感醇厚。

印度理工学院金奈校区(IIT Chennai)是全国十多所培养顶尖人才的理工类院校之一,帕尔瓦蒂在这里不太愿意跟其他学生交谈,不是因为她不聪明,也不是因为她高傲或者腼腆,只是因为她在大学本科毕业时失去的东西让她难以释怀。

首先,她失去了最好的朋友,这个朋友身材矮小,开朗热情,长着龅牙和明亮有神的大眼睛——身体特征与帕尔瓦蒂正相反。大四那年,这个朋友开始嫉妒帕尔瓦蒂和学校里一个雅各派基督徒男孩的恋情。大学的最后一天,她当着大家的面说帕尔瓦蒂是"骗子"，指责她重色轻友。"我知道你这种女生是不会嫁给基督徒的。"她说。从此她俩谁也不理谁。

其次失去的就是那个男孩。当这个雅各派基督徒表示要娶她时，帕尔瓦蒂拒绝了。她从一开始就知道自己不能嫁给他。她是印度教徒，是婆罗门，而印度教婆罗门不能跟基督徒通婚，至少来自特里凡得琅这个保守小城的印度教婆罗门不行。要是她嫁给一个基督徒，父母一定会跟她断绝关系。尽管如此，她认为两个人可以继续做朋友。然而，在她拒绝了男孩的求婚之后，男孩也不再理她了。

此刻帕尔瓦蒂和约瑟夫坐在大学食堂里喝咖啡，聊着聊着就聊到了宗教。帕尔瓦蒂的父母总是告诉她："身为婆罗门是一种特权，因为它是最高级种姓。"婆罗门的地位最高。婆罗门纯净无瑕。婆罗门最聪明、最有教养。据说这个理念出自《吠陀》，因为在这份印度教古经文中，婆罗门是祭司阶层。但《吠陀》可能会被人进行各种歪曲来达到各种目的。帕尔瓦蒂曾屡次声明婆罗门高人一等之类的，这时约瑟夫提出了反驳，他说："这样想可不好，你不应该根据这个来评判一个人，就因为他不是婆罗门。"

帕尔瓦蒂的思绪如风驰电掣般回到父亲身上。父亲是一个忠心耿耿的婆罗门，每个星期都和这个社群的其他成员一起吟唱 Vishnu sahasranamam（毗湿奴千名颂），也就是毗湿奴神的全部一千多个名字，要半个小时才能唱完。它被认为是最神圣、最强大的颂歌之一。教导人如何度过一生的史诗《摩诃婆罗多》里有个古代武士叫毗湿摩（Bhishma），他说过，这首圣歌可以让人超越悲伤。据说它能揭开宇宙的奥秘。虽然印度教徒人人都会吟唱这首圣歌，但寺庙里的祭司大多是婆罗门，有些人认为婆罗门这个种姓因此而显得高人一等。

但约瑟夫的话现在听起来颇有道理。例如，婆罗门如此自视清高就是一个谬误。她记得，上大学时曾有一位外聘教授来给论文评分，结果全班每个学生都不及格。身材高大、气宇轩昂的帕尔瓦蒂的父亲闯进校长办公室投诉。他回家后告诉帕尔瓦蒂，论文评分不公是因为这个教授属于"在册种姓"。帕尔瓦蒂知道"在册种姓"是什么意思，根据宪法，有些群体是官方认定的弱势群体，包括达利特人或称"不可触碰者"，还有印度部落群体原住民。她知道，许多政府工作岗位和学校就读名额会预留给他们。她模模糊糊地意识到，这些人经常受到忽视和剥削乃至更糟的待遇。她也知道许多婆罗门不喜欢这种预留制度，他们认定在册种姓窃取了他们的工作岗位。她父亲也一样。

"这就是原因所在，为了报复。"他对帕尔瓦蒂说。帕尔瓦蒂的看法有所不同。即便这位教授以让学生不及格作为某种报复，她父亲也没有体谅到这个人的动机。她觉得，长年累月地轻视低等种姓并在他们做出愤怒的回应时横加指责根本就不对。

帕尔瓦蒂一直认为婆罗门欠缺点什么,也许就连跟男生打交道也秉持了这样的理念。她选择了雅各派基督教男孩而不是那些印度教婆罗门追求者,因为别人看起来都不像他那么成熟聪明。她告诉约瑟夫,她会仔细想一想他说的话。

再次见面喝咖啡时,帕尔瓦蒂对约瑟夫说:"你关于婆罗门的评价是对的。"

帕尔瓦蒂仍然不太了解约瑟夫,但看出了约瑟夫有能力改变她的观点。他说起话来不容置疑却并不咄咄逼人,总是有理有据。每次聊天,他给人的印象都是比学校里其他男生更有洞察力、更有学识。她希望有更多的时间和他在一起,但他很快就要去德国参加一个为期九个月的科研项目,研究无机化学的应用,这让帕尔瓦蒂肃然起敬。

约瑟夫启程的前一天,他们最后一次在食堂喝了杯咖啡。帕尔瓦蒂向他讲述了大学时与雅各派基督教男孩的恋情,那个男孩原本以为自己可以跟她结婚。约瑟夫向帕尔瓦蒂讲述了之前和一个印度教婆罗门女孩的恋情。他说,女孩的父母最初曾同意他们结婚但后来变卦。他说他依然爱着那个女孩。

自从来到孟买，阿肖克就一直满脑子想着女孩。他已经二十八岁了，还从没吻过女孩，但现如今他生活在孟买——最放纵开放的城市。孟买盛产宝莱坞爱情故事、舞池女郎和海边的情侣角。他没去过舞池，但听说过一些女孩曾经穿着纱丽翩翩起舞换来成堆的卢比，后来孟买取缔舞池，许多女孩改行卖淫。尽管如此，有人说舞池又重新开业了。而且，电影里的性爱场面如今也能通过审查了，那些场面不过是把尽人皆知的事情展示出来而已。这在他小时候是绝不可能发生的。有时他路过海边的情侣角，一对对恋人坐在石头上热吻，根本不在乎被人看见。对阿肖克来说，孟买是一个能让他感到年轻、悠闲和自由的地方。

阿肖克没有女朋友不是因为出身不好，他出身于一个良好的中产阶级家庭，受过良好的教育。他认为也跟他的外貌无关，他个子很高（也可以说中等吧，看跟谁比），身材修长（有些人会说他瘦得像根铅笔），皮肤白皙（或许差不多是小麦色吧，但是"白皙"要好听一些）。他的颧骨很高，眼睛是淡褐色，鼻子上架着大大的圆框眼镜。他的一头乌发偏分，有领衬衫经常皱巴巴的。大家都说他看起来比实际要年轻。

而且，尽管他是泰米尔婆罗门，一出生就是印度教婆罗门（有一段时间）并在泰米尔纳德邦（Tamil Nadu）长大，但他的口音不同寻常，基本算是英国口音，这一点似乎很讨女孩子喜欢。他的口音是从父亲那里学来的，父亲说话的方式也是这么特别，祖父在英属印度当过邮政局长。英国人七十多年前才离开印度，他们的痕迹至今仍随处可见——学校和基础设施、普通法和刑法典、酒类和语言。说话时带点英式矫情很时髦，这种口音屡屡帮助阿肖克找到工作。然而，尽管这一点吸引了一些女孩，但他们的交往总是仅限于聊聊天。

父亲居无定所且常换工作，大多是教英语或者卖英语磁带，由于他的这种生活方式，阿肖克接触过各种各样的女孩。阿肖克爱上的第一个女孩也是婆罗门，在南方城镇登加西（Tenkasi）的一所新教学校读书。阿肖克曾经在课堂上盯着她看，后来她告了状，校长把他和其他几个男生训了一通。另外还有特里凡得琅的女孩，父亲接下来把他们兄弟几个带到了这里，它是一个居民文化程度很高的城镇，到处种着椰子树。特里凡得琅的有些女孩颇有胆量，她们和男生一起在校园里静坐，抗议当地政界人士。其他女孩都来自小城镇，课上安安静静，只求将来在政府机构里找份稳定的工作。但是阿肖克对几乎所有这些女孩都无动于衷，因为差不多就是在那个时候，他发现了书籍的魅力。他经常逃课躲到大学图书馆里独自看书，那里弥漫着泛黄图书和潮湿灰浆的味道，让人心醉神迷。

阿肖克能记得的大多是后来遇到的firangi（外国人）女孩，也是在特里凡得琅，他的父亲从海滩度假村招聘她们给纪录片配音。她们中有英国人、犹太人和许多美国人，是继和平队（Peace Corps）[1]之后第二波到阿肖克家来品尝正宗印度美食的外国人。阿肖克的母亲用酸甜的罗望子、卷心菜、菠菜、豆子和薄脆饼为他们做sambar（酸豆汤）和rasam（酸辣汤）。这些firangi（外国人）最爱吃的是papadum（薄脆饼），脆脆的，散发着芥菜籽和daniya（芫荽粉）的刺鼻味道。吃饱喝足以后，阿肖克的父亲会弹奏泰米尔音乐和卡那提克古典音乐，并滔滔不绝地讲解印度历史、文学和音乐。有时，这些firangi（外国人）女孩在完成配音以后会再待上几个星期，打扮得花枝招展勾引他的父亲。Firangi这个词的意思可以是"外国人"也可以是"双刃剑"，取决于你使用哪种当地语言。

阿肖克从很小的时候就看出了父亲英俊潇洒、博学多才。他会连续好几个小时使用闪存卡指导儿子学习各个科目，但花费精力最多的是学英语习语。阿肖克的父亲跟他那一代人以及祖父那一代人一样是亲英派（连国父甘地和尼赫鲁都接受过英语教育），他告诉儿子：英语是通往成功之路。虽然阿肖克并非伴随着英国人长大，但他能感觉到此言不虚。这从呼叫中心、技术类工作岗位和在全国各地如雨后春笋般涌现的跨国公司就能看出，它们都要求会讲英语。阿肖克有时会在firangi（外

---

[1] 和平队是美国政府为在发展中国家推行其外交政策而建立的组织，由具有专业技能的志愿者组成。1961年12月，印度成为最早接受和平队志愿者的国家之一。

国人）女孩面前卖弄他的满口英语习语，比如：A penny for your thoughts?（你呆呆地在想什么呢？）I don't want to beat around the bush here.（我不想绕圈子。）然而他从未得手吻过哪个女孩。

大城市里也有女孩，但阿肖克全身心投入工作，没空去追求她们。他一心一意要成为一个有稳定薪水的人，不像他的父亲。阿肖克在班加罗尔（Bangalore）的一家业务流程外包公司（这种公司在印度迅速增多）谋得第一份职业，之后又当过英文记者和编辑。第二份工作的报酬较低，但他干了更长时间。最后，他到孟买的一家出版社工作，谋得一份体面的职业，并在非常体面的郊区租了一套体面的公寓。他还在业余创作了一部小说，梦想它有朝一日成为畅销书。然而他还是找不到女朋友。在孟买按说是很容易的，这里的女孩自信、主动，对异性富有吸引力，完全不像南方的女孩。但不知怎么回事，她们对阿肖克不感兴趣。

最终，有个朋友安排他和一个身材矮小的古吉拉特邦女孩约会。一切都很顺利，这让他感到意外。第二次约会时，他带了一束花，是黄色万寿菊，因为朋友告诉过他别买红色的，而且千万别买红玫瑰。红色表明两人已相爱。把花送给女孩时，他可以看出女孩很惊讶但很开心。但他也忐忑不安，希望她不要因此而期望这次约会有进一步的发展。跟他这个年龄和出身的许多男孩一样，他不知道下一步该如何。

第一次约会时，这个古吉拉特邦女孩就把她的家庭情况告诉了阿肖克——哥哥经常打她，而她没有父亲出来干预。第二次约会时，两个人在海边喝着咖啡聊了更多，然后回到阿肖克的公寓。在房间里，她问阿肖克愿不愿意和她一起跳舞，并教他跳萨尔萨舞。这是阿肖克第一次搂住一个女孩。一曲舞罢，他知道自己该吻她了。但据他推断，吻了她就得娶她，尤其是如果被他的家里人发现的话。而如果娶了她，他就得和她白头偕老。阿肖克请她坐到沙发上。

"瞧，我恐怕不适合你，"他仓促地说道，"我们家很传统，是泰米尔婆罗门家庭，而且我觉得自己不会在孟买安定下来。我也许会去金奈。我现在其实还不想约会，我得再想想……我对这些事没经验。"

古吉拉特邦女孩哭了。

她走后，阿肖克心乱如麻。有谁会送给女孩一束花，跟她学跳萨尔萨舞，然后在当天晚上和她分手？

我真是笨死了！

我应该给父亲打个电话。

约瑟夫去德国后不久，帕尔瓦蒂走进校园里的一栋学生宿舍，发现一群人坐在那儿肃然沉默。一分钟后，有人说话了。"你认识这个人吗？"是约瑟夫。"他的朋友去世了。"

哪个朋友？

是那个婆罗门女孩，他曾经想娶的女孩，他至今还爱着的女孩。

女孩的父母拒绝了约瑟夫的求婚后开始安排她和其他男孩相亲。她一直在向约瑟夫通报最新进展，比如见了哪些男孩以及她如何看待相亲，但后来她突然不跟约瑟夫联系了。约瑟夫以为，她爱上了某个追求者，所以不打电话也不接电话。但她其实住进了重症监护室，她患有心脏病，只不过约瑟夫一直不知道。

帕尔瓦蒂打电话给约瑟夫的时候他在哭。

"别难过，我们大家都在为你鼓劲打气。"帕尔瓦蒂表示，不知道还能说点什么。

随后的一两个星期里，帕尔瓦蒂没有跟约瑟夫联系，觉得应该给他一段时间调整心情。但后来他们又联系上了，开始互发电子邮件和使用谷歌即时通信软件（Gchat）聊天。慢慢地，帕尔瓦蒂发现自己对他由同情变成了爱慕。不久，他们就一天到晚都在联络。过了一阵儿，帕尔瓦蒂鼓起勇气向他要了一张婆罗门女孩的照片，发现她并不出众。但她的头发很长很漂亮。

约瑟夫在德国的九个月里,他和帕尔瓦蒂经常交谈。有时他会向帕尔瓦蒂讲述他在西方国家生活时学到的东西。"别盯着看人家拥抱或接吻。那是习以为常的事。"他告诉帕尔瓦蒂,"在印度不常见,但在西方大家都这样。"有个流传甚广的笑话说:在印度,公共场合可以撒尿,但不能打啵。另外,有firangi(外国人)在网上列举印度的不良习气包括:第一条:干吗老盯着我?

尽管如此,印度国父、国货运动的发起人甘地恐怕不会乐于看到印度西化到了什么程度。影响不止来自英国人。现在,印度有肯德基和麦当劳等美国连锁店,女孩子穿意大利牛仔裤与传统 kurta(宽松无领衬衫)混搭,奶油花生酱和调味薯片挤走了货架上的 masala channa(咖喱鹰嘴豆)。中产阶层和有钱人都去西方读书和结婚,宝莱坞歌曲融合了嘻哈元素。虽然印地语和英语都是官方语言,但从许多方面来讲都是英语优先;城市里大多数受过良好教育的有钱人都至少会说这两种语言。而且,尽管右翼党派表示不满,恋人们还是在庆祝情人节。地方政界人士告诫说,恋人们很快就会当街拥抱接吻,就跟约瑟夫所生活的德国一样。

有时,约瑟夫向帕尔瓦蒂介绍他在国外的实验进展,帕尔瓦蒂倍感沮丧。她在印度理工学院金奈校区过得很不如意,工程课简直是故意刁难人,完全听不懂,而班上连她在内总共没几个女生。校园占地六百英亩，是榕树遍地的林区，步行道纵横交错，若没有朋友会感觉它是一个凄凉之地。虽然全校有大约八千名学生，但有时院子里似乎更多的是动物，包括羚羊、鹿、兔子和蛇。有那么几次，帕尔瓦蒂在去上课的路上只遇到了一群狡猾的猴子。

时光荏苒，帕尔瓦蒂发觉自己总是睡不够。她向来不太注重外表，也不化妆；她长得漂亮，没那个必要。但她现在越发不想花那份时间和精力了。她穿着皱巴巴的 kurta（宽松无领衬衫）去上课，往往是沉闷的暗红色。她不去梳理浓密的头发，任由它打绺，形成一个个小卷儿，也懒得去擦模糊不清的眼镜镜片。她不断在想，如果由她自主选择硕士学位，她绝不会选择工程学。她会选择艺术。

大学本科时，帕尔瓦蒂画了许多精美的印度教诸神的线描，深受老师和同学们好评。有一次，她花七个小时画了一幅一名女子跳卡塔卡利舞（以着装复杂、表情夸张著称）的素描，大家都赞为杰作。但是帕尔瓦蒂的父亲发现了这些线描画后，说这是一个愚蠢的爱好，并让女儿把这些画都扔掉。他质问道："你怎么能浪费时间呢？"就连通常站在帕尔瓦蒂一边的姐姐也附和父亲的观点，她说："天哪，这就是你一直在干的大事吗？"

工程师、医生、律师，这些是有钱人和中产阶层可以接受的职业。工作稳定，收入也不错。这样的职业可让你免于贫困，而这个国家里还有大约三分之一的人处于贫困中。人们经常能听到印度大妈对家里胸怀理想的年轻艺术家唠叨："艺术？艺术能有什么用？"帕尔瓦蒂的父亲是一名杰出的工程师，他一直希望帕尔瓦蒂能女承父业。但她依旧我行我素地画画。

现在，帕尔瓦蒂告诉约瑟夫，她特别想从印度理工学院金奈校区退学去学艺术。她的姐姐最近结婚了，这也起了推波助澜的作用。姐姐向来是她最好的朋友，但如今要有自己的家庭了。"再坚持一下。"约瑟夫对她说。他很快就要回金奈了。

约瑟夫从德国回来，看上去跟帕尔瓦蒂记忆里的样子不同了。他刮掉了胡子，穿着更洋气了。而且他呈现出全新的、firangi（外国人）那样的自信。他的许多观点都变了。他还带回一堆礼物送给宿舍里其他学生。他给帕尔瓦蒂带了一把印有米开朗基罗画作的日本扇子。米开朗基罗既是艺术家也是工程师。

~~~

阿肖克从记事起就想当然地认定他的婚姻会由父母安排相亲。相亲婚姻至今仍然是这个国家最常见的婚姻形式，各种研究的调查结果差异很大，但都发现印度百分之六十到百分之九十的婚姻是相亲促成的。阿肖克在心里想，就连英国人不也曾经有好几个世纪流行相亲吗？相亲婚姻让人感到踏实和稳妥。现在，自由恋爱婚姻或许确实更多了，但人们都说它赶不上离婚率上升的速度。在他看来，自由恋爱婚姻有着与生俱来的不确定性，而且必然伴随着人永远无法满足的期望。他的父亲有不同想法。

"我以为你会自己找个女孩，给我省去麻烦。"父亲说，他讲英语断句古怪，重音总是放在不该强调的单词上。阿肖克的父母是通过自由恋爱结婚的，母亲的娘家人并不赞成，但他们两个人义无反顾。父母推断，如果他们年轻那会儿都能通过自由恋爱结婚，那阿肖克在如今的孟买肯定也可以找到心仪的女孩。

然而岁月如梭，阿肖克快三十岁了，却依然孤身一人。自从搞砸了与古吉拉特邦女孩的约会，只剩那束黄色万寿菊在他的公寓里枯萎以来，他几乎再也没有约会的机会。于是父亲和母亲介入了。他们在"巴拉特婚恋网"（BharatMatrimony.com）替阿肖克提交了一份个人资料，该网站号称拥有"数百万新娘"的注册资料。父母把他归入这个网站上的"泰米尔婆罗门"一栏，名为"伊耶[1]新郎"。"伊耶"来自一个表示"可

---

[1] 泰米尔婆罗门的一个副种姓。

敬"或"高贵"的词。这就更完美了。被标注为"泰米尔婆罗门"和"伊耶"意味着你受过良好教育、思想保守,意味着你是虔诚和纯洁的。阿肖克的父亲提醒他,在谈婚论嫁时一定要申明自己的特权种姓,这点至关重要。

这是一贯如此的,或者说一贯看起来是这样的。婆罗门排在第一,其他种姓往后排,达利特人的地位实在太低,根本不被纳入等级。种姓划分据说起源于古印度的四大专职,祭司居于顶端,然后是武士、商人和底层劳动者。这些划分在殖民统治时期得到进一步的鼓励和巩固,英国人极力主张像阿肖克家族这样的婆罗门自视高人一等。

阿肖克觉得与婆罗门相关的种种臆断具有误导性。他没那么保守,以前吃过肉、喝过酒。有时,他觉得自己像个伪知识分子,一副胸有成竹的样子谈论着自己不懂的话题。这是许多印度记者都会做的事,除此之外还给新闻报道添油加醋。这些都没写进个人资料。

阿肖克的父母勾选了"中上阶层",但其实,鉴于父亲这些年亏了很多钱,"中产阶层"会更符合他们家的现状。"中下阶层"是绝不能选的。他们没有透露阿肖克的薪水数字,那与医生、工程师或律师的工资相去甚远,会影响他的配对成功率。接下来,他们用自己的标准筛选女孩:她必须是泰米尔婆罗门,比阿肖克年轻至少三岁,漂亮,素食,烟酒不沾。他们希望女方最好受过良好教育但又思想保守,这一点很难做到。当然,她的星象也必须与阿肖克的相合。

"她很年轻,长得还不赖,有工作,但收入比我儿子略低,"阿肖克的父亲说,他正在婚恋网翻看一个女孩的个人资料,"那将意味着阿肖克占据上风。"

阿肖克的父亲在国外生活过,有很多外国朋友,说话像个英国人;然而,给儿子安排相亲时,他跟所有心急如焚的印度父亲一样劲头十足。他似乎已经忘了曾经想让阿肖克自己找个女孩。

一年过去了,他们还是没找到合适的对象,阿肖克的父亲开始坐立不安了。他说:"阿肖克,我们不妨找一个未必来自小城镇,也并不介意男方年纪较大的女孩吧。"

言外之意就是:该扩大搜索范围了。

但是阿肖克惊讶地发现自己很挑剔。刚开始,很多女孩对他的个人资料表示兴趣,而他稍有不满意的地方就拒绝。女孩比他重——这是很容易出现的情况,因为他骨瘦如柴——不行,戴眼镜的女孩不要(尽管他也戴着眼镜)。大鼻子呢?不行不行。他知道自己这样显得很肤浅。这些女孩主动示好,他却回复说:"这个嘛,我正在专心写小说,目前还没打算结婚。"

"阿肖克,随便我们给你推荐哪个女孩,你同意就是了。"

父亲说，他责怪阿肖克不给那些未婚的堂弟们带好头。但阿肖克无法随便对哪个女孩都表示同意。

在孟买，阿肖克很努力地自行寻觅意中人。和那个古吉拉特邦女孩分手后，他去参加了孟买侨民俱乐部（Bombay Expats）举办的速配活动，为此还特地买了一件价格不菲的蓝色衬衫。到场的女孩都是外国人，富有魅力，漂亮迷人，完全不同于"巴拉特婚恋网"上的女孩。但他发现自己跟她们说着千篇一律的无聊套话："我想当作家，我是一名记者，我住在班德拉（Bandra）[1]。"下一个。

没有一个外国女孩继续和他保持联系。

阿肖克开始在婚恋网上下功夫。他找出了几个心仪的女孩，都是印度人，看上去善于处世且见多识广。他把这种偏好归咎于父亲，因为父亲总是让人觉得印度对他们来说太小了。阿肖克小时候就在电视上看过美剧《斯蒂尔传奇》（*Remingston Steele*）、根据阿加莎·克里斯蒂小说改编的影片和夏洛克·福尔摩斯的系列电影。在父亲的督促下，他阅读了莎士比亚和萧伯纳的作品，然后又转向美国作家：罗斯、海明威和贝娄。贝娄曾经写道："男人若要得到女人，只需自我介绍是个作家。它是一剂春药。"在他更年轻一些的时候，找个漂亮老婆似乎

---

[1] 孟买最时尚最年轻的街区。

易如反掌。

阿肖克在这个网站上挑中的女孩是来自南非的一个泰米尔婆罗门教授。他很欣赏这个女孩的说话和行文风格，而且她用的是英语。但可惜她对阿肖克不感兴趣，也不在乎他正在写小说。她在电子邮件中写道，在印度长大的男人都专横霸道，不许女人外出工作，他们要求妻子待在家里带孩子、做家务。印度男人想要西方做派的女友，但到头来又需要传统的印度老婆。阿肖克试图表明自己不是那种人，他想要一个有工作、敢于表达独立思想的女孩，但是她很快就不再回复，阿肖克明白了：她不过是为了取悦父母才勉强跟他聊了几句。

阿肖克还意识到他想要有美剧人物特点的女孩，比如女孩子要涂口红或者穿高跟鞋。印度女孩一般不涂口红或穿高跟鞋。他的期望与他实际有可能得到的东西格格不入，这让他倍感受挫。

"巴拉特婚恋网"不断推出新的个人资料。

"我女儿是一个自信、独立的女孩……""我妹妹非常有才华，也非常可爱……""我生性乐观，乐于助人，风趣幽默，有传统的人生观……"

每份个人资料都附有一堆数据可查看。每个申请人都回答了十几个问题，要不是所有印度男孩和女孩在出生以后都曾被问到同样的问题，这会让人感到屈辱。愿意跟其他社群的人结婚吗，还是只考虑伊耶婆罗门社群？体型苗条还是壮实？皮肤很白皙、白皙、淡棕色、棕色还是浅黑色？身体状况是正常还是残疾？月收入呢？素食还是非素食？来自大家庭还是核心家庭？什么星座？有dosham（刑克）吗？如此等等。

阿肖克很高兴自己不必勾选"有dosham（刑克）"。有mangaldosha（火星刑克）[1]的人星座组合极差，火星落在很不吉利的宫位。有mangaldosha（火星刑克）的人特别倒霉，据传他们会克夫克妻。假如阿肖克有mangaldosha（火星刑克），他要找到配偶就几无可能。

每份个人资料的末尾还有"自述"一栏，这里面纷纷夸耀自己的兄弟姐妹如何如何"生活安定"、自己如何如何"热爱家庭生活"、她们作为新娘会如何如何"谦恭温顺"。阿肖克的父亲曾在几个儿子小时候拿着索引卡考他们，他念道，"humble（谦恭）"的词源，摘自《牛津英语词典》：中古英语，源自古法语，源自拉丁语humilis，表示"地位低的"；源自humus，表示"腐质土壤"。

阿肖克很泄气。

"爸，我需要休息一下。至少一个月。"

阿肖克没等找到新的工作就从出版社辞了职，他没告诉

---

[1] 占星名词，流行于印度和尼泊尔的印度教迷信地认为"火星刑克"对婚姻极为不利。

父亲，绝对不能说，父亲听了一定会大发雷霆。阿肖克要专心写小说了，他一直没有充足的业余时间，而且接连不断的相亲让他心烦意乱。

"这件事先放一年再说，行吗？"阿肖克问。

"不行，"父亲回答。他可以休息一下，但时间不能长，"稍过一段时间我们再接着狩猎。"

"Hunt（狩猎），比喻男人追求女人。"父亲可能会把索引卡翻过来念给他。

阿肖克挂了电话。

在印度理工学院金奈校区读硕士需要四年，刚到第三年，帕尔瓦蒂就打算退学。她告诉了约瑟夫，当时他们正坐在大学的"咖啡日"咖啡店里喝着又贵又苦的咖啡，味道远不如食堂的咖啡。

"你的学业即将结束了，真替你高兴。你做完了所有该做的实验，"帕尔瓦蒂说，"可我看不到任何希望，我在原地踏步。我干脆退学算了。"

约瑟夫听她说完，谨慎地表示："别，我觉得我们会一起毕业的。"寥寥数语，帕尔瓦蒂听后笑了。不过，有了约瑟夫的这句话，帕尔瓦蒂知道他们一定会一起毕业。

从此，约瑟夫开始辅导帕尔瓦蒂做实验。他陪帕尔瓦蒂逐条浏览她的演示文稿，功课很快就变得轻松起来。帕尔瓦蒂睡懒觉的时候少了，穿上了更好看的kurta（宽松无领衬衫）。她甚至很期待去实验室，因为约瑟夫总是会在那儿。他们各忙各的，然后约瑟夫会在网上约她："去喝咖啡吗？""去喝茶吗？"他们一天到晚都是这几件事：实验室，咖啡，实验室，茶。再接下来，他们一起在实验室学习到很晚。有时，帕尔瓦蒂的父母会在晚上打电话来问她在哪儿，她会谎称在宿舍里准备上床睡觉。她以前从来没对父母撒过谎。

不久，帕尔瓦蒂和约瑟夫开始在校园里散步，榕树垂下一条条气根，阔叶在雨后油光发亮。他们边走边聊读书心得，约瑟夫主张她博览群书。刚开始他们两个人读相同的历史人物传记，但过了一段时间，帕尔瓦蒂转向了小说。她挑选了阿兰达蒂·洛伊的《微物之神》(*The God Of Small Things*)，据说这本书在国内的喀拉拉邦（Kerala）被列为禁书，因为它讲述了一个上流社会基督徒女人和一个没有种姓的"不可触碰者"男人之间的风流韵事。洛伊在书中写道，"爱情潜规则"规定了"谁应该被爱，以及如何被爱"。按照这套潜规则，若存在种姓、阶级或宗教上的差异，两个恋人就必须断绝交往。读完这本书，帕尔瓦蒂开始纳闷为什么印度社会因为出身而不许人们去爱意中人。

帕尔瓦蒂还喜欢上了卡玛拉·达斯，这位作家以自白的形式写作，文字坦率而毫无愧疚感。卡玛拉·达斯原本是印度教徒，后皈依伊斯兰教成为穆斯林，这在印度十分罕见；而且她来自帕尔瓦蒂的家乡喀拉拉邦。帕尔瓦蒂先读了她的自传，该书记述了达斯内心生活的动荡、婚姻的考验以及她的性觉醒和文学觉醒。达斯大胆地写到了禁忌话题和印度教诸神。在一首诗中，她讲述了黑天神奎师那和情人——牧羊女罗达在河边亲热的著名故事。据卡玛拉·达斯叙述，罗达"感到将死"，当奎师那问她是否介意他亲吻时，罗达心想："不，不介意……若肉体已死／纵然被蛆咬又何妨？"

卡玛拉·达斯什么都敢写，不在乎父母或丈夫怎么想，也不在乎她的作品被指"矫揉造作"。

读她的作品，帕尔瓦蒂第一次感觉到，关于男人，关于家庭、爱情、性和宗教，她可以有自己的看法。既然知名女性（包括卡玛拉·达斯和罗达）都这么想，她为什么不能呢？

你不必非按父母教你的方式生活不可。帕尔瓦蒂心里想着，对自己的叛逆感到惊讶。

帕尔瓦蒂年少时违抗过一些人。她的祖母是一名坚定不移的印度教婆罗门，生活遵循严格的规范，一直认定经期女性不可触碰。据称这条古老的印度教规矩是有科学依据的：女人身上的异味，血液中的毒素，血液由红变黑的简单事实。经期女性不能进厨房，也不能靠近 pooja（供奉）架子。在帕尔瓦蒂家，她们也不能坐客厅的布面椅子；对于这一点，帕尔瓦蒂的祖母讲得明明白白。在过去对女性的压制中，女性自身会带头压制。每当帕尔瓦蒂和姐姐来月经，她们有时不告诉祖母，不管三七二十一地坐到那些地方。或者，她们会告诉祖母，等候她勃然大怒，然后咯咯地笑着跑开。

不过，现在这件事和月经不是一回事，后果会更严重。帕尔瓦蒂和约瑟夫经常一起散步，以至于学校里的其他学生开始说闲话。有个女孩告诉帕尔瓦蒂："大家认为你们俩好上了。"

帕尔瓦蒂忐忑不安，她对约瑟夫说："我不希望这样，我不希望大家这么想。"

"所以你以后不想再跟我在一起是吗？"他说，看得出非常沮丧，"你真的很在意吗？"

他又说中了，帕尔瓦蒂开始无视那些闲言碎语。

几个星期以后，约瑟夫提议到校园外面去玩。他们和几个朋友一起坐人力车到一个展销厅购物。帕尔瓦蒂和约瑟夫不约而同在收银台附近停了下来。她看着约瑟夫，约瑟夫也看着她，两个人对视良久。帕尔瓦蒂身着栗色 kurta（宽松无领衬衫），戴着白色长围巾——这些细节深深地印在她的脑海里，就像电影里的定格画面。约瑟夫似乎想对她说点什么，却最终垂下了眼睛。最后，大家挤进一辆人力车回学校了。

他们不大谈论宗教，因为不想起争执。但是有一天，约瑟夫假称要出门办事，带着帕尔瓦蒂上了公交车，却告诉她其实要去圣多默圣殿（San Thome Basilica）。她知道，约瑟夫肯定预想她会下车或者表示需要父母或姐姐的允许，因为圣多默圣殿不算近。但她让约瑟夫大吃一惊。"去就去吧。"她说，心中感到一阵战栗。

他们到达时，上午的弥撒刚刚结束。帕尔瓦蒂抬头望着墙壁和绘画赞叹不已，她以前从未去过教堂。"它是最重要的教堂之一，因为圣多默就葬在这里，"约瑟夫告诉她，"全世界只有三座教堂建在圣徒的墓地上面。对基督徒来说，这是非同小可的大事。"

他没有提到，圣多默圣殿所在的位置据印度教徒称原本是一座湿婆神庙，葡萄牙天主教徒显然将其拆除了。很多圣地都曾像这样易手，从基督徒到印度教徒，或者从印度教徒到穆斯林，然后又改换回来。而且，基督徒和印度教徒之间从来不曾像印度教徒和穆斯林之间那样充满敌意。

自从那天去了圣多默圣殿，他们两个人就经常溜出校园，逛遍了这座城市的各个地方。约瑟夫向来喜欢冒险，如今帕尔瓦蒂也喜欢。金奈是一座面积广阔的城市，以其绵长的白色沙滩、座无虚席的卡纳提克音乐厅和富有传奇故事的古老寺庙而闻名。在金奈的一座寺庙,有个人的眼睛奇迹般地重见光明。另一座寺庙曾让一个男人的女儿死而复生,反正传说是这样的。在第三座寺庙,众所周知湿婆神曾经显灵。不久,约瑟夫和帕尔瓦蒂开始天天出城,包括前往以丝绸纱丽和印度教古庙著称的甘吉布勒姆(Kanchipuram)。途中,约瑟夫有时谈起他是多么热爱印度圣歌或卡纳提克音乐,特别是用双面mriangam(姆里丹格鼓)演奏的乐曲。但他们没有认真地讨论过印度教或者帕尔瓦蒂的信仰。她敢肯定,万一谈到这个话题,他们会立刻打住。

不过,有时他们会怀着钦佩的心情谈起他们听说的印度教徒和基督徒之间或者印度教徒和穆斯林之间的婚姻,尽管后果严重,这样的婚姻在城里越来越多了。在孟买,这样的一个婚约曾导致父母为女儿举行了模拟葬礼,但女孩终归还是嫁给了心上人。跨宗教婚姻的双方往往会举行简单的仪式,就好像是在表明他们不需要盛大的场面而只是想正式确立他们的爱情。印度教新人的婚礼则极尽奢华,动辄有几千人参加,似乎是要用浮华和排场来掩盖男女双方之间存在的问题。

在那个婆罗门女孩的一周年忌日,约瑟夫对帕尔瓦蒂说:"今晚我不想孤身一个人过。"于是他们在实验室里待到很晚,一直到其他人都已回家。在实验室里,约瑟夫开始哭泣,帕尔瓦蒂抱住他。他的身上有浓浓的Axe(凌仕效应)古龙水香味,帕尔瓦蒂永远忘不了那个味道。她俯下身在约瑟夫的脸颊上吻了一下。她是不会吻他的嘴唇的,她心想,这个吻不过是出于安慰,初吻要留给我的丈夫。

在那之后,他们开始更频繁地互发短信,从早晨一醒来就开始发,直到上床睡觉。约瑟夫向来起得很早,帕尔瓦蒂则起得很晚,但很快他们就开始在同一时间醒来。短信本身往往只是一句简单的"早上好"或"晚安",但这是他们珍惜相处岁月的一种方式。有一天晚上,帕尔瓦蒂忘了给约瑟夫发短信就睡着了。第二天早上,约瑟夫怒气冲冲,帕尔瓦蒂以前从没见识过他的这一面。

"你得答应每天晚上睡觉前给我发个短信。"他说。

帕尔瓦蒂答应了,尽管内心有一丝抵触。这让人感觉约瑟夫试图控制她,但帕尔瓦蒂又觉得可以理解。他们还没有确定恋爱关系,所以急切地希望得到对方的关注。

很快,他们就开始发短信互诉衷肠,那些长时间的散步、电子邮件以及在咖啡厅和实验室里的聊天积攒起来,终于换来这一天。

"你想过自己会爱上我吗?"帕尔瓦蒂发短信问约瑟夫,一半是开玩笑,一半是希望诱导出一个真实答案。

"如果你父母对这件事不介意,"约瑟夫谨慎地回复,"我早就会认真考虑娶你为妻。"

帕尔瓦蒂拨通他的电话。她期待约瑟夫说出那三个字,虽然心里知道自己不该如此。她渴望听到那三个字,希望细细品味它们。

帕尔瓦蒂看的第一部宝莱坞影片是在她小时候上演的印地语电影《我心狂野》(*Dil To Pagal Hai*),那部电影里有一句台词是这样的:"你有没有……哪怕是一天……哪怕是片刻……爱过我?"

"是的,我想我爱你。"约瑟夫终于在电话里说。在电影里,恋人们往往最终克服父母的反对。帕尔瓦蒂知道现实生活是不一样的。

"我也爱你。"帕尔瓦蒂说,尽管她知道这会带来无尽的麻烦。

阿肖克有了一份新的工作,并且升了职。他松了一口气,却又悲叹自己专心写小说的日子遥遥无期。这部小说讲述了一对很不登对的夫妻——丈夫太有抱负,妻子则过于肤浅,两个人处处倒霉。故事情节错综复杂,好几条线相互交织;他也不知道里面的那些想法都是从哪儿来的。现在,他只能在周末和晚上写作。

有时,编辑部的同事为这本书提供了很好的素材。他笔下有一个女性角色的原型是他认识的一个身材丰满的记者,她很像阿肖克在电视上见过的美国女孩,但他确信,若脑海里没有这个现实中的女人,他就不可能塑造出角色的性感。

这次就业和升职也意味着是时候结婚了,他心知肚明,只是不愿去想。他有工作和稳定的收入,实在没有借口了。我准备好了,我心甘情愿。他像念 mantra(符咒)般告诉自己,好像多说几遍就能使它成真。

阿肖克的父亲很高兴儿子又产生了兴趣,马上向他推荐了大批女孩的个人资料,全都是印度教徒、泰米尔婆罗门和伊耶。这里面从来不会出现基督徒或穆斯林,因为他父亲再次强调,区分种姓和宗教在婚姻中是必不可少的。阿肖克以为这种情况在印度正逐渐改变,但父亲说他想错了。

有时,阿肖克搞不明白自己为什么在女孩面前那么腼腆,搞不明白为什么别人选择出去玩的时候他却宅在家里看书。这也许是天性吧,他从一开始就很腼腆、爱读书。但他也搞不明白这是不是跟往事有点关联。

第一次是在金奈,当时他大约八九岁,父亲经营着一家录制英语磁带的公司,雇用了许多当地人。附近一个 chai-wallah(卖茶水的)很喜爱阿肖克,带他到办公室外面去买东西吃。有一次外出时,他试图触摸阿肖克身上他不该触摸的地方。第二次再带阿肖克出去时,他又这样做了一次。在那次之后，阿肖克告诉了父亲。父亲把这名男子怒斥一通，从此他再也不曾在公司大楼里露面。

这种事在特里凡得琅再次发生，那时阿肖克快十八岁了。他独自到电影院看一部名为《男孩别哭》（*Boys Don't Cry*）的美国电影。阿肖克突然想到，他不该去那儿看那种电影。有个男人在他旁边坐下来，过了一会儿把手伸向阿肖克的两腿之间摸索。阿肖克一动不动地等着，祈祷别发生更过分的事情，然后趁着五分钟休息时间跑了。男子尾随阿肖克跑进厕所，出了厕所仍紧跟不放。甩掉那个人之后，阿肖克在黑黢黢的剧院里重新找了一个座位。那天晚上，他头脑里一片混乱，心情难以平复，只好埋头读书。

阿肖克还不懂得性知识，但他知道男人不应该那样摸他。在他长大后，一项政府研究发现一半印度儿童（无论男孩还是女孩）曾遭受过性骚扰。但这是很久以后的事了，阿肖克已基本忘了当年那些遭遇。然而他还是无法跟女孩交谈，只想待在家里看书和写作。无论何时，他都宁可和马丁·埃米斯（Martin Amis）在一起，这位英国作家曾写道，小说是"救赎杂乱无章生活的唯一途径"。小说让他感到安全。

阿肖克决定放弃相亲。他记得自己年轻时候看的泰米尔语电影和宝莱坞电影里的场景，觉得婚姻简简单单、轻而易举。泰米尔男主角会抚摸女孩的胳膊，女孩发出矫情的"啊，啊"声，观众哄堂大笑。或者，宝莱坞男主角会在富有异国情调的地方，如斐济、瑞士或摩洛哥为女孩献舞献歌。现在，阿肖克认清了婚姻并非如此，它其实是一件复杂而棘手的事情。虽然阿肖克不再挑剔，却也越发难以找到合适的对象。

就在这个时候，他见到一份个人资料：一个名叫娜达的女孩，家住班加罗尔，是泰米尔婆罗门，在一家英国公司工作。从照片上看，她长得很漂亮，笑容灿烂，鼻梁突出，皮肤白皙，简直就像个 firangi（外国人）。她和阿肖克通过网络取得联系，后来通了电话。前往班加罗尔的行程安排好了，前往拜访女孩父母的行程也安排好了。一旦有了合适的对象，事情就要快马加鞭地进行。

阿肖克坐飞机去班加罗尔之前，娜达大大方方地对他说："你来看我的时候，我可能长痘痘了。"

"没关系。"阿肖克说。他现在已经抛开了一切肤浅的东西。

当他们见面时，他发现娜达的皮肤干干净净，她告诉阿肖克说她花钱做了奇迹般的治疗，还透露了另外一些在阿肖克看来不便让陌生人知道的信息。坐在当地的"咖啡日"咖啡店，她告诉阿肖克说她喜欢偷窃。她表示："我是指顺手牵羊，比如在入住和离开酒店的时候,大堂里有些东西没人注意,我就会拿走。"她说她这么做是为了好玩。出去吃饭时,她从一家餐馆的前台上抓起一块太妃糖,悄悄告诉阿肖克说她偷了块糖。"如果东西是免费的,那其实就不算偷。"阿肖克干巴巴地说。他竭力专注于他第一次见到娜达时的情景,当时她滑着滑板车过来,穿着西式上衣和长及脚踝的紧身裤。

后来他们去了库本公园(Cubbon Park),那里郁郁葱葱,与班加罗尔的污染形成鲜明对比,因而被称为"城市之肺"。坐在大树下,阿肖克想问问她爱读哪些书,但她不读书。两个人无话可谈,娜达自顾自玩手机。阿肖克的目光被她胳膊上廉价而蹩脚的首饰吸引。他对娜达的印象不怎么样,但决心坚持下去。

阿肖克和娜达在八月的一个雨天订婚了,典礼大厅紧挨着一幢三层楼房,在阿肖克看来俨然就是一座豪宅,是他父母从他们相识的一个房东那里租来的。在这个重要日子之前,阿肖克见过了娜达的父亲,发现跟他比跟他的女儿相处更为愉快融洽。两个人探讨了泰米尔诗歌。我们俩倒是相处得很好,阿肖克心想,真希望娜达也像她父亲这样聪明或博学。在这之后,阿肖克在孟买的公寓里吻了娜达,吻得非常得体,不敷衍,也不笨拙。

订婚日期临近,两个人都竭力装作很有感觉,通过Gchat

发送情意绵绵的消息。

娜达：只剩四天了（笑脸）……你累吗？因为你一整天都在我的脑海里游荡。

阿肖克：对你永不厌倦。不过，总的来说，是有点累。

娜达：我太爱你了！！！

阿肖克：爱到不能自已（Love u 2 bits）。

娜达：什么？两毛半[1]？？？

阿肖克：这是一种表达方式。

就连情意绵绵的信息也是鸡同鸭讲。

订婚前一两天，娜达给阿肖克发了一封电子邮件，他惊讶地发现娜达跟他一样不愿意结婚。"我觉得我们俩之间不来电，"她写道，"你想继续吗？"

阿肖克回复了一封长长的电子邮件，坚称他们可以成功。他担心这是自己最后一次结婚机会，如果不行的话他就会孤独终老。他们的关系是不是很勉强并不重要，总之他不能就这样放手。

"我觉得一切都会好起来的，"他写道，"我们多么般配，

---

1 Bit 在美国口语里面可指"一角两分半"，2 bits 就是"两毛半"。但 2 bits 谐音 to bits，意思是"到不可收拾的地步"。娜达显然是不懂这个习语。

都重视家庭……偶尔做点出格的事（不素食或者文身），我相信，这一切会让我们俩成为一个原本单调乏味的婆罗门氏族中鹤立鸡群的一对……你说过恋人之间不会样样完美，的确如此。"

上百人前来参加了订婚仪式，包括阿肖克的大部分亲朋好友。席间有三道菜——puri（脆饼）、bhaji（酱汁）和subzi（蔬菜），然后是chai（茶）、咖啡和糖果。没有肉，也没有酒，因为吠陀的纯洁性必须保持，再加上泰米尔婆罗门以虔诚著称。阿肖克家给娜达送了精美银器和绫罗绸缎。祭司讲了话，卡纳提克音乐在耳边萦绕，婚礼日期商量妥当。在整个过程中，阿肖克感到头晕目眩。他父亲为这个仪式总共花费了令人瞠目的四万卢比。

一切结束后，阿肖克心慌意乱。他心想，天啊，这可怎么办，她不是我想要的女孩，可是父亲已经花掉了一大笔钱。

婚期越来越近，只有短短几个月了，阿肖克的脑子里有两种想法：要么娶她从而保全父亲的名声，要么取消婚礼，假装什么都没发生过。阿肖克决定尊重父亲。他要娶娜达，他必须这么做。

接下来的那个月，阿肖克和娜达在电话里闹翻了。是娜达先挑起的，她说她对前男友念念不忘，那个男孩不是泰米尔婆罗门，是她自己认识的。那是她第一个用心交往的男孩。"嘿，阿肖克，"她说，"你扪心自问到底想不想跟我结婚，把你的感受告诉我……我觉得我们俩不合适，如果坚持结婚的话恐怕最终会经常吵架，不到一年就会离婚。"

"离婚"戳中了阿肖克的要害，他心想，我不想离婚，不想吵架。婚姻应该七生七世不变，离婚是要不惜一切代价避免的。一听到"离婚"这个词，他就明白两个人的婚事黄了。

当娜达把这个消息告诉她的父亲时，父亲从他躺的折叠床上跌落下来，胳膊摔断，肩膀脱臼。

阿肖克不敢告诉父亲，但是他的父亲已经知道了，因为娜达的父亲给他写了一封简短的电子邮件，说这桩婚事作废了，"取消的原因是……性格不合"。

有一次，在"巴拉克特婚恋网"上又一次相亲失败之后，阿肖克的父亲曾对他吼道："阿肖克，你就是个废物，连个女孩都找不到。"

这一次，父亲没有训斥他，反而坐飞机到孟买安慰儿子，担心婚约作废会对儿子的打击太大。他知道有些男孩子在失恋后会做出疯狂的事情：自我阉割、卧轨、上吊。因此，阿肖克的父亲在孟买期间不停地鼓励儿子："千万别灰心，事情会过去的。""别担心，阿肖克，你会找到中意的女孩。你要找的不过是个女孩，不是圣杯。合适的女孩会出现的。"最让阿肖克气馁的是："你本身的情况并不是很糟糕，有工作，有房子。"

真是天大的笑话。阿肖克觉得，他也许会孤零零地死在公寓里，留下一堆书和没写完的小说。

在跟娜达分手后，他开始写作。他以前就写过，但不是这样写。以前，他的句子风趣、乐观甚至轻松，小说以卖弄式的花哨、翻来覆去的语言拼凑起来，刻意模仿他读过的名家作品。现在，他写作是为了走出迷雾。很快，他小说里的家庭变得越发支离破碎，语言变得更加坦诚，主题更加契合现实。阿肖克感到了一种彻底转变文风的紧迫性。小说的语调已显得前后不一致，但阿肖克并不在乎。生活原本就是跌宕起伏的。

~~~

帕尔瓦蒂不知道自己是怎么做到的，她就快拿到硕士学位了。过去的一年与前三年大不一样，因为这一年里有约瑟夫陪伴。他们一起做功课，喝掉了无数杯奶茶和南印度滤纸手冲咖啡；自从在他前女友的忌日有了初吻，他们常等到其他学生都走了以后在实验室里偷偷亲热。他们除了亲吻之外始终未曾逾越雷池，尽管帕尔瓦蒂有时会产生冲动。这就是为什么和约瑟夫外出当天她始终坚持返回而不过夜。在校园里，男生和女生都不得进入对方的宿舍，事情不可能失控。所以，帕尔瓦蒂和约瑟夫长时间地在校园里漫步，常常在学校里的古老榕树下歇脚。这是一棵古树，最初的树根已经无从辨认，早就埋到地下看不见了。

他们还进城去逛，在那里吃 sada dosa（煎饼）、购物，帕尔瓦蒂第一次自己花钱买东西。她甚至买了一个名牌手提包，那是父亲绝不会允许购买的奢侈品。和许多父亲一样，他强烈抨击这个国家里日益盛行的消费主义——年轻人不攒钱，透支购买最新科技产品，购买便宜服饰，在购物中心消磨一下午时光，就跟西方年轻人一样。

帕尔瓦蒂和约瑟夫当日往返外出游玩时经常搭乘公共汽车去很远的地方，比如海边有法国人定居的城市本地治里（Pondicherry）。差不多就是在那个时候，他们还一起看了电影《飞屋环游记》（*Up*）。银幕上缓缓演绎卡尔和艾莉的关系进展——先是结婚，然后有了房子，然后梦想养育宝宝和旅行，最美好的是一起变老。约瑟夫说，他们将来的生活就会是这样的。

放假前，他们想再出一次远门：到金奈的一个海滩看日出。无论是帕尔瓦蒂在特里凡得琅还是约瑟夫在他的家乡都看不到日出，因为这两个城市都在国内靠西边的位置。

他们在实验室里熬了一夜，一大早，帕尔瓦蒂、约瑟夫和另一个朋友坐着人力车去海滩。约瑟夫穿着西式牛仔裤，裤边卷起；帕尔瓦蒂穿着金色的上衣，颜色就像初升的太阳。太阳升起的时候,天空和海洋里的万丈光芒令他们惊叹不已。阳光洒向大地,给世间万物披上金色的外衣。他们拍了一些傻乎乎的照片:帕尔瓦蒂假装用手托起太阳,他们的那个朋友装作要把它吞下去,约瑟夫嬉闹着把帕尔瓦蒂推进海里。他们光着脚逐浪玩耍,直到太阳高高地升起。他们分享了 chai(茶)和 idli(蒸米浆糕),帕尔瓦蒂在沙地里用大大的弧形字母写下自己的名字并拍照留念。

毕业后,帕尔瓦蒂在班加罗尔的一家国际汽车公司谋得一份工作,坐飞机从金奈往西一个小时就到了,但给人的感觉完全不像树木繁茂的校园。班加罗尔是印度的技术和商业中心,许多国际车企在那儿开设了工厂和办事处。与此同时,约瑟夫按照一直以来的计划回到德国,在一个面积不大的大学城攻读博士学位。他们商量着帕尔瓦蒂稍后去和他会合,也许过一两年吧。他们谈到了要在德国一起做的各种事情,然而帕尔瓦蒂不知道他们是真心诚意还是在自欺欺人。每当约瑟夫提起结婚,帕尔瓦蒂都表示没把握。她知道父母绝不会同意,甚至也许会跟她断绝关系。有些父母会因为女儿嫁人不当而气急败坏地杀死自己的女儿,不过帕尔瓦蒂知道她的父母没有那么心狠。或许她可以说服家里人,先说服姐姐,再说服母亲,最后说服一贯不信任其他宗教的父亲,让他们相信印度教婆罗门与天主教徒结婚没什么不妥。但她知道,这纯属一厢情愿的想法。

有时，约瑟夫对于帕尔瓦蒂不愿为了结婚而与父母抗争感到生气，但两个人最终总是重归于好。

在金奈的最后一天，他们参观了这座城市最古老的城区里一座印度教寺庙，然后约瑟夫送帕尔瓦蒂去了车站。帕尔瓦蒂爬上火车，约瑟夫帮她把行李放到座位旁边。"再见。"他说。周围有成百上千的其他旅客，他们不能亲吻，也不能拥抱，于是像陌生人一样握了握手。

帕尔瓦蒂从小到大在宝莱坞电影里见过很多火车站送别的经典场景。《勇夺芳心》(*Dilwale Dulhania Le Jayenge*) 里面上演过迄今最经典的一幕，最终男孩和女孩都上了火车。

约瑟夫许诺在离开印度之前去班加罗尔看望她，但帕尔瓦蒂觉得此次一别难再相聚。

"再见。"帕尔瓦蒂说。火车缓缓驶出车站，她强忍着没哭。

∽∽

在班加罗尔的第一天，帕尔瓦蒂感到手足无措。她和另外九名职业女性合租房子，她们一个个都看起来很不友好。她要支付的房租很贵，还上不了网，也打不了电话；她从金奈带来的 SIM 卡不能用。这些问题在城里都很容易解决，可她没有独立生活的经验。

好在约瑟夫去德国之前来看她了，两个人一起给公寓添置了调料和餐具。她开始在汽车公司上班，也喜欢那里的同事和工作。她和同住的其中一个女孩熟络起来，这个女孩既时髦又天真，让她想起美国电视剧《老友记》里面的蕾切尔，她这个年纪的人几乎全都看过这部电视剧的重播。过了几个月，班加罗尔开始有点家的感觉了。

约瑟夫在去德国之前还有三个月，他决定到南方的戈德亚姆教书，在此期间他经常给帕尔瓦蒂打电话。帕尔瓦蒂渐渐觉得通电话过于频繁了，因为每当她外出，约瑟夫都会追问她要去哪儿。晚上，她想睡觉的时候，约瑟夫却说他想聊天。现在，如果她与同事或朋友共进午餐，他会起疑心，说："你刚喝过咖啡，怎么马上又吃午饭了？"

她的父母已经每天打电话追问她在做什么，她不需要约瑟夫也问个没完。来到班加罗尔以后我好像就没有自由呼吸的空间了，她这样想着，对自己的沮丧感到惊讶。

约瑟夫在出国前又来看望了她一次，这次试图在公共场合示爱，就跟德国的情侣那样。尽管他们身在印度，但他认为，班加罗尔是一个进步的城市，是印度的硅谷，况且那里没人认识他们。他会牵着帕尔瓦蒂的手，紧挨着她坐下，或者在人力车上搂住她。而帕尔瓦蒂开始讨厌这些动作，她心想，他好像是在试图控制我，一如在印度理工学院金奈校区的时候他要帕尔瓦蒂答应每天晚上睡觉前给他发短信。

现在，如果她交了一个新朋友，约瑟夫就会阻止，说她不应该和同一个人见面超过一次。帕尔瓦蒂答应了，内心却感到困惑。约瑟夫向来每件事都是对的，但现在她觉得约瑟夫错了。

令她惊讶的是，她开始盼着约瑟夫赶紧去德国，那样他就必须登录 Skype 聊天应用软件才能追问她在哪儿或者去过哪儿。

到了德国，约瑟夫不停要求她向父母说明两个人的关系并请求允许他们结婚。帕尔瓦蒂有时觉得她的确应当这么做，她想他了。在电话里，他会回忆两个人在金奈一起去过的所有地方，告诉她欧洲有哪些地方值得他们一起去观光。他会从德国给帕尔瓦蒂发来照片，或是一家色彩斑斓的商店，或是德国人在狂吃厚厚的奶酪片。帕尔瓦蒂知道有条件的年轻人经常出国工作或学习，她想，也许她也应该出国看看。

但是，当帕尔瓦蒂申请德国的一个职位却石沉大海时，她感到的不是失望而是解脱。自从离开印度理工学院金奈校区，力量对比已经发生了变化。约瑟夫离得越远就越紧抓住她不放，她不喜欢那种感觉。

尽管如此，再次回特里凡得琅时，帕尔瓦蒂决定把约瑟夫的事告诉母亲，她不能再保密了。她的姐姐知道约瑟夫这个人的存在，但母亲一无所知。姐姐有时赞成帕尔瓦蒂和约瑟夫恋爱，有时却又说帕尔瓦蒂犯傻。在家里，帕尔瓦蒂正等待适当的机会，约瑟夫又发来短信催促："告诉她了吗？"

最后，在收拾行李准备回班加罗尔时，帕尔瓦蒂终于开口了，声音犹豫不决，"Amma（妈妈），我恋爱了"。她告诉母亲，男方是一个基督徒，她不知道该怎么办。"您觉得呢？"

母亲勃然大怒，多年的悉心养育似乎在这一刻化为乌有。她说："如果你不想嫁给这个人，那为什么还要告诉我这件事？你自己跟他分手就是了。"

帕尔瓦蒂惊呆了，眼泪夺眶而出。

"这件事别再提了。不要告诉你爸。到此为止吧，忘了他。"母亲说。

母女间的谈话就此结束。

第二天在机场，帕尔瓦蒂的母亲看见女儿时露出了微笑。这笑容也许透露出亲切和蔼，但更有可能表明了强制，意在确保女儿照她说的去做。"记住我说的话，做个了结。"她说。

帕尔瓦蒂向约瑟夫复述了母亲的回答，约瑟夫说，她的处理方式不对。他说，他要给帕尔瓦蒂的父亲发电子邮件，请求娶她为妻。

帕尔瓦蒂知道父亲肯定会拒绝。和许多印度教婆罗门父亲一样，他认为女孩不仅应该嫁给与她宗教信仰相同的人，而且应该嫁给与她属于相同种姓和gotra（氏族）的人。她还知道，约瑟夫通过电子邮件提亲会让父亲恼火。她的父亲是一个重视礼仪的人，而提亲不该以这种方式。

帕尔瓦蒂回到班加罗尔上班，却无法集中精力。她坐在公司里的办公桌前，先是焦躁不安，后又无精打采，等着父亲打来电话。

但是打来电话的是母亲，她告诉帕尔瓦蒂，她的父亲没生气，但伤心欲绝。她说，父亲收到电子邮件以后难过得连话都说不出来了。她说，她很担心帕尔瓦蒂的父亲，也不知道他内心到底有多么悲伤、思绪有多么纷乱。这大大出乎帕尔瓦蒂的预料。

紧接着帕尔瓦蒂的姐姐打来电话，说父亲给她打了电话。"我还是别告诉你他都说了些什么，"她对帕尔瓦蒂说，"特别可怕，都是些贬低基督徒的话。"

帕尔瓦蒂不想知道。

后来，父亲告诉她，他已经给约瑟夫回了邮件，断然表明态度："不行。"

但是约瑟夫说他从来没有收到回复，也不打算放弃。

帕尔瓦蒂永远无法知道到底谁说的是实话。

在收到约瑟夫的电子邮件以后，帕尔瓦蒂的父亲下定决心要立即把她嫁出去，她的父母在"巴拉特婚恋网"上为她注册了个人资料。虽然帕尔瓦蒂是马拉雅利人，出生于喀拉拉邦并以此为荣，但她家的祖籍在泰米尔纳德邦，所以她的个人资料被放在"泰米尔婆罗门"一栏。父亲很快相中了一个泰米尔婆罗门男孩。他当时在美国，供职于一家大型技术公司，而且星象与帕尔瓦蒂相合——这对帕尔瓦蒂来说不知该算是幸运还是不幸，因为占星家曾提醒说她的星象中有凶星。

不久后，帕尔瓦蒂在班加罗尔的老板说要派她到瑞典工作。帕尔瓦蒂把这个消息告诉父亲时，父亲喜出望外。他说，美国的那个泰米尔婆罗门小伙子可以在瑞典和她见面，他也一起去。帕尔瓦蒂打电话把她要相亲的事告诉了约瑟夫，约瑟夫说，他也去瑞典和她见面，从德国坐飞机到那儿没多远。

这就像一部无厘头的烂片，帕尔瓦蒂心想，却并不觉得好笑。她在脑海里想象着她、父亲、美国男孩和约瑟夫齐聚同一座城市后可能会出现的种种可怕场景。

赴瑞典的日期临近，帕尔瓦蒂感到对现实越来越无力掌控。她在上班路上走着走着就泪如雨下，情不自禁地自言自语，写下长长的日记却又付之一炬。如果合租房里的哪个女孩跟她说话，帕尔瓦蒂会郁郁寡欢地说："日子太没意思了。"但若在上班时有同事和她交谈，她会尽量平静地回话，尽量面带微笑。她想，她至少应该尽量在工作中兢兢业业。

在这几个月里，帕尔瓦蒂还回忆起小时候看过的南印度老电影，里面总是男人说了算，女人哪怕说话声音大一点都是十恶不赦的。那时她就认为，男人应该替女人想一想。

现在她恳求父亲："请不要这样对我，再给我一点时间。"但父亲告诉她："没时间了。"

她没去瑞典。她对公司老板说，如果派她去瑞典，她就辞职。她明白自己会受不了。她向父亲谎称瑞典之行被取消。她请姐夫打电话给约瑟夫，让他别再纠缠她。她不再接约瑟夫的电话，也不回复他的短信、留言和电子邮件。夜里，她开始梦见蛇。帕尔瓦蒂从小就怕蛇，现在梦见它们也会心惊胆战。

占星家说过，她的星象有点问题，尤其是一颗与蛇有关的星宿。现在，她的父母正向蛇神做pooja（供奉）来避险消灾。他们说，pooja（供奉）会有助于抵挡罪孽，以免其依附到帕尔瓦蒂的身上。据占星家说，一旦罪孽附体，她可能就会一辈子嫁不出去，也生不出孩子。而她是应该嫁给那个美国男孩的。

但是帕尔瓦蒂不爱和他说话。她发现这个男孩天真幼稚、过于友善，让人觉得他很假。尽管他在国外一家大型技术公司任职让许多女孩倾心，帕尔瓦蒂却对他毫无好感。姐姐和姐夫在旁边陪着他们用Skype聊天时，她在整个通话过程不断偷偷做鬼脸。帕尔瓦蒂的父母安抚她说，先结婚，再培养感情。但帕尔瓦蒂觉得她永远不可能爱上这个美国年轻人。每当想到约瑟夫，她最思念的是他身上的气味。

"我不想继续了。"她告诉姐姐，姐姐告诉了父亲，父亲对着话筒咆哮。帕尔瓦蒂现在二十五岁，早该结婚了。她的父亲和美国男孩的父母商定在十一月下旬给他们俩订婚。

有一次通话时，帕尔瓦蒂把约瑟夫的事告诉了美国男孩，以为这会让他打消结婚念头，因为没人愿意新娘有过往情史。如果这都不能让他打消念头而帕尔瓦蒂又不得不嫁给他，那她至少已把真相坦诚相告。但是她要求美国男孩答应别告诉他的父母，因为她知道那会引起什么样的反应。他发誓不说。

此后不久，帕尔瓦蒂的父母前往男孩家商量订婚事宜，他家也在特里凡得琅。见了面，男孩家里列出了对典礼的一长串要求。他们坚持要求帕尔瓦蒂的父母到班加罗尔的一家特定商店给她缝制纱丽。他们主张在典礼上由他们给新人佩戴花环，这反正也合乎传统礼节。他们要帕尔瓦蒂的父母在昂贵的泰姬陵酒店为男方全部家庭成员预订房间。谈完以后，他们说："你们应该明白，我们这是在帮你女儿。"

原来，男孩把约瑟夫的事告诉了他父母，和盘托出。

后来帕尔瓦蒂的母亲把这件事转告给帕尔瓦蒂，同时告诉她，她的父亲默认了一切。

美国男孩再打来电话时，帕尔瓦蒂质问他："你把我的过去都告诉你父母了？"

"没有，我没说。"

"你为什么骗我?"

他生气了,说:"我简直跟你说不清。"

帕尔瓦蒂对美国男孩充满了鄙视。"我一跟你说话就头疼。"她说完就挂了电话。

第二天,美国男孩在脸书网站上拉黑了帕尔瓦蒂,他的亲戚们也一样。帕尔瓦蒂的父亲打电话给她,惋惜地表示:"我想就取消吧。"

帕尔瓦蒂在电话里什么也没说,但后来召集了朋友和同事来庆祝。那天晚上,她睡得很香,已经好几个月没睡得这么安稳了。破天荒头一回,没有人会从德国或美国或特里凡得琅打电话来叨扰她。在印度哲学中,意识状态有三种:清醒、做梦和无梦深睡。无梦深睡之后是turiya(第四境),即纯净意识,获得解放之人方能达到这个境界。那天晚上,她第一次感到了自由。

～～～

阿肖克自己在网站上找到了马莉卡。她和阿肖克年龄相仿,住在孟买,据个人资料显示是宝莱坞的红人,并且喜欢艺术、书籍和电影。她精明能干,显得胸有成竹,阿肖克认为这是自己所缺乏的素质。她一点也不像戴廉价手镯、偷拿太妃糖的娜达,不过,当然啦,她也是印度教徒兼泰米尔婆罗门。

他们先是在海边的一家餐厅见了个面,后来又在马莉卡的公寓里约会。在她的住所,阿肖克惊异地发现一个三层橱柜里塞满了酒:外国威士忌、"斯米尔诺夫"伏特加、"翠鸟"啤酒。他知道,这个国家的大部分人都不喝酒,泰米尔婆罗门尤其滴酒不沾;吠陀说,酒精会损伤智力。马莉卡请阿肖克喝的是奶茶,邀请他下次来喝调味伏特加。一切都按部就班,他去新德里见了马莉卡的母亲。在扶轮社[1]喝茶时,马莉卡的母亲对他说:"我女儿一直想嫁的就是你这样的人。她见过一些又蠢笨又不成熟的男人,但是你看起来很符合条件。"她似乎并不在乎阿肖克已过而立之年。

随着阿肖克渐渐了解马莉卡,他猜想马莉卡以前约会过的男人大概不完全是不成熟或者蠢笨。她办事稳重、精明能干,的确如此。但她似乎也疑神疑鬼,感觉就好像她在过去遭遇过什么事情,如今在她眼里每个男人都有可能心怀不轨。马莉卡到阿肖克的公寓做客时,阿肖克递给她一个杧果,她表示不爱吃。阿肖克又递给她一个苹果,她亲眼看着阿肖克咬了一口之后才接过去。阿肖克吻了她并想做出点别的亲热举动时,她一下子缩了回去,就好像阿肖克要打她似的。但紧接着她让阿肖

1　扶轮社是依循"扶轮社国际"的规章成立的地区性社会团体,"扶轮社国际"则是一个由商人和职业人士组成的国际性慈善团体。

克大吃一惊,她邀请阿肖克和她同居,就两个星期,算是在结婚前试一试。阿肖克忍不住告诉了父亲。

"反正我们在孟买没有亲戚,你就去吧,多积累点经验总没错,"父亲说,"但千万别走漏了风声。"阿肖克受到了鼓舞,他买了一盒避孕套,另外还带上了萨尔曼·拉什迪的《约瑟夫·安东》一书和他的长笛,他要用长笛演奏泰米尔古典音乐。马莉卡是孟买姑娘,阿肖克想当然地认为孟买姑娘都喜欢婚前性行为。

但是等到见面的时候,马莉卡对他说:"阿肖克,虽然我答应了和你同居,但不能有性生活。"说完,她走进自己的房间,关上门,让阿肖克睡客厅里的床垫。

阿肖克在马莉卡那儿住了两个星期,在这段时间里,两个人总共也没说过几句话。每当阿肖克挑起话头,马莉卡要么不予理睬,要么三言两语应付他。很快,他懒得再尝试,转而吹吹笛子、读读书,他随身携带的《约瑟夫·安东》记述了拉什迪在遭到追杀期间的生活以及他四次婚姻中三次婚姻的破裂。

最后一天,阿肖克走进马莉卡的房间说:"我觉得这样子很别扭,你觉得我们应该像这样过日子吗?"

"阿肖克,"她说,"你看见我的时候有和我说话的意愿吗?"

原来如此,阿肖克在心里叹了口气。尽管他一心只想回家,但确实曾经想硬着头皮聊一聊她过去遭受的创伤,听她倾诉，替她分忧。

最终，他表示："你总是一副很忙的样子，拒人于千里之外，就好像额头上印着'滚开'两个字。"

"没错，"她说，似乎并不惊讶，"我想我的确如此。"

阿肖克搬回他的小公寓以后，两个人又通过一次电话，仅此而已。阿肖克读完了《约瑟夫·安东》，这本书让他越发感到受挫，因为拉什迪说："掌握选择权的总是女人，男人只配在他们有幸被选中时感激涕零。"

与马莉卡的感情无疾而终之后，阿肖克的父母开始向离异女性发送他的个人资料。

~~~

约瑟夫订婚了。得知这个消息，帕尔瓦蒂从班加罗尔的车企辞职，在特里凡得琅找了一份教授工程学的工作，这样就能和父母住在一起。

订婚前，约瑟夫给她发了最后一封电子邮件，声称要等她"首肯"，但帕尔瓦蒂没有回信，现在她很后悔。约瑟夫还给她发了女友的一张照片，女孩站在一个凉亭里，看上去甜美娇小、天真无邪。帕尔瓦蒂看了照片以后躲进公司的会议室里哭了。约瑟夫要娶的这个女孩是基督徒。

帕尔瓦蒂在特里凡得琅正式上班之前休了一个月假，想方设法分散自己的注意力。她找了在班加罗尔一起合租的女孩玩，那个女孩高声大嗓，为人随和，喜欢八卦。一天晚上，她们出去看电影，帕尔瓦蒂回来以后看到约瑟夫的未接来电。过了一会儿，他又打来电话。

"我的结婚日期已经定了。"约瑟夫告诉她。定了。在那一刻，帕尔瓦蒂意识到自己一直不肯相信约瑟夫会真的结婚。她原以为，婚礼会取消，约瑟夫会到班加罗尔来把她接走当新娘。

"可我已经取消了我的婚约，"她语无伦次地说，"我们还有没有办法复合？"

约瑟夫停顿了一下，小心翼翼地说："我想是不行了。我已经答应了那个女孩，她是个好女孩。"帕尔瓦蒂一言不发。约瑟夫接着说："她本来是要和另一个人订婚的，结果发现对方吸毒。她的父母被这件事吓坏了，但发现我是正派人。我已经做出了承诺，我不想伤她的心。"

帕尔瓦蒂知道，约瑟夫一旦做出了承诺是不会食言的。她静静地挂断了电话。

约瑟夫是一月份结婚的，那时帕尔瓦蒂已经回到特里凡得琅开始教书。在他的婚礼那天，帕尔瓦蒂和父母一起去了福利院给穷人捐衣服。她知道约瑟夫会乐于这么做的。

不久之后，帕尔瓦蒂无意间看了《青梅竹马的朋友》这本小说，讲述了两个从小一起长大的孩子坠入爱河但双方父母不许他们结婚的故事。随着情节的发展，女孩嫁给了别人，男孩终生未娶。两个人各自生活，各自老去，直至死亡。

这本书写得非常出色，语言平实流畅，作者是马拉雅拉姆语作家瓦伊科姆·穆罕默德·贝希尔（Vaikom Muhammad Basheer）。读着读着，帕尔瓦蒂觉得小说变成了她的真实生活，而她的生活变成了虚构。读完这本书，从书中回到现实，她对自己与约瑟夫的感情波折稍感释然了。她想，爱上一个人并不意味着一定要嫁给他，结婚不是人生的目的。

据说，贝希尔在婚后曾两次被送进精神病院，因为多疑症。

帕尔瓦蒂又想，也许还是别结婚更好。

〰️

接下来的那个月，当姐姐和姐夫给她发来一份个人资料时，帕尔瓦蒂有点漫不经心。家里人不断向她提供在网上找到的个人资料，她一概拒绝。印度各地的女孩都会应接不暇地收到推荐资料，因为随着报纸上的婚介广告版面越来越少，以保媒拉纤为业的大妈们已经学会了上网搜索。据估计，网上婚介业务在今后几年里将增长两倍。帕尔瓦蒂注册使用的"巴拉特婚恋网"近日发布了一则广告:一个女孩回到家,母亲说有个男孩在她的卧室里等她——丑闻啊——原来是电脑屏幕上显示着一个男孩的网上个人资料。尽管帕尔瓦蒂很孤独,前所未有的孤独,但她对任何一份个人资料都不感兴趣。他们谁也比不上约瑟夫。

现在,她坐在特里凡得琅的卧室里看着笔记本电脑屏幕上打开的个人资料,本能地感到抵触。这又是一个泰米尔婆罗门小伙子,在特里凡得琅生活过一段时间,但目前住在孟买。他长着一张孩子气的脸,神情毫不做作。他看上去就是一个普普通通的泰米尔婆罗门,而且和她的父亲很像。她心想,这个人看起来不怎么样,我绝对不会答应的。

第二天,父亲给她拿来几个工程师的个人资料,都是些沉闷无聊的男人,跟他们一起生活肯定会枯燥乏味。帕尔瓦蒂看出来了,父亲很快就会强迫她跟这当中的某个男人结婚,而她无力反抗。那天晚上,她重新翻看了姐姐和姐夫发来的那份个人资料。

她还是觉得这个男孩看起来很像她的父亲。她往下查看了他的详细情况。从她父母的角度看,条件太差。但这反而让她看得更仔细了。缺点一:英语硕士。(不是工程师、律师或医生。)缺点二:身高五点一英尺。(这在帕尔瓦蒂的家里算矮的,她差不多就有这么高。缺点三：年龄三十三岁。（年龄太大了，帕尔瓦蒂只有二十六岁。）

她认定这样的男孩恐怕父母看不上眼，想想就感到一阵兴奋。

再往下滚动页面，她注意到末尾还有一段文字，是他本人写给女孩而非女孩家里人的："我会给伴侣自由空间，并期待她也给我自由空间。"她停顿了一下。她喜欢这样的腔调，看来他不是那种必须严格掌握女友一切行踪的男孩。

第二天，帕尔瓦蒂尽量以不经意的语气对姐姐和姐夫说："这份个人资料似乎还行。"她终于表现出了一丝兴趣，于是，婚姻之轮迅速转动起来：姐夫通知了她的父亲，父亲没管阿肖克的年龄、身高和职业，马上请占星师查看他们两个人的星象。帕尔瓦蒂听说了以后无动于衷，她不指望会有结果。父母和姐姐给她看过几十份个人资料，但由于她命里的凶星，没几个男孩的星象与她相合。而且，尽管她一再地梦见蛇，却认定无论给蛇神多少 pooja（供奉）都无济于事。

不可思议的是，帕尔瓦蒂和阿肖克的星象居然正好相合。

皆为幻觉

———— * ————

马娅和维尔

2010 年—2014 年

有的时候，她就好像一团火，
需要不断有氧气供应才能燃烧。
他曾经被马娅的激情吸引，
但现在觉得这种激情令人窒息。

> "奎师那,你的嘴唇曾经红润如玫瑰,
> 如今变得乌黑如你的皮肤……
> 噢,主啊!主啊!奎师那,你走吧。"
>
> ——贾亚德瓦,《牧羊女之歌》

"雅努,"维尔说,"就给他取名雅努吧。"

雅努将在人口普查的那一年出生,那次人口普查发现印度的新生儿男女比例仍然太悬殊,还发现结婚人数在下降而离婚人数在上升。它还统计出印度的人口总数已达到十二亿,也就是说全世界每六个人当中就有一个印度人。雅努将以维尔祖父的名字命名,祖父一生勤劳,临死前曾躺在床上给维尔唱古老的印地语民谣。也正是在雅努出生的那一年,马娅认识了苏巴尔。

雅努(Janu)这个名字来源于印地语单词 jaan,意思是"生命"。维尔认为这个名字听起来很强壮,就跟他自己的名字一样;他的名字 Veer 的意思是"胜利"。马娅的名字则不同,Maya 来自梵语,意思比较复杂且有双重含义,既可以指"魔法",也可以指"幻觉"。Maya 的概念与印度教里面认为整个世界都是一种幻觉的信念有关。这就好比海洋看起来是蓝色的,但实际并非如此,海洋是因为吸收了太阳光才呈现蓝色。天空看起来一片蔚蓝,但实际也并非如此。Maya 的概念认为,我们所认定的事物犹如沙漠中的海市蜃楼。一开始，它们显得美丽、迷人，甚至神奇。但归根结底，它们只是一种幻觉。明白了这一点的人会变得更自由、更接近宇宙的真相。

马娅喜欢她名字的含义，但维尔想给孩子取一个更像他名字寓意的名字。和大多数男人一样，维尔想要男孩，但没明说。扫描显示胎儿长着跟他很像的宽手掌和脚掌，维尔断定他们会生个儿子。查胎儿性别是违法的，因为这个国家仍有太多的女胎被打掉。

医生安抚马娅说，她这次怀孕会比较容易。她结婚已经三年了，距离上次流产也已经两年。这一次，体检没有发现卵巢囊肿。尽管如此，在孩子出生前几个月，她还是坐飞机来到海得拉巴的娘家，认为在那儿更安全，而且这也是传统习俗。

马娅的预产期在一月份，维尔的生日后不久。维尔坐飞机来到海得拉巴和马娅一起过生日，就像几年前，那时马娅卖掉珍藏图书和金手镯给他买了一张机票。宝宝再过几个星期就要出生了，维尔打算在过完生日以后去非洲一趟，这趟出差很重要，但因为他接连几次癫痫发作而推迟了。他的癫痫从小一直控制得很好，但长大以后有时会在他工作太辛苦的情况下再次发作。他答应马娅会赶在她分娩之前回来，马娅心烦意乱地说："你赶不上的，还是别去了，不然你会看不到儿子出生。"

那天马娅做产检时，妇产科医生说："你们两个人都哪儿也别去了。胎儿的心率非常低,必须马上做手术。"

胎儿的心跳不是每分钟一百多次既稳定又有节奏的"怦、怦、怦",它听起来像是缓慢而微弱的"怦……怦……怦……"

"您瞧,今天是我丈夫的生日,"马娅说,"我们能不能晚点再来住院?"她知道自己这样做很自私,甚至很鲁莽,但她情不自禁。她的想法是,我想在孩子出生之前最后再跟维尔享受一个宁静的夜晚。她希望两个人能一起给维尔过生日。医生勉强同意他们当天晚上回来做超声波检查。

等他们回到医院,马娅已经开始感到不舒服,躺到病床上时直喘气。做完超声波检查,几个护士推着担架床跑到马娅跟前。"快躺下,马上就做手术。"

"我丈夫在哪儿?"马娅问。

"他和医生在一起,我们这就带你去。"

雅努的心率已经变得很低。胎儿的正常心率在一百次以上,监视器上显示的心率为二十五。

对于接下来发生的事情,马娅的记忆是支离破碎的:长袍,氧气罩,和她手臂一样长的针管,骤然而至、深入骨髓的阵痛。医生喊着"别动,别动",由于她不停地乱动,他们不得不反复了四次才把针头插入。"胎儿的心率越来越低。"这个声音似乎非常遥远。阵痛一次接一次,然后就麻木了。医生切下剖宫产的第一刀,她感觉就像被人从体内拉开了拉链。"甘差在哪儿?"她问。医生在即将取出婴儿时把维尔叫了进来,维尔没观看手术过程,担心那会引发他的癫痫。

"你想要男孩还是女孩?"医生在伸手去抱婴儿的时候问马娅,"我想要女孩,但怀的是男孩。"马娅说。

"是男孩。"

医生使劲拍了一下雅努的屁股,他哇的一声大哭起来。他柔顺的头发像父亲,明亮的眼睛则像马娅。他的心率很正常,皮肤虽然有黄疸但很光滑。维尔认定,雅努提前来到世间就是为了让他亲眼看见儿子出生。而且,这样一来父子二人的生日在同一天。他已经感觉到了对儿子的特殊情感,他认为雅努长得跟他一模一样。

医生让马娅再留院观察五天。"别把我一个人扔在这儿。"她恳求维尔,尽管心里觉得他肯定不会离开刚出生的儿子。

"当然不会的。"维尔说。但过了不知一天、两天还是五天——他们两个人记忆中的天数有所不同——维尔搭航班走了,他确信马娅的情况已经稳定并且会在医院得到很好的照顾。

事实证明,他们两个人的稳定状态都不堪一击。马娅很快就患上了产后抑郁症,她对雅努没什么感觉,连抱都不想抱一下。她再三恳求离开海得拉巴回孟买,认为回到自己的家里就会恢复正常。

在孟买，维尔经历了一次癫痫发作，紧接着又发作了一次。马娅认定，这是因为他劳累过度，她不在家，晚上没人打电话提醒维尔早点回家。而且，由于家里没人做饭，维尔有时会饿肚子。

马娅本应在娘家多住几个月，但她到了三月份就回孟买了。一回到家，她的抑郁症就消退了，恨不得一直抱着雅努不撒手。她爱自己的儿子，胜过爱其他任何人、任何事。

维尔的癫痫也平息了。他早早下班回家，这样就能帮忙哄雅努入睡。他推迟了上班时间，这样早上就可以陪雅努玩一会儿。有一天，维尔逗雅努说："你更爱妈妈还是更爱爸爸？举右手代表妈妈，举左手代表爸爸。"雅努的两只小手一齐举起来，维尔和马娅大笑。

雅努刚开始是睡婴儿床的，但有一天晚上，他试图爬出来，维尔被惊醒，一把握住了雅努的脑袋。在那之后，他们不再使用婴儿床，雅努睡到大床上，依偎在父母之间。这个国家的许多孩子都跟着父母睡，据说这就是为什么印度男人对母亲比对妻子更亲近。维尔在父母的大床上一直睡到十二岁，他最快乐的记忆就是躺在母亲身边，母亲总是让他感到踏实、安稳。

小时候，维尔认为他的母亲是天底下最漂亮、最完美的女人。与他认识的大多数父母不同，母亲从来没给他请过家教，而是在他每天放学后亲自给他听写。除此之外,她每周给维尔两百卢比的零花钱,这是大多数母亲都做不到的,维尔也并不认为这理所当然。他总是把这些钱跟他攒的硬币一起存进一个白色的罐子。

母亲在拉吉夫·甘地(Rajiv Gandhi)总理遇刺当晚去世,当时维尔才十五岁。母亲去世前已经与癌症抗争了很久,那些年饱受痛苦,但维尔仍然难以接受这个事实。城里实行了宵禁,因为拉吉夫·甘地——他在母亲英迪拉遇刺身亡后接任总理——在一场自杀式爆炸事件中遇害,警方称出门不安全。维尔和家里人不顾宵禁前去探望母亲,其实她那时已经陷入了昏迷。在医院里,维尔和母亲拉家常,就好像她醒着似的。医生宣布母亲死亡时,维尔的癫痫发作了。

母亲死后,维尔再也没打开过白色存钱罐,母亲给他的最后一笔两百卢比就装在里面。他也不再攒硬币。他下定决心绝不爱上别的女人,直到后来遇见另一个马娅,这个远房表妹和他的母亲一样善良体贴。然而,最终她也离开了维尔。

如今,雅努出生了,维尔再次想到死亡。

更确切地说,他开始想到金钱和死亡,他在想:假如他死了,马娅会有钱养活雅努吗?这是一种新的愁苦,不是他所熟悉的坐立不安、充满渴求,是他以前从未体验过的痛彻心扉。他还被诊断出患有糖尿病,这越发加深了他的恐惧。他陪伴雅努的每时每刻都在增添他的焦虑。

维尔觉得雅努跟自己有很多相似之处：他们的头发朝着同一边偏分，两个人的足弓长得一样。维尔有时会揉捏雅努的足弓，以防它们跟自己的一样会疼。晚上，他给雅努唱古老的印地语摇篮曲；早上，他哼唱宝莱坞最新流行歌曲，让雅努高高兴兴地迎接新的一天。老歌富有诗意，曲调沉重，新歌则简单轻快。

雅努一天天长大，维尔越来越为钱发愁。

对马娅来说，雅努出生后的这一年过得飞快，她根本无暇旁顾。每天照顾孩子、睡眠不足、忙于家务，她没有什么空闲的时间去想别的。转眼间，雅努快满周岁了，维尔的三十六岁生日也快到了，她知道自己应该用心筹备一下。为了寻觅合适的礼物，她在网上搜索了好几天。

她想给维尔和雅努定制父子装T恤，但找不到适合雅努这么小的宝宝的尺寸。终于，她发现了一个尚处于演示模式的个性化服装网站，它承诺"随时设计任何尺寸的任何东西"。

马娅拨通了网站上提供的电话，话筒里传出一个温和平稳的男中音，这让马娅顿感欣慰。"你想要什么，我就能做什么。"对方表示。这个人自称苏巴尔，他和马娅在电话里沟通了很长时间，确保弄清了她要定制的东西。

马娅后来又给苏巴尔打了好几次电话千叮咛万嘱咐。两个人还相互发过几封电子邮件,以确保T恤的设计和质量完美无缺。几个星期后,她收到了货,及时赶上了大日子。

在生日聚会上,马娅拍了一张雅努和维尔穿着新T恤的照片发给苏巴尔,让他看看自己的手工杰作。照片里的父子俩都乐呵呵的,维尔笑得合不拢嘴,雅努鼓着腮帮子,俨然就是父亲的迷你版。

~~~

正是在雅努一岁生日的前后,马娅向维尔提出要去工作。虽然照顾孩子很耗费精力,但她一直酝酿着办一所幼儿园,觉得现在时机已经成熟。她想开办一所加盟幼儿园,那样比较容易一些。这会有前期成本,但从长远来看可能会赚钱。

她的这所学校将完全不同于她在海得拉巴就读过的学校,那些学校里的老师们教学方式死板,既不细致,又无关爱。而且那些学校里的孩子们经常感到不安全,因为老师或保安总想伺机摸他们一把。海得拉巴有这种事,孟买有这种事,也许每个村庄和城市都有。在她的学校里,她会确保孩子不会产生那样的感觉。

维尔心想,可是钱从哪儿来呢?也许他可以问问父亲。他知道孟买有许多幼儿园开不了几年就倒闭了,因为竞争太激烈。然而，他也知道大多数学校都不怎么样，他相信马娅办的学校会好一些。

"那就办吧。"他说。

维尔向父亲借了点钱，他和马娅在年轻夫妻家庭比较多的郊区附近买了一幢双层别墅。他们给大楼涂上柔和的颜色，门前的招牌上印着天真可爱的小朋友照片。马娅招聘了十几名教师，全部是女性，另外还请了一名男性看门人，他不得进入楼内。他们打算让雅努成为马娅的首批学生之一，并预期在三个月内实现盈利。

幼儿园并没有在三个月内取得成功，远远没有。它过了一年仍然没有盈利，因为招生不足。马娅不得不向维尔又要了一笔钱，她更加努力地做宣传，几个月后终于招满了一个班。在那之后，幼儿园就不断有新生进来。消息传开了，大家都听说这家新幼儿园与众不同，它很高档，又干净，而且不教学生死记硬背。它把印度和国际的教学理念相结合，老师们既会唱英语童谣也会唱印地语童谣。

马娅在招聘教师时还非常注重她们有没有同理心，这样她们就能向她汇报孩子们的表现和感受。她希望老师们能推断出学生家里的情况，比如孩子的父母是不是在闹离婚，或者邻居里面有没有好色之徒。在办公室批改作业的时候，她喜欢听到老师欣喜地讲述孩子们取得的小小进步，或者找到创造性的方法来消除孩子们的恐惧。放学时，家长们在栅栏外面焦急地等候，走出校门的孩子大多笑逐颜开。这所幼儿园很快就成为当地最值得信赖的幼儿园。不久，马娅和维尔实现了收支平衡。

有了钱，维尔关于死亡的担忧渐渐消除。他心想，假如明天就死去，我不会感到忐忑，我会安息。

马娅很感激维尔出钱让她办学校，但她很快认识到，他的帮助仅限于此。她本以为维尔会想和她谈谈幼儿园的事，但每次她提起学校里遇到的难题，维尔都对她说"这是你的事，马娅"或者"这根本不关我的事"。

马娅心想，好吧，看来他对我生活中的方方面面都不感兴趣，连这所学校的事都不想参与。他只对自己的工作感兴趣。

马娅明白了维尔为什么同意她办幼儿园，并不是为了支持她的想法，而是为了甩掉她这个包袱。这样她就不会在维尔上班时总烦他了。但她不打算轻易地对维尔放手。

下午六点

"甘差，快回家吧，求你了。"

"我得工作。"

"雅努需要你。"

"我得工作。"

"我都焦头烂额了，你能至少在晚上八点前回家吗？"

晚上八点四十五分

"你在哪儿呢?我给你打了好多次电话了。"

"我这就回来,马上。"

"快回来吧,求你了,甘差。回来吧。"

晚上十点

"你在哪儿呢?我得做饭,还有很多事情要做。孩子得有人照看。"

"我走不开,你得自己想办法。"

"可我需要你帮忙。"

"你请个女用吧,随便怎么都行。"

维尔不明白马娅为什么不理解他得工作。有的时候,她就好像一团火,需要不断有氧气供应才能燃烧。他曾经被马娅的激情吸引,但现在觉得这种激情令人窒息。他想让马娅开心,但总是心有余而力不足。

他当初同意马娅找份工作不仅仅是为了挣钱,也是为了让她不至于无所事事。他心想,一个人如果独处就容易胡思乱想,闲着没事就会东家长西家短地搬弄是非,脑子里一团乱麻。他原以为,一旦马娅上了班,他俩之间就会清静一些。

家中的马娅不明白为什么自己身在梦想之城却时不时地

感到如此孤单。维尔最近对她说，他不相信浪漫。他说他也不相信爱情。他说，在他看来，孟买只有一种通行语言，那就是金钱。"我是不是要买一件印满卢比的裙子穿在身上你才会爱我？"她怒气冲冲地回答。

有时，维尔一整天都不接电话，马娅感到特别孤独，于是她就会播放老电影《哭灵人》(*Rudaali*)里的歌曲《我心悲戚》。伴着笛声和鼓声，拉塔·曼格什卡尔（Lata Mangeshkar）演唱这首歌，她是最美丽动人、最令人难忘的电影配乐歌手。电影讲述了一个女性rudaali（职业哭灵人）的故事，马娅和维尔的家乡拉贾斯坦邦就有很多这样的人。如果有人死后没有人为其哭灵，葬礼上就要请rudaali（职业哭灵人）。

在这部电影中，rudaali（职业哭灵人）结识了一个命苦的女人，这个女人受尽了磨难，已经不会哭，rudaali（职业哭灵人）怎么教她都教不会。就连意识到自己的爱人已离世，她也哭不出来。

雅努渐渐长大，维尔尽量想办法减轻马娅的负担。他花钱请了一位名叫帕拉薇的全职女用，她来自附近棚屋，既年轻又能干。大多数中产阶级家庭即便不请女用、厨师和司机，也至少要请一名家政工,维尔认为他们现在请得起一名女用和一名司机,女用还可以帮忙做饭。早上,帕拉薇做早餐,洗碗,洗衣服。下午,她叠好衣服,打扫房子,倒垃圾。她身材苗条但很结实,穿着艳丽但实用的纱丽,头发在脑后扎成一条长长的辫子。她热情开朗,充满活力,和雅努相处得很好。她的笑声如银铃一般。自从她来了之后,家务变得更有条理了。

和孟买的许多女用一样,帕拉薇嫁了一个懒得找工作的丈夫。马娅想帮一把,让他在幼儿园当保安,但他没过几天就不来上班了。帕拉薇并不感到惊讶。这两个女人很少谈起各自的私事,但在对方遇到麻烦时都能察觉。马娅会从帕拉薇做的饭菜注意到,饭菜可不可口推测出她的心情好坏。帕拉薇的判断依据则是,如果早上马娅默不作声在房子里忙碌,那就说明她和维尔吵架了。在这些日子里,她有时会给马娅精心泡一杯绿茶,或者把她的衣服叠得格外整齐。而且她总是会把雅努抱起来唱歌给他听,设法转移他对父母争吵的注意力。雅努刚一学会说话就开始叫她"帕拉薇吉",帕拉薇听到这个昵称就会笑,因为"吉"表示了对女用的尊敬。她和雅努在一起的时间不比她和自家孩子在一起的时间少,甚至更多。

一天晚上,维尔回家时带了一部黑莓手机给马娅,认为这份礼物会减轻马娅的孤单寂寞。

马娅下载了黑莓 Messenger,这款应用程序承诺"让你与朋友和家人保持联系",甚至有一个小小的√来显示对方已阅读你的信息。马娅觉得,这样一来,维尔上班时她就比较容易跟他取得联系了。但它也打开了一个崭新的交谈天地,马娅通过它可以联系上一半的朋友和熟人,这其中包括T恤制造商苏巴尔。

在苏巴尔的生日那天,马娅给他发了一条信息。在那之后,两个人开始经常聊天。有了这款通讯应用程序,交谈变得非常便捷。

起初,他们聊的是日常琐事和工作,苏巴尔问马娅喜欢什么、不喜欢什么。然后他们开始谈到家庭。在交谈的过程中,马娅发现苏巴尔很有魅力和洞察力,并且总是能给出很好的建议。她开始在一些跟幼儿园或者雅努有关的小事情、继而是大事情上征求苏巴尔的意见。在发了几个星期的信息后,她发现自己向苏巴尔坦承了维尔经常不在家。

不久,苏巴尔也向马娅讲了他妻子的情况,他说,他和妻子是自由恋爱结婚的,两个人信奉不同宗教,他是印度教徒,妻子则是天主教徒,这并没有成为他们之间的障碍。但他说,两个人之间有其他方面的问题。在脸书网站上,马娅看到了他的全家福照片:一个胖乎乎的小男孩、一个健壮的小女孩,还有一个身材高大的妻子。苏巴尔的妻子长着一张马脸,笑容里透出精明。马娅觉得她长得不好看,但没告诉苏巴尔。

又过了几个星期,苏巴尔开始问马娅一些更私密的问题,他过于刨根问底,马娅不想回答。对于一个她认为自己永远不会见面的男人,她想保持一点神秘感。但她已经向苏巴尔透露了一些小秘密,她对最亲密的女性朋友或家人都没讲过那些事情,因为不敢保证他们不对自己评头论足。

在他们开始互发信息的几个月以后,有一天,苏巴尔在一条信息中暗示马娅不过是个典型的印度家庭主妇:一个待在家里对世界知之甚少的女人。看到这条信息,马娅感到了近乎失去理性的强烈愤怒。她在心里骂了一句"浑蛋",同时为自己对一个素未谋面的男人感到愤怒而惊讶。她心想,我要让他看看我是谁。

马娅第一次给苏巴尔发了一张自己的照片。在这张照片里,她戴着漂亮的太阳镜,穿着粉色罩衫和海军蓝短裙。她光着脚站在果阿的海浪中,那里有白色的沙滩和椰子树。照片是维尔拍的。她特意在苏巴尔出差返回孟买刚下飞机时发给他这张照片,希望这是他一落地看到的第一条信息。

苏巴尔爬上孟买机场外的一辆人力车时打开了照片,他看了又看,心想,这真的是一直在和我聊天的那个人吗?

她身材娇小但匀称,头发浓密而零乱。她的皮肤白皙,简直跟火龙果的果肉一样。但最打动他的是马娅的眼睛——明亮,忧伤,涂着黑色 kajal(植物眼线膏)。她既有邻家女孩的朴素美，又有舞池女郎的魅惑。

他输入了一条信息：我们见个面好吗？

马娅读了这条信息。今年她二十八岁，雅努才一岁半。她书桌对面墙上的照片记录了各个年龄段的雅努；随着时间的推移，雅努的眼睛变得更大了，头发变得更长也更飘逸了。油毡地毯上，象头神节聚会留下的海娜粉印渍还在。奎师那和罗达这对情侣坐在秋千上的绘画依然挂在餐桌旁边的墙上。

马娅输入一条回复，犹豫片刻，然后点击了发送。

∽

他们的结婚五周年纪念日到了，维尔忘得一干二净，或者是没把它当回事。马娅从海得拉巴坐飞机到孟买，及时赶回家庆祝，然而维尔闭口不提纪念日的事。一整天，他只字未提，最后马娅忍不住给正在上班的他发了条短信：结婚周年快乐呀！

他回复道：你有什么安排吗？

他们商量好一起吃晚饭，但维尔直到晚上十点才回家。当他终于走进家门时，马娅感觉内心有什么东西啪的一声碎裂了：我们不能再回避问题了。

在接下来的几个星期里，维尔并没有为他们平平淡淡的周年纪念之夜过于内疚,但马娅一直耿耿于怀。在家里,她思绪万千。这个家里什么都不讲究,根本不讲风俗礼节。有时她的无奈演变成狂怒。去他妈的这个人,我再也不想为这事闹心了。

马娅和维尔开始吵架,只要维尔在家就吵。大多数时候,他们都是为一些鸡毛蒜皮的小事争吵,比如茶凉了热了、帕拉薇为什么还没来上班等等。但也有些比较大的事情造成的压力,比如马娅的幼儿园遇到难题、维尔要到非洲出差等等。就连马娅需要人帮忙照顾雅努这种事也会引起争吵。最伤人的问题则都藏在心底没说出来,比如为什么他们已经差不多一年没有性生活,或者为什么马娅让维尔觉得自己像个反复无常的丈夫。

虽然经常吵架,但他们尽量不在雅努面前吼叫。但是,快满两岁的雅努是个早熟的孩子,可能比父母意识到的更为懂事。有时,如果父母发生了特别激烈的争吵,即使他们把声音压得很低,雅努也会把大小便拉在裤子里。

终于,马娅在晚餐时和维尔摊牌了,当时他正坐在奎师那和罗达荡秋千的画作下面吃饭。她平静地提出了离婚。

"我们之间什么都不剩了,没有身体上的交流,也没有精神上和感情上的交流,"她说,"你还想维持下去吗?"

马娅知道,离婚可能会导致她丢掉工作,失去家庭,失去声誉。她甚至有可能失去雅努,根据《印度教未成年人与监护法》，五岁以下儿童的自然监护人是父亲。虽然孟买关于女性不成文的规则在发生变化，但她深知，如果女性高估了这座城市取得的进步，她们就会陷入麻烦。越来越多的女性要求离婚，但她们从未得到应有的赡养费，许多人始终背负着不好的名声，因而无法获得或保住工作。她们失去了朋友，失去了家人，失去了写在丈夫名下的财产。但马娅认为这场冒险是值得的。

她说完以后，维尔平静地看着她，就好像他们是在讨论茶凉不凉似的。他说："过一年再看吧，马娅。再等一年，看看你感觉如何。如果你还是有这种感觉，那你可以离开。"

标着印地语文字的时钟在他们的身后嘀嘀嗒嗒。维尔补充道："你可以把雅努留给我。"

雅努。

他的名字产生了预期的效果，马娅起身去洗碗。

印度教男女可作为离婚理由的事项在1955年的《印度教婚姻法》中逐一列出：皈依宗教或加入某个教派；多年不住在一起没有联系，或者死亡；精神失常或患有其他精神疾病；强奸、鸡奸或兽交；麻风病；通奸……1976年的一项修正案增添了两项：虐待和遗弃。

马娅发现这些理由无一适用于她和维尔。

一年以后，有人提议修订《印度教婚姻法》，允许以"婚姻不可挽回地破裂"为理由离婚。但这个提案没有获得通过，因为民粹主义政治家和宗教人士反对。他们警告说印度婚姻会解体,声称自由恋爱结合的婚姻容易导致离婚。他们说世界已经进入了迦利年代(Kali Yuga),它是古代梵文文字资料中预言的罪恶时代。在迦利年代,人们犯戒律,贪色欲,远离宗教,丧失了 dharma(法),随意违背誓言。他们指出同性恋已然合法化,说印度正在被西方文化一件一件地"扒光衣裳"。

印地语和梵语里面都没有能表达"离婚"意思的词,因为据说就连预言了迦利年代到来的人也没有设想过这样的行为。

维尔不想离婚,至少现在不想。但他觉得,婚姻最令人失望的地方就是丈夫和妻子不再是朋友。他和马娅在婚前有过一段简简单单的友谊。他们开诚布公地聊天,轻轻松松地大笑。他们沟通解决彼此之间的矛盾而不是制造新的矛盾。

现在剖析两个人的关系,他认为有两个方面:"坦率的描述"和"美好的描述"。坦率的描述是,在下班回家的路上,他常常不得不思考如何避免一回家就吵架。还有,他们的婚姻消耗了太多本可用于工作的时间,他们的笑声比以前少多了。

但还有美好的描述:马娅不像大多数印度女性。她不因个人偏见而对他人怀有不公正的看法。她不像有些女人躺在走廊里的折叠椅上说三道四打发时间。她能以非凡的洞察力看清人的心灵和动机。她从来不花言巧语。她总是支持维尔,即便是在他并不值得支持的时候。

而且维尔知道，如果他没结婚，他也许就会每天下班后和表兄一起出去喝酒并夜不归宿。他可能会只顾着工作，不好好吃饭，他的癫痫可能会加重。马娅是他在一天结束时回家的理由。雅努在很大程度上也是他在一天结束时回家的理由。很多时候，他和马娅在晚上仍然能逗得对方开怀大笑。离婚的想法在他看来是匪夷所思的，至少在马娅还需要向他伸手要钱的时候。他不能推卸那份责任。

但是，当维尔想象住在海边小屋并在一楼开一家店让自己有事可做时，他并不总能想象屋子里面有马娅。他甚至没有想象屋子里面住着雅努，他到那个时候差不多该长大了。在他的想象中，他会独自听着海浪声醒来。他告诉自己，他不想强迫马娅进入他的梦里。

〰️

在维尔让马娅再等一年之后，马娅曾以为自己弄错了，以为维尔到底还是在乎她的。但是有一天，她发现了维尔手机上的信息。马娅记得，当时维尔正在洗澡，她发烧躺在床上，拿起他的工作手机想给医生打个电话。

屏幕上显示着另一个马娅发来的短信。马娅简直不敢相信，于是翻看维尔的信息。她发现了很多条来自另一个马娅的信息，不过似乎都是从维尔的另一部手机转发过来的，所以没包含维尔最初发送给她的信息。在发给维尔的信息中，另一个马娅称他为"Jaanu"。

Jaanu的意思是"亲爱的"，就好比英语里的"baby（宝贝）"。

比如：Jaanu，我不知道该怎么办了，我一会儿打电话给你。

"这是怎么回事？"维尔洗完澡出来，马娅问道。她给维尔看手机上的短信。

"什么事都没有。"他说。

"她管你叫'宝贝'，"马娅说，"有点让人难以置信。"

维尔不吭声。

"你这就当着我的面给她打个电话。"

"不行。"

"给她打电话。"

这不是第一次了。在他们结婚的第一年，马娅就曾看到通话记录显示，维尔从一下班到进家门一直在和她通话。那时马娅曾表示："想和她聊就聊吧，但别瞒着我。"

"我没跟她聊。"维尔说，然后事情就这样过去了。

现在，马娅意识到了自己有多傻。他们的聊天不像是朋友，甚至不像是两个曾经相爱的人。他们显得依然很亲密。维尔要回了他的工作手机，但后来马娅用她自己的手机给另一个马娅发了一条信息,她知道另一个马娅已经订婚。马娅告诉她,她的所作所为是不对的。

另一个马娅的回复很是放肆无礼,她说,马娅永远不会理解她和维尔之间的感情。

马娅怒不可遏地答复:这样吧,我把你发给我丈夫的这些信息转发给你的未婚夫,如果他能理解,那么我也理解。

另一个马娅没再回复。

马娅给维尔看了另一个马娅发给她的信息,就是说她永远不会理解的那条。"只要我还是你的妻子,我就得搞清这一切是怎么回事。"马娅尽量不露声色地表示。

"我认为你想多了。"他说。

在维尔看来,这不是欺骗。他坚持说他这辈子和另一个马娅只见过两次面。在她提出分手后,他再也没有见过她,而分手是很多年前的事了。是的,他们时不时相互发个短信。是的,他至今还爱着她。他至今仍认为他们俩的恋情是最完美的。但那都是过去的事了,他们的恋情如琥珀里的昆虫般永远封存了。况且他现在已经结婚。

最终,马娅放弃了争论,她不知道除此之外还能怎样。她也没有给另一个马娅的未婚夫发短信。她心想,至少还是留下一段婚姻保持完好吧。但是关于维尔的想法在她的脑子里犹如磁带一般转个不停。我强迫过他娶我吗?他会终有一天不再爱这个女孩吗？

她现在看明白了，另一个马娅是维尔一生的挚爱。而且她认为自己能理解这是为什么。维尔重视家庭高于一切，而另一个马娅正是为了顾全家庭才牺牲了她和维尔的恋情。另一个马娅是高尚的，而马娅是不道德的，因为她冒着与父亲断绝关系的危险嫁给了维尔。她就像电影《奥姆卡拉》（*Omkara*）里面那个违抗父命私奔的女孩。在影片中，另一个人物问："谁会信任一个背叛了自己父亲的女孩呢？"

维尔从来没有信任过她，从来没有爱过她，也永远不会爱她。

而且，如果是这样的话，马娅觉得她也许可以彻底放弃thoda compromise（稍微妥协）原则。她将不再拿她的理想做妥协，而那意味着她不再遵循旧的宗教规则，比如不能吃肉、做饭不用大蒜或洋葱、女人在经期是不洁净的。她不再欠他什么了。

～～～

马娅向维尔提出离婚的一个月后，她去博瓦伊（Powai）参加为期三天的培训课程，T恤制造商苏巴尔的办公室就在那儿。在他提议见面以后，马娅拖了好几个月没答应。但他们继续发信息聊天，内容从日常琐事逐渐深入到私密话题。当马娅提及她要到博瓦伊时，苏巴尔主动表示要去接她并送她回家。她犹豫了一下，但觉得见一次面也无妨。

马娅先看到了苏巴尔，她在车的侧面，正好是苏巴尔看不见她的角度。她看到了苏巴尔毛茸茸的胡子和沙灰色的头发，心想，我这是在干什么？她注意到了苏巴尔的大肚腩。为什么有些人就是不能照顾好自己呢？她在考虑要不要转身离开。但是苏巴尔正在往人行道上张望，马娅注意到了他眼里的光芒。她的电话响了。

"你在哪儿呢？"他问。

在苏巴尔的记忆中，那天下着雨，马娅撑了一把雨伞在街对面跟一个朋友说话。她穿着灰色T恤和牛仔裤，看上去既漂亮又年轻——跟他相比简直太年轻了。他心想，这真的会是她吗？马娅不记得下雨这回事，也不记得自己撑着伞，只记得她的确在和朋友聊天。她爬上苏巴尔的前排座椅，盘腿而坐靠在椅背上，试图显得很放松。

送马娅回家的路上花了一个多小时，两个人都没怎么说话。偶尔的交谈并不生硬，却也不像他们互发信息时那么轻松。苏巴尔一心琢磨着马娅在现实生活中是多么让人感到温暖。她闻起来有奇特的清香，喷了男人用的古龙水。

"你回家正好顺路是吗？"马娅问。

其实并不顺路。苏巴尔住在塔那（Thane），也就是说，他得往北开车一个小时把马娅送到家，再往北绕过这座城市面积广阔的国家公园，然后往南到塔那。他要兜一个大圈子，差不多是绕着整个孟买北部跑一圈。

到了马娅家所在的住宅区，他们若无其事地开车经过门口爱管闲事的保安，马娅说："你想上楼喝杯咖啡吗？"

他说他只想上个厕所。

帕拉薇陪着雅努在楼上。苏巴尔进门时，雅努摇摇晃晃地朝他走过来。马娅见了很惊讶，雅努通常对男性不是很友好。跟许多印度母亲一样，马娅教过他别那样。然而他居然毫无畏惧地对苏巴尔表示欢迎。马娅到厨房去找点东西让苏巴尔带回家，拿出了巧克力送给他的孩子们。她注意到苏巴尔很高，比她高出了一英尺，而且当他说话的时候，整个房间都回荡着他的声音。

那天晚上，马娅告诉维尔说，有个男人从博瓦伊开车送她回家，然后再回塔那。"那家伙累坏了吧？"维尔说，"你呢，累吗？"

马娅第二天去博瓦伊培训时，苏巴尔问他们能不能再见个面，他有东西给马娅看。"好吧。"马娅说，但心想：我在做什么？已婚女人不该和已婚男人交往，更不用说允许他们带自己去什么地方了。苏巴尔想带她去看看戈尔冈（Goregaon）

的 Chhota Kashmir，那是一个占地四千英亩的隐蔽区域，有湖泊，有花园，还有双人脚踏游船。Chhota Kashmir 的意思是"小克什米尔"，它看起来确实有点像那个美丽的克什米尔山谷，只不过克什米尔山谷的美丽如今因政治和冲突而黯然失色。游览过程中，马娅感到紧张不安。他到底有何企图？

最后，她斗胆大声说："你为什么带我到这儿来？想吻我吗？"

"如果我说'是'呢？"苏巴尔说。

马娅被苏巴尔深深地吸引——他低沉的噪音、轻松的微笑，以及在和她说话时熠熠生辉的眼睛。但她不喜欢这样的场景：一对已婚男女躲在僻静处，讲着浪漫小说里常见的那种轻浮话语。"那会毁掉一切的。"她轻声说道。

"但我不只拿你当朋友。"他坚持说。

"可我觉得别扭。"马娅说，她知道自己该回家了。

次日，雅努病了，马娅借机没去博瓦伊参加第三天的培训。

～～～

晚上，在马娅和维尔的公寓里有时可以听见街上汽车音响的低音，里面播放着古老的印地语民谣，也有最新的宝莱坞歌曲。最近,所有司机都在播放电影《爱情故事》(*Ishqiya*)的原声带,特别是里面的歌曲《我的心是个小孩》,它的器乐听起来富有异域情调且让人昏昏欲睡。宝莱坞在谈到人的心灵时惯用这样的比喻:我的心是个小孩,我的心是个疯子,这颗心是个恶棍,我的心犹如大海。

在公寓里还能听到远处老式卡车发出的咣啷声,因为它们经常在夜深人静的时候运货。还有流浪狗的哀嚎,它们总是找不到足够的食物残渣填饱肚子。

维尔总能在这些嘈杂声中安然入睡,雅努蜷缩在他的怀里。但是马娅常常睡不着,坐在客厅里望着外面。

从她坐在沙发上的位置,她可以辨认出一簇棕榈树,周围环绕着他们公寓小区的十几幢楼房。再往外是几百条纵横交错的小路、蜿蜒前行的汽车和远处连绵起伏的山脊。但附近的公寓楼最为有趣,因为每幢楼都有整齐排列成网格状的大约二十扇窗户。晚上,许多窗户都亮了起来,每扇窗户里面都上演着一出小小的戏码。完整的场景是绝不可能看到的,但马娅能瞥见几眼。

人们有的出门,有的看电视,有的吃晚饭。丈夫和妻子儿女围坐在餐桌旁。窗户里的丈夫们似乎总是准时回家。马娅想起一句古老的谚语:一起进餐的一家人永不分离。

在其中一扇窗户里面,孩子迟迟不睡,母亲似乎在提醒她，然后硬拽着她去睡觉了。在另一扇窗户里，一名男子穿着汗衫坐在沙发上，电视屏幕照亮了他的将军肚。第三扇窗户里的人正在收拾杯盘碗碟，不过马娅听不见丁零咣啷的声响。马娅可以看到，有的人家里摆着大电视机而有的人家里是小电视机，有的人家开空调而有的人家开窗户，有的人家可隐约看见洗衣机而有的人家倒扣着水桶——每一样都表明了这户人家的经济状况。

大约一个小时后，灯光熄灭，这座城市里数百万人的喧嚣渐渐停歇。如果有工作要完成、有郊区的两居室公寓要还款，那就必须保证睡眠。一个房间的灯光暗了，接着是另一个房间。全家人大多同一时间上床睡觉。

但在小区的大门外，马娅知道有一个女人很可能还醒着。如果她还没睡，她就会站在到处是碎石子的小巷中间，穿着一件破旧的红色纱丽。她每天都穿着这件衣服，巷子里的这个疯婆子几乎从不睡觉。

白天，这个女人有时从一朵花上扯下花瓣撒在路上，有时无精打采地坐在一块大石头上。她的头发总是乱蓬蓬的，颧骨瘦削。最近，她的头发剪短了，好像是染上了什么病。她的纱丽经常脏兮兮的，边缘皱皱巴巴。她看起来像是好几天没吃东西了。据说，她曾经是有家的，而且在附近拥有两套大公寓，但丈夫为了另一个女人而离开她，此后她就疯了。

马娅想多坐一会儿看完最后几出窗户戏,但她累了。又一盏灯熄灭后,马娅起身去睡觉。几只鸽子落在铁皮屋顶的阳台上,冲她发出轻柔的咕咕声。她回头看了一会儿,然后关灯上床,维尔和雅努在床上早已睡着。

~~~

去度假酒店是苏巴尔的主意,他以前在那儿参加过各种会议。马娅也去过一次度假酒店,是给维尔过生日。现在,她和苏巴尔约在那里共进早餐,已经是十二月了,孟买的空气很凉爽。

度假酒店比马娅记忆中的更为迷人:高耸的白色楼房与清澈的酒店湖泊相互映衬,棕榈树的叶子在微风中摇曳。苏巴尔专心致志地听她说话,但并不咄咄逼人。她发现自己在画苏巴尔手心里的线条——生命线、智慧线、感情线。这样的情景丝毫不像轻薄的浪漫小说。

之后,他们走回停车场。在车里,苏巴尔毫无征兆地俯过身来,试图亲马娅一下。马娅躲开,苏巴尔的吻落在了她的脖子上。他们就这样待了一会儿,苏巴尔的胡子摩挲着她的皮肤。

她心想,糟了!如果这是一部古老的印地语电影,此时配乐将响起,歌声又细又尖。马娅心想,我该回家了,可是这种感觉也蛮不错,很久没有这样的感觉了。

古老的印地语电影里是不会有亲吻镜头的,否则通不过审查。他们此刻也没有亲吻。

过了一分钟,马娅侧过身,他们开车出了大门,经过一排榕树,驶回马娅家。

接下来的那个月里雅努满两岁、维尔满三十七岁,马娅没给他们准备任何特别的礼物。她感觉毫无必要,因为维尔一直不断从国外给雅努买各种礼物:杰克鲁的礼服衬衫、盖璞的裤子、耐克的运动鞋。这些都是他到中国和卡塔尔出差带回来的,还有送给马娅的名牌服装。他说:"都是高档货,质量上乘。"他喜欢买耐穿的衣物,特别是国际名牌,那是每个印度人都喜欢的。很快,新衣服实在太多了,马娅不得不把它们都堆到雅努的婴儿床上,这张床几乎从来没用过。公寓里乱七八糟的全是雅努的东西。

墙上贴着他在幼儿园画的画和电影《功夫小子》(*Chhota Bheem*)的海报,功夫小子是少儿版的印度超人。墙角堆着毛绒玩具、玩具小汽车、几卷米老鼠和小熊维尼贴纸。电视架上,马娅和维尔在摩苏里拍的照片旁边摆着雅努三个月、六个月和一岁时的照片,头发挡住了眼睛。

雅努已经长成了一个聪明却顽皮的孩子,他喜欢扯掉衣服,光着身子跑来跑去,或者穿着他从衣柜里胡乱混搭的奇装异服。他喜欢违抗马娅，特别是在洗澡的时候。他比较听父亲的话，父亲对他更为严厉。他光洁的皮肤和油亮的头发像维尔，若有所思的大眼睛像马娅。这副长相实在太迷人了，以至于有人在街上拦住马娅，问这孩子是不是童模。

虽然马娅给雅努过生日时在墙上贴了"雅努"的字母拼写 J-A-N-U，但她和维尔更多的时候会用昵称来称呼他，叫他"beta"，意思是"儿子"；或者叫他"bana"，这是拉贾斯坦邦的一个单词，意思是"小王子"。维尔最喜欢的昵称是 laddoo（球形甜点），那是一种美味的甜食。

马娅带苏巴尔回家的时候，雅努几乎总是在家。雅努毫无戒备地接受了这个男人进入他的生活，每当听说他要过来就特别高兴。苏巴尔自己有两个学龄子女，他从一开始就会帮马娅给雅努换尿布、热牛奶。随着雅努的年龄增长，他陪着雅努乐此不疲地玩游戏，不厌其烦地回答各种稀奇古怪的问题。

对家人和朋友，马娅开始称苏巴尔是她的"好朋友"。她把苏巴尔介绍给她幼儿园里的老师，在办公室墙上钉了一张她和苏巴尔的合影。每次和苏巴尔一起外出，她都会告知维尔。她还鼓励两个男人见面消磨时间，而他们有时真的会这样做，甚至不带她。

维尔没有质疑苏巴尔在妻子生活中扮演的角色，他心想，如果马娅需要一个朋友，那就结交一个吧。也许，这会给他减轻一些压力。我应该给她一定的空间,他这样想着,没再往心里去。

起初,马娅很惊讶维尔居然没有质疑她和苏巴尔的关系。但后来她认定,这越发证明了维尔不在乎她。她断定维尔维持和她的婚姻纯粹出于责任感,包括对她的责任、对雅努的责任和对某种过时的家庭观念的责任。也许,维尔还觉得自己有责任追求一切虔诚的印度教徒的生活目标——dharma(法)、artha(利)、kama(业)、moksha(释),意思是"责任""意义""快乐""解脱"。通过婚姻,你履行责任,获得意义,享受快乐。最后,你死了,得到解脱。

她考虑不再和苏巴尔见面。她可以就此止步,趁还没出什么事情,趁她躲开的那个吻还没演变成进一步的企图。但如果她这么做,她就又要孤孤单单了,维尔是不会回到她身边的。这以后的经年累月,她可能会因为孤独而抓狂,就像巷子里的那个疯婆子。

不行。她要保持理智,什么时候想见苏巴尔就见。苏巴尔思想开明,富有魅力,声音雄浑低沉,言语诙谐幽默,乐于讨论哲学、政治和宗教。苏巴尔待她如伴侣,而维尔早已忘记如何与她坦诚相处。苏巴尔已经开始用英语称呼她"宝贝",这个词差不多跟印地语中的"jaanu(亲爱的)"一样亲密,马娅始终没有与他中断交往。

她还决定扩大幼儿园的规模，以此作为保持理智的另一种方式。不久，她聘请了一位名叫阿什妮的副校长来帮助她完成这项工作。阿什妮聪明能干，说话很坦率。她表情温和，浓密的头发梳到脑后，有一种慈祥和蔼却又充满异国情调的美丽。她的年龄和马娅差不多，有一个儿子和雅努一般大。马娅相信她和阿什妮会成为朋友。

两个人很快就变得无话不谈，马娅把幼儿园的大部分日常工作都交给她打理。此外，阿什妮还帮助马娅留住教师，这在印度的学校里往往是个大难题。女教师常常在结婚后离职，因为丈夫或公公婆婆会施加压力，这些女孩当中有许多是家里第一个外出工作的人。经济学家和社会学家争论为什么更多的印度女性不加入劳动力大军或者中途退出，马娅认为她明白个中原因。尽管女性有了更好的就业机会，尽管更多的女性想要工作，但丈夫和公公婆婆的观点没有改变，他们需要女人来做家务、照顾孩子、给婆家人做饭。按照期望，女人仍然要做patrivratya，即全身心忠于丈夫的好妻子。

虽然明知道她们干不了多久，马娅还是聘用了这些女孩。她想给她们一个机会看看职场是什么样子的。当她们提出辞职时，她和阿什妮会竭力挽留，有时候管用，但大多数时候不管用。即使她们离开了，马娅也感到自豪，毕竟她给了她们几个月的工作机会和自由。

维尔手下的女性员工比马娅要少得多，他的工厂里只有为数不多的几个女性，其余的都是已婚男人。但是这些男人也有婚姻烦恼，就拿工厂经理来说吧，他总是要请假去岳父家接妻子，因为他妻子一和他吵架就回娘家。维尔工厂的底层员工几乎全是当地男人，他们也有自己的婚姻问题。维尔为自己能和他们相处融洽感到自豪。他把工厂建在一个部落地区，当时在孟买没人会这么做。人们警告说，adivasi（原住民）都有暴力倾向。但是维尔从未害怕他们，反而在排灯节的时候前来，给他们送礼物并提供就业机会。如今，十多年过去了，这些原住民学会了技能，获得了丰厚的报酬。尽管如此，工厂仍然有很多事情需要维尔操心。他常常操心降雨量，那关系到会有多少人生病，进而关系到人们会购买多少药品，以及包装药品需要多少铝箔。当铝箔的需求量很高时，维尔有时会一连一个多星期待在工厂不回家，也不告诉马娅他在哪儿。独自在家时，马娅常常变得焦虑，继而心烦意乱或生闷气。

〰️

从孩提时代起，马娅就常去参观寺庙。孟买的这个寺庙位于约胡（Juhu），是绿树成荫的海边郊区。

不久，苏巴尔开始和她一起参观这座寺庙，他们养成了每周五同去的习惯。苏巴尔自称是无神论者,马娅很高兴他愿意奉陪。

过了一段时间,苏巴尔跳槽去了郊区的一家金融公司,马娅家正好在他上班的路上。孟买有句粗俗的谚语说:搞女人要地点合适。因为这座城市的交通状况太糟糕了。她和苏巴尔没有发生过性关系,也没有谈起过。可是谁知道将来呢。

苏巴尔开始几乎天天顺道来马娅家。他会上来喝杯咖啡,或者只是打个招呼。有时,马娅给他做自己拿手的rajma chawal(黑扁豆咖喱饭),整个公寓都弥漫着浓郁的姜蒜味。苏巴尔常常坐在厨房的地上和雅努玩耍,用指关节轻弹他的耳朵逗他。马娅从不担心维尔突然回家撞见苏巴尔,因为维尔很少在晚饭前露面。有时他在工厂连续待上好多天,或者到非洲出差好几个星期。

维尔不在家的时候,马娅经常用tiffin(饭盒)打包饭菜给苏巴尔送去。起因是苏巴尔对马娅说,他的妻子一天只做一顿饭,其余几顿他和孩子们只有剩饭剩菜可吃。马娅大惊失色。她知道苏巴尔有多重视饮食。她心想,看看他的大肚子就知道了。马娅还认为,幸福的生活不能没有美食。她心想,我们为什么要赚钱?就是为了有东西吃、有地方住。

苏巴尔和妻子结婚已将近二十年,他对马娅说,他很长时间感觉不到快乐。有一次,他向马娅暗示他的妻子身边有一个在大学里认识的男人，但没有多说。连他的家人也知道他的婚姻陷入了困境，而且是早就知道了。苏巴尔说，他不在乎婚姻会不会破裂，或者是不是被人知道实情。

一天下午，苏巴尔路过马娅家时，马娅刚刚接到电话说雅努在学校生病了。她经常接到这种电话，和他的父亲一样，也和孟买的许多孩子一样，雅努有各种各样由污染引发的健康问题。

苏巴尔坐在客厅的沙发上，旁边就是筑起蜂巢的阳台。马娅坐在他对面的沙发上。她挂断电话后，苏巴尔说，他们应该做爱。马娅静静地看着他。

"老板，我得赶紧去接孩子。"她说。

"我有的是时间，我不在乎。"苏巴尔说。

《薄伽梵歌》(*Bhagavad Gita*)在通奸的问题上说得很明确：跟别的男人上床的妻子会毁了家庭。另一本古老的经文《毗湿奴往世书》(*Vishnu Purana*)说，通奸者会投生成为"蠕虫"，并且"死后坠入地狱"。古代印度教立法者摩奴对女性通奸格外蔑视："她们人尽可夫，喜怒无常，无情无义，因此对丈夫不忠，无论她们在今世受到多么小心的守护。"女性通奸的后果也更为严重：出轨的女人将"遭到男人唾弃"，下辈子"转世为豺狼"并"饱受疾病折磨"。在古老的经文中，男人有时会有多个伴侣，女人不忠则是丢人现眼的事。

马娅已经很久没有性生活了。

罗达就是一个不忠的女人。这一点在关于奎师那和罗达的故事中被淡化了，马娅以前没在意过，但它是真的。罗达遇见奎师那时已经结婚，当奎师那在亚穆纳河边脱掉她的衣服时，她仍然是有夫之妇。当然，奎师那也是个花花公子。他抢走了所有挤奶女工的衣服，这也正是罗达的痛苦根源。但奎师那是神祇，想做什么就可以做什么。罗达只是一个普通女人，她的不忠是无可否认的。也许，当你的爱人是神的时候，这就无所谓了。

根据神话，罗达嫁给了一个又黑又蠢的男人，他叫阿比曼尤（Abhimanyu）。他显然配不上美丽聪慧的罗达，也没有认识到她伟大的天赋。

诗人贾亚德瓦描写了罗达和奎师那相会之前的那一刻："夜深了，奎师那满怀激情……不必再等了，天真无邪的女孩，幽会就在此刻。"

他的措辞暗示有什么东西遭到了玷污：罗达的"胸部被他的指甲划伤，留下一道道猩红色伤痕"；"她的眼睛因睡眠不足而布满血丝"；她的口红"被弄花了"，鲜花"从她凌乱的头发上掉落"，就连她的裙子也"从金色的束腰绳上滑落了"。

几个世纪以后，奎师那和罗达的恋情已经成为隐喻。现在，虔诚的人们说他俩的激情象征着人类渴望与上帝取得联系。他们说阿比曼尤根本就不存在。

也许吧。又或者，也许罗达确有不忠行为。

~~~

维尔注意到，马娅现在每天都见苏巴尔，或者提到苏巴尔。帕拉薇也注意到了，但帕拉薇是一个忠心耿耿的女用，马娅知道她不会惹是生非。孟买的许多女用都藏有秘密。而且，维尔也没阻止马娅和苏巴尔见面。他有时会用扭曲的逻辑来理顺他和马娅之间的事情，他心想，事情很简单，如果她想按自己的方式生活，那也无妨，这是她的选择，有何不可呢？

自从马娅向他提出离婚，维尔对婚姻的看法更加冷峻了。他怀疑这在现代未必是一个可行的制度。也许，没有婚姻照样能实现人生的四个目标，因为婚姻只会给生活和友谊增添复杂性。他认为，如果你已经结婚了，并且维持着婚姻，夫妻就应尽量维护友谊不受损害。他们不应该过多地翻旧账，他们应该允许彼此保持独立，并且着眼于当下。所以，关于苏巴尔，他什么也没说。

关于不忠，他在不同的时候有不同的感受，至少是给出了不同的表述。有时，他说夫妻生活幸福快乐更重要，丈夫不知道有外遇也就不心烦。"追逐水草更为丰美的牧场是人之常情。"他说。如果某一方有了外遇,那么这件事就应该在适当的时候、在双方都愿意去解决的时候提出来。一些古书,包括《摩诃婆罗多》,它教导说,生活是复杂的。《摩诃婆罗多》还说,你的 dharma(法)并不总是很容易找到,有时应该改变或打破规则。

但还有一部史诗《罗摩衍那》,它的教导正相反,它说应该永远遵守规则、坚持你的 dharma(法)。在《罗摩衍那》里面,态度更为黑白分明。如果夫妻某一方想和别人上床,那他们或许还是先离婚为好。维尔心想,不能此处求安全而彼处求开心,不应以破坏家庭为代价。

有时候,他在这个问题上变得比较豁达。"时间只应改变我们对事物的选择。"他说,声音悲伤疲惫,"不应改变我们周围的人。"

五月八日是马娅和苏巴尔终生难忘的日子,"大爆炸"就发生在那天。孟买的五月以炎热著称,那天闷热难耐。他们又去了阿克萨的度假酒店。酒店里很安静,只有海浪拍岸的声音。

所谓"大爆炸"是说,在积攒了太多的张力之后,他们之间的感情爆发了。终于,一切都公开了。对他们来说公开了,但不能让别人看见。

之后,马娅去学校接雅努,把他带回度假酒店,来到酒店游泳池旁边的一个小花园。马娅久久地看着雅努玩旋转木马。她望一眼外面的大海,又望一眼苏巴尔。苏巴尔站在远处看着她,凝视了她很长时间。他感到开心,同时也有一丝忐忑,因为他认为自己不配拥有马娅。而且,这件事似乎不可能有好的结局。但马娅的内心只有安宁,她想尽可能长时间地抓住此刻,抓住它带给自己的平静。

和维尔一样,苏巴尔也经常出差,往往是去北部的斋浦尔和印多尔以及南部的班加罗尔和果阿。"大爆炸"以后,无论他去哪儿,马娅都给他送花。

她一贯感情外露,对所有朋友都是这样,无论男女。她喜欢 bhakti(虔诚派)有关忠贞的诗歌和老故事。和苏巴尔在一起,她感觉到有强烈的意愿尽情展示自己的爱,就像当年对维尔一样。

马娅考察了当地所有的商家,确保找到每个城市里最新鲜的鲜花。后来,她还开始送甜点。在果阿,她送的是巧克力 bebinka(牛奶布丁),上面涂有黄油和糖霜。在布什格尔(Pushkar),她送的是当地的 kaju barfi(甜腰果)。苏巴尔每到一个地方,她都安排好了花束在酒店房间里等着他。无论在哪个地方,苏巴尔都会给她发一张自己和礼物愉快的合影。

有时候，马娅还送礼物到他的工作场所。他的会计团队已经习惯了礼物的到来。他们刚坐下来开董事会，当地的快递员就送来令人眼花缭乱的花束。在斋浦尔举行有一百多人参加的年会时，马娅送来一个重达十六公斤的三层大蛋糕，花掉了一万四千卢比。每当收到这些快递，苏巴尔感觉自己不是一个中层经理，而是一个首席执行官。但随着时间流逝，就连她的奢华之举也开始让人觉得是例行公事，他不再每次都给马娅发照片。

苏巴尔有时给马娅送花——在她生日那天，或者在幼儿园有积极进展的时候。马娅的幼儿园吸引了越来越多的孩子。苏巴尔也给马娅送书，有英语的、印地语的，也有地方语言的，其中有几本是马娅以前就知道的。马娅送给苏巴尔一本纪伯伦的《先知》，这是她最喜欢的书之一，她在内页写道："送给苏巴尔……这本书包含了全部人生真谛。"纪伯伦说，朋友是一个人的全部需求得到的满足，"是你的餐桌，你的壁炉"。他说，你会在朋友身上找到安宁。

大约在这段时间，马娅将她在脸书网站上的姓氏从维尔的姓氏改回了娘家姓氏。大家问起来，她说那是因为她更喜欢原来的姓氏。维尔什么也没说。

不久，苏巴尔和马娅开始一起外出。苏巴尔不信教，但他知道宗教对马娅很重要，马娅说服他陪自己去阿姆利则，她每年都去那儿。阿姆利则的金庙是锡克人的主要礼拜场所,锡克人是一个信奉一神论的小民族;但它对马娅也有着特殊的意义,马娅相信自己在前世是去过金庙的锡克教信徒。

这次和苏巴尔一起去的时候,金庙唤起了马娅童年时遭受性骚扰的记忆。马娅知道许多印度儿童都有这种遭遇,她认为最好将这些记忆抛诸脑后。这个办法之前基本奏效了,她已经很多年没有想起那些事。但现在,她担心这些事情影响了她和男人的关系。也许这些记忆能解释她为什么总是太依恋或是需要男人。也许这就是她比一般印度女人的性欲更为旺盛的原因。也许这就是她对维尔不满的根源所在。也许这解释了为什么当男人以一种卑鄙的方式接近她而她并不喜欢时,她有时会迎合。

在她看来,这种联系与 hisaab(计算)概念有关,每个人都有一笔账要 hisaab(计算)。她对待男人的态度可能证明她有一笔不得不偿还的欠债。也许,和苏巴尔在一起也是在还债。所有的账都会结清,不是现在就是以后。当她看着自己在圣池中的倒影时,她觉得自己应该感到某种恐惧。但是,有苏巴尔站在身后,她能感觉到的只有光明。

几个月后,苏巴尔又换了工作,他上班不再路过马娅家。到了新的工作岗位以后,苏巴尔得知公司存在财务问题。好几个月过去了,他一直没有领到工资。他为日常开支发愁,于是和马娅讨论了这些难题,马娅开始借钱给他,甚至不惜为此卖掉了一些黄金首饰。

不久,苏巴尔来访的次数减少了。他的电话和短信变得时有时无。马娅注意到他从来不在星期日给她发信息,他说这一天是"家庭日"。她开始因为苏巴尔的妻子和他争吵,指责他给其他女孩发短信。苏巴尔坚称自己没有,恳求她坚持住。他说他需要理顺自己的生活,然后生活就可以回到以前的样子。他告诉马娅要记住"大爆炸"。

某次与苏巴尔吵架后,马娅一时兴起来到附近的商场,那里有一家文身店。她要求文一个高音谱号,说她喜欢音乐。第一滴墨水渗入时,苏巴尔给她打来电话。

"你在哪儿?"他问。

"我在给自己买生日礼物。"她说,并把店铺地址告诉了他。苏巴尔赶来时,一个反向 S 的轮廓已经印在了她的胳膊上。

"你在干什么?"他问,并凑近看了看,"哦,天哪,你疯了!"他说,马娅知道他是在恭维。

她是疯了,她不在乎。

大约在这期间,苏巴尔还把马娅介绍给了他的父亲。后来,他心想:你终于认识了一个跟你一样疯狂的人。

文身并不像马娅想象中那么疼。

过了不久,马娅的堂兄阿迪特和妻子奈莎举行结婚十周年聚会,他俩是相亲结婚的。阿迪特和奈莎最近发了大财,所以这个庆典势必极尽奢华。

马娅还穿着衬裙,她抬头看了一眼时钟,维尔一如往常地又迟到。她裹上一件青绿色和橙色的刺绣纱丽,选择了一对金色耳环,在额头上贴了一个深红色的bindi(吉祥痣)。她自拍了一张神采飞扬的照片发给苏巴尔。当她为雅努拿出一套小小的黑色西装和白色衬衫时,维尔终于赶回家。他哼着歌冲进家门,张开双臂摆出横扫一切的姿态,以博马娅一笑。

"你要迟到了,"马娅斜了他一眼说,同时给雅努套上T恤,"快点。"

维尔钻进他的房间,再出来时换上了白色燕尾服和黑色衬衫,和雅努的衣服颜色搭配正好相反。他的发型也打理得和雅努一模一样。

"看我们俩帅不帅?"维尔问马娅,他和儿子一起摆了个造型:维尔模仿雅努,雅努模仿在电影里看到的人物。

"我们俩酷毙了!"雅努说着扭了扭小屁股。马娅笑了,拿起手机拍了一张特写。

"你们两个快一点,该出发了。"

他们赶上了最后一批到达聚会地点的客人。入口处竖立着阿迪特和奈莎的巨幅照片,真人阿迪特和奈莎站在照片旁边显得越发小巧，他们身着华丽的印度服饰。房间布置以紫色和金色为主色调，还搭建了一个舞台供演讲和跳舞之用。女人们穿着厚重的纱丽围坐，七嘴八舌地讨论："嫂子变化真大！""她身上那套华服看起来真美！"奈莎笑意盈盈地迎接客人，手腕上戴着一块硕大的劳力士表。

几分钟后，大厅里的灯光熄灭了，幻灯片开始放映。首先是阿迪特和奈莎在度假时拍的不同姿势的照片，身边是他们的儿子，圆脸蛋红扑扑的。然后放映的幻灯片是花哨草书文字，包括用英文书写的各种陈词滥调，比如阿迪特在一张幻灯片上写着："在我眼里，你比钻石更珍贵。"奈莎在另一张上写着："人们都说第一年对一个妻子来说最为艰难，而你把它变得轻而易举。"

灯光再度亮起，阿迪特走上台。他身穿闪亮的 sherwani（高领长外套），看着台下开始了演讲："父母让我去见她的时候，我告诉她，'我也许会留在孟买，也许会离开，还不确定'。我问她'你是怎么想的？'她说，'我们就一步一步来吧，就这么办'。"阿迪特望向妻子，奈莎正双手交叉坐在舞台边上。"这些话充满了智慧，真希望我能像她一样，"他说完停下来深吸了一口气，"这本是一桩相亲婚姻，但现在是因为爱情而结合。"

房间里爆发出热烈的掌声，马娅和维尔出于礼貌也跟着鼓掌。阿迪特咧开嘴笑了笑，伸手牵着奈莎和他一起上台。

马娅曾经对阿迪特和奈莎这样的相亲婚姻持怀疑态度，她对这种做法的观点和西方世界很相似：过时，缺乏浪漫，简直不可理喻。她向来认为，狂热的、无拘无束的爱情应该是第一位的。但现在她开始觉得自己错了。也许，婚姻的关键在于两个人是否合得来，由最了解你的人出面安排相亲同样有可能找到合适的对象。在马娅看来，任何婚姻都是一种安排，或者成为一种安排。在这个房间里，在一起生活了十年以后，阿迪特和奈莎似乎相爱了。

马娅和维尔的十周年结婚纪念日再过两年就到了，她觉得他们未必会庆祝。至少不会像这样庆祝。她不知道苏巴尔和妻子怎么庆祝结婚纪念日，她不想问。

~~~~

几天后，马娅站在镜子前面拿不定主意。她把身体重心从一只脚换到另一只脚，把一缕散落的头发别到耳朵后面。她穿上一件连衣裙，觉得它显胖。她换上另一件：灰色的，西式，比较保守。她穿上青绿色塑料鞋，以防下雨。

他们到达餐馆比苏巴尔要早，他现在的工作地点离这儿有一个多小时的路程。

"你能不能打个电话给他,他不会找不到这儿吧?"马娅问维尔,然后自己去了洗手间。"好吧。"维尔简洁地回答。

苏巴尔到了,一见到马娅和维尔就笑了笑。他松了松将军肚上的皮带坐下来,这时 DJ 播放了一首印度混音版欧洲电子舞曲。苏巴尔捏了捏雅努的脸蛋,雅努不理他;最近苏巴尔到家里来的时候对雅努有点不耐烦,雅努生气了。雅努摆弄着桌饰,从一个盘子里拿出橄榄放进他的水杯里。他们身后的电视机在直播世界杯比赛,印度没有取得参赛资格。

寒暄过后,维尔讲起最近的一次商务会谈。"我非杀了那个王八蛋不可,他老想压价。"他对苏巴尔说。

"现在,还是以后?"苏巴尔问,像是故意作对。维尔没有回答。

服务员过来了,马娅和苏巴尔点了鸡肉,维尔点了 palak paneer(菠菜乳酪)。饮料也倒上了:马娅和苏巴尔喝"老和尚"朗姆酒,维尔喝"尊尼获加"威士忌。雅努给自己调了一杯水、花生和薄荷叶混合饮料,对桌上的其他人视若无睹。马娅担心雅努会当着父亲的面要吃鸡肉,但雅努知道什么该说什么不该说。

"味道不错。"维尔抬头看着苏巴尔说。苏巴尔正在嚼一块带脆骨的鸡肉,他点了点头,说:"不过马娅做的 rajma chawal(黑扁豆咖喱饭)更好吃。"马娅咯咯地笑了,灌下一大口酒。维尔低头看着面前的盘子。

吃完饭，大人们出去抽烟，雅努在桌子旁边睡着了。那个月孟买的天气特别热，他们都大汗淋漓。维尔递给马娅一支烟，她的目光变得呆滞，言语含混不清。他们谈起了婚姻，别人的婚姻。马娅大声说："你们俩怎么想？婚姻是不是扯淡？"

维尔狠狠地吸了一口烟，苏巴尔则长出一口气。"在一定程度上是，"苏巴尔说，"但我认为上了年纪以后人们会对这件事做出更好的决定，因为人成长了，更有经验了。"

"但情感是始终不变的。"马娅说着转向维尔。维尔猛地抽烟，扫了一眼窗户里面，看见雅努蜷缩在椅子上。气氛似乎一触即发，但他们很快把话题转到了世界杯上面。

回到餐馆，苏巴尔去付账，维尔弯腰抱起雅努。外面夜色已浓，马娅在前面，她走向苏巴尔的车而不是丈夫的车。"家里见。"她扭过头对维尔说。

苏巴尔和马娅先到了家，她坐在副驾驶座位上等候。维尔停好车，过来敲了敲车窗，说："该进去了。"雅努趴在他的肩上。维尔在一旁等候，马娅向苏巴尔告别，慢吞吞地从车里地上捡起她的手包。夜深了，小区里面静悄悄的，车门关上的声音显得格外响亮。马娅一言不发地跟着丈夫和儿子没入黑暗之中。

心中有火

———— * ————

沙赫扎德和萨比娜

1999 年—2013 年

女人内心的一切在她结婚之日起就消亡了，

无论白天还是黑夜，

我们必须牺牲自己的愿望和感情。

> "安拉不使人负担他力所不及的担负。"
>
> ——《古兰经》,2:286

正值冬季,天寒地冻,冷风刺骨,沙赫扎德想放弃冷藏生意。附近还没有商场,也没有网购,只有露天集市,所以他的生意很好,问题是他常常在工作中感到既疲惫又虚弱。几年前有个顾客曾对沙赫扎德说,每天挨着冰柜工作会让他生病。如今,这个人的预言似乎成真了。沙赫扎德每次下班都会感到头晕,尽管他还年轻,还不到四十岁。他都快四十岁了,却还没有孩子。他注意到自己在回家时的疲惫感与日俱增。

但是沙赫扎德不想离开市场,至少不想离开一个人:戴安娜,当地的一个天主教徒,是他店里的一位顾客,性格热情开朗。戴安娜有一半尼日利亚血统、一半果阿血统,胖嘟嘟的脸,迷人的红唇,蓬松的卷发。她穿着紧身却昂贵的服装,在闹市区一家高档广告公司工作。市场里的人都叫她"马杜丽",因为她笑起来的样子特别像女演员马杜丽·迪克西特。戴安娜经常向沙赫扎德买鸡肉。

和集市里的许多男人一样,沙赫扎德觉得她魅力四射。但是戴安娜对他来说还别有意味,不仅仅是一个让人想入非非的漂亮女人。沙赫扎德已经开始把她视为自己的幸运女神。每当戴安娜在身边,连市场似乎都不那么破旧了,鸡肉似乎从货架上飞了下来,这一天一点儿也不平凡乏味。

渐渐地,戴安娜会在节假日带蛋糕到他的店里,他则在每个开斋节送她一包羊肉。她喜欢蘑菇和豆腐,所以除了鸡肉以外他也开始卖这些东西。他当着她的面叫她"马杜丽",说她和演员马杜丽一样一笑值千金。过了一段时间,戴安娜开始打沙赫扎德的工作电话聊天或者倾诉她和丈夫之间的问题。

沙赫扎德知道她已婚,但一直想当然地以为她没有孩子,直到有一天她带来一个像她一样长着卷发的胖小子。

不久,她向沙赫扎德坦言,十四岁的儿子也很让她头疼。他足球踢得很好,但学习不行,恐怕很难通过中学毕业考试。她说,儿子的父亲是个酒鬼,根本帮不上忙。沙赫扎德表示理解,因为他的朋友说基督徒都是这样的:晚上要喝点酒才睡得着觉。沙赫扎德滴酒不沾,饮酒禁忌。因此,他觉得自己的头脑更为清醒,而且觉得自己能帮上忙。

在沙赫扎德的记忆中,事情的经过是这样:戴安娜给了他一笔钱,他贿赂了戴安娜儿子学校的一名负责人。在那之后,她的儿子通过了毕业考试,戴安娜给了沙赫扎德一个千金难买的微笑。

然而戴安娜又有了新的苦恼。她的儿子虽然通过了毕业考试,却没考上孟买最古老、最优秀的大学之一埃尔芬斯通学院。沙赫扎德很快就想出了一个办法,利用"立法会议(MLA)配额",某些学校给立法会议的议员预留名额,议员可以把自己的名额让给随便什么人。沙赫扎德觉得一定能找到一个议员愿意把自己的名额让给出钱的人。打了几通电话之后,他找到了这样一个议员,戴安娜的儿子在最后时刻被录取了。她上气不接下气地跑到沙赫扎德的店里,对他说:"沙赫扎德,你做了我丈夫做不到的事情。"

接下来的一句话沙赫扎德一辈子都不会忘记。"要是你出了什么事,沙赫扎德,我也会活不下去的。"戴安娜说。沙赫扎德从未感到如此幸运。

就在那个季节,就好像她是某种护身符一样,一个意想不到的机会来临:一个婴儿呱呱坠地。

沙赫扎德有个一起共事的表弟,他的妻子在分娩时不幸去世。她回老家生孩子,乡村医生实施剖宫产出了岔子。母亲死了,但婴儿活了下来。

沙赫扎德的大家庭对他的表弟群起而攻之,就像在沙赫扎德的叔叔死后对待沙赫扎德一样。"你怎么能把她送回老家呢?那儿的医生不行的。"他们说。一个更为紧迫的问题摆在他们面前:"谁来照顾新生儿?"

"我来照顾吧。"沙赫扎德说。

他已经请求了萨比娜同意,说《古兰经》的警诫不适用,因为这个男孩跟他有血缘关系。就连沙赫扎德的父亲也无话可说。

"Bas, bas(够了,够了),我们就领养他吧。"萨比娜最终同意，既是经不住沙赫扎德的软磨硬泡，也是担心孩子的未来。毕竟，这是一个刚出生的宝宝。

沙赫扎德和萨比娜一起去见了他的表弟，并看了看孩子。他们都认为孩子无可挑剔。他们坐在婴儿身边的时候，表弟的父亲问起沙赫扎德的生意情况。但是沙赫扎德的回答未能令人满意。老人家看不上沙赫扎德在银行里只有那么一点存款，因为沙赫扎德求医问药花的钱太多了。而且沙赫扎德打算不久后放弃冷藏生意，这也让老人家感到不安。

接下来四十个日日夜夜，沙赫扎德和萨比娜没有得到关于这个婴儿的答复。这段时间是哀悼期，尚无法做出决定。但是沙赫扎德认定这个孩子会是他们的，因为丧妻的男人从来不会自己抚养孩子。沙赫扎德心想，很快我就要做父亲了。这个念头挥之不去。

但后来情况变了。全家人商定让已故妻子的妹妹嫁给沙赫扎德的表弟，在他的社群里，这是已婚妇女早逝时的常见做法。新结合的夫妻将共同抚养孩子，他们不需要沙赫扎德和萨比娜帮忙。

戴安娜终究不是什么幸运女神。

沮丧的沙赫扎德跪在祈祷垫子上向真主安拉诉说，他祈祷说：人人都有孩子，为什么我没有？赐我一个孩子吧，一个就够了，我会万分感激的。我的兄弟们都有孩子，只有我孤零零的。求求您。

在接下来的几个星期里，沙赫扎德急不可耐地想见到戴安娜，可她再也不来店里了。他需要戴安娜的能量来抵消他失去领养机会之痛。他强迫自己听萨比娜的话，萨比娜再一次强调不必非要个孩子不可。"每个人的命运都是天定的。"她对沙赫扎德说，他们的印度教徒邻居有时也会宣扬这样的宿命论。《古兰经》第五十七章第二十二节是这样说的："大地上所有的灾难，和你们自己所遭的祸患，在我创造那些祸患之前，无不记录在天经中。"

这并没有让沙赫扎德的心里好受一点，他希望世界上的什么事情都有改变的余地，希望悲剧事件都可化解。他知道，在崭新的孟买，男人可以创造自己的命运，家庭不必支配人的生活。他的父亲已经难得开口说话，却依然用他的沉默不语主宰着沙赫扎德的命运，这让沙赫扎德非常恼火。

为了自我安慰，沙赫扎德想到了迪利普·库马尔，这个演员以悲剧角色闻名，饰演了《莫卧儿大帝》中的皇子。库马尔在现实生活中没有孩子，沙赫扎德不明白这位最具男子气概的演员是不是也像他一样有精子数量不足的问题。沙赫扎德最终断定，不对，那一定是他的主动选择。库马尔选择了一颗破碎的心，因为他爱上搭档玛杜巴拉，而玛杜巴拉的父亲像《莫卧儿大帝》里的皇帝一样禁止两人相爱。电影上映的几年后，玛杜巴拉的父亲仍然不许她和库马尔在一起，她大病一场，三十六岁时因为心脏穿孔而香消玉殒。库马尔后来结了婚，但始终没有孩子。

沙赫扎德惊叹于现实生活和电影情节是多么相似,唯一的区别是他和萨比娜之间没有经历那么轰轰烈烈的恋爱。他不知道他们两个人是否曾经相爱过,甚至觉得自己根本不知道什么叫爱情。他对戴安娜的感情更为强烈,就像他在电影里见过的那种感情。关于他和萨比娜,他的脑海里不断浮现出一个词:shaadi barbadi,意思是"破裂的婚姻"。既然连个孩子都没有,他想不出除此之外还能有什么形容。

萨比娜并不认为他们的婚姻已破裂,但她早就明白,她活着须是为了他人,不是为了自己。沙赫扎德的母亲活着是为了照顾沙赫扎德的父亲,萨比娜活着是为了照顾沙赫扎德和他的母亲。萨比娜心想,女人内心的一切在她结婚之日起就消亡了,无论白天还是黑夜,我们必须牺牲自己的愿望和感情。

她还在心底认为,幸福有时可追,有时不可追。她把这个想法告诉了沙赫扎德,沙赫扎德感到羞愧难当,他低下头说:"我的家庭就是这样,我能怎样?"

萨比娜回忆起小时候的情景,感觉恍如昨日。她记得自己和父亲在一起总是充满欢笑,父女俩开心地玩耍、讲笑话。无忧无虑似乎不再是她性格的一部分,然而生活依旧要继续。

她还记得父亲在谈起克什米尔时所说的话:玛杜巴拉,不管你想去哪儿,结婚以后你都可以去。真是傻话。旅行是需要钱的,克什米尔只适合拍电影。况且沙赫扎德家非常保守,她很少走出家门。

一开始,人生和婚姻似乎是无拘无束,就像银光闪闪的海天分界线一样看不到尽头。她和沙赫扎德去旅行,花钱大手大脚,经常送对方东西表达心意。她心想,那时的生活是多么快乐美好啊!但现在海浪劈头盖脸地打过来了,婆婆的要求越来越多,沙赫扎德忙碌疲惫,然后是体检结果确定了他们的未来,而且可能已让她的丈夫抓狂。从那以后,他们很少互送东西表达心意了。

如果对婚姻中的每一个问题都追根溯源,那几乎总是能归结到沙赫扎德的父亲身上。她开始在背后管他叫"独裁者"。沙赫扎德的母亲年轻美丽,招人喜欢,却被"独裁者"的疯狂压垮,现在她试图压垮别人。沙赫扎德小时候被"独裁者"的恶言恶语折磨得伤痕累累,成年后则被他的沉默不语折磨。现在,他还碾压着萨比娜和沙赫扎德的婚姻。领养问题虽然牵扯到信仰,但实际上是被"独裁者"搅黄的,他一生坚守严苛的老派作风。一个人的行为能把人伤害到什么地步?

有时候,萨比娜巴不得"独裁者"赶紧死。

到了第二年冬天,沙赫扎德放弃了冷藏生意。他的两只手已经血液循环不畅,他的胳膊连从柜子里拎出来一只鸡都会发抖。他买了一个吹风机,每次取出鸡肉以后就往手上吹热风,特别是在天气寒冷的时候,但这作用不大。尽管如此,他并不想彻底离开拜古拉市场,因为那意味着要离开戴安娜。

于是沙赫扎德开始在市场里卖活鸡,父亲把集市中间一条狭窄封闭的过道出租给他。沙赫扎德很快意识到这个地方不适合养鸡,说不定他的父亲早就明白这一点。过道里不通风,鸡还没卖出去就死了,因为闷热又缺氧。

沙赫扎德决定在拜古拉市场自己找关系,附近许多穆斯林男子是建筑商,他很快就找到门路,进入了房地产行业。自从十年前经济开放以来,孟买的就业机会简直无穷无尽。它是世界上最大的城市之一,而且还在继续扩建,因为有越来越多的人迁入——每天数以千计。因此,房地产是一个蓬勃发展的行业。作为一名房地产中介,沙赫扎德还可以充分发挥他的特长,那就是用诚实和善良赢得信任。没有人不信任衣服不合身却一脸诚恳的中介。

尽管他和戴安娜仍经常在市场里打照面,她最近已经不和他说话了。在此之前,有一次沙赫扎德看到戴安娜的丈夫和另一个女人在一起,于是他径直跑到戴安娜上班的地方去告诉她。他冲进戴安娜的办公室,上气不接下气地转告她这个消息,毫不顾及她的秘书也在场。

后来，戴安娜责怪他："你干吗在我的办公室里当着别人的面说那些？"

此后，沙赫扎德一直在想办法补救。他知道戴安娜住的是一居室小公寓，尽管她收入可观，完全住得起更好的房子。他确信自己能为她找到一套更好的公寓，连小区他都想好了：在最北边的米拉路，位于一片有红树林的海滨郊区。经过他的再三劝说，戴安娜答应去看看。

沙赫扎德带戴安娜去米拉路看房的那天是他一生中最幸福的日子之一。那儿有一条宽阔的小溪，水草葱郁丰茂，海景一览无余。在郊区的海岸线上，红树林的根系延伸到水中。房子还在建设中，但据说会很大，戴安娜非常喜欢。他们深夜才回到市区，沙赫扎德心想，今天过得就像在郊外野餐一样愉快。

但野餐就此结束了。在沙赫扎德的记忆中，戴安娜付了钱请他预订这套公寓，大约一二十万卢比。接下来的那个月，建筑工程取消了。孟买的工程项目经常如此：今天还没问题，明天就取消了，原因各种各样：建筑倒塌，业内腐败，或者建筑商被发现违规。戴安娜大发雷霆。沙赫扎德百般安抚，说在孟买的海军造船厂附近还有一套不错的公寓，由同一家建筑商承建。他承诺，如果买同一家建筑商的房子，她一分钱都不会损失。但是戴安娜的丈夫不想住在那儿，他既然已经看过了房子，现在就一心只想搬到米拉路。而且，造船厂那边的房子更贵，这样一来戴安娜就不得不申请贷款,不然的话她预付的定金就要打水漂。

申请贷款的手续都办成以后,沙赫扎德按惯例打电话让戴安娜核对一下,但戴安娜不想理他。"你别再给我打电话了。"戴安娜说。"什么?"沙赫扎德问,他以为自己听错了。"沙赫扎德,你是房产中介,我会付给你百分之一的佣金,从此咱们两讫了。"

沙赫扎德大怒。通常的中介佣金是百分之二,他为戴安娜做了这么多,如今她不仅毫不领情,居然还想克扣佣金。他觉得自己好像被利用了。"你得付给我百分之二,这是行情。"他提高了声调说。

戴安娜最终还是给了他百分之一,之后再也不接他的电话。

戴安娜原来住的公寓就在拜古拉市场对面,她搬家那天是圣诞节前夕,沙赫扎德远远地看着她把大包小包搬到出租车上。沙赫扎德心烦意乱,完全没有心思工作。一位建筑业的朋友拍了拍他的背说:"有什么好担心的?女孩子多得是。"但是沙赫扎德不想要别的女孩,他只想要戴安娜,还有她那千金难买的微笑。

此后,沙赫扎德继续给她打电话,他一遍又一遍地拨打她的号码,已经将这个号码熟记于心。他开始在戴安娜工作之外设法接近她,到她常去的咖啡馆,或者她吃午饭的餐馆。戴安娜即使看见了他也总是不予理睬,也许因为他经常出现而越发感到不安。沙赫扎德知道自己是在尾随,但他情不自禁。他在电影里见过男人像这样追女人,而最后都是女人让步。"不行"的真正含义是"行"或者"继续努力吧"。沙赫扎德拨打了无数次电话之后,戴安娜终于接了,也许是对她一直不接电话的后果感到担忧。

"不管我们之间有什么误会,忘了它,我们做个普通朋友吧。"沙赫扎德急急忙忙地说。

"我不知道。"她说完就挂断电话。

戴安娜搬家后,沙赫扎德感觉自己的世界变得暗无天日。他明白过来,戴安娜利用了他来帮儿子升学并买到一套漂亮的公寓。

宰牛杀羊的宰牲节到了,这是沙赫扎德最喜欢的节日之一,却并没有让他振作起来。节日前后的几天里,沙赫扎德感觉很不舒服,工作和日常生活让他压力倍增。他没有安排任何会面,也没有带客户看房子。沙赫扎德的弟弟要他一起去祖父的老家给家族房产办一些手续,沙赫扎德勉强同意了。去那个村子要么坐船四十分钟,要么在交通拥堵的山路上奔波三个小时。以他当前的身体状况,他一想到坐船就头晕,所以叫了一辆出租车。车子行驶在山峦起伏的本韦尔(Panvel)附近的小路上，他感觉越发难受了。一开始，他以为这不过是车辆颠簸引起的恶心，或者是因为戴安娜而产生的抑郁。但在经过本韦尔时，沙赫扎德突然感到心一沉，总觉得有什么事情不对劲。这个感觉在他到了村子以后仍未缓解，他办完手续，烦躁地赶回家就上床睡觉了。

过了几个星期，沙赫扎德在火车站时手机响了。电话来自一位儿时的老朋友，当年曾和他一起在周日开车去焦伯蒂海滩。"快看头条新闻。"这个朋友说。

沙赫扎德跑到车站外面去买报纸。报纸头版头条的标题是：孟买一名空手道冠军死亡。

是阿提夫。

沙赫扎德流着泪回到家。阿提夫是他最要好的朋友，是他的铁杆兄弟，是比他更勇敢、更优秀的朋友。坦率地说，阿提夫是他唯一的至交好友。客户、建筑商、店主和戴安娜跟他成为朋友是因为他们有所求，阿提夫从未对沙赫扎德要求过什么，只有给予，未曾索取。

"这是天意，O。"萨比娜对他说。她想安慰沙赫扎德，却不明白阿提夫怎么会早逝，他还年轻，还不到四十岁。

第二天，沙赫扎德去看望阿提夫的父母。在沙赫扎德的记忆中，阿提夫的父母是这样描述事情经过的：阿提夫有一个侄女，和他一样是穆斯林，她爱上了一个信奉印度教的男孩。这对年轻人私奔了。阿提夫是在全家说了算的人，家里人请他想办法阻止这场婚姻，于是他去警察局求助。几个警察开着吉普车跟随他去追那个女孩，但是当他们到达男孩家时，女孩的额头上已经点了红色的 tika（吉祥痣），那是印度妇女已婚的标志。阿提夫打电话给他的妻子说："她已经结婚了，太晚了。"

沙赫扎德觉得奇怪的是，阿提夫竟然会同意帮忙阻止一场跨信仰的婚姻，这种婚姻在孟买这座城市越来越普遍，而且毕竟阿提夫本人就曾经和一个耆那教徒私奔。但是他的家人告诉沙赫扎德，那个男孩没受过教育，女孩尚未成年。在这种情况下，阿提夫肯定是觉得自己有责任干预。

太晚了。这是阿提夫的遗言。在那之后，警察把男孩押到其中一辆吉普车的副驾驶座位上带他回警察局，阿提夫和警员坐在后座。女孩被安排在另一辆吉普车上。据阿提夫的家人推测，男孩感到害怕，因为女孩还未成年，他有可能被判很多年的徒刑。车辆经过一棵树时，男孩扑向司机，抓住方向盘，把车子转向那棵树。他的本意大概是让车子停下，但是吉普车失去控制从山上滚落，掉进本韦尔城外的一个山隘。男孩身体仅一处骨折，阿提夫和警员身亡。

阿提夫的家人对沙赫扎德说，他们认为这是一个阴谋。为什么那个男孩坐在前排？谁会让罪犯坐前排而警员坐后排？这不合情理。

因为宰牲节，阿提夫之死很晚才见诸报端，家人在节日期间瞒住了消息。但是沙赫扎德现在回想起来才意识到，事故发生那天他正穿行在本韦尔的山间，当时他曾心里一沉。他想，他一定是莫名地感觉到了好朋友在附近奄奄一息。

家人告诉沙赫扎德，阿提夫跌入山隘时正在做祷告。沙赫扎德听了以后哭得更厉害了。他当然会在祷告，阿提夫一直都是比他更高尚的人。

~~~

发生了这件事情之后，每当家里闹矛盾或者跟萨比娜的娘家闹矛盾，沙赫扎德总是努力证明自己和阿提夫一样值得敬重。他希望成为一个在危机时刻能受邀站出来解决问题的人。

这样的时刻很快就出现了，萨比娜有个弟弟出了名的脾气暴躁，他娶了一个有情人的女孩，第一次做爱就出了点状况。不知道是萨比娜的弟弟对女方太粗暴，还是女方因为情人而不肯与他交欢，抑或是发生了其他什么事情。随后谣言四起，人们八卦说萨比娜的弟弟是同性恋，这在他们的社群里是个污点。他们悄悄嘀咕说，由于这个原因，他行不了房事。

沙赫扎德去找萨比娜的弟弟。"你到底破处了没有？"他问。萨比娜的弟弟说他破处了。沙赫扎德告诉社群里的其他人说，萨比娜的弟弟跟老婆同房了,他不是同性恋,然而谣言始终不散。沙赫扎德想了个主意,带他去生育诊所。医生检测了萨比娜弟弟的精子数量,数值很高。沙赫扎德不禁感到嫉妒,他心想,哇,这是主的旨意,让我看到了这样一份我长期以来一直希望自己能拥有的化验报告单。

"现在没人能说你的坏话了。"沙赫扎德对他说。他打电话向萨比娜报告了好消息。"他现在可以挺直腰板做人了。"他说。不出所料,社群里的人认可这份化验报告单证明了她弟弟不是同性恋,萨比娜也为丈夫感到骄傲。

但过了一个星期,女方要求离婚。这要由萨比娜的弟弟和社群来决定,因为穆斯林有他们自己关于结婚和离婚的习俗,这些习俗早在印巴分治以前就已形成。该国曾多次尝试制定统一的民法典,但都无果而终,每次政府都被指侵犯宗教自由。最后,是萨比娜的弟弟和他们所属的社群同意了两个人离婚,声称有极端情况作为理由。连先知也说过,女方受到指责,萨比娜的弟弟则被认为是无辜的离异男子。

离婚后,萨比娜的弟弟很快就又娶了老婆。他在社群中的地位仍然稳固,沙赫扎德为自己曾发挥作用来维护它感到自豪。但他也忍不住回想起医生给的化验报告单,心想,难怪他能这么快就再婚。有这么高的精子数量,男人无所不能。

婚后过了几个星期,萨比娜的弟弟和他温顺的新婚妻子到沙赫扎德和萨比娜的家里来吃饭。萨比娜在厨房里忙碌，她很少有机会在家里招待娘家人。不一会儿，沙赫扎德的父亲出现了。

"你们怎么来了？"他从房间的一角吼道，"谁叫你们来的？"

沙赫扎德的父亲站在那里怒目而视，萨比娜的弟弟和新婚妻子沉默不语。

"走开。"沙赫扎德对父亲说，也不知道哪儿来的勇气。"你疯了，"沙赫扎德继续说道，声音颤抖，但提高了嗓门，"你完全不懂人情世故。你进屋去吧。"

沙赫扎德的父亲一脸惊讶地走了，然而这顿饭吃得索然无味。沙赫扎德对萨比娜的弟弟说："很抱歉。"萨比娜的弟弟和新婚妻子起身告辞，他说："没关系，没关系，我知道你父亲的情况，萨比娜跟我讲过。"

这件事发生以后，萨比娜情绪低落了好几天。沙赫扎德打定主意以后多带她出门走走，后悔这些年很少这样做。他们又开始去焦伯蒂海滩，但不再骑小摩托车，因为这些年来沙赫扎德的驾驶水平毫无长进。他们搭出租车前往，把车窗放下来，这样就能感受新鲜空气。

焦伯蒂的海水脏了，节日过后留下一片狼藉，也无人看管清理。垃圾汇集在阿拉伯海与沙滩相接处，海水已经不适合游泳。尽管如此，许多情侣驱车前来焦伯蒂，因为在孟买的热浪中受煎熬一天以后来吹吹海风非常凉爽。随着夜幕降临，城市景色也美不胜收。到了这个时候，滨海大道的灯光开始像珍珠般闪亮，海市蜃楼般的景象给这条路带来一个绰号——"女王的项链"。

一天晚上，沙赫扎德和萨比娜坐在海滩边看人来人往，思考着他们一起度过的人生。这是一段艰难的岁月，但沙赫扎德觉得日子也许会越来越好。他心想，像这样消磨时光可真好呀！

萨比娜也感到心满意足。她一向喜欢焦伯蒂，现在，微风拂过她的皮肤，长围巾随风飞舞，她感到心静如水。他们无须言语，面朝大海静静地坐着就足够了。

那天晚上，海滩上大多是十几岁的小情侣，他们看上去无忧无虑，站在沙子里吃着 falooda（糖浆玉米粉条）、kulfi（印度牛奶雪糕）和奶油 ice-gola（碎冰棒棒糖），融化的雪糕和糖水顺着胳膊往下流。海滩上还有几十个孩子玩耍，要么围在气球等玩具的摊位边，要么挖沙坑。有的孩子在乘坐微型摩天轮时兴奋地尖叫，有的央求父母买 ice-gola（碎冰棒棒糖）或者允许他们到浑浊的海水中游泳。

看着这些孩子，沙赫扎德感觉内心涌起一股异乎寻常的焦虑。他不敢看他们，不敢听他们的欢笑和尖叫。

"我们走吧,"沙赫扎德对萨比娜说,"快点。"

在那之后,他们很长时间没有再去焦伯蒂海滩。

~~~

沙赫扎德又开始去看医生,他们都给出了和之前一样的化验报告——精子数量低,没别的问题。但有一名女医生例外,她提出了不同的看法。"你的身体没任何毛病,"她说,"也许是你的大脑有什么问题。"

这位女医生建议沙赫扎德去看精神科医生。尽管自杀仍然是一种犯罪行为,保密规定也不完善,但精神病在这座城市已经变得不那么忌讳。政府已经开始提醒说,成百上千万的印度人需要心理咨询却得不到帮助。沙赫扎德决定去看精神科医生,但没告诉家人以外的任何人。医生是一个留着胡子的英俊瘦削的男人,也是穆斯林,他温和地问沙赫扎德有什么心事。

"我怎么能忘得了她?"沙赫扎德脱口而出。

他指的是戴安娜。他本不想说出她的名字,但后来还是对医生和盘托出,一直讲到他们的友谊如何破裂。

他还向医生倾诉了膝下无子的痛苦,谈到他在邻居面前感到的羞愧,以及不能给萨比娜一个孩子的心理压力,这种压力有时候简直让人难以承受。他还回顾了更久远的往事,关于叔叔的早逝，关于两个人的争吵，以及周围所有人对沙赫扎德的责怪。"你要是这样想，那就会一直耿耿于怀。事实上，我们都终有一天会进天国。"医生说。

沙赫扎德把洗手的事也告诉了医生，说他有洗手强迫症，往往是在饭前或饭后。他说，他至今仍然觉得指甲缝里有他叔叔墓穴里的泥土。萨比娜已经开始抱怨，因为即便家里干干净净，沙赫扎德也会要她不断地擦洗。等沙赫扎德讲完，医生给他开了一种治疗抑郁症、焦虑症和强迫症的多功能药物。"它会让你的心情平静下来，"医生说，"暂时就这样，过些日子再来，下回减量。"

沙赫扎德服药几个月以后，萨比娜注意到了他的变化。他似乎不那么焦虑了，睡眠比以前安稳了，洗手的频率也降低了。相比之前，他甚至经常地讲一些傻乎乎的笑话，比如：丈夫问：你知道妻子（wife）是什么意思吗？意思是"每次都无厘头地吵架！"妻子说：不，亲爱的，它的意思是"永远和白痴在一起！"[1]讲完笑话，他会富有感染力地哈哈大笑，直到萨比娜也笑起来。她感觉沙赫扎德还变得更加自信了，因为在努力了多年以后，他的房地产生意终于蒸蒸日上。

---

[1] "每次无厘头地吵架（without information fighting every time）"和"永远和白痴在一起（with idiot forever）"的缩写都是 WIFE。

沙赫扎德主要为当地穆斯林家庭介绍公寓，但由于是在市中心工作，他也接触了几十个 firangi（外国人），他们来自英国、法国、美国和世界各地。随着印度经济不断增长，侨民开始大量涌入。沙赫扎德和他们当中的许多人成为朋友，以近乎下流的笑话、花哨的着装风格和古怪的英语口音吸引了他们的注意。他和 firangi（外国人）待在一起的时间越来越长，萨比娜对家里人开玩笑说："他现在是英国人了。"但是沙赫扎德从学生时代就对外国人着迷，那时他已经学习了法语，刚开始学英语。萨比娜的英语则学得没那么轻松。

作为一名房地产中介，沙赫扎德干得并不是很好。他带人看房子时总迟到，还经常找不到钥匙。他带客户看的公寓总是不符合他们的预期。但他比业内其他人更为诚实，跟在其他事情上一样，这一点救了他。

沙赫扎德觉得带人看房子的工作让他见识了整个世界。他的客户当中有富裕的女人和贫穷的男人，有印度教徒、穆斯林和天主教徒。有一天，他帮一个已经变性为女人的男人找到了合适的房子。沙赫扎德对 hijra（变性者或跨性别者）很熟悉，在孟买街头很常见。据他所知，这些男人并不是真正的男人，喜欢模仿女人。如果他们帮了忙而你却不肯给钱，他们就会诅咒你。但是请他介绍房子的那个变性男人与众不同，还嫁了一个男人。他向沙赫扎德表明的需求非常具体：光线要暗，要有足够的私密性。他告诉沙赫扎德,他小时候在孟买受人戏弄,到美国去做了变性手术,现在回来照顾母亲。他在宝莱坞当化妆师,跨性别者在那儿比较容易被人接受,但除此之外很少公开露面。他不想让邻居们盯着她看。沙赫扎德记住了他的要求,尽自己所能为他找到了最私密的房子。

不久,沙赫扎德把经纪业务拓展到旅游行业,提供安排印度自由行或孟买旅游的服务。他让外国人到他的办公室见面,地点是市中心戈拉巴(Colaba)旅游区一家便利店的二楼。他安排的游览往往从参观塔拉维(Dharavi)的贫民窟开始,那里曾经是亚洲最大的贫民窟,现在仍是印度最大的贫民窟,他家在那儿有房产。在贫民窟,老外们面对生活贫穷却头脑敏锐的人会感到既怜悯又敬畏,他们会用相机拍摄精瘦结实的小伙子在缝纫机上劳作或驼背的老人在制革厂处理皮革。得知这些货物最终都会销往西方,他们无不惊讶万分。之后,沙赫扎德带他们去千人洗衣场,他们又会惊叹于那一眼望不到头的一排排洗衣池,还有连穷人也穿着熨烫平整的衣服。接下来,为了活跃气氛,沙赫扎德把他们带到宝莱坞的摄影棚,这多亏了那个跨性别化妆师帮忙。在摄影棚里,老外们嘲笑舞蹈曲目"俗气",并将它们与以歌舞为主的好莱坞老电影相提并论。最后,沙赫扎德带他们夜游滨海大道和焦伯蒂海滩,观赏熠熠生辉的"女王的项链"。通常,他们在这一整天的时间里都乘坐一辆空调车来来往往，这辆车能把炎热、恶臭和贫穷隔绝在外，但一天的租金高达四千卢比。外国人的生活方式让沙赫扎德大开眼界。

然而在2008年，孟买发生恐怖袭击，外国人都不来了。沙赫扎德在电视上听一名新闻播音员说，孟买好几个地方有人携枪肇事。

游客们前往喝啤酒的利奥波德咖啡馆（Leopold Café）是最先遭受袭击的地方之一，咖啡馆里有八人遇害。此外，两枚炸弹在郊区的出租车上爆炸；在市中心，年轻男子挥舞着AK-47步枪到孟买著名的维多利亚火车站滥杀无辜，那儿距离沙赫扎德和萨比娜的家不远。这些人在开阔的候车厅里胡乱扫射，旅客们尖叫着四散奔逃，很多人摔倒。在一个犹太人中心，持枪歹徒劫持了人质。他们试图闯进一家妇幼医院，但护士们关了灯，锁上门，让他们无从下手。持枪歹徒还袭击了泰姬陵酒店。

富丽堂皇的泰姬陵酒店位于阿拉伯海的岸边，对面就是印度门（Gateway Of India）。有人说它就像一个婚礼蛋糕，有七层哥特式窗户，带窗突出部分是棕褐和奶油两色的。该酒店雇用了约一千六百名员工，拥有五百六十五间卧室和十一家餐厅。它是达官显贵和富有的firangi（外国人）下榻的地方，但宽敞的大堂对所有人开放，沙赫扎德有时就会进去坐坐。

恐怖袭击在印度并不鲜见，但这次有所不同，规模更大，破坏性更强。持枪的歹徒在离泰姬陵酒店不远的一个渔村乘坐橡皮艇进入孟买，让人觉得袭击这座城市轻而易举，简直是小菜一碟。他们把矛头指向外国人喜欢光顾的地方。袭击发生在美国的感恩节期间，美国人连续三天惊恐地在电视上看到孟买受困。不管男女老幼、贫富贵贱，恐怖分子都杀无赦。等到枪击和爆炸停止，持枪歹徒或落网或丧生，新闻播音员宣布有一百六十四人死亡。绝大多数是印度人，但其中有二十多名外国人，包括六名美国人。

此次袭击过后，外国人对孟买敬而远之。没有人再想来孟买这座恐怖之城，没有人想去参观贫民窟或者在宝莱坞演一天小角色。沙赫扎德的房产中介和导游业务受到了影响，但他相信游客还会回来。他与留在孟买的外国客户保持着联系，尽管他们当中有些人表示要离开。他们认为，像这样有组织的袭击肯定不会只有一次。

印度指责巴基斯坦是袭击事件的幕后黑手，但巴基斯坦否认。就在同一年，巴基斯坦发生了四十起恐怖事件，沙赫扎德知道双方可以无休止地相互指责下去。孟买的袭击始于十一月二十六日，后来被称为"11·26"事件，就像七年前发生在美国的恐怖袭击被称为"9·11"事件一样。极端分子仍在试图策划对美国领土的袭击。在沙赫扎德看来,无论是富国还是穷国,如今任何地方都在发生袭击事件。暴力活动甚至有可能出现在你最意想不到的地方,这个念头让他不寒而栗。

~~~

在这之后,"独裁者"病了。他不想吃东西,也没有力气打扫拜古拉市场。在市中心的医院里,医生们查不出病因。沙赫扎德一家换了好几家医院,最后得知是癌症。

在超过十二个月的时间里,"独裁者"卧病在床。这一年十分难熬,经常很晚才下班回家的沙赫扎德倒没什么,感到难熬的是萨比娜,她成了公公的仆人兼全天候的护士。她每天要做的事情已经排得满满当当,要没完没了地洗衣服、做饭、祷告。现在,除了所有这些事情之外,她还要照顾"独裁者",满足他的突发奇想。一旦有了食欲,他就会不分时间地向萨比娜索要食物,深更半夜地大喊"给我削个苹果!""给我做鱼吃!"

萨比娜总是百依百顺,她又很怕惹恼沙赫扎德的母亲。这是一个很难把握的分寸——既要照顾公公,又不能让他的妻子嫉妒。她担心沙赫扎德的母亲会不高兴。

有一天,萨比娜坐在沙赫扎德父亲的旁边陪他——尽管他根本不理人——沙赫扎德的母亲起了疑心。她盯着萨比娜大声说道:"你在我丈夫面前表现得就像一道甜食,像个gulgule(甜面饼)。"

萨比娜强忍着没有答话。她知道,如果她答话,那势必就会引发一场争吵。后来,她和沙赫扎德为这件事笑个没完,黑暗中在卧室里悄声议论。Gulgule(甜面饼)!像一道甜食。她婆婆简直是个天才。

转眼又到了宰牲节,萨比娜要帮沙赫扎德的母亲一起做准备。羊肉分切好了,女人们煮好肉,男人们把吃剩的拿出去分给亲朋好友和穷苦人。沙赫扎德出门几个小时以后,萨比娜接到警察打来的电话。

"你丈夫出车祸了,"警察说,"是一起很严重的事故,赶紧来医院。"

一贯沉着镇定的萨比娜失声尖叫,就像当年听说父亲去世的那一刻。

沙赫扎德被送往一家政府医院,萨比娜和婆婆一路小跑着赶了过去。她们到达时,沙赫扎德已处于昏迷状态,头上是弯弯曲曲的缝针痕迹。

他们得知,沙赫扎德骑着小摩托车从拜古拉市场回家路上撞上一个帕西人的小汽车,现在还不清楚是谁的过错。但幸运的是,对方是帕西人,这个波斯血统的小社群以富有和谨慎著称。不出所料，这个帕西人在父母的陪同下到医院探望，还提出送给沙赫扎德的家人一块手表或者一笔钱作为赔偿。虽然他们很可能是想避免进警察局，但沙赫扎德的家人仍然觉得，他们能主动露面就很难得了。

与此同时，沙赫扎德一直没有醒过来。整个晚上，萨比娜和沙赫扎德的母亲躺在他旁边的地板上，一边流泪一边祈祷他康复。她们都穿着 salwar kameez（传统宽松连衣裙）和衣而睡，长围巾垫在头下权作薄薄的枕头。

早上，沙赫扎德睁开了眼睛。

"你在这儿干什么？"沙赫扎德问他的邻居，邻居听到了消息前来探望，此时正好站在病床边。沙赫扎德转向萨比娜。"我怎么了？"他问。

"你在医院里，"萨比娜说，"出了车祸。"

"你刚从摩托车上摔下来，受了点伤。"沙赫扎德的母亲说。一看儿子没有大碍，她这会儿又粗声粗气了。

沙赫扎德想起来了，他骑着小摩托车出去送肉的时候看见了戴安娜。戴安娜与他断交之前，沙赫扎德曾经在每个宰牲节都给她送肉。戴安娜坐在出租车里，透过车窗，沙赫扎德可以看见她的圆脸蛋、红嘴唇和瀑布般的黑色卷发。他眨了眨眼睛，然后出租车就开走了。他十分恼火，但还是继续骑着摩托车去了拜古拉市场，给他的律师送了一包肉。随后，他驱车回家，在离家不远的地方，都市电影院已在前面隐约可见，这时帕西人的小汽车出现了。他眼前一黑。

他以为戴安娜是他的幸运女神，结果呢，看看自己在哪儿吧。到医院来看望他的不是戴安娜，是萨比娜。裹着衣服睡在地板上陪他的是萨比娜。后来，沙赫扎德出院回到家，父亲对他咆哮道："我告诉过你不要骑摩托车，为什么还要骑？"

连沙赫扎德也开始希望父亲早点死。

六个月后他们接到那个电话时是个大热天，"独裁者"一直捱到早晨才咽气。与此同时，世界上第七十亿个婴儿娜尔吉斯出生了，这个印度小宝宝具有象征意义，表明该国人口不断膨胀。在印度，每一分钟就有五十一个婴儿出生。每一分钟，这个国家有十个人死亡。医生说，"独裁者"停止吞咽食物，他们在他咽喉上开了个小口子也不管用。

在咽气之前，沙赫扎德的父亲做了一件让人意想不到的事情。他告诉妻子，他很内疚。他流下眼泪，说："我错了，我从来没照顾过自己的孩子。"他甚至伸出手来，似乎在表示歉意。"我对你们都不好，我没有善待你们。"

他没有对沙赫扎德说这番话，是沙赫扎德的母亲后来转述的，这就足够了。

这一道歉让沙赫扎德想起了电影《莫卧儿大帝》里面阿克巴皇帝请求儿子原谅的场景。阿克巴对儿子说，他不是"爱情的敌人"，而是"自我原则的奴隶"。也许，沙赫扎德的父亲是其疾病或残忍的奴隶。

现在，沙赫扎德和全家人围在病床边，父亲躺在床上一动不动。过了一会儿，沙赫扎德觉得他看到床单下面有轻微的动静，他说："看，他的腹部还在动，他在呼吸。"另一名家庭成员告诉他："不，那是呼吸机的作用，他已经走了。"

听到这句话，沙赫扎德哭了起来。他不知道自己内心是什么感受，说不清是高兴还是难过。这种奇怪的复杂情感难以言表。

亲朋好友都前来安慰："他病着也太受罪了""愿主保佑他的灵魂""愿他安息"。虽是陈词滥调，却也有些效用。

随后的四十天里，全家人静坐哀悼。沙赫扎德没去上班，除了必要的采购之外，家里人都不出门。家族里有一场盛大的婚礼，但他们没有参加。

沙赫扎德的父亲咽气的那一刻，萨比娜感觉轻松多了。他们终于摆脱了"独裁者"。

〰〰〰

沙赫扎德的变化也富有戏剧性。在骑摩托车出事以后，他的平衡能力变差，步态越发不稳。但自从父亲去世，他的姿势自行纠正了。他像一些西方人那样留起了山羊胡子，甚至专门到发廊去修剪保养。他的头发现在总是染成棕红色，衣着更加合身、更加高档。这一切让他显得更加年轻，连家里的女人都说他更帅了。

父亲去世后，沙赫扎德意识到了显而易见的事情。他终于可以领养一个孩子了，孩子将不再被认为是外人。

沙赫扎德在哀悼期结束后去找母亲谈，母亲还是坚持要他在家族内领养，这样孩子就可以使用他的姓。但是，萨比娜现在表示不确定自己想要孩子。她觉得自己老了（他们现在都已年过四十），养孩子似乎太晚了。沙赫扎德不以为然，说他还像当年两个人刚认识的时候一样精力充沛。

沙赫扎德的母亲想出一个主意。他们有远亲住在格利扬（Kalyan）一座山上的小屋里，格利扬是中央铁路线尽头的遥远郊区。那儿有个女人生了一个男婴，但是她身体有病，而且没钱养活孩子。沙赫扎德的母亲说："她得了肺结核，快死了，你可以去领养那个孩子。"

于是沙赫扎德坐了很长时间的火车去格利扬。他走进小屋，一眼就看出男婴也有病，似乎在发烧。也许他已经感染了母亲的肺结核。但沙赫扎德还是觉得孩子长得很好看，甚至能从他身上感觉到一丝淘气。男婴抽搐着在地板上睡着了，他默默地为他祈祷。

女人很瘦，颧骨分明。小屋里没有食物，她说她请不起医生。孟买的新移民都喜欢把死去的亲人埋在格利扬，这里总共也没几个医生。女人随丈夫和父亲从东部几个小时车程以外的一个要塞城市搬来，但现在丈夫已经没了。

沙赫扎德感到很不自在。他修剪整齐并染了色的胡子、变色眼镜和城里人的着装与眼前的一贫如洗格格不入。这个地区的其他人都不会说英语，女人拖着病体给他泡茶，不知道他为何而来。

女人的手机响了，是沙赫扎德的母亲打来的，替他说明原委。挂了电话后，女人转向沙赫扎德说："我明白您的来意了，但您得先问问我父亲。"

沙赫扎德对这个女人的父亲略知一二，听说他开了一家羊肉店但仍一贫如洗。后来，他得知这个男人嗜赌，钱都打牌输掉了。赌博是违法的，但在这里司空见惯。

老头进来了，女人告诉他，沙赫扎德想领养她的孩子。"不行，"老头毫不犹豫地说，"我只有这么一个外孙，他是独苗。没有他我活不下去。"

沙赫扎德点了点头，转身准备走。他不打算和一个老人争执。但是女人的父亲拦住他，指了指自己的下半身。他掀起一条裤腿给沙赫扎德看，他的腿上破了皮，有的地方甚至脱了皮。无论多么痛苦，他好像从来没治疗过。老头还掏出一部坏了的手机,声称这部手机比他的腿更重要。他只字未提女儿的病。沙赫扎德把他带到手机修理店,又往他手里塞了两百卢比。"再给我一百卢比吧,我很需要。"老头说,沙赫扎德照办了。他迫不及待地登上了回家的火车。

沙赫扎德向母亲讲述了事情经过,母亲说:"幸好没领养成。他是个赌徒,随时会来要钱。"沙赫扎德知道她说得对。即使老头把男孩给了他们,他也肯定会在男孩的生日或者斋月和开斋节期间同其他穷人一起登门,一有疾病和难题就向他们要钱。他说不定还会在男孩长大以后把他要回去。

但他也可能不会那么做。沙赫扎德甚至考虑偷走孩子。他可以带孩子去看医生,孩子会有一个更好的未来,而且带来麻烦的可能性很小。穷人几乎从不向警察或法院控诉富人,因为结果极少对他们有利。

沙赫扎德心想,不,以这种方式当上父亲可不好。

他怀着遗憾放弃了这个想法,在后来的斋月和开斋节,当这个男孩和其他穷人家的孩子一起到他们家来讨钱时,沙赫扎德欣慰地注意到他战胜了病魔,也注意到他长大以后并不那么好看。

"独裁者"之死引发了其他事件,最重要的是,坐火车往北半小时路程的塔拉维有一大片地产可继承。那是大约两万平方英尺的贫民窟土地,沙赫扎德曾经带 firangi(外国人)去参观过,他和另外十几个家族成员共同继承了这片土地。塔拉维每平方英里有一百万居民,有自行运作的经济。它有一部分是垃圾场,一部分是生活空间,一部分是沼泽地。它有无数的卫星天线和手机,但基本没有厕所。沙赫扎德的堂兄弟们对这片土地进行了一番考察,当即表示它非常令人头疼。

其一,这处地产破败不堪。入口处有一块尘土飞扬的空地,兼作简陋的板球场,青少年喜欢在那里玩耍。再往里是成百上千的临时住房。这些房子之间有一条狭窄的小巷,里面晾晒着衣物,小孩子跑来跑去,女人蹲在路边洗衣服,男人穿着 dhoti(裹裙)闲逛。这些贫民窟居民已经多年没交过房租,现在沙赫扎德家族的人很难再去收。在生活空间周边,腐烂的垃圾堆成小山,管道里流出脏水,三五成群的鸡咯咯乱叫,山羊用绳子拴在桩上,三条腿的野狗到处跑,小猫在扒拉食物残渣,长嘴乌鸦蹲在大垃圾箱上吃着不知从哪儿偷来的肉。土地的尽头是一家制革厂被烧毁后的废墟。

第二个难题更棘手。沙赫扎德的堂兄弟们再次造访这块土地时发现,有个恶霸已经搬来并控制了这里。这个恶霸与当地一个强大的右翼政党有关联,该政党此前曾带头袭击孟买的外来移民。沙赫扎德家族的人担心，谁要是想收回这块土地就会受到伤害。

但沙赫扎德并不害怕，反而从中看到了一个机会。他可以借机证明自己是英雄。而且，如果他能保住这块土地，然后把它卖给或租给一个建筑商，那么，他们双方都会发财。这处地产虽然破败，却正如恶霸和他背后的政党所认识到的那样非常值钱，因为塔拉维在孟买中心占地五百英亩，而孟买的空间快不够用了。如果沙赫扎德从建筑商那里赚到一大笔钱，他就可以领养一个孩子。等他有了钱就没人敢阻拦他了。

通过中介业务，沙赫扎德认识了几个建筑商，他找到一个人愿意花二点八亿卢比在这块土地上盖房子。这个建筑商表示，他将通过市里的主要项目来清理改造贫民窟土地，所有施工环节都是遵纪守法的。孟买的这个项目向贫民窟居民承诺提供免费公寓来换取他们的棚屋，这样就可以在棚屋原址上建造豪华高楼大厦。

有可能发生的一种情况是，到了盖房子的时候有些贫民窟居民不肯搬走。沙赫扎德听说过有贫民窟的人不领情，他们对全新的公寓不感兴趣，不喜欢新房子与外界隔离、邻里关系淡薄，也不习惯使用西式厕所。有些搬进了新房子的贫民窟居民甚至央求回家，而他们的家已经不复存在。这个建筑商向沙赫扎德保证他知道如何处理这种事。但首先，沙赫扎德必须把那个恶霸赶走。

在谋划下一步动作时，沙赫扎德对自己的看法开始改变。他开始自视为塔拉维的大人物、一个拥有大量土地的准贫民窟领主。他想出了种种办法，准备以武力对付恶霸。与此同时，他在那处地产上竖起了一块写着他姓名的大牌子，警告"擅入者将被起诉"。他告诉自己没什么好怕的。

在频频造访塔拉维的过程中，沙赫扎德与住在那里的人们混熟了，渐渐了解他们以及他们的故事。有个女孩会讲英语，从事营销工作，为了攒钱继续求学，住在一间破旧的小屋里；几个肥胖懒惰的男人整天穿着汗衫，一整天除了烤鸡吃就是窝在塑料椅子里一动不动；一个名叫平亚的驼背男人曾经是塔拉维响当当的人物，后来沉迷于酗酒，把所有钱都花光了。在所有的贫民窟居民中，沙赫扎德最喜欢平亚。尽管知道平亚会把钱拿去干什么，沙赫扎德还是经常给他钱让他办点事情，比如帮忙买茶或者讲讲那个恶霸的情况。贫民窟的私酒往往酿制不当，导致数十人死亡，但是平亚照喝不误。

沙赫扎德还认识了恶霸雇用的一名保安，这个小伙子还太年轻，胡子都没长出来。小伙子在经历了一次沉重的感情打击后从北方来到孟买。假如这就是恶霸的保安，沙赫扎德觉得他完全不必害怕。沙赫扎德信心大增，他在位于地产中央的一间旧办公室里开了一家店，门上贴着他和当地另一个政党的成员的合影。他希望这会吓跑那名恶霸和其他一切胆敢刁难的人。

几个月后，沙赫扎德和家族里的人见到了恶霸本人。他们两次在豪华公寓——地方是恶霸选的——见面商谈那处家族地产事宜。虽然担心会引发暴力事件，但沙赫扎德和家族里的人两次都拒绝了恶霸提出的不公平条件。

沙赫扎德造访塔拉维的次数越多，贫民窟居民就越喜欢和钦佩他。连那只耷拉着耳朵的贫民窟狗狗宾基也一见到他就精神抖擞。沙赫扎德不厌其烦地问候他们的家人，时不时给他们一点钱，而且从来不收房租。他们用谄媚的语气向他打招呼，评论他的西式蓝色牛仔裤和冒牌古驰皮带是多么 bindaas（酷帅），或者邀请他到自家棚屋里吃饭。沙赫扎德向他们挥挥手，他有时会想象自己是王室成员，想象自己是那个皇子沙赫扎德，而这里就是他的领地。从某种意义上讲确实如此。这里是他名下的地产，价值二点八亿卢比。这里的人都欠他的，他们的未来掌握在他手中。

神气起来以后，再有陌生人问他有没有孩子时，沙赫扎德开始给出不同的回答。他不再低着头小声地说"Nahi，nahi（没有）"，而是开始装模作样。

这种做法对邻居或者拜古拉市场、克劳福德市场、班迪市场里的人当然行不通，这些人都很了解他。但如果他和萨比娜去参加没有熟人在场的婚礼或生日聚会，沙赫扎德就可以撒谎了。这是萨比娜出的主意，她说："有谁会质疑你呢？"

沙赫扎德编起这个谎话来面不改色心不跳，而且兴致勃勃。如果婚礼上的客人问："你有几个孩子？"沙赫扎德通常回答："两个，一个男孩，一个女孩，都非常可爱。"这个客人会点头表示赞同，或者说"Allah ki marzi（拜主所赐）"。这样的对话总是让沙赫扎德陶醉。

有时候，沙赫扎德搞糊涂了。在上一次参加婚礼时，他对一个客人先说自己的女儿七岁，后来又说她六岁。"哦？你不是说七岁吗？"这个耳朵灵敏的客人问道。为了补救，沙赫扎德讲述了他的侄女玛哈拉和侄子塔希姆的情况，就好像他们是自己的孩子一样。他向这个客人详细介绍了他们的爱好、朋友和他们就读的优质天主教小学。

"哎呀，学校真不错，是一所隐修会学校。"客人赞叹道。沙赫扎德松了口气，笑了笑继续往下聊。

"独裁者"去世时，玛哈拉和塔希姆还很小。在以后的几年里，他们渐渐长大，眼睛明亮，一口龅牙，精力充沛。他们的年龄非常接近，让人以为他们是一个受精卵分裂而成的双胞胎。他们让这个大家庭变得更年轻、更热闹，变得不那么按部就班、老成持重。开始上学后,他们更加活泼好动。

晚上,孩子们会从一个房间跑到另一个房间,找到萨比娜问她晚餐做什么吃,或者追着沙赫扎德讲述他们那天在学校都学了什么。在两个孩子当中,玛哈拉比较健谈和成熟,塔希姆则经常因为恶作剧而受到训斥。他们嗓门尖厉、笑声爽朗,几乎从早到晚地不停歇。

沙赫扎德在塔希姆一出生的时候就去看他了,那是在斋月。塔希姆躺在医院的床上,看起来瘦小而完美。玛哈拉出生后沙赫扎德也去医院看望过,她的皮肤黑黑的,像个穷苦工人的孩子,但沙赫扎德仍然觉得她很漂亮。沙赫扎德曾在他们出生的时候心想,我终于有人做伴了。直到他们现在长大一些,大到可以跟他交谈,沙赫扎德才意识到他们在自己心目中发生了多么大的变化。

他们称呼沙赫扎德"buddhi baba(大伯)",称呼萨比娜"buddhi ma(大妈)"。塔希姆在父亲面前常常很调皮,但大部分时候都会听沙赫扎德的话。如果塔希姆告诉沙赫扎德说他在学校和一个印度教男生发生了争执,沙赫扎德会告诫他:"Chup! Pagal haitu.(不要争吵!你疯啦。)小孩子之间闹印度教徒和穆斯林不和是很不好的。"平时,写完作业以后,塔希姆会走进客厅大声喊道:"大伯,开电视。"每天晚上他们都会一起收看《马哈拉纳·普拉塔普》(*Maharana Pratap*),这部电视剧讲述了一位印度教拉杰普特国王的故事，他反抗身为穆斯林的莫卧儿皇帝，其中包括电影《莫卧儿大帝》里的皇帝阿克巴，他是现实生活中真实存在的帝王。看完他们气势恢宏的战斗场面，塔希姆会昏昏欲睡地爬上床。

周末，塔希姆的父亲加班，母亲做饭，他和沙赫扎德一起看板球赛并互相打赌。"三十卢比。"沙赫扎德会在印度对阵新西兰、斯里兰卡或最重要的巴基斯坦时喊道。如果他输了，他就会跟侄子开玩笑，说："我不会放过你的，我晚上要去抓你。"塔希姆总是咯咯地笑着跑开。有时他们到外面玩板球，沙赫扎德会投球给他身材瘦长的侄子。他一遍又一遍地扔球，直到塔希姆准确地击中，把球打到克劳福德市场的通道里。

玛哈拉和塔希姆的父母是自由恋爱结婚的。法尔汉快四十岁了，他在班德拉的郊区授课时认识了比他年轻得多的学生娜丁。娜丁身材娇小，长着一张娃娃脸，还有很深的酒窝。他对娜丁一见钟情。法尔汉对家里人说："我要娶这个女孩，非她不娶。"虽然娜丁的年龄比他要小得多，但她和法尔汉来自同一个社群，因此她的父亲让步了。起初，甚至在结婚后，娜丁对法尔汉十分迷恋，他学识渊博、言谈得体。他读过整本《古兰经》以及许多伊斯兰学者和诗人的作品。他甚至可以随口引述苏非派神秘主义者兼诗人鲁米的诗句。但随着时间的推移，娜丁发现法尔汉赚钱不多。他不再教书，改行当了移动电话技术人员。这是一份平平淡淡、报酬不高的工作。他们很少去度假或者去酒店吃饭。

有时，娜丁会向萨比娜诉苦，对这个年龄比她大却比她聪明的妯娌说，她的期望和她实际得到的东西不一样。但是萨比娜早就听说过这种事，也有自己的一些体会。有一次，娜丁向姐姐抱怨法尔汉没给她买珠宝首饰，但姐姐并不同情她。"这是你自己的选择，是你自找的。"她的姐姐说。萨比娜暗自赞同，她觉得娜丁的做法太傻。

萨比娜也知道，女人在选择配偶时通常很年轻，还不明白自己有什么追求。然后她变得心烦意乱，原因是丈夫没有达到她的期望。经过恋爱结合的婚姻是建立在期望之上的，萨比娜在结婚时也曾怀有期望，但是她也知道自己必须调整和适应。娜丁不明白这一点，正因为如此，她怀有 bhadaa（恼火），萨比娜称之为"心中有火"，这种火只有通过行动、喊叫、闲聊或哭泣才能扑灭。娜丁通过向萨比娜倾诉婚姻烦恼扑灭了这团火。沙赫扎德或许也心中有火，他的灭火之道是在塔拉维采取行动。

沙赫扎德花在家族地产上的时间越来越多,每过一天,他就感觉离获得它并成为他一直梦寐以求的家族英雄更近了一步。

事情出了点岔子。这块地上那家被烧毁的制革厂的老业主们把沙赫扎德的家族告上了法庭,他们得到了那个当地恶霸的帮助,不可思议的是还得到了沙赫扎德大家庭里几个成员的帮助。恶霸现在四处向沙赫扎德的堂兄弟姐妹和姑姑婶婶们送支票收购他们的那份地产,价钱远远低于房产的应有价值。沙赫扎德不得不挨个儿打电话给他的亲戚,提醒他们不要上当受骗接受那笔钱。他向亲戚们保证,如果能稍微多等一段时间,他们就将在合法的交易中从建筑商那里赚到数以 crore(千万卢比)计而非数以 lakh(十万卢比)计的钱。

沙赫扎德现正在孟买小案件法院与制革厂业主打官司。很久以前,印度的国父甘地和巴基斯坦的国父真纳就是在这个法院开始做律师的。现在,它是裁定纳税和财产等棘手事务的地方。法院大楼是一座殖民时代的宏伟老建筑,案件审理工作拖拖拉拉,跟早年没什么两样。在有些房间里,卷宗一直堆到贴近天花板。法院勤杂工用牙刷蘸着胶水粘贴判决书。孟买的积压案件多达数十万宗,对此谁都不会感到惊讶。但是,沙赫扎德有信心打赢这场官司,因为制革厂业主一直对土地放任不管。如今,那块土地上杂草丛生,一堵石墙摇摇欲坠,能传播疟疾的硕大蚊蝇嗡嗡乱飞，毛茸茸的鸭子在小池塘里游来游去。大自然早就在这里打了胜仗。

话虽如此，沙赫扎德还是很担心恶霸紧抓着这处地产不肯撒手，他没有忘记那个政党有时会使用暴力。针对该市北方移民的袭击仍历历在目——商店橱窗被砸，出租车司机被打到流血。沙赫扎德在夜里做过他被那个恶霸杀死的噩梦，就连并不了解详情的萨比娜也开始担心沙赫扎德的人身安全。只要他在塔拉维，萨比娜就会给他的手机打电话问："O，你还要多久才能回家？"

心思转移到塔拉维以后，沙赫扎德认定萨比娜还可以抚养孩子的执念渐渐消退。他每天忙着出庭，造访贫民窟，和建筑商见面而不是约见医生。然而，他的欠缺感转向了其他方面，也就是他的性能力，因为随着年龄增长，他在和萨比娜做爱时的表现远不如从前了。

问题出现后，沙赫扎德咨询了他的朋友们，那都是他在克劳福德市场和班迪市场认识的男人。他们大笑，讲了一些粗俗的笑话，对此沙赫扎德并不介意。这让问题看起来不那么严重了。不久，他们甚至为沙赫扎德的性能力问题想出了一个代称。

"Babubhai（巴布老弟）怎么样？"他们会彼此打趣说，并为使用尊称"巴布"来指代性器官的想法感到好笑。"Babubhai

（巴布老弟）行不行啊？"

"不行，"他悲伤地摇摇头说，"根本不行。"

这些人还给色情片指定了一个代称，色情片在伊斯兰教中是严格禁止的，是禁忌。他们当然都看色情片，或者叫"蓝片"，他们的手机里现在都有这些视频，而且会相互分享。他们谈起这种视频时称之为"BP"，意思是"蓝片"。

沙赫扎德认为这些短片对印度社会产生了负面影响。他读过一则报道说，印度的色情视频流量位居世界前列，与此同时，性侵案件不断增加。他担心，那种在火车上盯着女人或者在大街上乱摸女人、对女人进行挑逗的低素质男人因为看了这些视频而变得更加胆大妄为。他想，这是因为他们满脑子里都是裸体女人。

沙赫扎德也看色情片，而且并不引以为耻，不过他没有把这件事告诉萨比娜。有一次，她看见了沙赫扎德在看色情片时使用的一管凝胶，问他："这是什么？""是 babubhai（巴布老弟）的补药。"沙赫扎德大笑着对她说，断定她不懂。但她其实是懂的，因为当年朝觐委员会（Haj Committee）曾警告朝圣者不得带这种凝胶或药丸去麦加。她只是摇了摇头。尽管如此，沙赫扎德没有告诉她的是，他的手机里有许多大胸女孩的照片，存在一个秘密文件夹里，文件夹名称 DIA 取自戴安娜的名字。

有一天，沙赫扎德的一个刚从大学毕业的侄子发现了色情片和代称的秘密，他取笑伯父，沙赫扎德脸一红，假装无辜。沙赫扎德认为，现如今的男孩们想必是因为有了互联网而成长得更快了。

在那之后，沙赫扎德再也不跟他的朋友们谈论他的性能力问题，但又开始去看医生。医生告诉他，男人到了四十岁以后都会有勃起困难。他的精子数量低，情绪又焦虑，这些也没起什么好作用。不过医生们表示，印度的一半中年男性都有同样的问题。这并没有让沙赫扎德稍感安慰。如果他当不了父亲，至少也该有性能力。

萨比娜并不介意沙赫扎德在床上的表现，要是沙赫扎德问起，她是会说明这一点的。她的年龄渐长，身体上能有感觉，她已经不像十几岁的青春少女那么需要性爱了。也许有过几次她想要性生活而沙赫扎德做不到，但《古兰经》在这一点上说得很明确：无论发生什么，女人都必须爱、尊敬和服从她的丈夫。《古兰经》还说："安拉不使人负担他力所不及的担负。"在她所属的社群，结束婚姻要由男人提出，按照穆斯林属人法的规定，他们只要连说三遍"talaq（离婚）"就行了。不过现在有些女性开始质疑这种做法。

萨比娜不想像西方女人那样，早上结婚，晚上就离，或者找个情人当备胎。她不想像某些女人那样，借酒消愁或入睡，穿着短小的衣服或露出乳沟来吸引男人，或者不照顾年迈的父母公婆。那些女人不明白最好的力量源泉在于信奉真主。她也不想像她听说过的荒淫无度的女人那样，爱不爱丈夫全看他在床上的表现。

尽管如此，沙赫扎德还是对这个新出现的问题耿耿于怀，萨比娜明白自己有责任阻止他，她知道这条路会通往何方。她提高嗓门对丈夫坚定地说，他的所作所为简直是 pagal（疯了）。这让沙赫扎德越发难过。他认定，萨比娜变得更加说一不二是因为他在床上表现不好，因为萨比娜觉得他变弱了。萨比娜已经掌控了家里的大小事务，沙赫扎德担心她很快就会掌控他。现在孟买的许多女性掌控了她们的丈夫。因此，沙赫扎德继续约见他能寻访到的每个医生，但是他们全都爱莫能助。

在又一次令人沮丧的约见中，医生表示无能为力。回家后，沙赫扎德默默地想：我不是同性恋，我体毛浓密，他们说"你是一个完美的男人"，他们说"一切都正常"。除了这件事。

除了下身的问题，它从一开始就是问题的症结所在。

他思索着，要是和戴安娜在一起，情况会不一样吗？不会的，戴安娜并不爱他。他浪费了太多时间专注于不该专注的事物，他爱错了女人。要是他和萨比娜能从头再来就好了，回到他第一次见到萨比娜而萨比娜还没有抬眼看他的那个冰凉冰凉、四面透风的房间。

仰望天空

———— * ————

阿肖克和帕尔瓦蒂

2013 年—2014 年

做个好女孩，做个好妻子，他们如是说……

> "我的女人味。穿上纱丽,做个好女孩
> 做个好妻子,他们如是说……
> 选择一个姓名,一个角色……
> 不要失声痛哭令人难堪。"
>
> ——卡玛拉·达斯,《自我介绍》(*An Introduction*)

阿肖克的父亲等不及儿子回家,在他上班时打来电话。有一份个人资料阿肖克必须看一看,她的名字叫帕尔瓦蒂,虽然星象不好,但与阿肖克的星象相合。这在生活和婚姻中都非常重要;就在那一年,一位印度教圣人呼吁在印度开设一所大学专门研究占星术。"星象匹配,阿肖克。"父亲说。同样重要的是,帕尔瓦蒂是一位著名工程师的女儿。

"我晚点再看吧,Appa(爸爸)。"阿肖克说。

阿肖克半夜才回到家,他不慌不忙地在台式电脑上点开了那份个人资料。他一张张点开她的照片,心想,不太让人感兴趣。头发浓密,长相清纯,落落大方,一看就是典型的印度南方女孩。

他继续往下翻看。帕尔瓦蒂的简历上说,她在印度理工学院金奈校区取得了硕士学位(不错,很聪明),能拉小提琴,会唱歌和画画(艺术天分),在特里凡得琅当老师(和蔼可亲)。在他浏览过的个人资料中,这一份不算太糟。

第二天早上,阿肖克对父亲说:"行,可以试试。"不过他并不想抱太大的希望。

在特里凡得琅,帕尔瓦蒂的母亲让女儿坐下来,对她说:"他三十三岁了,你不觉得他年龄有点大吗?"

"没关系,"帕尔瓦蒂有点自鸣得意地回答,"您就别管了。"

几天后,帕尔瓦蒂拿起电话,惊讶地听到另一端传来一个温暖而亲切的声音。听起来完全不像父亲为她介绍的那些男孩,他们总是结结巴巴,发出刺耳的笑声。"你好,"这个声音很随意地打了声招呼,就好像已经认识她多年似的。"我是阿肖克,在孟买。"帕尔瓦蒂能推断他在另一端面带微笑。

他的口音也是她以前从来没有听到过的,听起来像英国人也像印度人,显得颇有学识。他报出自己为之效力的那家报社的名字,那是一份家喻户晓、人人都读的报纸。他在报社赚钱不多但自称正在写一本小说,帕尔瓦蒂心生好感。

在交谈中,阿肖克说他正在学吹长笛,帕尔瓦蒂则谈到她喜欢唱卡纳提克歌曲,那是她从年轻时起断断续续的爱好。阿肖克说:"那我可以吹长笛为你伴奏。"帕尔瓦蒂回答说:"好啊,等有机会吧。"对于阿肖克的热情,她说不上来是喜欢还是反感。

"要是见了面我不喜欢你或者你不喜欢我,我们应该直说。"

"我赞成。"

随后,阿肖克和帕尔瓦蒂通过 Skype 与双方父母进行视频通话。一开始不太顺利,因为阿肖克的父亲太兴奋了,他不停地打断儿子的话,阿肖克则不断提醒:"爸爸,爸爸,不是那样的,让我来说。"两个人争吵时,帕尔瓦蒂和她的家人只好盯着屏幕不吭声。

但后来双方父母让他们单独聊,阿肖克演奏了他的 bansuri(侧吹长笛),它是一种印度北方长笛,声音浑厚低沉。虽然阿肖克没有演奏经验,音符吹得不是很清晰,但帕尔瓦蒂发现他的姿态显得很自信,堪称性感。

"终于见到你的真面目了,"阿肖克演奏完以后说,"你个人资料上的照片拍得不好。"通过 Skype,他可以看出萨比娜的脸呈漂亮的心形,双颊红润,顾盼生辉。为了这次 Skype 约会,她穿了绿色的 salwar kameez(宽松女套装),涂了 kajal(植物眼线膏),还拉直了头发。

"我不上相。"她说。

"对了,"他突然想起来,补充了自身的一个不利条件,"我在报社要上夜班。"

"没关系。"帕尔瓦蒂说。她意识到,如果嫁给阿肖克,她就要每天晚上独自在家。结了婚,她就可以远离父亲和他的种种要求了。父亲会同意这桩婚事的,事实上,只要能让女儿躲开约瑟夫，什么事他都会同意的。但在内心深处，父亲会懊恼她嫁的不是工程师，不是一个与她年龄相仿的男人，不是一个有钱的男人。

他们一直是打电话聊天，刚通了几次电话，阿肖克就开始称帕尔瓦蒂"亲爱的"。他们还没有见过面，这样的昵称让她感到别扭。"别这样叫我，感觉怪怪的，"她告诉阿肖克，"跟对方熟了才能使用'dear'这个词，我们才通了两次电话。"

"可是'亲爱的'现在已经失去了它的本义。"阿肖克说。据《牛津词典》解释，dear 来自古英语 dēore，源于日耳曼语；关联词有荷兰语 dier（深爱的），还有荷兰语 duuer 和德语 teuer（昂贵的）。阿肖克明白，他们的婚礼会很奢华，比他和娜达订婚的花费更大。

"可你根本还不了解我。"帕尔瓦蒂说。

2013年3月，Gchat：

阿肖克：你有截止日期吗？有没有人强迫你答应？

帕尔瓦蒂：父母建议我聊两三次就定下来，不过我不想这样……这次我要凭直觉做决定。

阿肖克：你的直觉是什么？

帕尔瓦蒂：还说不好……

阿肖克：我信赖相亲婚姻，慢慢地了解另一个人。

帕尔瓦蒂：我信赖恋爱婚姻。

阿肖克：没遇到英俊潇洒的帅哥？

帕尔瓦蒂：呃……没遇到婆罗门。

帕尔瓦蒂还没有把约瑟夫的事告诉阿肖克。她说没遇到英俊潇洒的婆罗门帅哥，这话不假。她担心阿肖克会跟那个美国男孩一样，把她过去的情史都告诉家人。

与此同时，阿肖克只向她透露了一点点关于他和娜达解除婚约的事。他担心，如果讲得太多，帕尔瓦蒂会像娜达一样离开他。

周末，帕尔瓦蒂去了南方回水区城市阿勒皮（Aleppey），坐火车回特里凡得琅的路上她打电话问："阿肖克，这是为什么呢，你都三十三岁了，长得一表人才，又能说会道，怎么会没谈过恋爱呢？"

阿肖克正坐在他孟买的公寓里，仔细翻看帕尔瓦蒂在这趟旅行中发给他的照片。第一张照片，她拍了一幢典型的喀拉拉邦风格的房子，阳光透过茅草屋顶洒下斑驳的影子，草丛中光线充足耀眼。第二张照片，她拍了一幢鲜黄绿色的房子，屋顶是明亮的红蓝两色，绳子上晾着一件杏色的 kurta（宽松无领衬衫）。整幅景象都倒映在回水中，形成完美的镜像。第三张照片，她拍了一张斜垂在水面上的中国渔网。这幅景象也倒映在水中，陆地、回水和天空奇妙地浑然一体。阿肖克惊讶于帕尔瓦蒂拍的照片如此美丽。她歌唱得好，画也画得好，完全不像个工程师。

"哦，你知道的，我是泰米尔婆罗门，"阿肖克说，竭力让语气听起来毫不在乎，他希望帕尔瓦蒂别再追问。"你呢？为什么没找个男朋友？"

帕尔瓦蒂停顿了一下，向窗外看去。火车疾驰经过河流和一排排椰子树。"我有话要对你讲，"她说，"过去发生过很多事情……我还没有完全放下。"

她向阿肖克讲述了关于约瑟夫的一切，关于在金奈、德国和瑞典发生的事情，以及约瑟夫给她父亲发的电子邮件。她向阿肖克讲述了那个美国男孩和她精神崩溃回到家乡的经过。

等她讲完，阿肖克说："可是如果你遇到了合适的人，那就应该和他在一起，不用管父母怎么想。毕竟，人生是你自己的，应该由你来决定。"

帕尔瓦蒂迷惑不解，这不是泰米尔婆罗门男人该说的话。泰米尔婆罗门男人视情史为耻辱，并且认为选择权属于父母。

"晚了，现在那个人已经有妻子了，"她略带苦涩地说，"你去年在哪儿？"

阿肖克笑了，但紧接着郑重其事地说："过去的就让它过去吧，帕尔瓦蒂，我们应该向前看。我们就一起展望未来吧。"

"嗯。"帕尔瓦蒂说,声音里充满了渴望。阿肖克看得出她喜欢自己的表态。

2013年5月,帕尔瓦蒂发给阿肖克的电子邮件:
主题:❤❤❤
阿肖克!!!阿肖克!!!阿肖克!!
今天我向你和盘托出了我的烦恼、我的过去。

2013年5月,阿肖克发给帕尔瓦蒂的电子邮件:
UCA,婚礼前你想到孟买来看看吗?

UCA的意思是"按照某种假设",是阿肖克想出来的。假设是:如果他们见了面彼此没有好感,那就不结婚。

〰

有一次,帕尔瓦蒂的父亲邀请了一个男孩过来看她,她没花心思打扮。父亲大发雷霆。"你怎么穿得这么邋遢?"他吼道,"有人来看你的时候你就穿这么一身衣服吗?"他还教训说:"你妈都比你穿得好看。这么看上去就好像她是新娘,而你穿着难看的salwar(宽松裤)就像个女仆。你最好去换件漂亮衣服。"于是她上楼换了身衣服。

这次，阿肖克和他的父母一起从孟买到特里凡得琅第一次见她时，帕尔瓦蒂精心地打扮了一番。她穿了一件镶红边的绿色金线纱丽，是出席招待会穿的那种。她戴上隐形眼镜，涂了 kajal（植物眼线膏），还去美容院做了头发。阿肖克到达之前，她对着镜子照了又照。

阿肖克一进门，她就看出自己的努力达到了预期效果。他心想，天啊，不可思议！帕尔瓦蒂比他在 Skype 上见到的要漂亮得多，光洁的橄榄色皮肤，蜜黄色的眼睛，浓密的深色头发衬托着她的脸庞。同时，她又很可爱，带点书呆子气。这样的组合让人过目不忘。

"我们终于见面了。"阿肖克凝视着她说。

"是的。"她说着露出微笑。她也很惊讶。照片里和 Skype 上，阿肖克戴着眼镜，头发梳得纹丝不乱，一副学究模样。他本人的确就是这样的，但穿上经过熨烫的白衬衫后多了一份帅气。帕尔瓦蒂注意到他的脸显得容光焕发。

电影《何日君能知我心》（*Hum Dil de Chuke Sanam*）讲述两个男人爱上同一个女孩的故事，里面有一句台词说，如果你总是盯着一个人看，那就早晚会坠入爱河。阿肖克和帕尔瓦蒂都看过这部电影不止一遍。

帕尔瓦蒂在阿肖克造访期间没说太多的话。这其实是在演戏,她这样想着,眼睛低垂看着地面,就像供人品评的准新娘应该做的那样。她担心自己一旦开口就会说错话。

这无关紧要,因为其他人的话都很多。阿肖克的母亲喋喋不休地对帕尔瓦蒂说:"我看了你的星象,还请教了占星师,他说你命中会有很多健康的子女。"帕尔瓦蒂默默地点了点头。

与此同时,帕尔瓦蒂的父亲在筹划下一步,不过阿肖克的父亲不停地插嘴,他一急就提高嗓门。他不断地向大家称赞帕尔瓦蒂的父亲:"这个人办事非常有条不紊,不慌不忙,确保看过了星象,然后才见面。这事多亏了他。"帕尔瓦蒂的父亲喜欢讲泰米尔语,但阿肖克的父亲一直在讲英语。帕尔瓦蒂看得出,她父亲觉得阿肖克的父亲表现得滑稽可笑。阿肖克的父亲说话没完没了:"婚姻是件好事,两个人结婚的话就更好了,一个女孩跟一个男孩结婚则好上加好。"他激动得语无伦次。

两个年轻人被安排单独出去转转。帕尔瓦蒂开车前往当地的"咖啡日"咖啡店,路上,阿肖克不停地谈论孟买。帕尔瓦蒂看出他跟他父亲一样是话痨。"孟买这个地方你一定会喜欢的。它海纳百川,欢迎来自四面八方的人,"阿肖克说,"孟买对我很友好,孟买的人好。它比特里凡得琅更有大都市气息,在这儿也很容易交到朋友。"

他什么时候才能闭嘴?帕尔瓦蒂心想。

她什么时候才能开口？阿肖克心想，同时继续絮絮叨叨。

他们下了车，帕尔瓦蒂意识到阿肖克一定认为她是一个从来没在大城市生活过的视野狭窄的乡镇女孩。她说："阿肖克，我在班加罗尔待过将近两年，我喜欢独立。人到哪儿都会有个适应过程，只要我们俩合得来，那就一切没问题。"

"好的。"阿肖克说。这时他的电话响了，是他的父亲。"一切都还顺利吗，阿肖克？"

"我们刚到这儿，"阿肖克说，"一口咖啡都还没喝上，别把人逼得那么紧。"

"你们已经认识两个月了，也聊过了，你还在犹豫什么呢？"

阿肖克挂断电话。

他父亲又打过来："你们什么时候回来？"

"爸爸，我们再过十分钟就动身回家。"

他父亲这么做似乎不公平。毕竟，他父亲和他母亲约会了八年之久才娶她。他们在她十五岁的时候相识，两个人一见钟情。但是她的父母不同意，并扬言，如果她执意要嫁就和她断绝关系。就这样，阿肖克的父母约会、斟酌、再约会。他们最终结婚时，阿肖克母亲的父母信守了诺言。他们没来参加婚礼，而且再也没和女儿说过话，甚至把她从遗嘱中除名。阿肖克的父母曾有将近十年的时间来考虑这件事，他们并不后悔自己的选择。阿肖克心想,那可是八年啊。现在他却想让儿子在短短三十分钟之内就择定一个女孩。

"我们需要再考虑一天。"他们对聚在一起的双方家里人说。

阿肖克的父亲火了,他开始对阿肖克怒吼,阿肖克则坚定地告诉他:"爸,我们明天再拿定主意。"

"为什么还要再考虑一天,你们一直在通话,现在也见过面了,你不能这样,我们可是大老远从德里久尔(Thrissur)赶来的。"

所有人都盯着阿肖克的父亲目瞪口呆。

我是不是看错人了?帕尔瓦蒂心想。她想到了约瑟夫,想到他比阿肖克要严肃庄重得多。她思考着阿肖克上了年纪以后说话做事会不会跟他的父亲一样。但她又想起了阿肖克个人资料里的那句话,他说,他会给伴侣自由,并期待伴侣也给他自由。她决定要信任阿肖克。

阿肖克和帕尔瓦蒂被打发到楼上去商量一下,然后就做出决定,不能等到明天。

"我爸这种做法也太不浪漫了。"阿肖克说。他们一人倚着一边门框相对而立。

"没关系,"帕尔瓦蒂说,"父母都这样。"

"那么,我们已经见过面了,我觉得这件事很不错。"阿肖克表示,他看着帕尔瓦蒂的眼睛。不知为什么,他确信帕尔瓦蒂会同意。"所以我们家这边没意见。"

帕尔瓦蒂也看着阿肖克。他们在那天早些时候拥抱过,她注意到阿肖克身上的味道一点儿也不像约瑟夫。在那一刻,她知道自己再也不会像爱约瑟夫那样去爱任何人了。和阿肖克在一起的生活会完全不同,但这就是她要面对的生活。也许,终有一天她也会爱阿肖克吧。

"我也没意见,"她声音平和地说,"我喜欢你,我觉得我们俩在一起会幸福的。"

他们一起下楼,阿肖克向双方家里人宣布:"我们决定了,我们两个人都同意。"

大家坐下来吃了一顿正宗的南印度餐——米饭、dal(豆子糊糊)和sambar(酸豆汤),庆祝两个泰米尔婆罗门家庭结为亲家。有人让他们俩并排站到一起,所有亲戚众口一词地表示赞赏:"哈哈,很好,他稍微高一点点。"

UCA,婚礼前你想到孟买来看看吗?

五月,帕尔瓦蒂去了一趟孟买,到印度理工学院孟买校区接受面试,她想到那儿读博士。这座城市并不像阿肖克描述的那样，反正机场外面的情景不像，一大群出租车司机站在那儿嚼着包叶槟榔，讲着粗鲁的印地语。他们让帕尔瓦蒂想起她在宝莱坞电影里见过的每一个恶棍。

紧接着，她在人群中看到了阿肖克，他咧嘴笑了，长长的 bansuri（侧吹长笛）背在肩上。看起来他在这儿过得很开心，所以也许她也可以。

帕尔瓦蒂是和父亲一起来的。第一天，她注意到阿肖克特别瘦，也许是因为这里的一切都特别庞大：高耸入云的居民区摩天大楼，城里纵横交错的多车道高速公路和快速路，还有连接郊区和市中心的巨型斜拉桥——它的缆索在天空下呈倒 V 型。桥梁的钢索加起来可以绕地球一周，这正是孟买让人感觉到的广袤之处。帕尔瓦蒂心想，他看上去那么瘦小，我却这么壮实，我是减减肥呢还是让他多长点肉？

在阿肖克看来，帕尔瓦蒂在南方人里面并不算壮实，那儿的所有泰米尔姑娘都有肚腩。她的块头一点儿也不大，只能算是中等身材。但是在孟买，她多多少少显得有些丰满，这里的姑娘们都既苗条又时髦，涂口红，穿高跟鞋，拉直头发，穿着短小上衣和紧身牛仔裤逛夜店。阿肖克担心他们两个人在一起拍照不好看，暗自琢磨着要增肥。

第二天，太阳已高高升起，帕尔瓦蒂在过马路时牵住阿肖克的手，想看看是什么感觉。帕尔瓦蒂的父亲走在前面，阿肖克大吃一惊。有那么一会儿,帕尔瓦蒂握着阿肖克的手靠近她的胸口。父亲一回头,两个人赶紧松开手。

第三天,帕尔瓦蒂在印度理工学院孟买校区接受了面试。她和父亲住在校园里的一家宾馆,读工程学博士是她父亲的主意。在印度读博士比在国外要便宜,而且这是让她在孟买安顿下来的绝佳办法。帕尔瓦蒂毫无发言权,她的父亲已经认识到了女性参加工作的重要性,但要依照他的规矩。如果她被录取,她将在秋季开学,正好在她和阿肖克结婚后不久。现在,帕尔瓦蒂正等候面试,她和父亲以及阿肖克坐在印度理工学院孟买校区的校园里喝着咖啡聊天,这个校区看起来和金奈校区很像,也有榕树、宽阔的长廊和零星的校舍。

"阿肖克,你为什么没有车?"帕尔瓦蒂问。她只是随口问问,也许是没话找话,但阿肖克一下子感到了羞愧。他没有理由不买辆车,塔塔汽车公司在那年推出了世界上最便宜的小汽车Nano。他知道,帕尔瓦蒂从小家里就有一辆小汽车,另外还有两辆小型摩托车。他真希望帕尔瓦蒂的父亲没坐在旁边等他答话。"在孟买真的不需要小汽车,"阿肖克艰难地张开嘴,"反正有火车,有公交车,还有人力车……"

"但是你为什么不会开车呢?"她又问。阿肖克心想,这的确是我的一个弱项。他知道小汽车意味着什么:地位、特权、自由。他赚钱不多,买不起。但他向自己保证,总有一天会给帕尔瓦蒂买一辆。

很快，他们订婚了，在特里凡得琅的一个大宴会厅里，阿肖克和帕尔瓦蒂坐在地板上，两个人中间甜腻腻的 laddoo（球形甜点）摆得像一座小山。他们的身边是成堆的水果，有些是价格不菲的非时令水果：苹果、葡萄，甚至还有梅子。帕尔瓦蒂穿了一件蓝色纱丽长裙，阿肖克身着一件昂贵的蓝色正装衬衫。两个人的脖子上都戴着白色康乃馨花环。阿肖克笑着和客人们交谈，显得轻松自如；帕尔瓦蒂看着他，心里是说不清的滋味。仪式结束前，她唱了一首关于保护之神兼维持之神毗湿奴的卡纳提克歌曲。阿肖克已经充满自信但不够熟练地演奏了浪漫乐曲《热爱这个国度》。他原本想用长笛给帕尔瓦蒂伴奏，但太难了。帕尔瓦蒂认为这两首曲子分开表演更好。

那天晚上，仪式结束后走出宴会厅时，阿肖克试图牵帕尔瓦蒂的手。"这里是特里凡得琅，不是孟买，"帕尔瓦蒂说着挣脱他，"你要是在夜里这个时候牵我的手，人们就会来揍你，说你占女孩的便宜。""可是这有什么不对？我们已经订婚了。"阿肖克说。"在这儿不行的，阿肖克。"她说，她在特里凡得琅生活了这么久，心里很清楚。"而且，如果他们看到我还微笑，那就说明我是异类。"阿肖克对她的过分拘谨感到沮丧，只好松开她的手。

如果事情进展得不顺利怎么办？如果我们因为吵架而决定

分手怎么办？阿肖克心里这样想着。婚礼之前还有一段时间，这段时间里一切皆有可能出岔子。

订婚和结婚之间的几个月里，阿肖克思绪万千。他想起上一次订婚，想起娜达在最后时刻打来的电话。帕尔瓦蒂现在随时有可能打来电话说她依然爱着约瑟夫。她可能会说，假如她嫁给阿肖克，两个人也许最终会争吵不休并劳燕分飞。还有，她也许进不了印度理工学院孟买校区，于是就没有充足理由到孟买来了。她会取消婚礼，他的父亲会名声扫地，他会孤独终老。

但是帕尔瓦蒂被印度理工学院孟买校区录取了，并在七月份搬到这座城市，婚礼前打算住学校宿舍。她和父母一起带着行李抵达古尔拉（Kurla），那是孟买最嘈杂的火车站之一。阿肖克从火车站给他们订了一辆出租车，希望给帕尔瓦蒂的父亲留下一个好印象。父母卸行李时，帕尔瓦蒂注意到了眼前的景象。火车站里到处是垃圾、流浪狗和残疾乞丐。指示牌上粘着干了的包叶槟榔。一有火车进站，男男女女就争先恐后地往上挤，相互推搡谩骂。乱哄哄一片中，许多人被落在拥挤的站台上。有些勉强挤上车的人就扒在车厢上，或者坐在车顶上，全然不顾触电的危险。

附近还正在修建一座立交桥，加剧了混乱和噪音。但是帕尔瓦蒂心情激动，她迫不及待地想把死气沉沉的特里凡得琅抛诸脑后。下火车时，她把手放进阿肖克的手中，阿肖克捏了捏她的手以示欢迎。

帕尔瓦蒂的父母搭车回了特里凡得琅，婚期尚未到来，孟买的雨季开始了。这座城市向来在七月份迎来雨季，但今年的雨更大、更猛。气象学家将其归咎于厄尔尼诺现象，或称副热带西风急流。帕尔瓦蒂看过很多宝莱坞电影，知道孟买的雨季会带来浪漫：两人共撑一把伞，纱丽湿漉漉的，雨中的树木和海滨如梦如幻。阿肖克到宿舍来看她，发现她收拾好了行李准备外出过夜。

"好主意，"他说，一脸惊讶地看着她，"我想邀请你来着，但拿不准你会不会愿意。"

"我来到孟买纯粹是为了你，"她说，"我想和你相处一下，也好对你有所了解。"

他们离开宿舍时，外面依然下着瓢泼大雨，地上没有一处不是泥泞。大雨淋湿了 kurta（宽松无领衬衫），毁了 chappal（凉拖），惹恼了城里的女仆，她们为自己又多了些事情要做而愤愤然。雨水浸透帕尔瓦蒂的牛仔裤，她浑身冷飕飕的，但她毫不介意。

阿肖克的公寓位于繁忙的东郊，干净整齐又简洁，帕尔瓦蒂见了以后更喜欢阿肖克了。她想象着两个人一起住一间没有任何装饰的单人房，颇为自己的想法得意。雨点敲打着窗户，她决定在这个舒适的公寓里吻他试试。但这时她想起来，阿肖克在特里凡得琅出其不意吻她的时候，他呼出的气息很难闻。她当时一本正经地对阿肖克说："你必须刷两遍牙。""你觉得情侣共用一支牙刷是不是很浪漫？"阿肖克当时开了个玩笑试图补救。"并不，"她表情严肃地说，"那不卫生。"

此刻，在阿肖克的公寓里，帕尔瓦蒂说："你要是不刷牙，我就不会吻你。"他刷了牙，两个人接了吻，这次感觉好多了。之后她毫不难为情地用了阿肖克的牙刷，甚至觉得阿肖克说得对：共用一支牙刷很浪漫。

"阿肖克，"帕尔瓦蒂说，"我们一起洗个澡吧。"她的牛仔裤湿透了，觉得有点冷，但那只是一个借口。

这会如何收场？阿肖克很担心，跟当年他和那个古吉拉特邦女孩在客厅室跳舞一样。

浴室很小，刚好能容下两个人。水哗哗流着，他们抱在一起，帕尔瓦蒂做好了进一步发展的准备。忘了婚礼上的kanyadaan（牵新娘）仪式吧，出嫁时已非贞洁之身的女人多得是。但是阿肖克似乎很不自在，他没想到一个来自传统家庭的女孩会如此大胆开放。他担心帕尔瓦蒂这样做只是为了迎合他，心里想，我不想占她的便宜。而且他不想做任何有可能让婚事竹篮打水一场空的事情。

他不敢造次的样子赢得帕尔瓦蒂的爱慕。阿肖克洗完以后，帕尔瓦蒂说："你出去吧，我再洗洗。"阿肖克在浴室里放了梨牌（Pears）香皂，是蓝色那款，闻起来有薄荷提取物的味道。帕尔瓦蒂后来每次闻到这种味道就会想起那个晚上。

两个人都出来后，阿肖克开始打地铺，仍然觉得他不应该自作主张。

"你这是干什么？"帕尔瓦蒂问道，她上了地铺，在阿肖克的旁边躺下，事情就这样解决了。外面大雨如注，他们久久没有入睡，时而聊天，时而拥抱。

接下来的几个星期里，帕尔瓦蒂每个周末都和阿肖克待在一起。八月，就在婚礼前夕，帕尔瓦蒂送给阿肖克一个红色木质车模作为他三十三岁生日的礼物，车型很像二十世纪三十年代的劳斯莱斯。她希望以此表明，她不介意阿肖克没有车，管它什么地位和特权呢。她还画了一张自制贺卡。到了阿肖克的公寓，她把车模和贺卡递给阿肖克，说："我们不买车，有这个就行了。"然后她给了阿肖克一个大大的拥抱。但是阿肖克什么都没说，连一句"谢谢"都没有。

帕尔瓦蒂心想，我以为他会觉得这很浪漫。但是很明显，他没有觉得浪漫。帕尔瓦蒂感觉自己很傻，礼物、贺卡，一切的一切都很傻。她意识到阿肖克不会像约瑟夫那样引述电影《飞屋环游记》里的场景，他不是那种富有浪漫情调的丈夫。

婚礼那天,帕尔瓦蒂一醒来就很恼火。化妆师半夜三点整就开始工作了,因为第一个仪式将在早上五点三十分开始,这是占星师择定的良辰。帕尔瓦蒂上了妆,戴上黄金首饰,裹着她母亲挑选的红金两色纱丽长裙,整个过程中烦躁不安。她不喜欢穿戴金色,它让人觉得招摇而俗气。我觉得自己就像个小丑,她心想。

仪式开始了,帕尔瓦蒂一开始被挡在后面,阿肖克伸着脑袋在人群里张望。帕尔瓦蒂出身显赫,因此宾客多达三千人,大多数人阿肖克都不认识。他心想,并且为自己家的客人不够多而感到不安。

婚礼以 pooja(供奉)正式开始,然后,按照习俗,即将脱离单身汉生活的新郎假装前往瓦拉纳西(Varanasi)[1],声称他不想结婚而宁可云游四方进行苦修。阿肖克赤裸上身只留 yajnopavita(圣线),下着 dhoti(缠腰布)扮演这个角色,他拄着棍子,手捧化缘钵和一本《薄伽梵谭》(这本书探讨了自我、自然与神)。"我不想结婚。"阿肖克说,声音显得半真半假。帕尔瓦蒂的父亲也赤裸上身,圣线也斜挂在胸前,他的回答更加坚定有力:"不可,有个女孩在等你。别放弃,看看我的女儿,你就会改变主意的。"

---

[1] 印度北方邦城市,位于恒河河畔,是印度教的圣城。

阿肖克照办了，并且告诉大家，他决定还是结婚吧。他和帕尔瓦蒂交换了用玫瑰、金盏花和茉莉花制作的花环。帕尔瓦蒂微笑的时候神采奕奕，阿肖克看出来她在快乐的时候格外美丽。她的发间别着白色康乃馨，戴着沉重的血红色手镯和黄金首饰。阿肖克也对着她微笑，决定不去介意她那边的客人更多。他感到自豪的是，曾经目睹他与娜达在订婚后分手的大家庭成员都来到了这里，见证他走进了婚宴大厅。现在，他和帕尔瓦蒂已经交换了花环，据说从此就是融为一体的两个灵魂了。

婚礼持续了六个小时，按照传统举行了各种仪式。有一个仪式是阿肖克弯腰触摸帕尔瓦蒂的脚以示尊重，这是帕尔瓦蒂最喜欢的传统。

他们还进行了 kanyadaan（牵新娘）仪式，帕尔瓦蒂的父亲象征性地把贞洁之身的女儿交到阿肖克手里。终于，最吉祥的时刻到来了，两个人要名副其实地喜"结"良缘，事实上是用三根线在一条金项链上绑三个结，阿肖克的母亲为此买了一颗大宝石。帕尔瓦蒂坐到父亲的腿上准备绑结时，父亲对着人群笑容满面，看上去自信而快乐。他的双手搭在帕尔瓦蒂的肩膀上。帕尔瓦蒂不经意地回头，和父亲心照不宣地对视一眼——摄影师捕捉到了这个眼神。她仿佛在说，虽然父亲赢了，但她也赢了，因为跟当下很多女性一样，她嫁给了父亲不太认可的男人。

帕尔瓦蒂转过头去,依照习俗低下头。不久,一位祭司开始用梵语吟诵mantra(符咒),有人用印度唢呐演奏了一首曲子,声音像小号一样欢快响亮,但要尖厉一些。它是一种象征着好运的乐器,与mantra(符咒)一起在房间里渲染出庄重气氛。随着音乐响起,帕尔瓦蒂闭上眼睛。阿肖克绑结时,她能感觉到他就在自己身边。这次我不会再形单影只了,我们两个人将同甘共苦,风雨同舟。她心里想着,祈祷这个愿望成真。

他们将在古尔格(Coorg)度蜜月,这趟旅行会见证若干第一次:第一次去咖啡种植园所在地,第一次相伴度假,还有——两个人都希望——第一次做爱。

这一年,阿肖克年满三十三岁,帕尔瓦蒂二十六岁。这一年,印度首次向火星发射探测器,他们当中任何一个人的星图中若出现火星的话都不宜结婚。这一年,占星师预言粗俗言行和西方影响将在印度年轻人当中像病毒一样传播,一位知名政治家宣称喝酒和穿牛仔裤的女性对印度文化有害。帕尔瓦蒂这次旅行就带了她最喜欢的蓝色牛仔裤,到了古尔格的第一个晚上就平生第一次喝了红酒。他们在一家树屋餐厅吃饭,帕尔瓦蒂喝得有点微醺,然后两个人相拥而吻,就好像他们不是在印度而是在某个遥远的西方国家。

在他们看来,古尔格这个名字听起来很神奇。古尔格又叫戈达古(Kodagu),但自从英国官员把它当作度假胜地,它的英文版本就开始深入人心。由于古尔格迷雾缭绕、山峦起伏，英国人还称它为"印度的苏格兰"。短短两天前还在三千人面前举行婚礼，此刻却在广袤的咖啡种植园里几乎没有任何旁人，这让阿肖克感到恍如梦中。

第二天，帕尔瓦蒂起床发现来月经了。她腹痛难忍，担心这会毁了蜜月旅行。如果在家，月经期间她是不可触碰的。但是阿肖克告诉她，这个说法愚不可及，没人再信了。他提议两个人在床上躺一整天。他们点了客房服务菜单上的所有食物：素汤、炒饭、palak paneer（菠菜乳酪）、chapati（印度烙饼）、冰激凌和糕点。阿肖克对服务员说："Chalo（去吧），把这些全都送来。"不一会儿，餐饮送来了，盘子里堆得像座山。

第二天晚上，帕尔瓦蒂感觉好多了，他们来到小屋旁边的私人游泳池。帕尔瓦蒂只穿着内裤和胸罩，婚礼时手掌上涂的暗红色花纹还在。阿肖克脱光衣服，只剩下平角短裤。他们在游泳的间隙接了吻，但阿肖克并未尝试发生性行为。他要等到孟买再说。他教帕尔瓦蒂如何漂起来，尽管池水有点凉，他们还是随意游了很长时间。第二天，阿肖克拍了一张帕尔瓦蒂在小屋旁边荡秋千的照片，她穿着蓝色牛仔裤，戴着蓝色长围巾，对着相机露出眼神诱人的微笑。

他们回到孟买适逢象头神节的最后一天，从机场出去的街道上挤满了送神的队伍。半空中能看到高高举起的巨大象神像，人流中的马背上、平板车上也载着神像。人们载歌载舞、敲锣打鼓地赞颂象头神，他是新的开始之神、破除障碍之神。这个景象给人的感觉就好像整座城市都在庆祝他们两个人结为伉俪，并且终于可以做爱了。

~~~

阿肖克曾以为他们的性生活一开始会手足无措，但事实并非如此。不过，随着时间的推移，它的确变得越来越顺利。蜜月归来后不久，他们在新公寓的卧室里第一次同房，阿肖克想起了父亲制作的一张习语卡片，他告诉自己：人不能一生下来就会跑，要先学会走，偶尔摇晃一下，然后慢跑，最后达到正常水平。很快，他们每周做爱两三次，阿肖克对这个过程带来的愉悦感到惊讶。他们不在乎电灯是开着还是关着，不担心自己的身材看起来怎么样。而且他们总是在做爱后马上开始聊天，讲一讲阿肖克的办公室或者帕尔瓦蒂的学校实验室里当天发生的事情。或者从性爱直接切入戏谑，帕尔瓦蒂取笑阿肖克是"人来疯"，比如在他们的婚礼上；阿肖克则攻击她因为出身富裕家庭而被宠坏了。阿肖克私底下觉得这种做法很性感。

但帕尔瓦蒂并不认为他们达到了正常水平。对她来说，他们的性生活似乎缺乏激情，至少不像她在电影里看到的那样。

她不喜欢他们两个人从做爱转向谈论琐事，而且她认为他们两个人做爱的方式近乎机械。她确信，如果和约瑟夫在一起的话会有所不同，会高度刺激。但她现在嫁的是阿肖克。

而且她是在孟买，不是在德国，是在一个看起来有点像特里凡得琅的中北部郊区。它比孟买的其他地方更绿，雾气要少一些，旁边是一个人工湖。鳄鱼有时会在湖边晒太阳，观鸟者会来这里寻找水雉、翠鸟和鸬鹚。这片湖里的水虽然很久以前就被认定为不宜饮用，却呈现均匀的深蓝色。

它犹如城市里一片宁静的绿洲，他们所在的这个郊区随处可见 firangi（外国人）和印度有钱人，其中许多人住在一个公寓楼社区，那是位于商业区的几幢新古典主义华丽高楼。这些高楼各自都有充满浪漫色彩的名字，比如佛罗伦萨和伊娃。但是阿肖克和帕尔瓦蒂住不起高楼，他们住在山坡上一处普普通通的合作公寓社区。阿肖克告诉合作社董事会说他和帕尔瓦蒂是新婚夫妇，从而取得资格搬进这个社区。他们的公寓在高层，在他们看来宽敞通风。

帕尔瓦蒂努力使这套公寓有家的感觉。她从客厅开始，在那里挂上他们的结婚照，照片上，她裹着层层叠叠的红金两色衣饰，旁边赤裸上身的阿肖克咧嘴笑着。在厨房里，她把妈妈口授的食谱用便签贴到墙上，这样她就可以学着做阿肖克妈妈在家常做的精致饭菜，这是衡量一个妻子的标准。在房屋的各个角落,她摆放了一些温馨的小玩意儿:她给阿肖克买的车模,一朵玻璃做的幸运莲花,一尊小男孩和小女孩手牵手的雕像。在他们的木制祭坛上,她摆了史诗《罗摩衍那》的两个主角罗摩和希塔,这两个人一见钟情。

一开始,帕尔瓦蒂还熬夜等阿肖克从报社上完夜班回家,这样他们就可以一起看看电视,吃个冰激凌。她每天都顺路从Natural冰激凌店买一个不同口味的:青椰子味、无花果味、杧果味,或者木瓜菠萝味。

她感觉自己就像在玩"过家家"游戏,而且玩得像模像样。她觉得,只要她别经常回想过去,那就能一直玩得像模像样。正如在她和阿肖克结婚前夕上映的宝莱坞电影《那些年我们疯狂的青春》(Yeh Jawaani Hai Deewani)里面一个角色所说,回忆就像一盒糖果,一旦打开这个盒子,你就不可能只吃一块。

有时候,帕尔瓦蒂需要独自思考,于是就到他们公寓楼的露台上去进行她所说的"仰望天空"。她小时候在特里凡得琅就曾这样做,父亲向她们姐妹几个讲解恒星和太阳系知识并教她们辨认金星和火星时,她便仰望天空。现在,躺在凉爽的大理石屋顶上,她试图看清星星或者发现一颗彗星,但由于孟买污染严重,她什么也看不见。

孟买的交通、招牌以及灯火通明的办公室和住宅使这座城市受到光污染。拥挤的车辆、道路建设以及燃料和废物的露天燃烧使它受到空气污染。孟买的污染实在太严重了,据说在这里生活相当于一天抽四包香烟。据说,它会引发呼吸道症状、心肺疾病和过早死亡。帕尔瓦蒂有时会梦想另一种生活,哪怕是搬到乡下去住,只求能看到明朗的天空。

还有另外一些时刻给新婚的快乐蒙上阴影,那就是在帕尔瓦蒂认识到她并不真正了解阿肖克的时候。有一次,他们去特里凡得琅拜访他的家人,他对每个亲戚都极尽恭维赞誉之词,私底下却向帕尔瓦蒂表达了对他们的不屑。"可是……你干吗要这样?"她问道,对阿肖克的口是心非感到惊讶。

"我那是在跟奶奶说话,她已经八十七岁了,"阿肖克说,"不中听的话还是别跟她说的好。"

起初,帕尔瓦蒂耿耿于怀。但是经过一番思考,她认识到这是无法改变的事情。她知道自己不能在余生里一直听这种虚假的赞美,从那时起,一听到赞美,她就溜出去。

～～～

婚后刚过了几个月,第一次在印度理工学院孟买校区参加考试的前一周,帕尔瓦蒂对阿肖克说她需要休息一下。

"没问题,奇布。"阿肖克说。奇布是帕尔瓦蒂的儿时昵称,她一直希望有一天自己的丈夫会这样叫她。

于是他们出发前往马泰兰（Matheran），它位于孟买以东，历史上是英国官员居住区，放眼望去全是广袤的平原和山谷。他们坐火车到山腰，其余的路只能靠骑马。正值旅游旺季，马泰兰到处是游客。他们订的酒店看上去破破烂烂，住客多为神经兴奋的伴侣，家具快要散架了。在这种环境下，他们很难有片刻宁静的独处。

第二天，他们决定凌晨五点起床看日出。但是当他们爬到山顶时，天还很黑，一个孤零零的 chai-wallah（卖茶水的小贩）告诉他们，在十二月，太阳要到六点才会升起。于是他们悠闲地坐下来，在黑暗中喝着茶，看当地人陆陆续续醒来、扫地、慢慢走向澡堂。这让他们两个人都想起了南方，阿肖克开始回忆他在登加西度过的童年。

在登加西，阿肖克在千禧年到来前夕上了一所新教学校，本堂牧师给孩子们诵读有关洪水预言的《启示录》。在登加西，不会游泳的阿肖克受了朋友的刺激，一头扎进二十英尺深的池塘。时间一秒一秒地过去，他在水里不断下沉，脑子里一片空白，直到朋友大笑着把他拉上了岸，他则被水呛得喘不过气。在登加西，父亲曾经拿着一叠卡片，随机抽出一张来考他和弟弟："Hatch a scheme 是什么意思？""请解释 through thick and thin 的含义。"阿肖克总是试图抢先回答。

阿肖克还给帕尔瓦蒂讲了他在金奈和特里凡得琅的岁月，但略去了有关 chai-wallah（卖茶水的小贩）和电影院里那个男人的事情。他讲了父亲如何从一个行当转到另一个行当，每当生意失败、家里经济拮据时，他们就被迫再次搬家。听着他的叙述，帕尔瓦蒂后悔说了那么多关于自己在特里凡得琅养尊处优的成长经历——关于汽车和小型摩托车，关于饭来张口衣来伸手的生活，关于她华美的小提琴盒子。她开始对阿肖克刮目相看。

阿肖克问帕尔瓦蒂为什么她要出远门旅行。

"Chetan（切坦）。"她说，这是马拉雅拉姆语里面一个表示敬意的称呼，听起来有点客气见外，阿肖克不太喜欢。"我想起了过去的一些事，感到很烦恼，所以在学校无法集中注意力。"

阿肖克点点头，但帕尔瓦蒂知道他其实并不明白。他不可能明白，因为她没有把一切都告诉他。她没有告诉阿肖克：无论是工程学院、孟买还是他，一切都让人觉得不如意。她心想，我本不该嫁给这个人的。此时，太阳从山后冉冉升起了。

有些时候，帕尔瓦蒂对他们在孟买构建的新生活产生强烈反感。在那些日子里，她想念约瑟夫，不想和阿肖克有任何关系。她讨厌玩"过家家"游戏。

此刻，她表示："我想休息一下，暂时抛开学业。"

"好吧,奇布,"阿肖克说,"那就休息休息。"

有些时候,她知道问题的症结在自己身上。在这些日子里,帕尔瓦蒂对阿肖克充满了感激,对他几乎心生爱恋,因为他给予了自己胡思乱想的空间,还毫不犹豫地支持她向学校请假。

马泰兰之行的剩余时间里,他们每天都安排了活动,要么骑马,要么爬山,要么和其他神经兴奋的新婚夫妇一起漂流。在旅途中拍摄的每一张照片里,帕尔瓦蒂都勉强露出笑容。回到孟买后,他们把照片发给了父母,阿肖克的父亲给帕尔瓦蒂写了一封热情洋溢的电子邮件说:"你和阿肖克都看起来那么开心,那么年轻……我为你们感到高兴。爸爸。"

不久后,阿肖克的叔叔和婶婶来住几天。跟阿肖克的父亲一样,他们可以不停地聊上好几个小时;但与他不同的是,他们主要谈论自己。他们在家做客的最后一天,帕尔瓦蒂放学后到商场去挑本书,准备坐在咖啡店里阅读,她实在不想回家面对叔叔婶婶。她拿起了阿米塔夫·高希(Amitav Ghosh)的《罂粟海》(*Sea of Poppies*),这本书讲述了殖民时期的鸦片贸易及其对人的危害。她手不释卷地往下读,直至读到这样一段话:"她知道,现如今,在她的命运与他合为一体的这个夜晚,后悔是没用的……"读到这里,帕尔瓦蒂合上了书。

那天晚上,阿肖克的婶婶和叔叔又没完没了地谈论自己,帕尔瓦蒂默默无语。她心想，听他们说话太烦了。次日早上，她醒来时患了重感冒，于是又睡着了。婶婶和叔叔以为醒来就有早饭吃，他们缠着阿肖克说："我们在这儿等着吃早饭，然后就得走了。她怎么还在睡？"

阿肖克把帕尔瓦蒂摇醒，问道："他们想吃早饭，你想做吗？"

"不想。"帕尔瓦蒂呻吟着说，翻了个身继续睡。婚礼之后，她又回到了每晚要睡将近十个小时的状态，就跟她在印度理工学院金奈校区念书时约瑟夫去德国期间那样。

阿肖克煮了咖啡，但发现没有牛奶了。他表示要做 dosa（玛莎拉香料卷饼），婶婶说她自己来。婶婶和叔叔离开时一肚子怨气，他们认为，阿肖克的新娘太没教养，家里有客人在，竟然都不起床。

帕尔瓦蒂早上九点左右醒来，她迷迷糊糊地拖着步子走进厨房。"家里有牛奶吗？"她问。

"没有，你喝绿茶吧。"阿肖克说，语气生硬。后来，他质问帕尔瓦蒂："你至少可以起床打个招呼什么的，连泡杯茶都做不到吗？他们过来也就待一两天，你可以敷衍一下嘛。"

"对不起，"她说，阿肖克的怒气让她感到惊讶，"我身体不舒服，需要多睡一会儿。"

阿肖克的神情缓和下来。"是这样啊，那就算了。"他说，他一向性格随和，于是不再计较。他和帕尔瓦蒂都没再提起这件事，但在那之后，帕尔瓦蒂确信阿肖克的家里人已经给她贴上了不适合做家庭主妇的标签。她宽慰自己说，反正她也不想当家庭主妇。

〰️

新年前夜，帕尔瓦蒂醒来时神清气爽。考试结束了，印度理工学院孟买校区的这个学期告一段落，之后她就请了假休学。也许她根本不会再回去上课了。对自由的憧憬令她兴奋不已。在他们居住的合作公寓社区外面，小狗时有出生，新的高楼拔地而起，博瓦伊各地有新的西方连锁店开张。一切都是崭新的。那天，帕尔瓦蒂打扫了公寓，连犄角旮旯儿都不放过。她买了一个小小的巧克力蛋糕，手工制作了一张海报，上面写着"新年快乐"。

但是当阿肖克回家时，他看了看蛋糕和海报说："哦，真不错，新年快乐。"紧接着他说："咱们去睡吧。"虽然还没到午夜，但他已经累得筋疲力尽。他也不喜欢新年，心想，又要表一番根本不会付诸实践的新年决心。阿肖克觉得，他的内心一部分还是个孩子，而另一部分像个老人一般愤世嫉俗。

第二天，帕尔瓦蒂开始写日记记录她不上学的时光，她在一个有褐色花卉图案的绿色笔记本上写道:"2014年1月1日。婚后第一个新年,没什么特别的,切了一个蛋糕,然后就去睡了。"

2014年1月,Gchat聊天记录:

阿肖克:咱们就下定决心别继续读博士了吧。

帕尔瓦蒂:读博士的决定有点草率,我觉得好傻。

阿肖克:放松点。

帕尔瓦蒂:你是我的阳光……很少有人像你这样对我说,除了做好自己以外不必多想。

阿肖克:说得我都不好意思了☺

帕尔瓦蒂:你到特里凡得琅来看我的时候,我接受了你,那是指接受你的一切,无论是好的方面还是不好的方面……我也许会对不喜欢的东西悄悄抱怨几句,那是因为我还不了解,一旦我习惯了……我就会完完整整地接纳。

阿肖克:哦哦,我明白了。

帕尔瓦蒂和阿肖克在网上比在现实生活中要温情一些。在网上,他们可以畅所欲言,不必顾虑遭到当面反驳。在网上,他们可以尝试展现出自己心目中的伴侣形象。

在为帕尔瓦蒂申请休学的官方文件中,阿肖克写道,妻子难以适应他们的相亲婚姻。他不必详加描述,因为即便是最刻板无趣的大学官僚也能理解这一点。经过一番斟酌,校方批准了休学申请。

休学的第一个月,帕尔瓦蒂重新布置了家具,按母亲写的食谱烹饪,但不太成功,她经常穿着宽松的睡衣一睡就是很长时间。她试着通过Gchat找阿肖克聊天,但他经常工作很忙。于是,她点开了约瑟夫的脸书页面,翻看他和他的天主教妻子的照片。

首先是他们两个人在旖旎的田园风光里的合影,她用双臂搂着他的腰。接下来是他们和她家人的合影,都穿着花哨的纱丽和kurta(宽松无领衬衫)。后面还有一张合影是在德国的一个校园里拍的,他俩穿着冬款夹克,地面有一层薄薄的积雪。

帕尔瓦蒂在Skype上和约瑟夫聊过几回。起初两个人都犹犹豫豫,毕竟时间已经过去了这么久;但后来,交谈渐渐变得自然了。约瑟夫问起帕尔瓦蒂的婚姻情况,她表示一切都好。她很想知道他妻子的情况,但实在问不出口。有一次,约瑟夫告诉她,他听说印度理工学院金奈校区那棵根深叶茂的老榕树要被砍了。他说学生们都极力反对。帕尔瓦蒂经常在挂断电话后情绪低落。

有一天晚上,阿肖克下班回家时她正在掉眼泪。"我也搞不清是怎么回事。"她说。

"你必须搞清楚,"阿肖克告诉她,"你可以做到的。"

帕尔瓦蒂无法止住哭泣。

"过去的事就让它过去吧,"阿肖克说,"抛开它,往前看。要一起生活,你就得多想想未来。"

"我知道,"帕尔瓦蒂说,"我知道。"但是,除了孟买和特里凡得琅的天气,她还给手机设置了柏林天气。

休学期间她给姐姐打了很多次电话,尽管姐姐要忙工作,还要照顾丈夫和刚出生的宝宝。帕尔瓦蒂有时大哭大闹,有时暗示要自杀。"活着已经没有意义了。"她说。她责怪姐姐当初没支持她和约瑟夫谈恋爱。她指责父亲阻止她嫁给约瑟夫,并把她推进印度理工学院,其实有那么多女性都是自己选择工作和丈夫的。"别这样,"她姐姐说,"这都怪你自己。"她提醒帕尔瓦蒂,阿肖克和深造计划都是她自己选的。然后帕尔瓦蒂又开始自责。等阿肖克下班回家时,帕尔瓦蒂已经哭着哭着睡着了。

2014年2月,Gchat聊天记录:

帕尔瓦蒂:你觉得我们之间是不是有什么隔阂……我觉得你不想听,你烦了……我觉得自己在招你烦。

阿肖克：我愿意听……是真的……我总是在写作，你总是在发泄。

帕尔瓦蒂：所以我必须休息一段时间，跟你说说我的烦恼。

阿肖克：我害怕一旦停笔就会一事无成。

帕尔瓦蒂：你在写东西的时候我没打扰过你。

关于那对不和谐夫妇的小说阿肖克已经不写了。帕尔瓦蒂的情绪问题挤占了他的大部分写作时间。早晨上班前，他原本是要写作的，却经常发现帕尔瓦蒂在抹眼泪。他会坐下来和帕尔瓦蒂聊天，整个早晨都浪费掉，然后又是一个早晨。晚上，下了班，家里安安静静，可他大多数时候都太累了，没有精力再写作。

2014年2月，Gchat聊天记录：

阿肖克：（看到你哭）我也会心乱如麻……我受不了这种场面。

帕尔瓦蒂：看来我每次哭的时候都该一个人待着。

休学几个星期后，帕尔瓦蒂重新拿起了画笔。这次，她不画印度教诸神，也不画卡塔卡利舞者，而是画她和阿肖克一起看过的美国电影里的名人。她画了詹妮弗·劳伦斯、艾玛·沃森和《老友记》的全部主演。她观看了YouTube上的教程，学习如何画好鼻子、嘴和眼睛，学习如何"将主平面分解为次平面""查看景观表面"和"确保从各个角度观察"。她开始觉得绘画有点像工程学。

她还开始跟着阿肖克一起坐火车去市区出差，这样她就可以参观卡拉科达（Kala Ghoda）的美术馆。卡拉科达是一个形似新月的艺术区，在这里，时间似乎比在这座城市的其他地方过得要慢。建筑是殖民时期的，属于印度撒拉逊式的新古典主义风格。咖啡馆的窗户很高，价格昂贵，宽敞明亮。街道很宽，但鲜有车辆驶入，一个人可以不受干扰地漫步很长时间。如今的卡拉科达就像人们所描述的殖民时期的老孟买，那时，这座城市还没有变得人口过剩，伸手就能从树上摘杧果。

帕尔瓦蒂在卡拉科达最喜欢的美术馆是让吉尔美术馆（Jehangir Art Gallery），它邀请游客进去和艺术家交流。这个美术馆里的作品包括柔和的乡村风格水彩画、印度教神灵青铜雕塑，以及用亮色丙烯颜料画的乡村妇女。参观回来，帕尔瓦蒂经常会画上好几个小时。在这个过程中，她开始找到自我。

很快，帕尔瓦蒂开始集中精力画肖像，特别是眼睛。她曾听说眼睛是最难表现的人体器官，因为它们表达的感情最为丰富。卡玛拉·达斯说，眼睛就像"燃烧的白色太阳"。一位印度瑜伽大师说,心灵通过眼睛微笑。备受敬重的苏非派诗人鲁米也说过同样的话。鲁米还说:"揉揉你的眼睛,满怀着爱重新审视爱。"

帕尔瓦蒂专心绘画,逐渐给予阿肖克更多的空间,而在这个过程中,她注意到,阿肖克回到了她的身边。

2014年2月,Gchat聊天记录:

阿肖克:我在想我们俩滚床单的情景,我压在你身上,你用两条腿夹着我猛晃。

帕尔瓦蒂:你就是在想这个吗?

阿肖克:是啊chikki,千真万确。

Chikki是一种印度甜食,用花生和粗糖制成。Chikki是蜂蜜的颜色,也是帕尔瓦蒂眼珠的颜色。帕尔瓦蒂在休学期间剪了短发,她以前从来没剪过这么短。阿肖克告诉她,这个发型看起来"淘气顽皮",因为很少有印度女孩留短发。现在,他们做爱时会尝试新的姿势,甚至嘴对着嘴。

帕尔瓦蒂的情绪时好时坏。她一发作,阿肖克就称之为"痛哭一阵(crying jag)"。一天,他听到帕尔瓦蒂哭得呼天抢地,明白这将是她哭得最厉害的一次。

牛津词典解释:Jag是指a sharp projection(一阵)……

起源于中古晚期英语，意思是"stab, pierce（戳，刺）"，也许象征着突然的移动或不均匀。

帕尔瓦蒂是在和阿肖克的家人通完电话后开始痛哭的。在和他们交谈时，她意识到自己对他们依然觉得陌生。她没选择他们，真的没有。她对他们几乎一无所知，她根本不觉得自己和他们有任何瓜葛。她越想越烦。挂断电话以后，她走进自己的房间开始抽泣。

"怎么了，奇布？"阿肖克走进卧室里问道。

前不久，有人告诉他，他们所在郊区的名字在古吉拉特语里的意思是"戏剧性"或"歇斯底里"。他心想，自从搬到这里，我的生活就充满了戏剧性和歇斯底里。

这时，帕尔瓦蒂抬头看着他。这个人是谁？他是一片空白，在过去一年里几乎未曾填补的空白。他是陌生人，是她用来替代父亲的人。

"你怎么哭了？"

"都是过去的事。"帕尔瓦蒂说，虽然内心呵斥自己停下来，眼泪却止不住地往下流。

阿肖克坐到她身边，不知道还能做点什么。

"阿肖克，"她终于说道，"如果我失态，别问我为什么哭。"

"好吧。"他说。

"有时候只是因为你不在身边，我也会哭。"

"那还真的让人担心。"说着,他起身去拿手机,告诉编辑他需要请一天假。

阿肖克搂着帕尔瓦蒂,她一直在哭。在那之后,虽然才下午,他们还是去睡了一会儿。醒来时,他们觉得公寓里又热又闷,外面天已经黑了。要是能开车出去散散心就好了,但他们没有车。两个人决定出去走走,逛逛郊区的闹市,路上可以经过帝玛超市和新开的星巴克。回到家,阿肖克打开了一部马拉雅拉姆语电影,认为帕尔瓦蒂会喜欢。没多久,她开口谈论这件事。

"我不该哭得这么厉害,一定吓到你了,阿肖克。"她说。

"没关系,"他说,"想哭就哭出来吧。不过你这样哭让我很担心。"有时,阿肖克感到害怕他的新婚妻子。

"从现在起我再也不哭了。"她说,声音非常严肃,好像在做出一个郑重的承诺。"我要用一种更成熟的方式来处理,我们要沟通交流。"

"好。"阿肖克说,但他并不确定这个承诺是否可信。

〰

四月,阿肖克买了一辆车。

几个月来他一直在为自己没有车而忧心忡忡,他知道帕尔瓦蒂对汽车的渴望与对他的渴望有关。在所有电影中,包括宝莱坞、泰米尔语、马拉雅拉姆语，甚至美国和英国的电影，男人都会开车或骑摩托车带着女人长途旅行。他们都是这样坠入爱河的。有一次他调侃帕尔瓦蒂说："你是那种想……开着车开启长途浪漫旅行的女孩。"帕尔瓦蒂毫不犹豫地说："没错，我就是那种女孩。"阿肖克曾无意中听到了她在电话里告诉亲戚说她特别想开车。

所以阿肖克买了这辆车。他不得不取出全部存款，并且贷了一笔款，但他心想，voilà（瞧），现在他们有车了。事实证明，塔塔公司生产的 Nano 实在太便宜了，便宜得让人担心它不中用。他们买的车像高尔夫球车一样矮矮的、方方的，是市场上最经济实惠的车型之一，只要三十三万卢比。但它能开，而且是属于他们的。阿肖克称其为"穷人的梅赛德斯"。

刚结婚的时候，阿肖克向帕尔瓦蒂吹嘘自己是一个"超棒的司机"，但等到他们买了车，真相就暴露了。阿肖克对每个动作都感到焦虑和不确定，而且不会辨识路标。有些时候，遇到交通拥堵，人力车在周围风驰电掣，他会停在路中间不知所措。摩托车会差点撞到他的汽车，涂着鲜艳车漆的货运卡车飞驰而过，车尾的 "Horn OK Please"[1] 标语消失在远方。喇叭声

---

1 印度几乎所有卡车的车尾都涂着这种字样，语法不通，起源不详，据说是用于提醒后车在超车时鸣喇叭，但如今在很大程度上已经成为一种卡车文化。

此起彼伏，直到最后阿肖克回过神来，穿过十字路口。

"我看到了你有多棒。"帕尔瓦蒂在经历了一次这样的事件后取笑他。

"不是每次都这样的，今天情况特殊。"阿肖克辩解道。

"别再吹嘘你自己棒了，那样我才会相信你的话。"帕尔瓦蒂说，阿肖克和她一起大笑。

∽∽∽

阿肖克有了新的目标：不仅要把小说写完，还要找到出版商。他感觉得到，他每交往一个女人，小说的风格就有所变化——和娜达在一起的时候，笔触比较轻松；他俩分手后，语调变得灰暗；到他和马莉卡分手时，文字变得近乎绝望。现在有了帕尔瓦蒂，他的文风再次发生了变化。婚后，他对两性关系的描述更加真实可信——夫妻之间复杂的角力、难以言说的伤害，还有一个个细微的幸福瞬间。他有时还会借用帕尔瓦蒂向他讲述过的生活片段，比如，她在上大学的时候曾尝试建造一艘会飞的船，但它始终未能从地面起飞。

帕尔瓦蒂休学已经六个月了。阿肖克现在可以经常在早晨写作了，尽管仍有很多个清晨的时光虚掷。如果他要找到一个出版商，那需要有持续的时间来写作。但是当阿肖克问起帕尔瓦蒂的打算时,她表示,她依然很困惑。她说她拿不定主意要不要回去求学。看到她摇摆不定,阿肖克变得非常恼火,帕尔瓦蒂还从没见过他这副样子。

在报社,一位同事前不久引用了马哈拉施特拉邦人关于婚姻的一句谚语:爱情就像被蝎子蜇了一口,一开始是痛苦的愉悦,但是随着毒液渗入体内,你会感觉越来越痛。

"事情不应该是这样的,"他告诉帕尔瓦蒂,声音里透出严厉,"你不能无限期地抑郁,你得考虑到还有别人和你一起生活。"

帕尔瓦蒂沉默不语,她知道阿肖克说的是对的。

那个星期,她给儿时的老朋友打电话,她们已经多年没联系过了。在客厅里,从门边摆放神灵的祭坛到挂着结婚照的位置,帕尔瓦蒂来回走动,把她们上一次交谈以来发生的一切都告诉了这个朋友。她从约瑟夫聊到阿肖克,还有她在孟买漫长休学期间的孤独。孟买是一个拥有一千八百万以上人口的城市,但人人都有可能人间蒸发。

朋友听完问道:"你觉得跟这个人还有将来吗?"

她是指约瑟夫。

"我已经嫁给了阿肖克。"帕尔瓦蒂说。说完这句话,她知道自己已经有了答案。

她要放弃约瑟夫,她要回去求学,她要尽可能去爱阿肖克。

是时候选定一个角色,选定一种生活了。

挂断电话后,帕尔瓦蒂感到了一种久违的平静。在这之后她不哭了,兑现了她对阿肖克的承诺——直到孩子的事情让她再次痛哭。

为时未晚

*

马娅和维尔
2014 年—2015 年

我就好像一头栽倒在了地上，
或者就好像被她关进屋子里锁了起来，
然后她扔掉了钥匙。

"你唇上的咬伤

令我心碎

虽然我们分别已久

却似乎依然密不可分"

——贾亚德瓦,《牧羊女之歌》

维尔打算带马娅去位于海边的约胡,并在那儿的一家餐馆吃饭,他们还从没去过那儿。但是那天以及前一天晚上暴雨滂沱,道路都被淹了,到约胡估计会需要好几个小时。晨报的报道说,约胡机场的跑道已成一片汪洋。报道警告说,连日大雨导致一条鳄鱼爬上岸,将一名正在洗衣服的妇女拖进了水里。报道还说,在该国的中西部地区,雨季的降水"带来欢乐",但也"带来忧愁"。

马娅和维尔决定改到购物中心吃晚饭,每当这座城市太热或下雨时,人们就不约而同地躲进购物中心。在路上,骑摩托车的人举着雨伞单手驾车,或者用塑料袋蒙着脸。人力车夫在车顶铺开了防雨布,但根本挡不住所有的雨水。车堵在路上,一家人都有点饿了,这时维尔提起了前不久去看望他婶婶的经历。他压低嗓门告诉马娅:"雅努跟她说,他想喝酒。他还说,他想喝酒是因为'这没什么大不了的,马娅、维尔和苏巴尔就经常喝'。"马娅做了个鬼脸。维尔又说:"现在她可有 masala（香料粉）嚼舌头了。"马娅点点头,他说得对。这样的流言蜚语可能会带来麻烦。马娅回头看了看后座上的雅努，心想，他太聪明了。他们以后在餐馆喝酒不能再那么明目张胆了。

但是，一进购物中心，所有的顾虑就全被抛到了九霄云外。这个购物中心是新建的，占地面积很大，看上去熠熠生辉。中庭悬挂着标语，宣传购物中心里的高档中餐馆和意大利餐厅。雨珠从天花板上滴落，一名壮汉蹲在地上，拿着水桶和抹布把每一滴水都擦得干干净净。马娅和维尔一层一层地逛，雅努兴高采烈地跑在他们前面。他现在四岁了，对什么都感到兴奋和好奇。

他们选择了一家印度菜自助餐厅，维尔喜欢这种餐厅，它的天花板上垂挂着花里胡哨的彩色吊饰。在他们吃着 pani puri（爆浆脆球饼）和其他的小吃时，DJ 为庆祝一对夫妻的周年纪念日播放了一首二十世纪六十年代的英国情歌，雅努求爸爸妈妈一起跳舞。"等会儿再说。"马娅表示，她正忙着一遍又一遍地查看手机，维尔则到餐台去取餐。

吃完饭，雅努获准离开桌子，他马上跑到一个塔罗牌占卜者面前。那人身材肥胖，眼睛近视。维尔请他占卜，他对维尔说，他前景堪忧，应早做准备。维尔付之一笑。随后，DJ 播放了一首旁遮普乐曲，维尔和雅努开始跳舞。马娅等了很久终于收到了苏巴尔的短信，她开始用手机给父子俩摄像。

回家的路上，他们让雅努坐在前排，把座椅靠背往后放倒。维尔唱起随口乱编的摇篮曲哄他入睡,"Bana,soja bana(小王子,大豆小王子)……"雅努的眼睛渐渐合上。雨已经停了,周围笼罩着一层薄雾。维尔继续唱着:"Laddoo(球形甜点)……Pyaar(爱)……"

雅努现在其实可以单独睡了,但他一直不肯。那天晚上睡觉时,他紧贴着维尔的后背,手里攥着马娅的一缕头发。

～～～

通往浦那的路上雾气弥漫,仿佛有鬼魂和幽灵出没似的。一路上,马娅喋喋不休,她对即将到来的旅行充满期待,话也就多了起来。那个月她很少见到苏巴尔,自从他辞掉拖欠工资的新差事,他的来访变得更加难以确定。要想跟马娅见面,他得开车在路上奔波一个多小时。但现在,他们可以有整整两天时间在一起。

"我在开车,马娅。"苏巴尔说。马娅的唠叨让他心烦,他伸手拍了拍她的大腿。

公路开始蜿蜒穿过群山,山间悬挂着塔塔都科摩通信公司(Tata Docomo)和印度威士忌品牌皇家之鹿(Royal Stag)的广告。雾气让那些字母看上去就像悬浮在空中似的,只隐约看得见 T-A-T-A。雾气越来越浓,很快,苏巴尔眼前变得白茫茫一片。马娅伸长了脖子,透过迷雾看到了一座山峰。"快看,"她说,"我们去那儿吧,爬到山顶。"

苏巴尔点了点头,但什么也没说。几分钟后,他把车停在了一个休息区,这里有变味儿的 idle(蒸米浆糕)和清汤寡水的 sambar(酸豆汤)供应。马娅进了屋,苏巴尔没有跟过去,站在外面大口大口地吸烟。

到了受摩托车尾气污染的浦那,苏巴尔让马娅下车。他有一个商务会面,不想迟到。辞职以后,他一贯的大嗓门消失了,也不再喜欢开玩笑,他的男中音变得嘶哑。但他有一个新的创业想法,这次会面的目的就是为此筹集资金,他努力不去想它的顺利进行是多么关系重大。

后来两个人在咖啡厅见面时,苏巴尔告诉马娅,那个人答应给他投资五千万,这个数额太大了,让他犹豫起来。他没有感到兴奋,反而感到担忧,就像胃里塞了个杧果核似的隐隐不安。马娅替他高兴万分,这让他越发感觉糟糕。那天下午她也有一个商务会面,是去见一个工程师,她给幼儿园买的一款应用程序出现故障需要排除。她掏出手机想确认时间,苏巴尔紧盯着她。

"马娅,你为什么不能在电话里解决这个问题?"他问道,声音透出怀疑,"我真搞不懂。"

马娅解释说,她已经试过了,问题没能解决。苏巴尔不信。

"你是不是喜欢那里的什么人?"他提高了音调说,两个人向车走去,"所以你要去那儿?"

"你说什么?没有,没有。"马娅把手机塞进手提包,好像它很烫手。

苏巴尔坐到驾驶座上,让马娅叫一辆人力车去跟人会面。"再见。"他说着关上车门,扔下马娅站在路中间。大大小小的摩托车从马娅身边呼啸而过,她强忍着没哭。

后来她发短信给苏巴尔,苏巴尔说,他要到一个表亲家过夜,马娅得自己找地方住。她心想,我做错什么了?我什么也没做。

在浦那临时订酒店很难,要么房价高昂,要么没有空房,要么地理位置不安全。马娅到处找酒店,渐渐开始焦虑。女人在天黑后独自走夜路是很不安全的。最后,她请那个工程师帮忙找一家酒店,他叫莫汉,比马娅小几岁,骑一辆皇家恩菲尔德(Royal Enfield)牌摩托车。他下巴上留着一小撮胡子,戴着耳环,孩子气的脸朝气蓬勃。马娅不得不承认,她觉得莫汉很帅。

那天晚上,莫汉载着马娅去酒店挨家问询价格和有没有空房,奔波了好几个小时。他不停地道歉,说他不能让马娅住在他家,因为那对于一个孤身旅行的女人来说不合适。最后,他们在购物区找到了一家性价比合适的酒店。马娅对莫汉给予的帮助千恩万谢,他则客客气气地表示不足挂齿,在外面一直等到她上楼进了房间。

在楼上,马娅筋疲力尽地瘫倒在酒店的床上,她点了印式中餐客房服务。她想到了苏巴尔特别爱吃印式中餐,然后就情不自禁地想念他。她查看手机,但苏巴尔没给她发短信。她不禁心烦意乱。她回想自己像个白痴一样站在车水马龙的马路中间,愤怒油然而生。维尔也没给她发短信。她睡着了,牙关咬得紧紧的。

第二天早上,苏巴尔到酒店来接马娅,就好像什么都没发生过一样。他笑容满面,格外健谈,详细讲述了他拜访表亲的经过。然后,他问了马娅许多问题。但是马娅不肯回答。汽车驶上高速公路,马娅一动不动地坐在座位上不理他。最后,他不吭声了,把车停在同一个休息区,就是那个提供清汤寡水的 sambar(酸豆汤)的休息区。马娅去洗手间时,他又抽了一支烟。

回到车上,苏巴尔问马娅是怎么找到酒店的,她讲述了当晚的曲折经历。她说,她差点没地方住,后来求了那个工程师帮忙。

苏巴尔勃然大怒。他说马娅不提前订酒店是愚蠢的做法,说她那么晚了还在城里走来走去不安全。他暗示,马娅打电话给那个工程师简直像个 randi，也就是婊子。

看马娅的脸色，苏巴尔察觉自己的话太过分了。"好了，马娅，我最好闭嘴。"

"你最好动动脑子，也许就不会胡说八道了。"马娅回敬道。她声音苦涩，紧接着开始发抖。"看你都干了些什么事、说了些什么话，你想想看，我能受得了吗？"她说着说着就哭了起来。

"好吧，马娅，"苏巴尔说，"我错了……好吧，马娅，我错了。好吧，马娅，我错了。"他不停地重复这句话，就像英伦时代留声机上的一张破唱片，马娅则一言不发。最后，他终于住了嘴。车子驶入孟买的城市边界，两个人都沉默不语。

苏巴尔把她送到家时表示，如果她能"抛开"他们之间的误会，他会体谅的。马娅没吭声，砰的一声关上车门走了。

那个星期晚些时候，她在学校里忙碌，努力不去想苏巴尔。这时电话响了，是维尔打来的，他以前从未在大中午给她打过电话。

"马尤，"他说，"我正在从工厂回来的路上，你在家吗？我们可以喝点茶。"

马娅惊讶地举起电话看了看才又把它贴到耳边。

"不行，甘差，我在学校呢。"她说。这个时间她向来是在学校的。"我走不开，不过帕拉薇在家，她可以给你泡茶。"

听筒里没有回话，沉默良久。

"算了，没关系，"维尔说，"我是想，如果你在家的话，我们就喝杯茶。"

~~~~

在浦那之行后的几个星期里，维尔看出来马娅有不愿告诉他的心事，于是开始在家里和她吵架。他质问她为什么晚上总是打电话，为什么她总是在下班后和朋友们出去玩，为什么他们两个人从来不去度假。最终马娅同意安排一次旅行，他们选定了阿里巴格（Alibaug），那是一个尘土飞扬的古老的海滨小镇，开车前往只要几个小时。

路上，尽管道路弯弯曲曲，维尔却把车开得飞快。快到阿里巴格时，他撞到了一只突然冲到车前的流浪狗。他表示无能为力，所以没停车。他说，他敢肯定这条狗在被撞以后依然活蹦乱跳。很多人撞了狗之后都会扬长而去。马娅和雅努没有回头看，他们不想破坏这一天的心情。

他们住的宾馆便宜而简陋，但外面环境很美，有吊床，高高的树干涂成红白黄色，棕榈树叶低垂，海岸就在不远处。

一家三口到海滩时，太阳即将落山。雅努跑到沙滩上，他要骑一匹小马。这匹马是纯白的，配有五颜六色的马鞍，在海滩上踱来踱去。他们给了雅努几个卢比,让他自己去玩。骑完马,雅努开始挖沙坑,马娅朝海浪走去。维尔跟在她后面,但犹犹豫豫。他一直怕水。海上的风浪对癫痫患者不利,他是这么认为的。他害怕再次发作。马娅转过身看到他的惊恐,一把握住了他的手。

他们一起踏进海水,脚下是各式各样的贝壳和掉落的椰子。太阳下山了,海浪泛起泡沫。潮水渐渐上涨,没过了他们的脚踝。两人望着大海,这时维尔松开了马娅的手,两个人转身面向沙滩。"Bana(小王子)——"他们喊道,雅努跑了过来。

~~~

雅努长大了,现在已经快五岁,变得特别黏母亲。清晨在家,马娅看报纸的时候,他经常爬到她的腿上坐着,直到马娅呵斥他去换好衣服。司机开车送雅努上学的路上,马娅会靠在雅努的肩膀上说"我爱你",撅起嘴唇作势要亲吻。雅努总是会回应"我也爱你",嘴唇也撅成同样的形状。他经常紧紧搂住妈妈的脖子,直到学校门口。

渐渐地,母子间形成了一种共情。如果马娅因为身体不舒服而留在家里不去上班,雅努就坚称自己病了,也不去上学。如果马娅熬夜,雅努就睡不着。他会辗转反侧,甚至尿床。如果她吃了荤食，雅努坚持也要吃，不过马娅告诫他千万别告诉父亲。父亲又去非洲出差了，雅努打电话给他。在 WhatsApp[1]上，父亲设置的离开消息是"DND"，意思是"请勿打扰"。但雅努不管，就是想打扰他。他一遍一遍地打电话，终于接通了语音邮件。"爸爸，家。"雅努对着话筒说，声音严肃，长睫毛忽闪忽闪的。"有家就有亲人，有妈妈、爸爸、奶奶、爷爷，所有人。要在国内工作。家意味着亲情，不能离开你爱的人，在哪个国家住就在哪个国家工作，不能去别的国家。"

虽然雅努和维尔很亲近，但他也会不信任维尔。难得由维尔照看他的时候，一天的开头总是很美好的。他们往往会一起锻炼。"动起来，动起来。"维尔像在学校里一样大声喊道，雅努会自豪地表演一个翻跟头或者开合跳，只穿着白色背心和内裤。"哇，太棒了，简直像汤姆·克鲁斯，像萨尔曼·汗。"维尔会笑着表扬，雅努咯咯地笑。

维尔还会辅导他写作业，或者，他们开车去郊区兜风，维尔会给雅努买礼物——巨大的蜘蛛侠气球或者复仇者联盟和小黄人大眼萌玩具。但维尔难免会接听跟工作有关的电话，于是雅努只好独自玩耍，瘪掉的气球掉在地上。维尔又开始加倍努力地工作，从他的身体状况就能体现出来。他瘦了，却大腹

---

[1] 这是一款用于智能手机之间通讯的应用程序。借助推送通知服务，可以即刻接收亲友和同事发送的信息。——编者注。

便便。他的头发长了,胡子乱糟糟的,眼睛下面出现了黑眼圈。

在这些日子里,马娅下班或是办事回到家总发现父子俩都气鼓鼓的。维尔想工作或读报,雅努老是来烦他。有时,维尔为了缓和尴尬气氛轻轻弹一下雅努的耳朵,雅努就会躲开,说:"喂,别碰我,爸爸。"有时,雅努得到许可玩爸爸的手机,但后来手机没电了,维尔便试图要回手机。"讨厌,真讨厌。"雅努有一天晚上喊道,声音大得惊人,"大骗子!""Matkar(住嘴)!"维尔也粗声粗气。在这些日子里,每当马娅走进家门,父子俩似乎都因为她的出现而感到如释重负。

尽管如此,晚上向来不是马娅而是维尔给雅努揉脚,给他唱宝莱坞老歌或者瞎编的摇篮曲。他会唱道:"Bana, soja bana(小王子,大豆小王子)……Laddoo(球形甜点)……Pyaar(爱)……"雅努特别疲倦的时候,维尔和马娅往往要一起上阵才能让他停止哭闹。虽然他始终是个听话、自立的好孩子,但仍然一到晚上就烦躁不安。他一哭,马娅就会把他从沙发上抱起来,维尔则把他带进卧室,拍着他的背说:"好啦,bana(小王子),睡吧,睡吧。"如果他们还像雅努很小的时候那样问他喜欢爸爸多一些还是喜欢妈妈多一些,他仍然会把两只手都举起来。

到了九月，浦那之行的几个月以后，马娅和苏巴尔彻底断了联系，维尔开始问起他的去向。

也许他注意到了马娅不再和苏巴尔一起外出，注意到了她晚上接打电话的次数大大减少。她甚至把苏巴尔的照片从她办公室的墙上取下来了。"他很忙。"马娅说。

过了几个星期，他又问了一遍。"他很忙。"马娅依然这样回答。

苏巴尔和马娅的关系时好时坏，但是当事情了断时，马娅哭了好几天。她最后一次跟他见面时，两个人一起吃了顿午饭，马娅跟在他后面走出餐厅时在楼梯上摔倒，胳膊撞到了墙上。在一层大堂里，她痛苦地抱住胳膊肘。"跟我说说是怎么回事。"苏巴尔坐在她身边说，声音特别温柔，"怎么会受伤的？"

那时候两个人都深知，他们的关系已经完了。

此时马娅心想，他伤透了我的心，我觉得心力交瘁，像绷紧的钢丝一样断了。但是过了几个星期以后，她决定不能再哭了，决定不再想他。她把苏巴尔从手机、脸书和 WhatsApp 上删除。几个月里，苏巴尔千方百计与她取得联系，直到马娅在上班时请阿什妮给他发了一条信息："马娅好不容易才忘掉你，她已经受够了苦，你也是。忘了她吧。"马娅并没有忘掉他，但觉得自己必须装作已经忘了他。

苏巴尔的情况更糟。他整夜整夜地睡不着觉，心想，我就好像一头栽倒在了地上，或者就好像被她关进屋子里锁了起来，然后她扔掉了钥匙。他猜想马娅是不是嫌他胖、嫌他老；他一直因为马娅既年轻又漂亮而忐忑不安。他在马娅的幼儿园里存放了几箱东西，他打电话给她，扬言要到学校里来烧掉它们。他说，他要躲进森林再也不回来。他知道自己表现得像个傻子，但他心想，毕竟，在她身上，我找到了生命中最美好的东西。

马娅不这么认为。她断定，苏巴尔进入她的生活是有原因的，是为了教她如何重新去爱。但到头来他露出了真面目，而她不喜欢自己看到的一切。如今，一切都结束了。

一个月后，维尔再次问马娅："苏巴尔去哪儿了？"

"我们已经不怎么来往了，"她说，"我们产生了一些分歧。"

从那以后，维尔再也不问了。

～～～

维尔从非洲打电话告诉马娅，他的父亲给他们买了一套大房子，或者说是多套大房子。一套三居室给马娅、维尔和雅努，一套给维尔的哥哥，还有一套给他自己和妻子。三套房子在同一幢公寓楼里。维尔的父母和他们只隔着几层楼。

维尔给马娅摆明种种好处。这套房子离她的幼儿园更近，比他们现在住的房子更高档、更宽敞。马娅可以尽情按她的想法设计和装饰。然而，马娅认为这听起来像是地狱，或者说是陷阱。她无法想象再次和公公婆婆同住一幢楼。前不久她去看望他们时，他们对她态度冷淡，维尔的父亲嫌她来看望他们不够勤。她对维尔说，要让她搬进那套房子，她有一个条件："如果你在接下来的两年里不把我从房子里弄出来，我就自己走出去。"

维尔预料到了马娅会做出这样的反应，对此根本不放在心上。他为即将拥有那套公寓而感到兴奋。三居室，一千八百平方英尺（约 167 平方米），面积是他们目前所住公寓的三倍。它将证明他们已超越了中产阶级，也许堪称有钱人。他和父兄们努力赚钱，终于得到回报。现在，既然新房子已经触手可及，维尔又想到了他的目标，那就是让马娅开办一所她自己的学校。不是加盟校，是由她掌管的学校，赚到的钱全归她。那样一来，马娅就终于可以不依靠他生活了。那样一来，或许他就可以独自在海边小屋归隐，那是他至今念念不忘的梦想，他将在一楼卖啤酒、威士忌和椰汁以便有点事情做，楼上由他独居。

马娅去请教了她的占星师。这次，占星师说，她不会离开维尔。他说，他们会一直凑合着在一起生活，永远不会离婚。

至少从目前的情形来看，马娅认为占星师说对了。维尔身上有某种让她难以割舍的东西，正是那种男性气质使她在穆西河畔坠入爱河并认定了非他不嫁。

和苏巴尔劳燕分飞后，马娅再次想到过自杀。她想过跳崖。她只字未提，但占星师一眼就看了出来。"别那样做，"他神色严峻地对马娅说，"你要是再有那种念头就告诉我。"她答应了。

苏巴尔从她的生活中退出后，马娅开始和其他男人约会。这座城市里的已婚女人似乎不再是不可交往的。她和浦那的工程师莫汉约会，和当年曾经同她一起上学、如今在柏林生活的一个男人互发短信，在脸书上和新德里的一个摩托车手联络。每个男人都给她带来了维尔无法给予的陪伴，她只是偶尔会反思一下自己的行为是不是在还债。

就像有第六感似的，马娅的母亲恰好在这个时候打来电话问起女儿的婚姻状况。她大概猜到了事情不太对劲，因为她打电话来的时候马娅总是没和维尔在一起。马娅不想撒谎。"如果有一天我结束这场婚姻，希望您别感到震惊。"她对母亲说。

"转身离开很容易，"母亲说，"但接下来呢？"马娅不吭声。母亲继续说："不管跟谁，感情无外乎就是那么回事，程度或许有深有浅，但需要投入的精力和包容是一样的。"马娅的母亲嫁给她的父亲已经三十五年了，她暗示，婚姻中几乎总是有其他人插足,关键是要学会忘却。

〰〰

一月,雅努五岁了,马娅给他写了一封满怀深情的长信,说雅努教会了她"深爱一个人意味着什么"。维尔的那个既会赚钱又爱喝酒的表兄送给雅努四只情侣鹦鹉。这些鸟有黄绿、赤褐和蓝绿三种颜色,亮晶晶的眼睛充满了警觉,喙短短的,身上毛茸茸的。她和雅努给它们取名为恩妮、梅尼、米妮和摩伊。雅努最喜欢那只蓝色鹦鹉。蓝色鹦鹉最聪明,很快就学会了用喙打开笼子。雅努对小鸟说:"你真淘气。"不过,看到自己的小鸟这么聪明,雅努非常高兴。

从此以后,马娅回到家会发现所有鹦鹉都在屋子里到处飞。帕拉薇不得不把它们一只一只地抓回笼子里。

有一天,一只鹦鹉不见了,然后另外一只也不见了。马娅明白了,这是因为帕拉薇晾衣服的时候打开了通往阳台的门。终于有一天,他们回到家发现鹦鹉一只都不剩了。

雅努满五岁这天,维尔满三十九岁了。他现在工作起来废寝忘食,家人、朋友和同事都开始为他担心。他一直说,他想赚够钱让马娅开办一所自己的学校,让雅努什么都不缺。他希望能够像祖父那样出手阔绰。他感到筋疲力尽,但安慰自己说没事。他心想，我是马尔瓦里人，工作起来不知疲倦。他告诉自己要抛开一切情绪，包括倦怠情绪。他在心里说，我的DNA已经淡化了，我现在更像是个机器人。

维尔有时候的确会变得情绪化，毕竟他不可能一直像个机器人。导致他情绪化的因素往往是马娅不搭理他，或者到深夜还在鼓捣手机——她最近又开始这样了。有时维尔吼道："你还睡不睡觉了？打算在脸书上刷一整夜吗？"每当他发火，马娅会先磨蹭几分钟以免显得轻易屈服，然后一言不发地跟着他去上床睡觉。

马娅也在更加努力地工作。她的幼儿园扩大了规模，不得不请了一个保姆照顾雅努。学校每个月都有新生，但她仍然记得每个孩子的名字；这对她来说很重要。她经常随机走进某间教室里去和孩子们交谈。每当有家长慕名来访，马娅或阿什妮会向他们滔滔不绝地介绍这所学校将如何改变孩子的人生。虽然马娅不喜欢这种照本宣科式的推介，但她对自己所说的话深信不疑。"孩子回到家，看到他们能做以前做不到的事情，你们会倍感欣慰。"她们的介绍总是会打动家长。孟买的任何一个积极进取的家长现在都希望自己的孩子学英语，而且是在一所国际化的学校学英语，因为英语能确保孩子将来有一份高薪职业。

经年累月，马娅逐渐成长为一个严厉却公正的校长。召集老师们开会时,她说话直截了当:"这个星期六谁也不准请假,听好了,Chutti nahi milega(不准请假)。"所有女孩都认认真真地听着,双手在背后交叉。有一个女孩上班迟到,马娅告诉她下不为例。女孩一再解释,马娅打断她的话:"我理解,但其他女孩会跟着你学,那就收不住了。"女孩承诺再也不迟到了。另外一个老师要求加薪,马娅向她解释了加薪的时间和依据。会议结束时,她问道:"还有什么疑问吗?"谁也没有疑问。

但马娅也是她们的朋友,她每天和员工一起吃午饭。这是父亲教她的,这样一来员工就会尊重她,并且更加兢兢业业地为她效力。午餐时,年轻老师向马娅和阿什妮倾诉她们的感情生活,以及当她们试图跨越社群界线约会时遭到父母反对的烦恼。"这是一个可以敞开心扉谈论男友的工作场所。"马娅表示,她和阿什妮有时会给她们提一些建议。但是当一个女孩给马娅和阿什妮看她的一张性感自拍照时,马娅告诫她说:"这种东西不能给老板看。"

那一年,马娅和阿什妮决定为学校举办盛大的年度庆典,为此划拨了高达十五万卢比的预算。她们给孩子们请了一位专业的编舞,购买了精美的演出服装,并租用了一个大礼堂。把一百四十个吵吵闹闹的孩子组织起来唱歌跳舞并非易事,但马娅至少有阿什妮协助。这次演出的主题是"我长大后想做什么",

孩子们穿着各式各样的服装跳舞，有的扮演警察，有的扮演艺术家，有的扮演教师，都不是律师、医生和工程师这样的传统职业。唱完歌，孩子们齐声说："不管我最终想做什么，我想做个好人。"许多家长都哭了。

演出的最后，老师们出人意料地为马娅表演了一个小品，赞美她白手起家创办幼儿园，赞美她的管理果断坚毅、公平公正，赞美她和所有员工组成一个幸福的大家庭。看着自己手下的这些女性载歌载舞，马娅也哭了。尽管这是艰难的一年——也许是艰难的好多年——但她心满意足，她知道自己办起了梦寐以求的学校。

年度庆典后不久，阿什妮告诉马娅，她要离开幼儿园了。她的丈夫让她辞职去经营家族生意，那是一家女装店，这样他就可以从事自己更喜欢的工作。起初，阿什妮不肯，她不是一个轻易屈服的女人。但阿什妮的丈夫和公公婆婆不断施压，最终她只好向马娅辞职，就像所有来自保守家庭的胆小女孩那样。失去阿什妮马娅很痛惜，她聪明、坦率、自信，已经成为她最亲密的朋友。在阿什妮向马娅坦露她正在和另一个男人约会的秘密之后，两个人的关系越发亲密。

那个男人来自阿什妮的家乡，她在上学时就认识。阿什妮说，那个男人待她如公主。他说，他爱阿什妮的一切。于是，每次阿什妮回娘家都会与他见面。不久，她开始专程坐飞机回去与他见面。在看到了马娅的高音谱号文身后,她甚至也为那个男人文了身。阿什妮的文身是ishq,在阿拉伯语里表示"爱",是那种无私的爱,无欲的爱。她告诉马娅,她为自己既想要一个宠溺她的男人又舍不下孩子的父亲感到愧疚。

马娅告诉她不必愧疚,因为她不是唯一有这种想法的女人。

~~~

马娅和维尔的九周年结婚纪念日转眼就到了。维尔很晚才下班回家,根本没提结婚纪念日的事。但今年,马娅没有为此伤感烦恼。她手下的老师们举行了小小的庆祝活动。朋友们在他们的脸书涂鸦墙留言,她和维尔都表示了感谢。这就够了。她不再需要维尔装出他们之间根本没有的深情。她有别的朋友,有别的男人,那些男人夸她聪明漂亮,送给她各种爱称,比如rani,意思是"女王"。

不过,她不能把什么事情都告诉这些男人,包括她始终未曾向维尔讲述的童年秘密。她知道他们不会理解,所以只告诉了阿什妮,她们俩依然是好朋友。

第一次发生在马娅六岁到八岁的时候,那个男人在文具店工作。母亲常常给她两个卢比到那儿买纸或笔。有几次,那个男人试图亲吻她、抚摸她，马娅不知所措。有一次，她在店里逗留了很长一段时间，母亲找过来，把她带回了家。"下次碰到陌生人要当心。"母亲说，从此再也不给马娅钱让她去那个商店。

马娅稍微长大一些的时候，大约十一岁左右吧，邻居家一个十五六岁的男孩在她家的露台上摸了她。当时有别的孩子在楼下玩耍，马娅再次不知所措。这次是马娅的祖母来找她，看见了正在发生的事情，并且出面阻止。事后，她对马娅说："下次你再这样我就告诉你父亲。"马娅很困惑，她觉得自己没做错什么，是那个男孩干了坏事。但现在看起来就好像是她的错，而如果再发生这种事，她不能告诉任何人。

再后来遇到的是家里人的一个朋友。有对夫妻住在附近，每当丈夫出城，马娅的父母常常打发她过去陪那个妻子。他们甚至让马娅在那儿过夜，以免那个女人睡不着。有时候，丈夫深夜回家，马娅醒来时发现他的手正试图伸进她的衬衣里面或者裤子里面。她还不满十四岁。遇到这种情况，马娅浑身僵住，骨头就像灌了铅似的。她敢肯定那个妻子是醒着的，知道发生了什么事。然而，丈夫外出时，妻子仍然会请马娅到家里来陪她。

终于，马娅告诉父母，她不想再去他们家了。然后那个男人就到马娅家里来，趁她父母不在的时候摸她。过了几次，马娅鼓起勇气对他说:"不许碰我! Bas ho gaya, abhi(行了,够了),你再这样我就跑出去叫人。"在这之后,他再也没碰过马娅。这件事她从来没告诉过别人,她敢肯定,她要是告诉了别人就会惹上麻烦。

"也许我一个接一个找男人的原因就在这儿。"马娅在讲完她的故事后对阿什妮说。也许这就是为什么她被苏巴尔吸引,后来离开他,如今又被其他男人迷住。这是她偿还的债,也可能不是。

马娅需要有人告诉她,她不欠债,过去发生的一切并不是她的错,她被其他男人吸引也许有其他原因。但是阿什妮什么也没说。这些事情是禁忌话题。

~~~

马娅的幼儿园创办四周年之后不久,维尔被诊断出患有Ⅰ型糖尿病。此前他曾被诊断为Ⅱ型,主要由体重超标或缺乏锻炼所致。但现在医生说他们弄错了。医生说,维尔的糖尿病已经非常严重,"胰腺基本上已经死亡"。"死亡"这个词维尔和马娅都听得清清楚楚。医生告诉他,如果想活到老年,他就要改变饮食结构和生活习惯。

维尔在拿到诊断结果后竭力保持冷静,他心想,我要让自己稍微更健康一点，那样才能活得长，才能和雅努度过更多美好的时光。

维尔参加了为期四天的糖尿病治疗营，回来后在饮食方面有了更多的改变。他买回家一袋又一袋食品，其中大部分是新鲜农产品。他说，他不能再喝牛奶了，他要成为一个素食主义者。他问马娅能不能给他做素食。

他发誓再也不拼命工作了。他从来没有像在治疗营里那么快乐过，因为很久以来他第一次有时间睡觉、锻炼、享受美食，有时间思考很多事情。"你知道吗，马娅，'信任（trust）'去掉T就成了'锈（rust）'。"他讲笑话说。

马娅笑了。诊断结果洗刷了她的大部分怨恨，至少在眼下，在维尔需要她、没有她也许就活不成的时候。她觉得自己以前满肚子怨气是愚蠢的，况且他们很快就要搬进新家了。

几个星期后，维尔坐在沙发上吃 namkeen（小吃），马娅坐在另一张沙发上，两个人谈起搬家的事。"东西不是这种吃法，没点儿喝的。"他说着走向兼作酒柜的壁橱。

"到了新家我们把酒藏哪儿好呢？"马娅问。维尔给她倒了一杯威士忌，她呷了一小口，感觉并不喜欢。她更喜欢加了甜柠檬的朗姆酒，她和苏巴尔在一起喝过。但是维尔只在家里储藏苏格兰威士忌，他喜欢昂贵的东西。

"没关系，放在橱柜里就行。"维尔说。

"你父母要是发现了会把我扔出去的,"马娅说,"他们还会狠狠地踢你的屁股,让你疼得走不了路。"两个人都大笑,继而沉默。"我父亲要是知道我喝酒也会生气的。"她说。

"哦,是吗?"维尔露出恶作剧般的表情。他坐直身子,放下酒杯,掏出手机。马娅等着看他玩什么花样。他说:"我这就打电话给你父亲,告诉他你在喝酒。"

马娅扬起眉毛。

维尔开始对着手机说话,口吻就像一个爱管闲事的邻居,就是那种一边嚼包叶槟榔一边东家长西家短扯闲话的人,嘴里像含了弹珠似的。"喂,叔叔,你好……Haan, toh(是的,是啊),你知道你女儿在这儿都干些什么吗?"维尔假装在大口大口嚼包叶槟榔,说话含糊不清。

"知道,"维尔又模仿马娅父亲的口吻,得体而优雅,"她在一家国际幼儿园工作。"

"她干的事情确实很有国际范儿,"维尔吐出了想象中的包叶槟榔,"喝各种各样的国际酒水。"

"啊?"

"孟买所有的酒吧都得靠她才能维持下去,而且她还吃 tikka(鸡肉)。"

"Nahi(不会吧)!"维尔模仿马娅的父亲惊恐万状地说。

"Haan(是真的)。"

马娅笑得差点从沙发上掉下来,维尔很高兴自己还能逗她笑。

起初,新的糖尿病诊断使他们吵架的次数减少了,也吵得没那么凶了。但好景不长。没过多久,维尔说马娅做的饭菜难以下咽,马娅声称从此以后由帕拉薇给他做晚饭。

随着家里的生活变得一团糟,帕拉薇干活儿也变得不可预测。她会早上来了晚上就不来,洗碗洗得不干净,衣服刚开始洗就跑出了门。有时,她压根儿就不来,说是有别的事情要办。原来,她家里的生活也一团糟。

过了几个月后,帕拉薇告诉了马娅实情:她的丈夫和她的妯娌有婚外情,而且她的妯娌已经怀孕了。"离开他。"马娅对她说。但帕拉薇不能这样做。她辛辛苦苦帮人做家务挣来的钱都存进了他名下的银行账户,她老家的房产也在他名下。

最让帕拉薇难过的是,这件事人尽皆知。全家人都知道,这让她倍感耻辱。连小叔子、也就是跟帕拉薇的丈夫睡觉的那个妯娌的丈夫也知道,却似乎根本不在乎。马娅敢肯定,这是因为他们都想得到帕拉薇的钱,尽管钱并不多。这样一来,妯娌和她的丈夫费尽心机也可以分到一部分。

那个星期天,帕拉薇没上班,也没打来电话。她的手机关机了,她丈夫的手机也关机。她的两个儿子到马娅家来问她有没有上班,这让马娅很担心。她等了帕拉薇一整天,第二天早晨前往帕拉薇的棚屋，但棚屋上了锁，没人在家。下午，马娅派雅努的保姆去找帕拉薇，但她也没找到。

两天后，帕拉薇终于露面，她说，她的丈夫一直在和她吵架，不许她离开家也不许她打电话。难怪她家的棚屋上了锁，她的手机关机。两个儿子大概是被锁在外面了。争吵的焦点是另一个女人，因为私生子很快就要出生了。

尽管如此，帕拉薇还是没有离开丈夫。这不仅仅是钱的问题，她说那会让儿子们受苦。马娅庆幸帕拉薇没生个女儿，否则事情会更加复杂。如果一个女人离开她的丈夫，那么女儿通常会很难嫁出去。但父母离婚对男孩的影响不大，男孩总是受优待，无论贫富都是这样。

马娅对此有亲身体会。虽然她比弟弟要聪明，学习成绩更好，总是能得到老师的表扬，但父母不惜卖掉了土地送她弟弟到美国留学，马娅则上了本地的大学。

"离开他吧。"马娅又说。她鼓动帕拉薇趁她和维尔搬家时一道搬家，并且带上两个儿子。马娅说她可以重新开始。帕拉薇表示会考虑考虑，又开始准时上班干活。

尽管被诊断出了Ⅰ型糖尿病，维尔很快就恢复了以前的工作日程，这关系到生意的成败。"我已经休息了太长时间。"他说。他还开始操心非洲的业务，那里有一个国家的新政府让他的生意变得前途叵测，而且有个商人欠了他二百二十万卢比。"我要拉黑他,"维尔有一天宣布,声音里透出不同寻常的苦涩。"我要让他脖子上流血。"

维尔越发瘦了,裤子直往下掉。

〰〰

新公寓里有三间卧室:一间给雅努,一间给维尔和马娅,还有一间当客房。维尔和马娅也可以各住一间卧室。

马娅得知,维尔的父亲给了家里其他儿媳百分之五十的公寓所有权,她却只得到了百分之十的所有权。她父亲表示,若维尔的父亲不邀请他,他是不会出席乔迁宴的。马娅知道维尔的父亲绝不会发出邀请,这么多年过去了,两位亲家依然水火不容。维尔想撮合两个马尔瓦里商业家族联姻的目标始终未能实现。维尔的父亲最近曾透露,他仍然认为儿媳要守规矩。他说他和马娅在新家里面必定会再次争个高下。马娅感到焦虑,她心想,不,我不想吵架,我不想搬过去。

但是,她又隐隐地期待新公寓和势必到来的冲突。也许,争吵会变得十分激烈,促使她下定决心离开维尔。她心想,前提是他的身体状况好转。前提是这么做看起来合情合理。就跟与维尔有关的一切事情一样,对于新家,她的感情错综复杂。自从他病倒,她就不知如何是好了。

虽然对新公寓怀有恐惧,但她全身心地投入了装修的工程,挑选色调、设计窗户和购买西式家具。她梦想拥有整面墙的书架和步入式衣橱,梦想以超级英雄为主题布置雅努的房间。参观公寓时,她看到了那幢楼房有多么豪华,尽管它尚未完工。大楼已经有保安把守,入口的两旁栽种着竹子,到处是玻璃门和大理石。公寓本身有巨大的窗户,城市风景尽收眼底。她可以看到棕榈树和粉色楼房以及远处连绵起伏的山丘,不过,附近看不到哪幢楼房的窗户里面上演小剧场。这是大多数女性梦想中的家。

搬家前,维尔的老朋友拉杰和阿妮卡来访,他们俩是当初见证了维尔和马娅成婚的两对恋人之一。

拉杰和阿妮卡在斋浦尔过着平静的生活,两个人齐心协力经营一家小店,出售拉贾斯坦服装。他们善良朴实,阿妮卡没有养育过子女却有着慈母般的情怀,拉杰脸庞宽阔,目光锐利。

马娅和维尔结婚以后,他们就没怎么见过面。但一起待了几天后,拉杰和阿妮卡就断定马娅和维尔的婚姻出了问题。他们俩似乎看都不看对方。一开口说话,他们就好像随时都会吵架。拉杰和阿妮卡商量好必须劝劝他们。一天晚上,拉杰和维尔一起喝苏格兰威士忌到很晚,尽管维尔因为有糖尿病而不应该喝酒。聊了一个小时,拉杰终于抓住机会。他问维尔为什么好像不在乎马娅了。

"瞧，我对谁都没感情。"维尔色厉内荏地大声说。

"瞎说。"拉杰表示。在他的所有朋友当中，维尔一直是最重感情的。

"我不过是一心扑在了工作上面。"维尔说着喝了一大口酒。

多年前，另一个马娅跟他分手之后，维尔向自己做出了两个承诺。第一，他要夜以继日地工作以防家族生意再次破产，就像几十年前那样。第二，他不再结交很多朋友。他不再打电话祝贺生日，不再为特殊原因邮寄贺卡，不再写诗送给拉杰这样的朋友；他不再与他人保持深厚情意。

他告诉自己，最好别结交太多朋友，如果像她这样的人都可以绝情地转身离去，那其他人也都可以。在失去了母亲和另一个马娅之后，他觉得，谁都不爱大概最为稳妥。但这些话不能告诉拉杰。

第二天，维尔去上班了，拉杰和阿妮卡让马娅一起坐下来谈谈她的婚姻。拉杰先向她转述了维尔说的话。

"嗯，是啊，甘差很冷漠。"马娅一边说着一边端上她准备的精致午餐，包括roti（印度煎饼）、米饭和各种subzi（蔬菜）。她觉得没必要在老朋友面前演戏。

"不，马娅，"拉杰说，对她的回答并不满意，"甘差不是那种冷漠的人。他感情丰富,过去给我写贺卡的时候会附上诗。"

马娅点了点头,心想,那是以前的维尔。

"Kya hua(怎么回事),马娅,到底出了什么事?"

"事情是在2008年开始恶化的,"马娅说,措辞谨慎起来,"这个……在一定程度上因为他父亲和家里人用心险恶。"

"他们其实都是骗子。"阿妮卡说。

"是骗子。"拉杰附和道,他从小就认识维尔一家人。

聊着聊着,拉杰回忆起当年他找到维尔的父亲谈起维尔和马娅的婚事时,维尔的父亲兴高采烈。事后看来,儿子跟人私奔,他却兴高采烈有悖常情。"现在我明白了,他兴高采烈是因为这会让你父亲恼火,并且给你带来耻辱。"拉杰说。他想起这两个马尔瓦里男人曾经一起做生意,也许,对维尔的父亲来说,这桩婚姻是一种报复。

"嗯。"马娅点了点头说。

"他老婆更不是什么好东西。"

"嗯。"马娅再次表示赞同。她一直搞不明白维尔的父亲在多大程度上受妻子影响,反正维尔和他的兄弟们都不喜欢那个说话刻薄的继母。马娅想起维尔的祖母曾对她说,假如维尔的生母还活着,那么一切都会不同。维尔的母亲总说想要儿媳,她会待她视如己出。也许他的母亲会帮助马娅和维尔建立感情,设法让他们在一起。如果他妈妈还活着，也许维尔就不会那么拼命地工作。但是维尔的母亲已经不在了，马娅明白，假设毫无意义。

吃完午饭，马娅端上了绿茶和奶茶，话题转到了占星术。他们都还记得，马娅所属星宿是 mula nakshatra（二十七宿中的尾宿），据说这个星象对女孩来说不吉利。这个星宿的女孩充满激情，但也感觉受到习俗的束缚。她们总想反抗，很容易产生怨恨或感到被人背叛。这个星宿的女孩感情生活不顺，和父亲关系不睦。她们是探索者，永远在追寻。尽管马娅并不完全相信占星术，但这个星象的确真实反映了她的人生。

他们都回忆起马娅和维尔星象不合。"还记得吗？他们举行婚礼的那天晚上发生各种匪夷所思的事情。"阿妮卡说。大雨，错过吉时，绕圣火八圈而不是七圈。

"前几年我甚至改了婚后姓。"马娅说。

"我们很替你担心，"阿妮卡说，"要不是相信并且愿意帮你维持婚姻美满，我们当初就不会插手帮你们举行婚礼。"

"甘差在忙些什么？"拉杰说，"我简直一无所知。"

马娅晃了晃脑袋，她的谈话热情渐渐消退。几年前我们的婚姻刚开始出问题的时候，他们在哪儿？

"马娅，"拉杰振作起来说，"至少偶尔去看看他的父母，和甘差一起去。"

"我才不去呢,"马娅说,斩钉截铁地放下杯子,"任何女人在这种情况下都会是这种反应,都不会去看望他们。"

"要不干脆离婚?"

不行。他们一致认为不能离婚,因为维尔的父母会想方设法带走雅努。

"那就没有办法了。"阿妮卡说。

"我会再和甘差谈谈。"拉杰表示。

"都是我的错,"马娅说着开始收拾茶杯,"我明知道甘差是什么样的人,却还是嫁给了他。"

阿妮卡和拉杰无能为力地看着她。那天晚上,半夜里,雅努生病了,早上他刚喝完巧克力奶就吐了。

~~~

第二天傍晚,太阳快落山时,马娅和阿妮卡带雅努去了阿格萨海滩。雅努用紧实的沙子堆城堡,身后有男人兜售新鲜的柠檬苏打水,阿妮卡问马娅是不是在和别的男人约会。

"没有。"马娅生硬地回答。对于这种说法,她渐渐感到不耐烦,感觉好像拉杰和阿妮卡现在认为她是罪魁祸首而维尔是受害者。如果维尔病了,那么大概是她的错。马娅心想,他们觉得甘差变成这副样子是因为我,我得想办法让他恢复正常,可是我能怎样？他不是小孩子了，我也不是神，我是人。

维尔很晚才下班回到家，发现马娅、拉杰和阿妮卡正坐在餐桌旁聊天，雅努已经去睡觉了。维尔走进房间时唱起一首古老的宝莱坞民谣，就是他以前唱给祖父听的那种。他以轻快的舞步从大家身边经过，进了厨房，拿出四个玻璃杯，还有一瓶黑方劲烈版调和威士忌。

"你不能喝酒。"马娅说。

"医生说我可以喝九十毫升。"维尔说。

"老兄，"拉杰说，"你在撒谎。"

维尔转移了话题。他开始放声歌唱，声音里带有一丝尖厉。他看上去既疲惫又虚弱。等他唱完，马娅提心吊胆地等着看他要说什么。维尔喝光杯子里的酒，开始谈起他的非洲之旅。

"那是世界上最美好的事情，"他对拉杰和阿妮卡说，"最美好的。"他停下来，转过身看着马娅，"跟她这样的人讲这些事好比对牛弹琴。"

房间里鸦雀无声，马娅看着自己的大腿，拉杰在手机上打开一个星座应用程序。

"读读我们的星象吧。"马娅说。

拉杰输入了马娅和维尔的详细信息，也就是他们的出生时间和地点。应用程序上的一个轮盘转啊转地进行计算，然后给出了结果：这对夫妻彼此不相容，相互间没有爱。马娅和维尔都笑了，也许笑得很苦涩。拉杰继续大声朗读："看起来你们应该各住一间房、各开一辆车。"马娅怀疑算命结果里并没有这段话，心想，他不过是想挽救我们的婚姻。

拉杰关闭了应用程序，房间再次安静下来，只有那座印地语时钟的嘀嗒声。"问问马娅当初为什么嫁给我。"维尔说，他似乎醉了。

"因为那时我爱你。"马娅说。

"那时？"阿妮卡问。

"你们问的是过去，所以我用过去时回答。"

"那你当初为什么娶马娅呢？"

"实际上，这是个狗屁问题，"维尔摇摇晃晃地站起来说，"该再喝一杯了。"

那天晚上，马娅上床睡觉时情绪低落。第二天早晨，维尔准备去上班时，马娅哭了。"你为什么不干脆离开我？"她说，"人人都觉得你的健康问题是我造成的，都想责怪我，所以你为什么不一走了之呢？"

"你对我有意见吗？"维尔问。

"没有。"她泪流满面地说。

"我对你也没有意见。你过你的日子，我过我的日子。"

维尔走后，拉杰和阿妮卡再次让马娅坐下来，但是马娅没有心情再听人说教。"别再指责我了。"她冲着他们喊道，砰的一声关门上班去了。

回家吃午饭时,马娅发现拉杰和阿妮卡已经走了,留下一张便条表示歉意。马娅边读边想,我厌倦了这种生活,厌倦了这种废话,厌倦了忍受这一切。

她给拉杰和阿妮卡发了条短信:"一路平安。"

九年的伤害不是一天的交谈所能化解的。

那个星期,维尔对自己说:马娅要是离开我也没关系,无所谓,反正我已经眼睁睁见过妈妈离开了我,没事。已经有两个人先后离开了我,没什么大不了的。假如这个马娅也离开他,他会没事的。他的生意会继续,他会继续赚钱。他告诉自己,作为一个马尔瓦里人,这才是最重要的。

马娅把她在WhatsApp上的个人资料照片换成了一个分号图像,配文是:"人生仍要继续。"后来她又把它改为查尔斯·布可夫斯基(Charles Bukowski)的一句诗,说的是一个女人"疯狂"却"有魔力","她的激情没有掺假"。

她把自己的脸书照片换成了一张性感照片——戴着夸张的耳环,身穿真丝纱丽,涂了眼线膏的眼睛盯着镜头。

她通过短信和一些男性朋友聊天,原本打算跟其中一位在汽车旅馆共进午餐，但她没有赴约。第二天，报纸上说，孟买警察突击搜查那家汽车旅馆，带走了在旅馆里面发现的情侣。警察根据这个国家旧的道德法则指控其中一些人有"公共场合淫秽行为"，尽管他们都在室内。

孟买高等法院表示，他们对这一突击搜查行动感到震惊，警方应明白这座城市正在发生变化。但马娅知道，它的变化不大。

∽∽∽

当月晚些时候迎来了九夜节，这个节日是为了纪念印度教女神杜尔迦，她是圣母，汇聚了诸神的力量。杜尔迦是创造者，同时也是保护者和破坏者。杜尔迦证明了至高无上的力量是一个女人。杜尔迦与马娅的观念——认为世界是一种幻觉——相关，因为据说杜尔迦是黑天神奎师那的虚幻能量。杜尔迦帮助奎师那迷惑众生，让他们深陷情感不能自拔、以为短暂的吸引会带来幸福。那些人不明白，人生就跟婚姻一样，既魔幻又虚幻。杜尔迦是马娅最喜欢的神祇之一。为了纪念她，马娅决定在幼儿园举办九夜节庆祝活动，邀请所有的学生、老师和家长参加。

庆典那天，维尔准时下班回家，这让马娅感到意外。他穿上一件漂亮的红色 kurta（宽松无领衬衫），马娅则穿上了由阿什妮的服装店手工缝制的扎染连衣裙，阿什妮接手以后，那家店生意红火。马娅给雅努穿上一件与她相配的粉色 kurta（宽松无领衬衫），把他的头发梳向一边，跟他父亲的发型一样。一家三口开车来到礼堂，维尔帮马娅一起布置。

活动以 aarti（礼赞神祇）开始，马娅和老师们围绕点着火烛的灯台，一边拍手一边唱杜尔迦赞歌："世界之母，创造万物……"

之后，家长、老师和孩子们跳起了灵感来自奎师那的 dandiya raas（西部民间舞）和表现女性线条美的 garba（加霸舞）。他们围成一个大圈，旋转，拍手。男人们穿着五颜六色的 kurta（宽松无领衬衫），女人们戴着沉重的金饰、化着浓妆，并且都穿着印度传统服装，裙摆散开犹如倒扣的茶杯。蹒跚学步的孩子们涂了 kajal（植物眼线膏），戴着手镯和鲜艳的帽子，手里拿着跳舞用的小棍子。十月天气还很热，所有人都满头大汗。

马娅宁愿当观众，抱着一个年龄最小的学生坐在一边。阿什妮来了，抱了抱马娅以示问候。"给我拍张照，行吗？"阿什妮说。她穿着紧身裤和自己店里卖的深蓝与绿松石颜色的上衣。她看了马娅拍的照片，摇了摇头。"再拍一张吧？"照片是要发给她的情人。她丈夫没来参加这次聚会。

马娅站起身,轻轻敲了敲麦克风。该颁奖了。阿什妮颁发了最佳舞蹈奖和最佳着装奖,然后马娅再次拿起麦克风。"最后的十分钟留给自由舞。"她说。

维尔早在跳 dandiya raas(西部民间舞)和 garba(加霸舞)的时候不知去向,此时又出现在舞池中,伴着他熟悉的音乐舞动起来。他穿着红色长款 kruta(宽松无领衬衫)跳舞时,看上去一点都不像个病人。他看起来还跟以前一样,还是童年好友熟悉的那个无忧无虑、重情重义的男孩。他依然是马娅在婚礼上第一次遇到的那个男人,会讲笑话,逗得婚礼上所有人开怀大笑。马娅向维尔示意,对着麦克风说:"这就是我丈夫维尔,我知道大家都很少见到他。"

维尔对这番激励无动于衷,继续跳舞。他进入了浑然忘我的境界。马娅转向 DJ,说:"请把音乐声开大一点。"歌曲名叫"DJ Wale Babu",是一首令人上瘾的最新流行歌曲,听起来一点也不像维尔喜欢的那种老歌,但他依然在舞蹈。"我把世界踩在脚底下……其余一切听天由命。"维尔开始拍手,雅努在他旁边舞蹈,咯咯地笑着。马娅放下麦克风,开始和他们一起跳舞。歌曲结束时,维尔向马娅张开双臂,就像宝莱坞电影里面男主角对女主角做出的动作。马娅迎了上去,时间未晚,恰到好处。

喜迁新居

———— * ————

沙赫扎德和萨比娜

2014 年—2015 年

知足是取之不尽的宝藏。

> "人心如鸟:爱为鸟头
> 希望和恐惧是双翼。"
>
> ——学者伊本·卡伊姆(Ibn al-Qayyim)

五月,孟买的热带季风气候没有让人失望,空气又热又潮。在这样的日子里,纳伦德拉·莫迪就任印度总理,他来自亲印度教的印度人民党(BJP)。在这样的日子里,沙赫扎德再次去看医生。莫迪扭转了该邦的经济,许多人认为印度需要这种转变,尤其是在印度并未像经济学家所预测的那样超越中国之后。印度的穆斯林虽然人数在增加,但只占全国人口的百分之十三,他们再次认识到自己几乎毫无发言权。沙赫扎德来到医生的办公室时内心充满恐惧与愤怒。

"大夫,你根本就没帮我。"沙赫扎德说。他厌倦了乘兴而来又两手空空而去。"我能怎么帮你?"医生说,"你想要的东西这世界上没人办得到。"但沙赫扎德提醒医生,他不再想要吃了能生孩子的药。"至少我可以和妻子有正常的性生活,至少是这样。""行。"医生说,给他开了壮阳药,每天服用两次。沙赫扎德将剂量加倍。

这些药片让沙赫扎德盗汗、头晕、胃部不适,尽管这其中某些症状可能与总理选举的结果有关。他的房事能力没什么起色,但他自我安慰地认定,睾丸的沉重感说明他在好转。

"有效果了。"沙赫扎德在复诊时气喘吁吁地告诉医生。医生迁就了他的幻觉,又给他开了一个疗程的药。

莫迪当选后,沙赫扎德和萨比娜的朋友、家人和邻居都开始担心政府会更加大张旗鼓地采取措施为难他们。选举前,莫迪曾发表声讨穆斯林的讲话,而此前执政的印度国民大会党(Indian National Congress)的领导人绝不会这么做。当然,国大党也有它的问题;该党帮助领导了从英国争取独立的斗争,然而在那些光辉岁月之后,它逐渐变得裙带关系和贪污腐败泛滥。它也未能根除贫困现象,未能实现持续的经济增长或实行改革。它从国民手中掠夺了巨额钱财,这也是一种谋杀行为。因此,国大党在投票中被淘汰出局不足为奇。

沙赫扎德和萨比娜的恐惧是多年不曾有过的。他们知道,即使莫迪不实施针对穆斯林的行动,他的大批狂热信徒也会替他动手。

Achhe din aane waale hain. "好日子就要来了。"这是莫迪的竞选口号。但是沙赫扎德和他的朋友们相信,这句话并不适用于他们。

六月,莫迪获胜的次月,斋月快到了,同时还有沙赫扎德和萨比娜最喜欢的两个假日。萨比娜最喜欢"宽恕之夜"

（Night of Forgiveness），真主安拉在这个晚上决定所有人的命运：谁死谁活，以及接下来一年里会发生什么、不会发生什么。这天夜里，穆斯林祈祷未来生活美满，祈求他们的一切罪过都得到宽恕。那些用心祈祷、痛悔过失的人会得到宽恕。

沙赫扎德更喜欢"万能之夜"（Night of Power），纪念先知穆罕默德去见真主的日子，那一天《古兰经》面世，天使降临，把天堂带到人间。通过这次会面，先知还给人类带来了祷告。据说，"万能之夜"可敌一千个夜晚相加，在这个夜晚祈祷的人可获得一千夜祈祷的力量。尽管因斋戒而身体虚弱，但沙赫扎德经常一直祈祷到清晨，这让他觉得自己离真主很近。今年，他决定祈求真主保佑他在塔拉维有好运，并帮助他顺利与萨比娜行房事。

但是，斋月一开始，沙赫扎德就不得不停止服药。他心想，如果我继续服药却同时禁食，那我会神经错乱的。他暗自下定决心，假日一结束就马上恢复服药。

与此同时，萨比娜忙着置办节日饮食，为全家人准备了 gulab jamun（玫瑰炸糕）、firni（大米布丁）、蛋奶沙司、halwa（哈尔瓦酥糖）和其他甜食，她喜欢做这些甜点。她穿上精致的 salwar kameez（传统宽松连衣裙），戴上最好的金饰。娜丁抱怨法尔汉什么都没送给她，沙赫扎德则早已买好了昂贵的礼物想给萨比娜一个惊喜。萨比娜戴上首饰，脖子、耳朵和手腕上金光闪闪,这让她恍惚间感觉自己的婚姻完美无缺。

～～～

自从莫迪上台,许多穆斯林的信仰越发坚定。沙赫扎德比以前更努力地向真主祈祷,并对《古兰经》深信不疑。

沙赫扎德鄙视恐怖分子对伊斯兰教的所作所为,他们把伊斯兰教从美丽的宗教变成了暴力的宗教。在《古兰经》的描述中,天堂的华美超乎人类大脑的想象:到处都是流淌的牛奶、花园和天使,人人都年轻快乐。如果喝了水,你能看见它在你的体内流淌,因为在天堂,你的皮肤是半透明的。沙赫扎德觉得,既然人必有一死,那么不如以穆斯林的身份死去。

但是沙赫扎德不想感到衰老,他想感觉年轻,况且他依然想当父亲。最起码,他希望有能力行房事,那样他就可以在某种程度上感受到力量和尊严。从许多方面来讲,塔拉维的土地感觉像是他最后的希望所在。

那年冬天,沙赫扎德的几个婶婶和堂兄弟破坏了他关于塔拉维的计划,他们接受了那个地方恶霸给的支票。他很生气,心想,到手的钱再少,也总是比以后才能拿到的钱诱人。

然后，恶霸打电话给法尔汉，那时法尔汉已经开始帮助沙赫扎德保住塔拉维。恶霸说："不许再去塔拉维，否则我打断你的腿。"

沙赫扎德知道这是一个重要时刻，他们决不能退缩。他告诉法尔汉，与其打退堂鼓，不如给对方点颜色看看。法尔汉表示赞同。于是，两个人砸开了制革厂老板在房产入口处上的锁。他们花了将近两个小时，用了一些润滑油，还请了一个建筑商朋友帮忙。他们惊讶地发现没人阻拦他们，连那个娃娃脸的保安也没露面。

沙赫扎德觉得，这可能多亏了建筑商朋友，他身材壮实，一张黑脸神色严峻，留着浓密的大胡子。这名建筑商穿着紧身牛仔裤、花衬衫，戴着金戒指，骑着皇家恩菲尔德摩托车，拿着一部外壳闪闪发光的手机。总之，他看起来活脱脱就是一个宝莱坞电影里的黑帮分子。

他们重新竖起一道门，唯一的钥匙掌握在他们手里。随后沙赫扎德和建筑商去吃午饭，点了一盘一盘的鸡肉、羊肉和肉卤。吃到一半，沙赫扎德接到了一个电话。

"你到那处房产干什么？"一个声音问道。他过了好一会儿才意识到是警察打来的。

"那是我们的房产，"沙赫扎德说，"我们待在那儿天经地义。"

"你是在那儿制造骚乱,你打了制革厂的保安强行闯入。"

"没有的事,"沙赫扎德说,"那是胡说八道。"

"马上到警察局来。"

沙赫扎德掩住听筒,向建筑商转述了警察的话。"让警察过来,"建筑商嚼着肉说,"我正吃饭呢。"

沙赫扎德惴惴不安地挂了电话,心想,他们捏造事实报了警,现在搞成了刑事案件,这下可麻烦了。

紧接着沙赫扎德接到了法尔汉打来的电话,他一直留在那边。"快来,警察来了。"制革厂老板和他的手下也到了。建筑商很恼火,同意陪沙赫扎德回去。据沙赫扎德回忆,他们到达后,警察把他们推进了一辆警车的后排座位,制革厂老板和他的手下也一起被带到了警察局。警方称这是一起骚乱案件,指控他们几个人都违反了印度刑法第一百四十九条:非法集会。他们在拘留室被关押了六个小时。

"我们不是暴徒,我们是建筑商。"建筑商说。"那处房产是我们的。"沙赫扎德补充道。说这些没用。得请律师,得花钱,得行贿。沙赫扎德知道是谁在捣鬼,归根结底,是那个地方恶霸。

但过了几个星期,晚间新闻报道,那个地方恶霸退出他的政党。报道说,他辞职是因为不满意这一支持莫迪的政党对待穆斯林的态度。沙赫扎德根本不信,他明白是怎么回事:那个恶霸被踢出局了。政党内部尔虞我诈，连大人物有时也会倒台。这意味着制革厂老板不再受到保护。尽管他们仍然要上法庭，但沙赫扎德知道，他时来运转了。

四月，新闻里宣布，涉嫌参与1993年爆炸事件的穆斯林雅各布·梅蒙将被处以绞刑。沙赫扎德以及这座城市里的其他许多穆斯林都认为对他判罚过重。沙赫扎德明白，他早该料到会发生这种事情，但塔拉维带来的兴奋大概蒙蔽了他的视野。

报道称，当年拜古拉市场发生暴乱时，梅蒙就在附近。据说，他目睹了妇女被强奸、男子遭杀害、商铺房屋被烧毁等种种暴行，这段经历促使他参与制造爆炸事件。

沙赫扎德很清楚最惨烈的暴力事件的亲历者都经历了什么，他有第一手资料。那些人要么疯了，要么自杀，要么做出其他暴力举动。但梅蒙不一样，他是一名会计，据他自己声称，他在爆炸事件中的作用仅仅是经济方面的。他坚称自己没参与任何策划，而且他已经在监狱里服刑二十年，与当局配合，并向警方自首。沙赫扎德心想，他们怎么能对这样一个人处以绞刑呢？

梅蒙将被处以绞刑的消息传出后,沙赫扎德感觉自己的脖子被套上了无形的绞索。在父亲去世、他继承了塔拉维的土地以后,他第一次感到自己的渺小。他毕竟不是什么大人物,他不过也是一个无权无势的穆斯林。

全国上下围绕梅蒙的绞刑掀起了激烈的辩论。被告最后一次请求改判,但最高法院最终予以驳回。雅各布·梅蒙被绞死时,沙赫扎德独自坐在房间里哭了。

萨比娜试图安慰丈夫。她说,这些强大的力量是无法控制的,真主决定着一切。她提醒沙赫扎德,他还有塔拉维,还有她,还有玛哈拉和塔希姆。他有一个幸福的家庭,有一套温暖的房子。在和一大家子人住了几十年昏暗拥挤的房子之后,他们很快就要搬家了,搬进一套更大更好的公寓。穆斯林仍然在孟买拥有土地,莫迪并没有夺走这一权利。在孟买,土地就是一种力量。

大约一个月后,沙赫扎德开始说起要在市区豪华地段的戈拉巴新买一个宽敞的办公室。他要在那儿开展经纪业务,用它来会见塔拉维的大建筑商。戈拉巴位于孟买的最南端,那个地方就像弯曲着伸进海里的一根小指头。它靠近该市的主要政府大楼、法院和孟买证券交易所,到处是欧式餐厅、咖啡馆和酒吧。这是所有 firangi(外国人)都喜欢住的地方。在那儿拥有土地或者在那儿办公的都是有权势、有威望的人。但戈拉巴的房价也高得令人咋舌。

沙赫扎德认定,等塔拉维到手,他总有一天会付清买办公室的钱。萨比娜劝他不要鲁莽行事,要为他们的未来着想。如果他买下那间办公室,他们的积蓄就所剩无几了。沙赫扎德说她不懂。

沙赫扎德准备付首付款的那天,萨比娜抱着胳膊守住他们家的保险箱。"你不能把钱拿走。"她说,并宣称她已经把钥匙藏起来了。"那我就把箱子砸了,拿走里面的所有东西。"沙赫扎德提高了嗓门说道。"你可以试试,"萨比娜说,"不过里面什么都没有。"

当天早些时候,萨比娜拿走了所有的钱,一共五十万卢比,还有他们的金饰。沙赫扎德闷闷不乐地离开了房间,等他回来时发现萨比娜不见了。他一遍又一遍拨打她的手机,但都无人接听。

萨比娜坐在她位于班迪市场的娘家公寓里,对于自己的叛逆行为感到十分平静。她一整天时间都在陪哥哥的孩子们玩。小侄女让萨比娜想起了她自己,小姑娘不能跑到外面去,父亲也从来不带她去看电影。她过着与世隔绝的生活,尽管现在像这样生活的女孩在孟买已经越来越少了。萨比娜想方设法哄她开心,给她讲自己的童年,以及她的祖父是什么样的人。

萨比娜知道,要是在几年前,她肯定不会从保险箱里偷拿东西。但是世界已经变了，女人今非昔比。如今的她们 mazboot，也就是坚强有力。她们想走出家门就可以走。她们在饭桌上可以先吃，不必等到最后。男人若有不对的地方，她们就提出异议，无论是关于金钱还是关于食物、婚姻乃至性。

但是过了一天，萨比娜就准备回家了。她知道沙赫扎德需要她做饭泡茶，他的母亲也需要。那是她的职责所在，她不能弃之不顾。她想让沙赫扎德吸取教训，以便他们的未来能有保障。

家里没有了萨比娜，沙赫扎德根本无法入睡。他一整晚都在低声地自言自语："怎么办，怎么办，怎么办？"早上，他毫无食欲。他感到了很久不曾有过的焦虑，他决定不买戈拉巴的办公室了，心想，那个想法太愚蠢了。他根本买不起。他决定不表现出一副 bimar（病人）的模样。他告诉自己，不管什么疾病，哪怕是疯癫，都是可以治愈的。一天过去了，他又给萨比娜打电话，这次她接了。

"回家吧，宝贝，"他说，"没事了。"

〰〰〰

六月的一个大热天，沙赫扎德、萨比娜和整个大家庭搬进新公寓，离开了三代人曾共同居住的旧公寓。

所有人都欢欣雀跃，毕竟，老房子已经墙皮剥落，卧室架子上堆满了过期的药品、用过的美容产品和破旧的电子产品。家具破旧不堪，全家十二口人共用一个印度式厕所。

不过，这次搬家并不是他们自己的主意。有个开发商与他们接洽，询问他们是否愿意搬进拐角处一幢新的豪华高楼。条件非常诱人：他们花二十万卢比买下房产，而它估计很快就会升值到五千万。沙赫扎德是房产中介，他知道孟买到处都在进行这样的交易。开发商让英国时代低层建筑里受租金约束的租户搬进全新的豪华高楼，将美丽的旧建筑——其中有很多即将被列入遗产名录——夷为平地，在原址上面建造更多的豪华高楼。租户和开发商皆大欢喜。

新公寓预示着新生活。这幢外观优雅、风格独特的豪华高楼象征着财富和威望。公寓里面有闪亮的白色地板、花岗岩台面和崭新的管道。他们换了全部家具，扔掉破旧的床具、桌子和椅子。他们买了精美的饰品来装饰光滑的墙面，包括六个 kalima（清真言）中的一部分，以提醒他们铭记伊斯兰教的基本教义。卫生间全部是西式的，有个家庭成员甚至买了一台空调。

搬家对萨比娜来说简直是一场磨难，她花了整整二十四个小时打包。她保留了夫妻俩的衣服和结婚相册，还有一些必需品，但扔掉了大部分东西。沙赫扎德的母亲也累坏了，她已经多年没有离开过公寓。搬家后，她在医院里躺了一整天才缓过来。全家人在新大楼里面分住两套房而不是合住一套房，当一家十二口人全都站在新家里面时，他们一致认为辛苦没白费。

搬家的那天晚上，全家人从附近的一所伊斯兰学校请来几个男生诵读《古兰经》为他们的新家祈福。沙赫扎德和萨比娜给每个人分发了糖果，整个过程让人感觉有点像他们同意结婚的那天。

新家也改变了他们的某些情感，也许是因为新家具锃亮奢华，也许是因为他们能听到窗外清晰的祷告声。或者，也许只是因为风景变了，之前彼此伤害的记忆在这套公寓里荡然无存。

对于新家，萨比娜最喜欢的是卧室窗户，它就像连接城市的走廊。远处，她可以看到通往火车站的条条铁轨，人们在绳子上晾衣服的 chawl（分租宿舍），还有后面建筑工地上的起重机。她仍然可以看到朝圣之家，那是朝圣者在前往麦加途中停留的地方，闪亮的大理石露台上是乌鸦喜欢栖息之处。窗户不远处有几棵树，树枝低垂，两只绿色的鹦鹉常常落在一根树枝上唱歌，声音高低婉转。

对萨比娜来说，这扇窗户浓缩了整座城市：人、动物、交通、火车、工业和宗教。穿着心爱的孔雀蓝 salwar kameez（传统宽松连衣裙）、披散着头发看风景时，她几乎总是能看到一些新的东西。太阳渐渐落山时，她喜欢看着夜幕降临这座城市。

现在萨比娜可以随心所欲地出门，因为沙赫扎德的母亲卧床不起，根本管不了她。到了新家，萨比娜不再把婚姻说成是齁甜的 laddoo（球形甜点），而是看作她乐于为家人制作的甜品。即便不是在节假日她也会精心打扮，把褪色的棕褐色 kurta（宽松无领衬衫）换成最好看的 salwar kameez（传统宽松连衣裙）。她经常用海娜粉染头发，以至于冻感冒了。她抹法国眼霜来消除黑眼圈，每天都戴着心形金耳环。她喜欢上了巴基斯坦连续剧，特别是《爱人》(*Humsafar*)，它讲述了一对年轻夫妇的生活。

搬家后的一天晚上，萨比娜爬到了沙赫扎德的身上，让他大吃一惊。他们原本并排躺在两万卢比买来的新床上，床单上印满花卉图案。尽管买了这张价格不菲的新床，萨比娜大多数晚上都睡在地板上的垫子上，说是风扇下面更凉快。但是这天晚上，她上了床，而且骑到沙赫扎德身上，享受了快活。反正沙赫扎德记忆里是这样的。到了新家，他们就像一对新婚夫妇，或者说在共同生活很久以后又重新认识了彼此。对萨比娜来说，感觉跟过去不一样了。沙赫扎德没能坚持到最后，对于妻子的变化，他不知道是该感到惊讶、感激，还是该为自己像往常一样力不从心而感到难为情。

新家的两套公寓是这样分配的：一套给萨比娜、沙赫扎德、他的母亲和他的哥哥，哥哥从卡塔尔回来探亲时可以住；另一套给法尔汉、娜丁、玛哈拉、塔希姆和其他几个家庭成员。还有两个女用，两套公寓各一个，两人都性情和善、做事勤快。一个女用脸色苍白，一个皮肤黝黑；有时候，区分她们就用这个标准，而不是用名字。脸色苍白的女用在萨比娜的家里工作，她一边干活一边向萨比娜讲述她的家庭生活。她说，她被迫嫁给一个聋哑男人，和他生了六个孩子，她不得不加倍努力，因为男人找不到工作。皮肤黝黑的女用告诉娜丁，她的两个儿子留在远方老家的村子里，因为她在孟买住的地方附近经常拍色情电影，不适合抚养孩子。她还说，她的丈夫就是从村子里出来的，找过一份工作，但后来辞职了，声称不喜欢在城市里东奔西跑。现在他已经回了老家，她一个人住在孟买。

孟买的所有女用都有一把伤心泪，她们都要努力工作来养活一大家子人和颓废堕落的丈夫，这种现象司空见惯。尽管如此，她们的故事还是触动了萨比娜。听完女用的倾诉，她对沙赫扎德感到了前所未有的骄傲。她知道沙赫扎德从未停止过工作。相反，他从塔拉维跑到法院，跑到这座城市的各个住宅区带客户看房，然后再回到塔拉维。

和过去住的公寓一样，新公寓靠近克劳福德市场，萨比娜现在可以经常光顾。如果她愿意,她还可以储备接下来整整一个月的食物,购买鸡肉、羊肉、苦瓜和秋葵,因为新公寓里面有一个大冰箱,楼里还有神奇的电梯。如今,克劳福德市场远非沙赫扎德的母亲前往采购时的样子,物品种类已经丰富多了,而且摆放得十分讲究:石榴像台球一样排列,桃子堆成完美的金字塔形状,苹果装在垫有软泡沫的长方形盒子里。现在市场里还充斥着自由经济的成果和随之而来的东西:德国巧克力、美国尿布、法国洗发水、冒牌设计师香水、克什米尔核桃、仿制钱包,乃至外国内衣。

但是,昔日克劳福德市场的痕迹仍然存在:一个男人喊着"让让,让让"想把手推车往前推,店主怒斥"去去"想赶走偷吃螃蟹的流浪猫和叼走鸡腿的小狗,小贩冲着一个乱堆货物的男人骂着"浑蛋",许多穿罩袍的女人大声讨价还价想买胸罩和手帕,浑身脏兮兮的小孩丢石子儿玩直到被哄走。市场里仍然弥漫着人体、生鸡肉、咖喱和各种必需品的气味。市场里仍然有鸟类出售,而且不仅有鸽子,如今还有猫头鹰、孔雀、长尾小鹦鹉、织布鸟和紫翅椋鸟。

玛哈拉和塔希姆通常不到克劳福德市场里面去,但自从搬进新家,他们喜欢去市场旁边的小巷,那儿很少有汽车和摩托车经过。放学后,这片住宅区的孩子们聚集在小巷里骑自行车、玩板球、三五成群地聊天:女孩在一边,男孩在另边。他们一玩就是好几个小时,直到晚饭时间,然后他们会跑上楼,先在沙赫扎德和萨比娜的公寓前停下来喊道:"您好,buddhi baba(大伯)。Buddhi ma(大妈),你们晚饭吃什么?"

~~~

法案在当年三月就通过了,但直到夏天,《马哈拉施特拉邦动物保护法》(*Maharashtra Animal Preservation*)修正案的影响才变得清晰起来。它实际上就是一份牛肉禁令。极右翼印度教徒多年来一直想通过这项法案,如今在莫迪的统治下如愿以偿了。沙赫扎德明白,许多卖牛肉的穆斯林会断了生计。因为牛肉便宜而吃牛肉的穆斯林不得不改吃别的东西。也许他们会改吃羊肉,但是那样一来羊肉的价格就会上涨。一些穆斯林也许会强烈抗议这项禁令,但那会激起印度教徒的反击。搞不好,还会在孟买引发暴动。

这座城市里的人向来知道印度教徒和穆斯林有区别,包括市场里挂着拐杖的驼背老头老太太,人人都心知肚明。这在几个世纪以前早期印度教和穆斯林国王统治时期就是如此。但是,以前他们虽然打仗,却也通婚。暴力的巅峰无疑是印巴分治;之前或之后都没那么糟,尽管印巴分治以后暴力事件仍时有发生。

牛肉禁令出台后,记者们告诫说这个国家可能会再次爆发冲突。人们说话的语调不同了,以前只是暗地里想想而已的仇恨话语如今都大声说出口,而且说得越来越放肆。他们似乎不再为自己的偏见感到羞愧。

沙赫扎德总是无法抵挡迷信的诱惑。他一直为自己人生中的一些污点感到忐忑不安,并且觉得这座城市里的许多治疗师和hakim(郎中)能帮他。多年来,他去卡尔火车站(Khar Station)拜访一个名叫马穆的黑魔法神职人员,这个神职人员曾经在丛林里研习了三十六年,据说拥有特殊的力量。几年前,沙赫扎德确信马穆用他赐的水治愈了妹妹的胃癌。下个月,沙赫扎德准备登门拜访,和马穆谈一谈塔拉维和他的性能力问题。去神职人员的家,他简直不敢相信自己的好运。但自从搬进豪华的新公寓,他重新开始期盼非凡之事会来临。

沙赫扎德来到了马穆的公寓,对其寒酸的环境感到惊讶。这位神职人员住在拜古拉住宅区两个陈设简陋的小房间里,离市场不远。沙赫扎德心想,如果他为自己的服务收钱,那肯定早就发了财。但马穆从不收钱,他白天卖西红柿为生,根本不在乎有几个人知道他的力量。

马穆现在年纪大了,有点驼背,但依然留着他标志性的小胡子,戴着一顶黑色topi(软木帽),身穿白色kurta pyjama(无领长袖服装)。虽然他身体不太好,但他的举止一如既往的平和、热情。从沙赫扎德第一次见到他到如今，只有他的牙齿发生了很大的变化，它们被包叶槟榔染黑了。

沙赫扎德是来向马穆祈求好运的，他即将与塔拉维的建筑商最后一次会面。这笔买卖看起来就要敲定了，但沙赫扎德仍希望神职人员祝福他并赐水给他，以便他从中汲取力量。但老人另有打算。

马穆坐在床上，示意沙赫扎德坐到他的对面。他拿出一沓小纸条，每一张上面都写满阿拉伯文字。有那么几分钟，他一言不发地把它们来回打乱洗牌。

"Kya Hai（怎么样）？"沙赫扎德终于按捺不住，问道。

马穆没有抬头，他说，纸条上写着 djinn（精灵）的旨意。

"精灵？"沙赫扎德反问道。Djinn（精灵）都有超凡的力量；《古兰经》里说，它们是"从烈火中"创造出来的超自然生物。Djinn（精灵）生来有善有恶，据说它能改变人的生命历程。它们是隐形的，住在遥远的地方，但有时候人可以与之取得联系。沙赫扎德猜想马穆在丛林中研习期间学会了通灵。

最后，马穆挑选了一张纸条。他仔细查看了好一会儿，闭上眼睛对它吹了口气，随即把它递给了沙赫扎德。

"上面怎么说？"沙赫扎德问。

"把它握在手中，"马穆说，"然后攥紧拳头。"

沙赫扎德照办了。一分钟悄然过去，接着又是一分钟。马穆从床上站起来,向窗外吐了些包叶槟榔汁,然后重新坐下。他看着沙赫扎德,突然,沙赫扎德浑身颤抖,他睁大了眼睛。"我感觉到了,"沙赫扎德欣喜得连声音都嘶哑了,"有一股能量,它从我的手掌往上冲。"

马穆点点头表示赞同。

"那么,地产的事会成功吗?"沙赫扎德问。

马穆不置可否地摇了摇头。"我会祈祷一切顺利。"他又站起来往窗外吐了些包叶槟榔汁。他拍了两下沙赫扎德的头,送他到门口。沙赫扎德紧紧地握着纸条。

"谢谢。"沙赫扎德说着把一沓钱塞到马穆的手里。老人点了点头,接过钱,关上了门。

那天下午,沙赫扎德坐出租车去班迪市场买了一个小袋子把纸条装进去,他想把这个小袋子像护身符一样戴在脖子上。他从几十个花色中选择了一个金光闪闪的小袋子。沙赫扎德心想,这是神赐之物,理应好好保管。他觉得萨比娜也会赞同的。

玛哈拉九岁生日那天晚上暴雨滂沱,这种倾盆大雨让雨伞变得毫无用处,流浪猫整夜躲在棚屋的防水布下面哀嚎。尽管如此,法尔汉和娜丁还是做好了迎接大批宾客的准备,他们挂出飘带和亮闪闪的装饰,还有一个芭比娃娃主题的"生日快乐"横幅。玛哈拉兴奋地在房间里跳舞,穿着薄纱连衣裙,戴着沉重的耳环,还恳求母亲给她化了淡妆。她没戴头巾,因为她还没到青春期。不过,在学校,一些年龄较大的穆斯林女孩也不戴头巾。

装饰物全部挂好,沙赫扎德和萨比娜到了,然后是玛哈拉的堂兄弟姐妹,还有邻居家的孩子和她在学校里的朋友。尽管下着雨,但每个人都穿着最华丽的 kurta pyjama(无领长袖服装)和 salwar kameez(传统宽松连衣裙)。女孩们都对玛哈拉说,她看起来就像公主一样。

法尔汉放了古老的印地语音乐,大人们纷纷表示赞赏。但孩子们很快就喊道:"快关掉,这是 bakwaas(垃圾)音乐。"法尔汉拿出派对面具、帽子、薯条、糖果和蛋糕来转移他们的注意力。牛奶巧克力蛋糕上用花体字写着:"祝玛哈拉生日快乐!"

吃完蛋糕,孩子们霸占了电脑。玛哈拉把音乐换成了霍尼·辛格(Honey Singh)的歌,他是旁遮普邦说唱歌手,歌词遭到很多父母排斥,但他的音乐在孟买的孩子们当中似乎无人不知。孩子们学着跳起了宝莱坞最新影片里的摇摆舞,请玛哈拉予以点评。塔希姆朝姐姐身上喷彩条,女孩们高兴得笑起来。法尔汉很快就把音乐换成了《编玫瑰花环》(*Ring Around the Rosie*)。

有几个大人也加入了孩子们的跳舞行列，但沙赫扎德没跳舞，他的任务是录像，此刻他正站在角落里腼腆地微笑。萨比娜也没跳舞，她坐在沙发上静静地旁观。玛哈拉想拉她去跳舞，她只是摇摇头。女人不应该在男人面前跳舞。

"来吧，buddhi ma（大妈）。"

"不行，不行。"萨比娜笑着，双臂抱在胸前。

萨比娜始终搞不懂庆祝生日的做法。她心想，每个人活在地球上的时间都是有限的，命中注定，为什么要庆祝人生又少了一年呢？萨比娜认为人们只应该庆祝出生、订婚和婚礼，也就是说，只庆祝事情的开始而不是终结。但是，看到侄女滑稽的动作，她情不自禁地笑了。

派对终于结束，大多数客人都离开了，玛哈拉仍在意犹未尽地跳舞。"行啦，行啦。"父亲温柔地说。他把音乐关掉，清了清嗓子。屋里只剩下直系亲属了。

"其实你们都知道，庆祝生日是基督教的传统，"法尔汉说，"一些强硬派穆斯林认为我们不应该这么做。"

"又来了，卖弄 gyaan（知识）。"娜丁说。

法尔汉继续说："但他们不过是想毁掉一切。咱们家是很开明的，干吗不让孩子们开心一下呢？"

他还说，在他小时候，父亲会带回家一个小蛋糕和西瓜汁给他过生日，现在的生日庆祝活动规模要大多了，但那没什么不可以。"实际上,在我们发生房产纠纷之前,这些聚会上的客人还要多得多。"

"Bas, bas(行了,行了)。"娜丁制止他再说下去。

几个月以来,法尔汉对塔拉维的情况和家族中的分歧感到不安。不过,那天下午,建筑商开出的一张支票已经结清。交易成功了。这是一笔预付款,数额不至于改变人生,但足以让人觉得可喜可贺。

在玛哈拉生日这天,全家人在漂亮的新房子里齐聚一堂,值得庆祝的事情确实不少。连沙赫扎德的母亲也来了,坐在轮椅上跟着音乐拍手。所有人都看起来心情不错:法尔汉的妻子娜丁在这一天没像往常一样批评议论;沙赫扎德举着相机,像个害羞的新生儿父亲;萨比娜虽然不赞成这些庆祝活动,但在离开时笑容满面。

萨比娜开始注意到这座城市的穆斯林女性正在发生许多变化,比如,女性开始选择外出工作而且不戴面纱,有些人甚至选择不结婚。她认为这些人一定是从电视和网络上学来的。也许连玛哈拉将来也会不结婚。沙赫扎德在卡塔尔的侄女是一名成功的医生,对于嫁人毫无兴趣。沙赫扎德有个客户名叫佐拉,她美丽优雅,在市中心经营着一家生意红火的发廊,今年四十岁,未婚。

佐拉在其他方面也很有现代做派。她穿T恤和牛仔裤,不戴头巾,头发挑染了一缕紫色。她的发廊男女皆宜,也就是说,男人可以来理发,也可以应聘美发师。萨比娜对此不知该如何理解。佐拉的女房东是瓦哈比人,她的观点更为激烈。去佐拉的公寓拜访时,女房东喜欢评判佐拉任性的生活方式,说"男人不能碰、不能看女人的头发",或者"出门不戴 hijab(头巾)就像细菌进入没包好的水果,男人看女人就是在玷污她们"。每当女房东来访,她就要佐拉把电视从海湾地区的新闻转到伊斯兰布道节目。

佐拉会礼貌地听她批评,然后语气平和地说:"我做的就是这门生意,不能挑挑拣拣。"

沙赫扎德正在帮忙给她和她的母亲找一套新的公寓。她和她的母亲,萨比娜心里想,带着某种程度的怜悯。佐拉将成为一个老处女。萨比娜认为,好歹有个丈夫总归胜过独自生活和死去,哪怕是个头脑和精神 bimar(有病)的丈夫。《古兰经》里说:"我把你们造化成双成对。"在萨比娜看来,不结婚的人生根本算不上人生。

尽管沙赫扎德仍然会犯一些愚蠢的错误,比如坐电梯下楼的时候按了上行键,或者把病历当垃圾一样扔在地上,但他比以前好多了。人们已经很少对他指指点点。他洗手的时间减少了。萨比娜现在清楚地认识到,人生会跌宕起伏,关键是要接受这一点。自从搬进新家,他们的命运似乎在好转。有一句阿拉伯谚语说：知足是取之不尽的宝藏。现在，她觉得自己明白了这句话的意思。

不久，宰牲节到了，随之而来的是兴奋。这个节日是为了纪念易卜拉欣愿意用自己的儿子作祭品。

故事里说，真主安拉要求易卜拉欣献出他最喜爱的财产。虽然这让他非常痛苦，但易卜拉欣还是同意献出儿子作祭品。在最后的时刻，男孩不见了，一只山羊出现在他的位置上。原来，这只是要考验易卜拉欣对真主的爱，真主根本就没想过要带走他的儿子。

沙赫扎德喜欢这个关于宰牲节的故事，部分原因在于，据说易卜拉欣的妻子是在易卜拉欣一百岁时生下儿子的。沙赫扎德心想，一百岁！哇，简直难以置信。这给了沙赫扎德希望，也许，在塔拉维的钱全部到手之后，他仍有机会当父亲。毕竟，他才五十五岁。

他喜欢这个节日的另一个原因是要宰牲献祭。宰杀羊是一件很困难的事情，特别是如果家里的孩子们在照顾和喂肥山羊的几个星期里对山羊产生了深厚感情。去年，塔希姆在山羊被宰杀后哭了一整天。沙赫扎德认为宰割的重要意义就在于此，真正的献祭就该是这样的。

今年，他们在宰牲节的几天前才收到山羊。他们的新公寓楼里住的几乎全部是穆斯林，院子里开辟了一块专门的地方用于宰割。印度是印度教占主导地位的国家,有很多素食主义者,在这样一个国家里,宰杀绝不能在外面进行。这在今年尤为重要,因为宰牲节恰逢象头神节的一个送神入水的日子。在同一个星期里,数以千计的印度教徒将带着他们的象头神像走向大海,数以千计的穆斯林将宰羊献祭并把羊肉分给家人和朋友。对这两个宗教来说,那都是一个非常虔诚的时刻。由于莫迪统治下的紧张气氛加剧,有人担心会发生暴力事件。

宰割的前一天晚上,山羊咩咩叫着,在楼上都能听到。它们不停地跺蹄子,脑袋在风中紧张不安地转来转去。院子里绑着十几只山羊,毛色各异:有斑驳的棕褐色和白色,有黑底白点,有白底黑点,还有咖啡色。它们的犄角有的直有的弯,眼睛有的大有的小,胡子有的浓密有的几近于无。他们基本都有点肥。听着它们的彻夜哀嚎,沙赫扎德觉得,山羊们好像预感到要发生什么。他很高兴他们住在一个穆斯林住宅区,这样印度教徒就听不见羊叫。它们的哀嚎一直持续到早上。

第二天,大家庭里的所有人都起得很早。男人们去清真寺祈祷,女人们准备了清淡的早餐:烤面包、黄油和果酱。塔希姆和大楼里的其他孩子变得喧闹起来,内心充满了期待。

沙赫扎德家第一次能买得起两只山羊,每只山羊的价格高达两万一千卢比,外加付给屠夫的三千卢比。有些人家自己动手宰杀,但沙赫扎德和法尔汉都认为这样不妥。屠宰必须手脚利索且恰到好处,这样才不会给牲口带来痛苦。拿刀的人还必须小心别戳破肠子,一刀不准就会毁掉整头羊的肉,只有屠夫才掌握正确的手法。

祈祷结束了,院子里面,沙赫扎德和法尔汉以及其他男人在一起等候屠夫,等候轮到宰杀自家的羊。有些人对他们的山羊很和蔼,轻声细语地抚慰它们;有些人则很粗暴,用力拉扯山羊的耳朵。有几个孩子试图把他们的山羊带回去,但一个大人喝住了他们:"脏,快走开。"院子里分成三个区域:后面盖着防水布的区域用来宰羊,绳子围起来的区域用于剥皮,中间的空地供男人们站在那儿围观。塔希姆吃完早饭下楼了,他焦急地从这边走到那边。

等了一会儿,一个浑身是汗的胖男人宣布,他想自己宰羊。他只有一把钝刀,一动手就割错了地方,他割的是羊脖子。很明显他根本不知道自己在做什么。站在旁边的法尔汉轻声提醒他:"捅心脏部位。"那个男人没动,法尔汉拿起刀子做了了结。山羊慢慢地死了,发出一种呜咽的声音,随后变成一声尖叫,喘息了好一会儿才断气。"关键是不能让牲口感到任何痛苦,"法尔汉后来表示,声音里带着遗憾,"那才是宰杀的正确方式。"

终于轮到他们宰羊了,先宰的是法尔汉家的羊。大家商量好,由法尔汉先迅速捅一刀,然后由屠夫完成剩余工作,法尔汉则在一旁念诵《古兰经》。父亲宰羊的时候，塔希姆紧张不安地站在沙赫扎德身边。然后，法尔汉开始祈祷，沙赫扎德和塔希姆按住山羊，膝盖顶在羊的胸前。羊扭动着身子，瘦小结实的屠夫割断了它的喉咙。鲜血流到沙赫扎德的凉鞋上和塔希姆的短裤上，淌得满地都是。屠杀过程很快就完成了。塔希姆鼓起勇气看着山羊的眼睛，它的脑袋往后仰，脖子拧到一个特别扭曲的程度。紧接着他迅速把目光移开。一边，一只已经被宰杀和剥皮的山羊被分割成了好几桶肉。另一边，一只待宰山羊在被牵到防水布那里时咩咩叫着。塔希姆忍住没哭。

楼上，玛哈拉在窗边观看。她只能看到一小部分：一只蹄子，一块防水布。但她知道下面在干什么。他们的羊被宰杀后，玛哈拉在卧室里哭了。她拿出父亲的手机，那上面有山羊的照片，她吻了一下照片。"我爱你，我爱你。"她紧握着手机对山羊说。

玛哈拉在想山羊，沙赫扎德则想起了他的父亲，过去父亲每逢宰牲节都会吃掉羊的眼珠，他说能提高视力。沙赫扎德和屠夫一起上楼时想起这件事，不禁哑然失笑。沙赫扎德从来都不喜欢羊眼珠的味道，它的视网膜组织又长又薄，就像口香糖一样嚼不烂。但这段记忆让他想念父亲。与此同时，萨比娜正坐在公寓里的烤肉叉前面准备烤第一片肝脏，她想起了自己的父亲。她给很多人分发羊肉，最开心的莫过于把肉送给父亲。

现如今，她只能送羊肉给姐姐、哥哥以及哥哥的孩子。宰牲节年年不同。

塔希姆在宰羊结束后换了身衣服。现在，他穿着一件印有美国品牌摩托车的T恤和水洗牛仔裤，一点血迹都看不出来了。他跑到沙赫扎德跟前说："大伯，我抓住羊的脚了。"其实沙赫扎德当时就在现场亲眼看见了。"啊，真棒！"沙赫扎德说着拍了拍他的肩膀。

过了几分钟，有人注意到了站在门口的流浪小女孩，她正紧张地环顾四周。女人们正忙着在厨房里分好一包包的肉准备送给亲戚、邻居和穷人。"阿姨在吗？"女孩终于朝着客厅喊了一句，声音很高却犹犹豫豫。她的圆脸上写满悲伤，罩袍上裹了一层紫色和粉色面纱。

"去吧。"沙赫扎德指着厨房说。女孩轻手轻脚地进去了。过了一会儿，她出来了，手里拿着几个卢比和一包肉。她轻手轻脚地回到门口。"你好，"沙赫扎德友好地说，"我好像在清真寺见过你，对不对？"女孩笑着点了点头，紧张的情绪一扫而光。"很好。"沙赫扎德说，对她笑了笑。小女孩拎着袋子蹦蹦跳跳地出去了，这一天还会有很多流浪儿到家里来。

宰牲节和象头神节过后的几天里，孟买市上空笼罩着厚厚的雾霾，这是空气污染和节日烧火的副产品。天气预报没有说"下雨"、"有雾"或"天晴"，只是说"有霾"。象头神节期间常常下大雨，导致街上洪水泛滥，孟买的一些人称之为"haathi kabana"，意思是"大象雨"。但今年一滴雨也没有。在九月下旬的酷热中，出租车和公交车司机开始与顾客发生争执，要么是因为价格不合理，要么是围绕去哪儿、不去哪儿的争论。司机之间也争吵不休。"混账东西""王八蛋"，他们你来我往地叫骂，有时是印度教徒司机和穆斯林司机之间开骂，有时是同一个宗教的司机之间开骂，车上收音机里高亢的歌声形成背景音乐。愤怒未必包含歧视，只是未必吧。

九月过后是十月，萨比娜的生日到了，她五十二岁了。在她的要求下，他们没有大张旗鼓地庆祝，但作为生日礼物，沙赫扎德给了她七万五千卢比定制新的金手镯。这是一大笔钱，原本是要用来在戈拉巴购置新办公室的。

人们都说，这是孟买一年中最糟糕的时期，几个重要节日刚刚结束，而冬天和冬天里的节日尚未到来，包括排灯节和先知的生日。这段时间，孟买给人的感觉最为沉重。就连新公寓也让人觉得沉闷。就在那个月，楼里一个贫穷的穆斯林男子告诉沙赫扎德，他的妻子又怀孕了。这个人有十个孩子，几乎没钱养活他们，但所有邻居都说他过得"非常好"。

假期一结束，沙赫扎德又去看家庭医生，这个医生比谁都了解他。最近，沙赫扎德开始找一个性病医生看病，性病医生给他开了另一种药物。他现在每天吃五种药片，却开始担心这些药其实根本不起作用。他洗手依然太频繁，依然在晚上感到焦虑，依然有时执迷地想要孩子。他希望家庭医生能给他一些明确答案来解释为什么药物不起作用。

沙赫扎德在私立医院的候诊室里等了很长时间，周围都是断了腿或长了疮的人。医生终于让他进去了，沙赫扎德惊讶地发现这个男人已经满头灰白头发，就跟沙赫扎德用海娜粉掩饰的情形一样。沙赫扎德是在刚结婚时初次拜访这位医生的，时间似乎过得不知不觉，他们一起变老了。

"哦，你明明很健康，别来找我。"医生看到沙赫扎德进来就说。"可是，大夫，我并不健康。"沙赫扎德说。医生从眼镜上方望着沙赫扎德，等待他继续往下说。

沙赫扎德向医生倾诉了他早已知道的一切：尽管用了各种治疗办法，他却至今没有孩子，房事力不从心。但他也告诉医生，他对自己服用的那些药片不太放心。他凭记忆一一报出药名，医生仔细记了下来：一种降压药，一种抗抑郁药，一种助睡眠的药，两种治疗焦虑症的药，外加治疗勃起功能障碍的药片。医生说，药够多的，但都跟他的问题无关。

"那要怎么办？"沙赫扎德问。

医生默不作声，他盯着沙赫扎德的眼睛。"你只要……试着放松心情。你太焦虑了，"他说，"这在大家庭中很常见。"

人越多，压力越大。他在许多病人身上见过这种情况。

沙赫扎德并不满意："但是……"

"你是说萨比娜，她仍然对一切事情都很从容，对吗？"

"是的。"沙赫扎德说。

"那不就行了？"

沙赫扎德点了点头，什么都不必再说了。他低头看了看药物清单，它似乎证明了症结所在。他把清单放进了包里。

在坐人力车回火车站的路上，沙赫扎德思考着家庭医生说的话。萨比娜很从容，萨比娜很善良，萨比娜从不评判他。问题不在于药片，不在于他不能生育。问题在于他，在于他的焦虑和 bimari（病态），就跟他的父亲一样，也许还有祖父。问题在于家庭中种种痛苦和伤害产生的多米诺骨牌效应，必须有人让它停止才行，必须有人挺身而出。

在去看过家庭医生后的几个星期里，沙赫扎德梦见了父亲。这些梦都很模糊，飘忽不定，难以记清。沙赫扎德心神不定，于是告诉了母亲。"怎么办？"他问。

"为他祈祷吧。"她说，并鼓励沙赫扎德去帮助穷人，就像他父亲在没人看见的时候所做的那样。沙赫扎德记得父亲总是在路上送食物给乞丐、流浪儿或疯子。"替他布施，真主会高兴的。"她说。

沙赫扎德点了点头，沿路走到一家廉价宾馆。在门外，他发现了许多饥肠辘辘的人。有些人坐在地上，伸出手乞讨。有些人满脸憔悴，眼神空洞。他不明白自己为什么以前从来没注意到这些人；他知道，半个国家都在挨饿。他给了他们每人五十卢比。生平头一回，他在想起父亲的时候感到轻松愉快。

~~~

月底，沙赫扎德去了一趟被称为"小偷市场"的焦尔市场，他想找《莫卧儿大帝》影碟。他已经很久没看这部电影了，现在想看看。他顺道去了拜古拉市场，那里的大多数店主还是以前那些人。"这些日子你都去哪儿了？"他们问。沙赫扎德把塔拉维的事告诉了他们，他们拍拍沙赫扎德的背，互相说："看看，地主家的儿子就是不一般。"

沙赫扎德继续往前走，在进入焦尔市场时感到精神抖擞。他经过了瘦小的 bidi-wallah（卖印度雪茄的人），这个人切掉了一个肺；还有卖破旧短波收音机的老人。他经过了假古董商贩，他们兜售小贩所谓古旧的英国鼻烟盒、高脚酒杯、灯笼、沉船遗物、钟表、硬币和转盘电话。他经过了卖发条留声机的商店，留声机上印着忠犬聆听主人声音的图画[1]。在这之后是成堆的坐佛、站立的奎师那、玫瑰花瓣念珠和仿制的莫卧儿花瓶。再往后是一排排生锈的汽车零部件和贴着蹩脚英语标志的裁缝铺。他还经过了几个女人，她们以前没来过焦尔市场，至少不会穿着那样的衣服来。最后，他见到了卖影碟的人。在店里面，一辆摩托车旁边的简易木架上摆放着一张《莫卧儿大帝》的光盘。

沙赫扎德回到家，向法尔汉借来扬声器，这样他就可以在卧室里用笔记本电脑观看。他记得这部电影的每一个场景、每一首歌、每一句对白，但他仍然期待着晚餐结束，期待着母亲上床睡觉。

电影开始播放了，阿克巴皇帝穿过沙漠来到一位圣人的墓前求子，正如沙赫扎德记忆中的情景。尽管如此，他还是身体前倾，就像第一次观看一样入迷。"我生活中什么都不缺，就是没有儿子。"国王说。不久，圣人满足了他的愿望，皇后生下一个淘气但好看的男婴。

过了一会儿，在客厅里看巴基斯坦连续剧的萨比娜关掉了电视。她走进卧室时，宫廷舞者阿纳尔卡莉（玛杜巴拉饰演）正好出现在屏幕上。"哟，玛杜巴拉。"沙赫扎德从床上抬头看

1　HMV 唱片公司的商标图案。

了看她说。"嗯。"萨比娜应了一声,眼睛没有离开屏幕。这时电影刚好放到阿纳尔卡莉以雕像出现,王子差点用箭射中她,于是她活了过来。萨比娜凑过来靠在沙赫扎德的肩膀上,拉了把椅子坐到他旁边。

将近三个小时以后,皇帝因为皇子爱上阿纳尔卡莉而与之开战,沙赫扎德和萨比娜目不转睛地看着父子对峙。这是电影中让人最为津津乐道的一幕。"我要我的帝国。"皇帝对儿子说。"我要我的爱人。"皇子回答。沙赫扎德深吸了一口气,萨比娜凑近了屏幕,他们俩都没说话。皇帝给了阿纳尔卡莉一条生路,但她和皇子永远不能在一起。

片尾字幕滚动时,萨比娜躺到了床上,她不常在床上睡觉。透过窗户,她可以看见铁轨、朝圣之家和附近的树,树上的两只鹦鹉相对歌唱,似乎深爱着彼此。不一会儿,沙赫扎德关了灯,在黑暗中紧挨着她坐下。

延续血脉

———— * ————

阿肖克和帕尔瓦蒂

2014 年—2015 年

长者对我们的教诲犹如醋栗的味道，
初时苦涩，但回味甘甜。

> 我是千百万次的降生
> 充盈着喜悦的鲜血，每一次都是
> 一种成长……
> 我是千百万次的沉默
> 像水晶珠子一样串起来
> 点缀着别人的
> 歌
>
> ——卡玛拉·达斯，《别人的歌》(*Someone Else's Song*)

日记，2014年6月：

我回来继续读博了。我觉得没必要每天写日记，但是我现在可以记录积极的想法，我不想让它们白白浪费。

六月份帕尔瓦蒂回到印度理工学院孟买校区时，这座城市已经变得既闷热又潮湿，大家都说快要下雨了。巷子里的小狗长大了，楼里的保安现在要用棍子去驱赶。他们所在的郊区也在发展，变得越来越富有，或者说看上去是这样，因为身穿华美纱丽和西装的居民频频出入星巴克和希拉南达尼（Hiranandani）[1] 的豪华公寓。随着立交桥、隧道和桥梁的修建，以及道路的整修，前往孟买市中心的交通流量理应有所减少。但是这座城市不断有人搬进来，每天有五百人左右，所以交通

1　孟买市博瓦伊的高档商业区。

流量和道路事故反而成倍增加。孟买如今有两千万人。

一切似乎都在发展。经济在扩张，人的预期寿命在延长。而且，人口越来越年轻，现在这座城市大多数居民的年龄在三十五岁以下。在他们所住的郊区，汽车更多了，鸟类更多了，湖边的鳄鱼更多了，手牵手散步的恋人更多了。这个郊区在帕尔瓦蒂看来似乎是一个全新的地方，她告诉自己：今年在学校的体验会有所不同。

自从重新回到印度理工学院孟买校区，帕尔瓦蒂成了模范生。她准时起床，做好 dal（豆子糊糊）、米饭和 suzi（苏芝酥饼）当午饭，洗衣服，烧好一天的水。她穿上熨烫平整的 kurta（宽松无领衬衫）出门上学，临行前满面笑容地向阿肖克告别。如果父亲打来电话，她会用马拉雅拉姆语对他说："一切都很好，Appa（爸爸）。"她在实验室里一待就是很长时间。她现在基本不在 Gchat 上面找阿肖克聊天了，因为她太忙了。她甚至在校园里和一群马拉亚兰（Malayali）[1]男生交了朋友，这些男生让她想起家乡。放学后，她在花园里走走，吃一顿清淡的晚餐，把洗好的晾在绳子上的衣服收回来，然后上床睡觉。洗洗涮涮，日复一日。清晨起床，一切从头再来。

帕尔瓦蒂有时对新的日程安排感到心满意足，有时感到

1　印度南部喀拉拉邦及中央直辖区拉克沙群岛的达罗毗荼人族群原住民。

不自在。她常常想到自己一直非常讨厌的一句马拉雅拉姆谚语：长者对我们的教诲犹如醋栗的味道，初时苦涩，但回味甘甜。

她一直希望有机会证明父亲是错的，但现在看来他是对的。

帕尔瓦蒂回到学校后，生孩子的压力也出现了。他们已经结婚一年多，帕尔瓦蒂快三十岁了，这意味着她早该生孩子了。帕尔瓦蒂的父亲到孟买来看望他们，给他们带来一个白色的小孩模样的黑天神奎师那雕像，说："我希望很快就有一个这样的孩子。"他们把雕像和其他神一起放在pooja（供奉）架子上，但没有拆开塑料包装，就好像是要防止它的超凡力量消散。

大多数时候，压力来自阿肖克的父亲。起初，他的话还不痛不痒，在电话里随口一问。他会问："那么，阿肖克，我的孙子在哪儿？"慢慢地，他的话变得咄咄逼人："该要孩子了。"他对帕尔瓦蒂说，声音大得简直是在吼叫。旧观念是一定要有一个孩子来维持新婚夫妇的关系，新观念是如果不跟婆家人一起住，孩子就更加必不可少。

最尴尬的是阿肖克的父亲对她说："如果有一天你打电话说你没来月经，我们会很高兴的。"当父亲的居然谈论经期。帕尔瓦蒂无法想象她的父亲会那样说话。

"我真担心你老了也像你爸这么古怪。"她对阿肖克说。

"那你会恨我吗？"他微微扬起眉毛问道。

"我不会恨你，"她苦笑着说，"我别无选择。"

帕尔瓦蒂一贯很犀利,自从回到学校,她的信心大增,说话变得越发尖锐有趣,这些话通常是针对阿肖克的。阿肖克在驾校学习以后开车水平有所提高,如果他吹嘘,帕尔瓦蒂会说:"哦,哇,阿肖克,你真是个超级男子汉!"如果他开始讲一个没有事实依据的故事,帕尔瓦蒂会抓住破绽,眯起她的左眼,扬起右边眉毛以怀疑的口吻说:"阿肖克,你是在瞎扯。"有时她会取笑阿肖克蹩脚的印地语——尽管很多泰米尔婆罗门其实根本不学印地语——以及他试图通过重复自己的话来掩饰这一点。

阿肖克大多数时候会觉得她的挖苦很有趣,但有时就显得比较刻薄,特别是当她注意到阿肖克的行为像他父亲时,有一天她声音尖厉地说:"但愿我们的孩子不像你,一个就够我受的了。"阿肖克尴尬地笑了。

帕尔瓦蒂回到学校后不久,阿肖克正准备去上班的时候听到公寓外面传来一声巨响,就像枪声。阿肖克还没换下他睡觉时穿的皱巴巴的纽扣衬衫和抽绳裤,头发没梳也没抹发胶,他冲进卧室,一把推开窗户。外面有一辆汽车突然起火了。附近有三所学校,其中一所学校的孩子们尖叫着四处奔逃,书包在他们小小的后背上颠动。车子开始冒烟,老师们大声喊叫着疏散孩子。帕尔瓦蒂刚坐人力车去上学,阿肖克急急忙忙地在手机上拨号。

"奇布,"他说,听到她接电话便松了口气,"你在实验室?太好了,奇布,你肯定不会相信这儿刚刚发生了什么。学校旁边的一辆车突然起火了,也不知道车里有没有小孩……"

"什么?你还好吗?"帕尔瓦蒂问。

"我没事,"他说,"听起来就是砰砰砰的声音。"他改用泰米尔语说,"像炸弹爆炸一样。我冲进卧室,看到……"

阿肖克很庆幸爆炸发生时帕尔瓦蒂不在家。她会伤心,她会想给人打电话倾诉,或者要他留在家里别去上班。他也可能会让帕尔瓦蒂留在家里别去上学。他们在这方面很相似,都是非常谨慎的人。

后来,阿肖克得知爆炸是由汽车线路短路引起的。短路在任何地方都有可能发生,无论是在孟买、特里凡得琅,还是在德国,阿肖克知道约瑟夫仍然在德国。约瑟夫和帕尔瓦蒂信奉不一样的神和宗教,阿肖克心想,他们会因此发生争执。

这种爆炸发生在孟买街头的次数可能更为频繁,这是一个自燃现象频发的城市。他和帕尔瓦蒂选择了在这里生活,而且很快会在这里生儿育女。孩子可能会遇到种种危险:水质污染、食品问题、空气污染、光污染、车祸、火车事故、偷工减料的建筑、劣质道路、宗教暴力、政治暴力、街头暴徒、火灾、洪水、挑逗夏娃的人、强奸犯和恋童癖,以及汽车爆炸起火事件。

十二月,结婚一周年纪念日过后,他们第一次怀着生孩子的愿望做爱。

帕尔瓦蒂一直听说尝试要孩子是浪漫的,但实际感觉像是在完成任务。她努力让这个过程充满激情,就像他们新婚时那样,但不知何故,他们就是兴奋不起来。雪上加霜的是,他们做爱还得筹划:要么晚上,那时阿肖克从办公室回到家筋疲力尽;要么中午,那时她从学校急急忙忙赶回家吃午饭;要么早晨,那时她要准备出门。整个十二月,他们一直在努力。

当月晚些时候,他们决定去浦那玩一天,这座城市曾经是古代印度教帝国的一个堡垒。他们参观了帕塔莱什瓦尔庙,那是一座古老的印度教洞窟寺庙,专门供奉湿婆神,中间摆着 lingam(林迦),象征湿婆的阳具。湿婆是出了名的感情热烈的情人,以至于他做爱时撼动了整个宇宙。帕尔瓦蒂不喜欢这个故事。

离开帕塔莱什瓦尔时,帕尔瓦蒂在庙外看见了一只有三道条纹的印度棕榈松鼠,想起了罗摩神(Lord Ram)的故事。为了从恶魔手中救出妻子悉多(Sita),罗摩神搭建了一座桥,得到鸟类和一只特别乐于助人的松鼠的帮助。之后,罗摩神用三根手指摸了摸松鼠的背以示感谢,于是留下了标志性的三道条纹。帕尔瓦蒂喜欢这个故事,但不喜欢它的结局:罗摩神误以为悉多和恶魔上床,要她从煤上走过去以证清白。在古老的神话中,妇女受惩罚的方式千奇百怪。

他们的最后一站是雪山女神山（Parvati Hill）。这座与帕尔瓦蒂同名的山据说有助于生育，因为尽管雪山女神被诅咒不孕，但最终还是生下了一个孩子。山上有一座色彩鲜艳的雪山女神庙，涂成明亮的红黄两色。这让帕尔瓦蒂想起了约瑟夫向她讲过的圣彼得堡和莫斯科那些华丽的圆顶教堂。参观完神庙，阿肖克和帕尔瓦蒂站在山顶，静静地俯视着这座城市。太阳刚刚开始落山，此刻是黄金时间，空气让人感觉非常凉爽。帕尔瓦蒂一张又一张地拍摄城市沐浴在暮色中的照片。阿肖克让她给自己也拍张照，她笑着照做了。

坐在狭小但舒适的座位上乘公交车回孟买时，外面下着倾盆大雨，这烘托出几分浪漫气息。帕尔瓦蒂希望他们下次做爱的时候能更像西方电影中那些激情地做爱后孕育宝宝的爱侣，或许他们还可以来一瓶葡萄酒。

帕尔瓦蒂现在比较爱热闹了，但新年还是过得平平淡淡。新年过后他们又尝试了一次，与此同时，帕尔瓦蒂的父母一直做pooja（供奉），祈求她怀孕并向蛇神求子。二月初，帕尔瓦蒂在家里用验孕棒检测时看到了一道线。

她不信，又试了一次，结果一样。她把阿肖克叫进房间。"咱们别太激动。"她说，尽管她的声音透出抑制不住的激动。"咱们别太激动。"阿肖克也说，吻了吻她的额头。他已经在思考给孩子取什么名字了。"现在先别告诉任何人。"她又说，因为她知道孕期还有可能出问题。阿肖克向她保证不告诉别人。

但是这个消息很难保密。有一句马拉雅拉姆谚语说:"你可以把槟榔藏在兜里,但能藏得住槟榔树吗?"虽然阿肖克只告诉了他的父亲和弟弟,但他们都各自告诉了家里的其他成员,后者又告诉了其他人,结果很多人都知道了。阿肖克的父母非常兴奋,他们立刻计划去一趟孟买。

在阿肖克和帕尔瓦蒂的卧室窗外,一只鸽子开始筑巢。帕尔瓦蒂看见以后觉得应该把它移走。鸟巢筑在空调室外机上,鸟蛋也许会打破的,而且她不想让小鸟进屋。一种常见的迷信说法是,屋里有小鸟预示着死亡将至。

帕尔瓦蒂一见到小木棍和树枝就把它们扔到地上,但是鸽子锲而不舍,很快就在空调上建好了巢并下了两枚蛋。帕尔瓦蒂告诉了阿肖克,阿肖克也认为应该把巢移走,但不能由他们动手,因为那可能会带来厄运。阿肖克交给女用处理。

有一天,帕尔瓦蒂放学回家发现空调室外机一尘不染。她希望女用善待了鸽子蛋,又有点担心鸽子能不能再找到她的宝宝。

〰〰

在前一次预约看病时,医生提醒帕尔瓦蒂说,在这个阶段流产很常见,特别是印度女性;大约三分之一的女性第一次怀孕会自然流产。"这种情况时有发生,"医生说,声音在帕尔瓦蒂听来响亮刺耳,"你看,反正才四个星期,你还没有在感情上离不开它。"

你凭什么这么说?帕尔瓦蒂心想。我了解自己的身体,我一怀上就对它有感情了。

帕尔瓦蒂发现自己怀孕后的一个月里,她开始在早上醒来时感到恶心。后来,她经常饥肠辘辘,好像已经需要两个人的食量。她感觉已经与胎儿建立了关联,心想,我的身体里有了一个小生命。

自从阿肖克的父母来到孟买,他们张口闭口谈的全是孩子的事。阿肖克的父亲大部分时间都花在网上,查找有关孕早期的数据。他把查到的东西全部转发给他们:四周时,胎儿的大小跟罂粟种子差不多。五周时,脊椎和大脑开始形成。六周时,胎儿的平均心率是每分钟一百二十次到一百六十次。

帕尔瓦蒂再到医生办公室做孕检时,医生给她做了B超。然后阿肖克和帕尔瓦蒂一起坐在房间里等待,就像电影《飞屋环游记》里的卡尔和埃莉。医生回来了,她平静地宣布:"没有心跳。"

每分钟心跳为零。

她的声音仍然听起来很大。

回到家,阿肖克的父亲来开门,低着头。阿肖克在车上给他打过电话。帕尔瓦蒂意识到她得安慰阿肖克的父亲,他显然无法给她安慰。"没关系,"她说,"我们还会有宝宝的。下次会有心跳的。"

"可是难道你不伤心吗?"阿肖克的父亲问。

这算什么问题?帕尔瓦蒂心想。

"伤心,"她说,声音感觉很遥远,"但我们无能为力。"

阿肖克的母亲向来热情善良,值得依赖。她走过来,对帕尔瓦蒂说:"你就像我的亲闺女。"尽管她以前就说过这种话,但这次帕尔瓦蒂知道她是发自内心的。

帕尔瓦蒂给远在特里凡得琅的父母打了电话,他们要求把病历寄过去,这样他们可以去咨询一下他们信任的当地医生。与此同时,阿肖克躲进了放电脑的房间,搜索有关流产的信息。他欣喜地发现,即使是流产四次以上的妇女也仍然可以怀上并生下健康的宝宝。

他回到客厅告诉了帕尔瓦蒂:"奇布,我们还有机会。"

胎盘还在帕尔瓦蒂体内。医生给了她一片药,说,如果不是因为做了 B 超,她会在四个月内自然流产。在官方文书中,这被称为堕胎。

那天晚上,帕尔瓦蒂吞下药片后开始剧烈呕吐。"快打电话给你妈。"她告诉阿肖克。女性在这种时候被认为不干净,要由一名女性来帮忙。

"不,"他坚定地说,"我来帮你。"

整个晚上,帕尔瓦蒂呕吐不止,阿肖克一直陪着她,并用纸巾给她擦脸。她一次又一次地呕吐，下体开始流血。

"我把孩子冲掉了，"她说着失声痛哭，自从答应阿肖克不再哭泣以来这是她第一次流泪。"我把孩子冲掉了。"

"不是的，不是的。"阿肖克说，声音很平静。他再次给帕尔瓦蒂擦了擦脸，并给她按摩背部和双脚。他的抚摸让帕尔瓦蒂感到格外的温柔，她哭得更厉害了。《飞屋环游记》里有一句台词是："我刚认识你，我爱你。"阿肖克不停地揉捏她的脚和背，帕尔瓦蒂觉得她直到此刻才真正认清了阿肖克。

帕尔瓦蒂流产后，阿肖克的父母走了，她又开始梦见蛇。她的父母仍然在向蛇神做pooja（供奉）。有一种信念是：蛇神那迦（Naga）可以让女人生育，也可以变得恶毒，这取决于他高兴不高兴。

帕尔瓦蒂还梦到其他事情，包括大学里的那个雅各比派男生。在脸书上，她看到这个男生的妻子怀了第二个孩子，在她的梦中，他身边围着四个孩子。她发信息把自己做的梦告诉了男生，他回信说："照这个速度，还真有可能。"

帕尔瓦蒂和阿肖克一起看了一个又一个医生，每次帕尔瓦蒂都会问，她做错了什么。阿肖克和医生告诉她，这个问题很愚蠢。"别自责，"医生说，"流产不是你能控制的。"

紧接着帕尔瓦蒂的姐姐怀了二胎，帕尔瓦蒂的好几个表姐妹也怀孕了，就好像全国上下的女人都在怀孕似的。"大家都有了两个孩子，我连一个都没有。"帕尔瓦蒂对阿肖克说。"你要是想那些事还不如坐下来看电视，"阿肖克说，然后又说，"等等，你是在说笑吗？还是自嘲？"

两者都有，帕尔瓦蒂心想。

"如果我们没孩子会怎样？"接下来的那个月，夜色降临时，他们坐在卧室里，阿肖克问道。

"这个嘛，"帕尔瓦蒂竭力想象，"如果我们没孩子，你就会缩到一个壳里。你会花大部分时间在电脑前写作。慢慢地，你会对我漠不关心。"

"啊哈！"阿肖克说。这听起来没错，他也试着想象了一下。"奇布，你脾气暴躁，你会变得更加暴躁，"他说，"你会大发雷霆，大喊大叫。我的父母来住的时候，你会给他们脸色看，对他们一点也不好。"

他们俩都笑了。

"所以我们最好有个孩子。"帕尔瓦蒂说。

"对，"阿肖克说，"但是……有些夫妻没孩子也能想办法在一起生活，我们还是会在一起的，奇布，因为从根本上讲我们之间有千丝万缕的联系。"

阿肖克从小就听家里的长辈们说过一句话，这句话在印度各地有不同版本：家族姓氏要延续，家族谱系不可终止，家族血脉不能中断。

此外，在印度教中，生命有四个阶段：学生，户主，退休人员，离世。第二阶段户主意味着结婚生子。《摩诃婆罗多》说，户主应该有一个配偶，然后延续"自己的香火"。没有第二阶段，你就无法进入第三阶段。

此外，在印度教中，只有男孩才能点燃父亲的葬礼柴堆。

秋天，他们决定再试一次。帕尔瓦蒂的父亲叫她到校园里供奉吉祥天女拉克希米（Laxmi）的庙里祈求成功怀孕。这座庙是玫瑰色的，俯瞰人工湖，背后树木成荫。帕尔瓦蒂每周一次在上课前虔诚地到神前祈祷。反正没坏处。

晚上，她练习卡纳提克音乐，这有助于转移她的注意力，也让她想起家乡。她觉得，如果她再次怀孕，宝宝会听到她的声音并感到平静。

"就像第一次那样去做吧。"医生不停地告诉他们，但怎么可能感觉像是第一次呢。日历法越发增添了压力，因为每个月能受孕的时段只有短短几天。帕尔瓦蒂心想，我们不能坐等激情到来，况且激情看起来根本不会到来。

关于在没有激情的情况下怀孕会有什么后果，印度教中有许多古老的信仰。大多数信仰认为，那会在孩子的精神状态上体现出来。

关于怀孕的最佳时间也有说法，据说是在午夜到下午三点之间。大地之神第提（Diti）曾出于色欲和对姐姐的嫉妒在不恰当的黄昏时间怀上两个儿子，结果儿子生来性格邪恶、道德败坏。

还有关于如何生儿子的说法。夫妻应该在月经周期的中间发生性行为，而且要举行特殊的仪式。

还有一些关于孕妇禁忌的说法。如果孕妇在眼睛上涂 kajal（植物眼线膏），婴儿一出生就会是瞎子。他说，如果女人在怀孕时哭泣，孩子的视力会很差。如果她做精油按摩，孩子就会得麻风病。如果女人笑得太多，那么婴儿的嘴唇就会乌黑。

阿肖克和帕尔瓦蒂不太相信那些古老的印度教传说。但是帕尔瓦蒂担心关于激情的说法，孩子应该以这种方式孕育似乎是天经地义的。有一天，帕尔瓦蒂想出了一个解决办法：她和阿肖克应该看色情片。

帕尔瓦蒂对色情不甚了解，南方的保守家庭大多不谈论这个。唯一公开讨论色情的时候是它出现在新闻中，比如，三名政客被发现在议会里用手机观看色情视频。还有，女演员珊妮·里昂（Sunny Leone）是演色情电影出道的，然后演了一批高成本宝莱坞惊悚片。里昂在宝莱坞演了第三部电影以后，孟买的一名女子向警方举报她"破坏印度文化和社会风气"。印度现在是所有国家中看色情电影的女性最多的国家之一。

凭帕尔瓦蒂对色情仅有的了解,她认为这可能会对他们有帮助。她自己在网站上看过一些比较隐晦的视频,知道阿肖克有时在网站上观看更为淫秽的色情片。和许多印度男人一样,他会搜索"男友女友"和"丈夫妻子"等关键词,因为他喜欢看伴侣在一起的片子,也可能是因为他不知道还有更赤裸裸的视频。

阿肖克对她的提议感到不安,他宁愿一个人看色情片。他认为他们应该通过其他方式来解决激情问题,比如约朋友一起出游,那似乎会是一种催情剂。

但阿肖克其实不必操心,因为当他最终同意了帕尔瓦蒂的提议时,网站却加载不了。他们尝试了另一个网站,不行。再换一个,也加载不了。这些网站都显示"按照主管当局的指示关闭"。后来,他们在报纸上看到,中央政府颁布了某种形式的色情禁令,据说只针对儿童色情,但也扩展到成人网站。总共有八百五十个成人网站被发现违反了宪法中所规定的"正派或道德"。

尽管有这种禁令,她和阿肖克还是下定决心要改善他们的性生活。他们有一个星期在六天里发生了五次性行为,帕尔瓦蒂希望这算得上出于激情孕育一个孩子。

〰️

阿肖克还下定决心把手稿交给他的出版事务代理人。历时四年,小说终于写完了。这部小说现在很长,情节错综复杂。但阿肖克认为故事其实很简单,讲述了一个男人疲于应对婚姻、工作和生活的过程,不过,他给故事添加了一个大团圆结局。有一天,帕尔瓦蒂去上学了,他坐下来写提纲,这样就可以把它寄出去了。

将近一个小时的时间里,他在客厅里用笔记本电脑写作,但总是分心。他的对面是 pooja(供奉)架子,摆着那个没拆包装的儿时的奎师那陶瓷像。他转移到书房,那儿没有什么可触景生情的,只有一张床、一部台式电脑和一些书,放在最上面的是杰弗里·尤金尼德斯(Jeffrey Eugenides)的《婚变》(*The Marriage Plot*)。台式电脑旁边放着帕尔瓦蒂上次去看医生时的病历,上面潦草地记着:"2015 年 3 月流产""计划要孩子""渴望了解一切预防措施或护理办法"。

阿肖克决定第二天就把书寄出去。

大约就是在这个时候,在淡忘已久之后,阿肖克想起了 chai-wallah(卖茶水的)和电影院里那个人。他认为这些都是无关紧要的事,不需要告诉帕尔瓦蒂。他知道孟买的许多小男孩遇到过更糟糕的情况。许多小男孩不仅被触摸,还被迫强行和人发生性关系。《婚变》里面有一句关于悲伤的话:"它就像是你必须避免触碰的伤疤,关键是不要去想它。"

帕尔瓦蒂感到饥饿和恶心,她的月经推迟了。她不知道自己是不是又怀孕了,她对这种可能性感到了一点点兴奋。

第二天晚上,她和阿肖克去商场打保龄球,路过一个入口处有彩灯的浪漫喷泉和一家许诺"遍体蕾丝……性感无比"的内衣店。这座城市的购物中心与旧时的街头集市截然不同,缺乏生气但更秩序井然。他们路过一家儿童游乐场,里面挤满了穿着考究的孩子,还有一家来自伦敦的哈姆利玩具店(Hamleys)。走着走着,他们听到扬声器里传出埃里克·克拉普顿(Eric Clapton)演唱的《你可曾爱过一个女人》(*Have You Ever Loved a Woman*)。

"我不知道自己可曾爱过。"阿肖克装出梦幻般的声音对帕尔瓦蒂说。

帕尔瓦蒂笑了。就在那个星期,阿肖克刚刚说过他爱她。他说他在早上最爱她,那个时候她闻起来就像一个婴儿。

他们去打保龄球,然后玩了一局台球,阿肖克教她把手放在球杆上,指导她击球。之后,他们手挽着手走回车上。帕尔瓦蒂一直在猜想自己是不是怀孕了。他们停下来在喷泉边拍了一张自拍照,身后的颜色从紫色变成了蓝色。

接着,他们的结婚两周年纪念日到了,帕尔瓦蒂醒来时心中充满了希望。早上,阿肖克的父母打来电话祝他们纪念日快乐,她和他们聊了很长时间,甚至被阿肖克父亲讲的笑话逗笑了。她聊天的时候，阿肖克坐在她旁边，轻轻地按摩她的腿。之后，他主动提出做午饭。"今天是个特别的日子，所以我要露一手，boo boo（爱哭鬼）。"他在帕尔瓦蒂动不动就哭的时候开始管她叫"boo boo（爱哭鬼）"，现在他终于能放心大胆地使用这个外号。

"别，"她笑着说，"我来打下手吧。"

他们一起做了一大盘马铃薯、秋葵、花椰菜和椰果酱，用的是手工磨碎的新鲜椰子。结婚一周年纪念日那天，他们去了一家高档餐馆和购物中心，拍了一张照片留作纪念。但今年，两个人在一起就足够了。阿肖克放了一首卡纳提克歌曲作为背景音乐，它是南印度雨神和生命赐予者帕冈尼耶（Parjanya）的颂歌。吃完饭后，他们走进卧室聊天，并商定过几天再找找色情片。面对国人的愤怒，政府已经解除了禁令。

那天晚上，帕尔瓦蒂来月经了。看到血，她坐到沙发上，放了一部美国商业片《恋爱假期》(*The Holiday*)，吃了一整块黑巧克力。她叫来阿肖克，阿肖克轻声对她说："没关系，奇布，没事的。"她点点头，但心里却很苦涩，我本该喜欢今天，但我讨厌它。

来月经的时候，帕尔瓦蒂经常用热水袋来缓解痛经。这一次，阿肖克每隔半小时就会到卧室来给她重新换热水。帕尔瓦蒂很惊讶，觉得他这样做很浪漫。

而且，这一次，她想起了在特里凡得琅经历的一件事。很多年前，有一次她来月经了，痛经让人难以忍受。她本以为父亲会觉得她是不可触碰的，但那天他进了帕尔瓦蒂的卧室，握住她的手。帕尔瓦蒂直到现在才想起那次特别的经历。

~~~

接下来的那个月，帕尔瓦蒂的父亲来到孟买。和往常一样，他对女儿和女婿和蔼可亲，举止得体。午餐时，他提到了喀拉拉邦的卡塔卡利舞，那是一种富有表现力的舞蹈风格。他对帕尔瓦蒂说，他很高兴这种舞蹈过时了。他说，卡塔卡利"无聊""没用"，因为表演者不说话。"那么，无论哪种音乐或舞蹈岂不是都没用吗？"帕瓦尔蒂怀疑地问道。"没错。"他说。

但是在他回特里凡得琅以后，帕尔瓦蒂惊讶地发现自己很想念他。他不在的时候，她甚至掉了几滴眼泪。她经历了变化莫测的一年，而父亲是确定的，也是可靠的。她本可以猜到他对卡塔卡利舞的看法，她几乎总是知道父亲会说什么。而且她认为，即使父亲在艺术方面说得不对，也许他在其他事情上是正确的，比如嫁给阿肖克而不是约瑟夫。她和阿肖克会为一些小事争吵，但他们不会为了神、家庭或传统方面的事情争吵。等他们有了孩子，他们不会争论该让孩子继承哪种信仰。

帕尔瓦蒂的父亲离开孟买后，阿肖克的母亲也来看望他们。她最后一次为他们做了求子pooja（供奉），买来盐和芝麻，拿着在他们俩的脸上晃来晃去。她把这些调味品带回特里凡得琅，在家里又做了一次pooja（供奉）。她请了祭司念经，同时把ghee（酥油）倒进一个点了火的碗里，然后把ghee（酥油）寄到孟买，让他们用它做三四天的饭。她说，这样帕尔瓦蒂肯定会怀孕。帕尔瓦蒂几乎相信了她，心想，信了也没坏处。回想起来，当初拆掉鸟窝也是觉得它预示着坏运气。

~~~

帕尔瓦蒂准备再次验孕，他们确信这次会呈阳性。在此之前，他们筹划请她在学校的马拉亚兰朋友来家里做客。帕尔瓦蒂打扫完房子，买好新鲜蔬菜，他们一起做了一顿丰盛的米饭和sambar（酸豆汤）午餐，房间里弥漫着芫荽和桂皮的味道。帕尔瓦蒂穿着一件熨烫平整的黑白两色kurta（宽松无领衬衫），浓密的头发扎在脑后。

吃饭时，和马拉亚兰男生们的谈话转向了婚姻，阿肖克问他们中有没有谁已婚。其中一个男生说，他结婚有困难，因为他的星象图中"罪恶"要素很低。"如果男方低女方高，那就不好。"他说。另一个男生开玩笑说："不能好男孩配坏女孩。"大家都笑了，然后有个人提到了异族通婚，这在孟买变得越来越普遍。

"嗯，如果我的孩子想跟一个穆斯林结婚，我会接受。"阿肖克说。

"我也会接受。"一个马拉亚兰男生附和。

"我嘛，我觉得我不会接受。"帕尔瓦蒂轻声说，搅拌着盘子里剩余的蔬菜。

阿肖克大吃一惊，转过身来看着她。"真的吗，奇布？为什么呢？"

"我的想法慢慢变得更加保守了，"她说，"我变得更像我父亲了。"

帕尔瓦蒂从桌子旁边站起来，开始清理碗碟。房间里一时陷入沉默，她进了厨房，悄然走过餐桌和书架，那里面放着她所有的马拉亚兰旧书。她已经很多年没读过《微物之神》了，这本书提醒人们警惕让人与人分离的爱情法则。她也已经多年不读卡玛拉·达斯的诗了，当年她曾读着诗憧憬像诗人一样无所畏惧地生活，暗自心想：你不必完全按照父母的教导生活。

结果，她遵照了那些法则，遵循了父母的意愿。她嫁给了同为印度教徒和泰米尔婆罗门的阿肖克，两人相处得很好。现在，帕尔瓦蒂觉得她应该督促儿子或女儿也这样做。他或她应该和一个有相同背景的人结婚，那样会更容易。前提是，如果她怀孕的话。帕尔瓦蒂抛开脑子里的想法，从厨房操作台上拿起一块厚厚的蛋糕,端着它走进客厅。"甜点来了。"她举着蛋糕,兴高采烈地对马拉亚兰男生们说。阿肖克站起来帮她切蛋糕。

吃完蛋糕,马拉亚兰男生们要求开一场音乐会。帕尔瓦蒂不想唱歌,但他们不答应,最终她屈服了。她打开电 tanpura(坦布拉琴)用连续的低音来打节拍,这样她就可以和阿肖克一起演奏。

"不,你来唱歌。"阿肖克说。帕尔瓦蒂朝他点了点头。

帕尔瓦蒂选择了马拉雅拉姆语老电影《爱的颜色》(*The Colors of Love*)里面的一首歌,那是她小时候看过的电影。歌声一起,她的女高音清亮柔和却又显得忧郁、饱含深情。"清晨的心洒满了姜黄色。"她唱道。这首歌可以令人心头不安,也可以让人充满希望,取决于听歌时的心情。在这首歌中,女孩畅想未来的爱人,却并不知道前路会如何。唱的过程中,帕尔瓦蒂闭上眼睛,一只手捂住耳朵。

小时候,每逢父亲举办聚会,她都会演唱这首歌,所有客人都说她的歌声美妙动听。

当帕尔瓦蒂的歌声一落,大家都热烈鼓掌,阿肖克的掌声最为响亮。

后记

孟买，2015 年

浦那：雨季在周三结束……（多年来）最弱的雨季……印度接连遭遇两场旱灾……然而，印度气象局（IMD）不再使用"旱灾"一词，因为它认为全国性的旱灾从未发生过。

《印度时报》
2015 年 10 月 1 日报道

马娅和维尔

孟买雨季结束后的那个季节,马娅和维尔带着雅努搬进了新居。雨季让这座城市积水成灾,到最后又让这座城市非常干燥,以至于本邦发生了水危机,有些农民自杀。他们的新居位于孟买市最北边郊区的一幢混凝土公寓楼里。天气很热,但马娅和维尔没有吵架。

首先,他们要举办 gruhpravesh,也就是传统的印度教乔迁宴,以维尔父亲的名义发出邀请函。在马娅自己发出的邀请函中,她写道:"我们搬进了'sukhtara(快乐的星星)'新家,请祝福我们。"

Sukhtara,快乐的星星。她情不自禁地给新公寓起了同样的名字。

他们早上请祭司到家里来做了 pooja(供奉),晚上举办了丰盛的晚宴。维尔的家人邀请马娅的父亲赴宴,马娅也邀请了,但他没来。维尔邀请了他们的很多朋友,包括苏巴尔,这让马娅感到惊讶,但苏巴尔也没来。马娅已经开始独自或者带雅努一起去阿格萨海滩。他们在海边流连,马娅用新的回忆盖过了旧的回忆。

出席乔迁宴的客人们告诉马娅,她应该在地面铺意大利大理石的。"花了那么多钱,干吗不炫耀一下呢?"他们问。马娅用的是木地板,觉得这样比较有家的温馨感。维尔不在乎她把新家装修成什么样。但是,在瓷砖店,他说,他想给自己的新书房选用奔马图案的瓷砖。他宣称,他打算终有一天拥有几支马队、几架飞机和一家酿酒厂。他是在有一次感觉不舒服的时候冒出这些念头的。马娅劝他别买这种瓷砖,因为太俗气了。

搬进新公寓的第一天晚上,马娅辗转难眠。她觉得新居不像一个家。那个星期,雅努骑着自行车绕公寓转了一圈,公寓实在太大了。他说他感觉无聊,因为院子里没有小朋友跟他玩。

马娅煞费苦心地装饰新居。到斋浦尔,也就是她和维尔举行婚礼的那座城市旅行时,她发现了可爱的黄色花卉图案的椅子、淡蓝色的沙发和一座陈旧的古钟。为布置雅努的房间,她买了宇航员图案的床单和折纸图案的壁纸。雅努的玩具特别多,她把自己在婚礼后给维尔买的那只粉红色绒毛泰迪熊跟它们放在了一起。

家具几乎全是新的,但他们保留了旧家客厅和餐厅的桌子。马娅完全没想过换掉它们。"爸爸不会允许我们扔掉的。"雅努认认真真地说,马娅也这样认为。这两张桌子是维尔童年时用的,承载着他和母亲一起度过的时光。雅努已经开始更频繁地吃肉,但知道在新家里切不可张嘴要吃肉。

在客房里,马娅靠墙安放了书架,上面摆放的书有她自己买的,有苏巴尔送的,还有她不记得从哪儿搜集的。其中,《神圣游戏》是那个星期天在"填字游戏"书店她和维尔一起买的。她还在客房里挂了罗达和奎师那的画像,觉得自己也许有时会睡客房。

在新家住了几个月以后,马娅决定去接受一次前世回溯治疗。她想搞清楚自己为什么要搬进这栋新公寓,尽管她明明有机会离开维尔,尽管维尔的糖尿病病情已经好转,尽管有其他男人更适合她而且对她表示一见倾心。她觉得答案一定在于自己的过去。但她没有找到她为什么不能离开维尔的答案。

维尔的健康状况有所改善,甚至增加了一点点体重,但增加得不多。他的裤腰现在正合适了。他一如既往地勤奋工作,在工厂、办公室和非洲之间穿梭。他不再提买马、买飞机。他开始早早回家,赶得上帮助马娅哄雅努上床睡觉。

维尔的状况好转在一定程度上是因为新来的女用会做他所需要的素食。马娅曾努力说服帕拉薇跟着他们一起搬家,甚至带帕拉薇去见了一位房产中介并看了附近的棚屋。帕拉薇一开始对马娅说愿意和他们一起搬家,但最后还是表示不能离开她的丈夫。她说这些话的时候,马娅想到了帕拉薇的两个年幼的儿子,他们那天来找妈妈的时候满脸焦虑。她也想到了雅努。所以,他们换了女用。

大约就在这个时候,雅努告诉马娅,他在学校里听说了圣诞老人的故事,他觉得圣诞老人无比神奇。"你知道圣诞老人会做什么吗?"雅努有一天在人力车上对母亲说,语气特别认真。雅努望着母亲,确保她在听。"他会做一个大雪球,里面装着我和你,还有爸爸,他一晃雪球,整个孟买都会被雪覆盖。"

"Haan, beta(是的,儿子)。"马娅说着摸了摸雅努的脑袋。

在雅努对她讲过这件事以后,马娅不再竭力劝说帕拉薇。她明白了帕拉薇为什么不愿离开丈夫。

沙赫扎德和萨比娜

降水不足的雨季结束，节假日过完了，最后一只羊被宰杀，最后一片血迹被雨水冲刷干净，这座城市陷入了沉寂。在孟买最南端的闹市区清真寺，公司中的白领男性依然按时参加祈祷。但在其他地方，男人们度日如年。季风来去太快，在整个邦引发了旱灾。在塔拉维，贫民窟居民不得不在公共水龙头前排队等候更长时间，而且不知道自己能否接到水。沙赫扎德到塔拉维去见了建筑商，建筑商承诺很快就支付最后一大笔款项。

家里，天花板上的新吊扇嗡嗡转着，法尔汉在辅导塔希姆和玛哈拉写作业和背诵《古兰经》。他向孩子们讲解世界上各个宗教，说它们大同小异。他告诉孩子们，基督徒和伊斯兰教信徒都只信仰一个神，几乎毫无区别，逊尼派穆斯林和什叶派穆斯林之间的分歧都无关紧要。他告诉孩子们，恐怖主义是错误的。"这是自负，是谋取力量，"法尔汉说，"人人都在追寻某种力量。"孩子们严肃地点点头。

法尔汉觉得，将来她还要讲一讲自己关于婚姻的体悟。他要告诉孩子们,婚姻是由日常琐事构成的,结婚的时候两个人太年轻或者考虑欠周或者两者兼而有之,不明白将来要一起面对许多难题,比如金钱、时间。而且你总是会不知足。

塔希姆今天注意力不集中,娜丁狠狠地敲打了他的脑袋。"哎哟。"他疼得大喊,跑出门去了大伯大妈的公寓。"Kya hua(怎么了)?"萨比娜问,塔希姆在她身边一屁股坐下。"我太贪玩了。"他说。萨比娜伸手去拍拍他的头,他往后一缩。萨比娜笑了,眼里闪烁着喜悦的光芒,告诉塔希姆别难过。她知道娜丁一定又对婚姻"心中有火",庆幸自己早已过了心中有火的年纪。

那天下午,沙赫扎德铺好垫子做祷告。他前不久去见了当地的imam(伊玛目)[1],询问有关领养的老规矩。Imam(伊玛目)告诉他,那些规矩已经过时。他说,伊斯兰教早就不反对领养了。"领养孩子是行善,"imam(伊玛目)告诉他,"你甚至可以让孩子跟你的姓。"

听到这些,沙赫扎德一开始很兴奋。他对萨比娜说,他想去阿杰梅尔(Ajmer),据说向那里的一座圣墓求子很灵。但萨比娜表示不感兴趣。她温柔地提醒沙赫扎德,已经太晚了。她让沙赫扎德专心帮助抚养塔希姆和玛哈拉,这两个孩子视他

---

[1] 清真寺内率领穆斯林做礼拜的人。

如同亲生父亲。

今天在祈祷垫上,沙赫扎德没有像往常一样求子,而是念诵了一段有关先知穆罕默德的祷文,内容是这样的:"哦,主啊,让我的心坚守你的 deen(宗教)。"Deen 可以有很多种诠释,但沙赫扎德把它理解为"一种完整的生活方式",那往往是一个人很难达到的状态。或者说,一个人即使实现了这种状态也很难认识到这一点。

祈祷完,沙赫扎德躺在床上打了个盹,他梦见了父亲。这一次,他和父亲一起在冷藏店里,那里总是让他们身上散发着肉味和血腥味。沙赫扎德醒来时心想,沙赫扎德,你的父亲不在这儿,店铺也没了,你已经把它卖了,一切都结束了。

他很高兴这一切已成往事,他的未来是与萨比娜、塔希姆和玛哈拉在一起。他很高兴这只是一个梦。

阿肖克和帕尔瓦蒂

他们不知道胎儿是男是女，法律不允许做鉴定，所以他们既想好了男孩名字也想好了女孩名字。他们已经搬出了看起来毫无特点的合作公寓，没有搬进高耸入云的塔楼，而是搬进了帕尔瓦蒂学校校园里的一套小公寓。季风时断时续并且很快就过去，新公寓里又闷又热。厨房很小，帕尔瓦蒂想做 idli（蒸米浆糕）都转不开身。由于晨吐，她无法去上学，也无法再和阿肖克一起坐车前往游览肯达拉等风景秀丽的地方。但孩子的到来令人兴奋，他们不在乎这些。如果是男孩，他们有一长串名字可用。但如果是女孩，阿肖克会给她取名为卡薇塔（Kavita），在梵语中的意思是"诗"。这是他能找到的最接近"作家"的名字。

自从帕尔瓦蒂再次怀孕，阿肖克就停止了写作。他把书稿寄给了几个经纪人，但都如石沉大海。他告诉自己应该停止尝试，心想，为了孩子，我现在必须放弃这件事。人生的第二个阶段：户主，或者说养家的男人。Kutumpa peyar（姓氏）应该延续，家族血脉不能中断。

尽管如此，阿肖克仍然保留着他的作家日记。他记得马拉地语中关于婚姻的说法："起初是痛并快乐着，但在毒药渗入后就只剩痛苦了。"他觉得，一旦你知道自己即将有孩子，这句格言就不符合实际了。

帕尔瓦蒂现在讲的笑话不再尖酸刻薄，阿肖克也变得爱讲笑话。他们开玩笑说，印度有十亿人，他们应该会因为再增添一口人而惹上麻烦。其实印度现在的人口是十三亿。在胎儿不伸胳膊蹬腿的日子里，帕尔瓦蒂开玩笑说，感觉不到宝宝的动静让她很沮丧，沮丧得想哭。但是她不再哭泣了，两人都知道她的情绪已经稳定多了。她不再写日记记录阴郁或混乱的想法，不再谈论她的"过去"。他们现在谈论的是，孩子几乎肯定会是个男孩。

阿肖克认定是男孩完全凭直觉。帕尔瓦蒂的信念是基于男孩比女孩要少让人操心的事实，阿肖克进入她的生活，事实证明阿肖克是一个不需要人太操心的丈夫，所以那意味着她的孩子也会不需要人操心。还有一个事实是，双方父母都咨询了占星师，两位占星师都说会是男孩。尽管如此，他们还是既准备了男孩名也准备了女孩名。等孩子出生，帕尔瓦蒂打算把孩子的星象记下来以备他/她结婚时用。

帕尔瓦蒂不再哭泣，但是，往事有时仍会涌上她的心头。它来来去去，一如她记忆中金奈海滩的海浪：涌上来又退下去，潮涨潮落稳定有序。由于今年的季风有点奇怪，孟加拉湾冲向这座城市的海浪格外高。金奈发了大水，印度理工大学金奈校区的许多学生离开了学校。最后，洪水终于退去。帕尔瓦蒂不容许自己长时间地沉湎于过去。她不常想起约瑟夫，也不怎么跟他联系。他们都忙于各自的生活。

但有一天，约瑟夫打电话给帕尔瓦蒂说，他的妻子也怀孕了。两个女人的预产期都在八月中旬。帕尔瓦蒂有点不好意思地暗自希望自己先分娩。约瑟夫说他的宝宝是个男孩，他确信这一点，因为在德国，鉴定胎儿性别并不违法。

"如果你生个女孩，"他在电话中开玩笑说，"也许我们最终可以结儿女亲家。"

"不，"帕尔瓦蒂说，"我不会让女儿嫁给一个基督徒男孩。"

约瑟夫笑了，以为帕尔瓦蒂是在开玩笑。但帕尔瓦蒂是认真的，她已经变得跟父亲特别像，这让她自己都感到惊讶。

晚上睡觉前，帕尔瓦蒂给腹中的宝宝唱摇篮曲，她的肚子已经变得很大了。她唱的是 Omanathinkal Kidavo，这是她小时候在特里凡得琅学的一首马拉雅拉姆语摇篮曲，十九世纪的一位王后写了这首曲子来哄小王子入睡。王后一直面临着生男孩的巨大压力，因为按照殖民主义政策，如果她生下女孩，王国的土地就会被英国吞并。幸运的是，正如王室所希望和祈祷的，一个男孩降生了。这首摇篮曲表现出如释重负的轻快感。

帕尔瓦蒂仰卧着，手放在肚子上，用马拉雅拉姆语唱道："这个可爱的宝贝……是kalpa（劫波）树的嫩叶，还是我的财富树结出的果？"Kalpa（劫波）树是指让人实现愿望的树，曾经赋予雪山女神帕尔瓦蒂一个孩子，缓解了她曾经感到的孤独。"还是装满了我的爱的金色宝盒？"

帕尔瓦蒂慢慢地唱完了摇篮曲，吊扇不停地转啊转。卧室里一片漆黑，凉爽宜人。外面，这座城市的数百万人进入梦乡，今夜没有星星。

致　谢

首先，我要感谢两位非凡的女性：我在威廉·莫里斯公司（William Morris）的经纪人苏珊娜·格卢克，她对本书满怀信心，并大力推介本书；还有哈泼柯林斯出版公司（HarperCollins）的詹妮弗·巴尔特，她锲而不舍地指导了本书几易其稿。她关于本书的远见卓识使它在无数方面变得更加丰富、更加完善。感谢哈泼柯林斯出版公司所有经手过这本书的人。

我还要感谢许多青年才俊在我的不同调研阶段拨冗接受了采访，包括：阿南德·吉里达拉达斯、阿伦·蒂克卡尔、玛丽亚姆·多萨勒、吉姆·马塞洛斯、杰里·平托、苏贾塔·帕特尔、帕罗米塔·沃赫拉、雷娅·滕贝卡尔、维杭·瓦希亚、西达尔塔·沙阿、桑托什·德赛、西丁·瓦杜库特、拉马钱德拉·古哈、苏迪尔·卡卡尔和温迪·多尼格。

本书的完成得益于我在纽约大学阿瑟·L.卡特新闻学院（Arthur L. Carter Journalism Institute）的各位教授给予的鼓励和指导，尤其是罗伯特·博因顿、布鲁克·克勒格尔和苏凯图·梅赫塔，他们对孟买有着独到的见解。特别是凯蒂·洛芙的指点、建议和慷慨让我受益匪浅。

我还有幸与纽约大学的其他作家进行了探讨，他们是：威尔·亨特、劳拉·史密斯、梅丽尔·克雷默、阿利斯泰尔·麦凯、凯特·纽曼、科林·沃伦-希克斯和梅根·怀特。我很荣幸得到了西达尔塔·巴蒂亚和彼得·格里芬的指导，他们是优秀的编辑和亲密的朋友。

乔尔·冈特、伊姆兰·穆贾瓦尔、马尼什·阿利姆钱达尼和马德琳·格雷塞尔读过本书的部分章节，使之增色良多。丹尼尔·斯通拉我到图书馆，让我保持头脑清醒。埃米莉·布拉什、史蒂维·邓宁、比安卡·埃尔德、莱莉·纳尔逊和阿里·威瑟斯激励我不断前行，还有我在华盛顿的家人萨姆·桑德斯和佐拉·尼尔，他们是我坚强的后盾。

有一些机构和个人给予了无私帮助，包括哥伦比亚特区的作家工作室以及该工作室的亚历山德拉·扎普鲁德；还有东北地区图书馆，那里的图书馆员和蔼可亲、值得信赖。

家庭始终是我的港湾，特别是杰夫·弗洛克，他坚定不移地相信我，对于本书的面世功不可没；格蕾琴·鲁宾，她在床上、在飞机上帮我改稿；查尔斯·鲁宾，他把蝴蝶送到孟买，教我"完成使命"；伊丽莎白·布拉克，她的话语和便条给予我力量；简、露西、克莱尔和埃米莉，他们是我的命根子。

有几个人是我和本书要格外感谢的：尼克·贝内尔，每逢困难时刻他都站在我身边，教给我很多对爱的认识。兰斯·理查森，一位才华横溢、慷慨大度的朋友，犹如一颗耀眼的北极星。阿比谢克·拉古纳特和阿拉蒂·贾亚拉姆，他们带我领略了印度，并教会了我热爱这个国度。还有马娅、维尔、阿肖克、帕尔瓦蒂、沙赫扎德和萨比娜，他们让我心甘情愿留在孟买。

参考文献

本书借鉴了许多作品,其中对我格外有帮助的是:

Bringing Up Children in Islam, Maulana Habiibullaah Mukhtaar

The End of Karma: Hope and Fury Among India's Young, Somini Sengupta

The Essential Rumi, Jalal al-Din Rumi

Etiquettes of Life in Islam, Muḥammad Yusuf Iṣlahi

The Hindus: An Alternative History, Wendy Doniger

The Idea of India, Sunil Khilnani

Images of Asia: American Views of China and India, Harold Isaacs

India After Gandhi: The History of the World's Largest Democracy, Ramachandra Guha

India: A History, John Keay

India Calling: An Intimate Portrait of a Nation's Remaking,

AnandGiridharadas

India in Love: Marriage and Sexuality in the 21st Century, Ira Trivedi

Indian Love Poems, Meena Alexander

Love Will Follow: Why the Indian Marriage Is Burning, Shaifali Sandhya

Maximum City: Bombay Lost and Found, Suketu Mehta

May You Be the Mother of a Hundred Sons: A Journey Among the Women of India, Elisabeth Bumiller

Mughal-e-Azam: An Epic of Eternal Love, Shakil Warsi

The Origin of Bombay, Jose Gerson Da Cunha

Tamil Brahmans: The Making of a Middle-Class Caste, C. J. Fullerand Haripriya Narasimhan

我还查阅了许多当地媒体的档案材料，包括《印度时报》、《印度快报》（*Indian Express*）、《泰赫尔卡报》（*Tehelka*）、《商队》双周刊（Caravan）、《印度教徒报》（*Hindu*）、展望网站（Outlook）和第一邮报网站（FirstPost）。

我参考了一些政府和非政府文件，来源包括印度社会科学研究委员会（Indian Council of Social Science Research）、户籍总署和人口普查专员办公室（Office of the Registrar General and Census Commissioner）、印度商会（Indian Chamber of Commerce）、孟买港口信托公司（Mumbai Port Trust）和全印穆斯林属人法委员会（All India Muslim Personal Law Board）。我还阅览了联合国人权事务高级专员办事处（United Nations High Commissioner for Human Rights）、联合国经济与社会事务部（United Nations Department of Economic and Social Affairs）、美国国家生物技术信息中心（US National Center for Biotechnology Information）和美国国务院（US Department of State）的报告。

蒙诗集编辑德温德·科利博士和企鹅图书印度公司许可，我得以引用了卡玛拉·达斯的诗，在此深表感谢。